MEMORY HOUSE
记忆坊文化

你来自·时间之外

玄默 著

江苏凤凰文艺出版社
JIANGSU PHOENIX LITERATURE AND ART PUBLISHING, LTD

目录

CONTENTS

第一章

半城金

今年北新市的夏天格外难熬，天气早早就热了，满树都是聒噪的知了，没日没夜地叫成一片。

太阳还没升起来的时候，胭脂厂那一带难得太平，十二条胡同儿里静得出奇，人都睡着的时候，只有猫狗打架。远处的大街上也没什么动静，半天才有一辆洒水车开过去，还是那首放了三十年的《茉莉花》，机械的声音，听着听着就没了调。

可惜好景不长，窗外刚有点晨光的时候，肇之远就被吵醒了。

他睁开眼，不记得这一晚梦见什么了，把牙都咬酸了。他抬眼看见一切都没变，手机上显示的还是六月二十五日。

说来也是邪门，这大清早还没过五点，别说人了，连鸡都没起，他就被一阵花盆掉落的声音砸醒了。

肇之远勉强翻个身，只觉得头疼，这一动又带着浑身都疼。他睡的是一张大黑酸枝木的硬板床，身下只铺了薄薄一层褥子，根本没什么实际厚度，人躺下去骨头就直接硌着木头，硬碰硬，半点缓和都没有……他还没来得及细想，院子里又是噼里啪啦一阵响。

看门的是雷三，一直睡在前院，这么一会儿工夫已经冲到后边来了。不知道他看见了什么，站在肇之远的窗下骂街，差点把整条胡同儿都嚷嚷起来。

四下鸡飞狗跳，彻底把肇之远那点瞌睡虫给吓跑了，他一抬手才想起自己的胳膊伤了，于是端着左臂，磨磨蹭蹭地爬起来，第一件事就是推开窗户往外看。果然，东南角的那栋楼里亮起灯，有人回去了。

肇之远总算放了心，靠在窗边上打哈欠，眼瞧着二楼里的人影晃来晃去，半天过去，对方连个头也不露，最后一道细细窄窄的人影站住了，迎着雷三的骂声，直接把窗帘拉上了。

这下肇之远实在没什么可看的，只好盯着自家的窗户当镜子照。

天光暗淡，没有半点凉风，就连老槐树的叶子都纹丝不动，最终玻璃上只剩下他自己这张宿醉的脸，干巴巴地颓着一双眼。

很好，还是这个夏天，热得人心浮气躁。

平心而论，肇之远住的这座院子确实很大，规整而讲究的五进院，放眼整个北新市再也找不到第二处。搁在过去，这绝不是寻常宅子，可惜如今的时代变化太快，院子虽然好，终究上了年岁，破败到连墙都快塌了。

肇之远的卧室是后院的正房，从他后边这一处往外看，东南角落里挤着一栋小砖楼。说它是楼，其实只是个形容，那建筑盖得歪歪扭扭，十分勉强，算上顶楼的露台一共三层，左右不过两间房的宽度，统共也没多大，是座实打实的违建。老胡同儿里不拆不改，面积实在有限，住家的人口却不断增加，很多院子已经演变成了大杂院，更导致几十年前私搭乱建盛行。这栋小楼就是个中翘楚，它占的是肇家东跨院的地方，根本没用什么好材料，眼下已经几年没人住过了，窗户外边堆满了杂物。

楼里的人实在是个心大的主儿，一回来就想着开窗户通风，却连看都不看，把破砖乱瓦一股脑儿推下来，全都砸到楼下的院子里了。

这一下闹得猫都奓了毛，自然用不着等肇之远开口，外边的雷三先炸了锅：“你吃虾长大的啊？长没长眼睛？砸着人了算谁的！”

院子里都是花盆的残骸，一排东西掉下来，还捎带着他们房檐上的瓦片碎了一地，扬起几十年的土灰，借着一点可怜的天光，肉眼可见，通通冒着烟。

天确实还没亮，老旧的院子里都是后通的电。

雷三光顾着骂，骂完才想起黑灯瞎火的时候不好打扫，于是他又瞪向窗户里的人，说一句：“您受累，给我开个灯？”

肇之远抬抬嘴角，最终连个笑也没攒出来。他这人一直不会好好穿睡衣，此刻披着一件墨蓝的真丝袍子，还带着若隐若现的金线，活活穿出一副风流样，还一点都不觉得自己恶俗。

院里那些灯的开关就在门边，可他睡到一半被吵醒，懒到一步都不乐意迈出去，于是抬抬下巴说："等会儿天就亮了，你省点电，响应一下节能号召吧。"

雷三恨不得把灯装这位爷的头上照亮，但好在他跟着肇之远这么多年了，已经训练有素，不和他废话回嘴。前后几分钟的光景，他仰脖对着楼上骂够了，很快找到一把大扫帚，又冲了回来。

肇之远最喜欢看别人干活儿，此刻颇为欣慰。

雷三回头瞥见他们家这位爷，看他算是彻底醒了，此刻正架着半边胳膊，竟然还在那儿看热闹，他一脑门子气，指着楼上，张嘴就是一句："你说她缺不缺德？"

窗边的人拉了拉睡袍，赶紧点头："缺缺缺，去，把弹弓子找来。"

雷三一看他脸上的坏笑，大概猜到了他的意图，于是甩开扫帚，直接跑到墙根下，捡回半块砖头递给他："文明社会，上哪儿找那玩意儿去啊，您将就将就，直接拿它砸吧。"

肇之远刚刚找到一个舒服的姿势，此刻实在有心无力，毕竟他的胳膊上还打着石膏，于是赶紧摆手说："别，我试过好多回了，就弹弓子好用，这些砖头瓦片太沉了，抡不出高度。一会儿她窗户没事，倒霉的还是咱自家的房顶。"他一边说得利索，一边指挥雷三去前院，"懒不死你！我记得就在门房里，我上次绑的弹弓子，逗小孩那个，就扔门后了。"

雷三是个实在人，不明白肇之远从哪里得来的实践经验，更不明白他这种爷怎么还好意思说别人懒，但脚下一点不含糊，真把东西给他找回来了。

说来凑巧，肇之远的眼睛头一次这么管用，八百年都没用过的一把弹弓子，确实就在门房里。

这位爷今天被扰了清梦，反正觉是睡不成了，只剩下多余的闲心。

肇之远走回里屋，精挑细选，最后寻摸出一颗大金珠子，足有小核桃那么大，十成十地泛着光，然后他歪着头，指挥雷三站在他身前，两个人比对着角度，瞄准了楼上，就用一个弹弓子，直接把东南二楼的窗户给弹了。

金珠打玻璃，伴随着楼里一阵短促的尖叫，毫无征兆地落了地。

玻璃碎裂的声音不大，却很是解气，逗得肇之远靠着窗户哈哈大笑。

他眼看二楼那位祖宗不服软，甩手就把他的珠子给扔出去了，偏偏不往他院里来，就往远处扔，不知道便宜了胡同儿里哪个街坊，早起出门就能捡金子。

雷三反应过来，那可是他们家真金白银的珠子，这位爷脑子有病，千金一笑的烂梗已经俗透了，只有他还喜欢这么调戏人，没人领情。雷三心态不好，容易急眼，又蹦起来要上楼去找人对峙，还没等他们再说点什么，东南边的楼上又有了动静。

对方眼看窗户让人砸了，一点都不争辩，玻璃碎就碎了，干脆不要了。砰的一声，楼上的人竟然拿来一块搓衣板子，直接从里面把窟窿挡上了。

这下别管肇之远再找什么金珠、银珠，全都打不穿，连个影儿也别看了。

别的比不了，要比堵火，楼里的那个人，可真是这胡同儿里的头一号。

雷三气得手又开始抖，他颤颤巍巍地指着楼上，脑子都迟钝了，不知道还能骂点什么好。

肇之远倒是一点都不意外，他把弹弓子随手又扔到卧室门后，笑得一脸情深意长："看吧，别管到了什么时候，你姑奶奶还是你姑奶奶。"

这话倒是真的，胭脂厂这一片的老街坊都知道，陆银桥这位姑奶奶，确实是个大麻烦。

太阳升起来的时候，陆银桥总算把家里上下都收拾好了。她已经两年多没回过北新市了，家里没人管，四下都是灰。

她只是个庸庸碌碌的小人物，当然没工夫和院子里的人吵架，先带着妹妹把家里打扫干净，找到安身之所，有一个睡觉的地方，才能想下一步应该怎么走。

她妹妹叫陆一禾，今年刚上完初中，年纪不大，却极有艺术天分，十四岁就提前被北新市的美术学院破格录取，于是陆银桥趁着假期，带妹妹回市里来补习，为她上学做准备。

姐妹两个一直相依为命，手脚都利落。陆一禾把刚洗完的衣服、床单都抱到了顶楼，在露台上晾好，又回到了卧室。她顺着另外半扇完好的窗户看出去，偷瞄一眼马上缩回头，又指指楼下的方向，比画着手语，想要问话。

陆银桥摇头，把行李里的东西都铺开，最后拿出两份文件给她看。

那些新打出来的纸边沿锋利，一不小心就要割了手，陆银桥找了半天才翻出来透明的塑料夹，放好文件，想了想才说："我尽快去和他谈，已经过去这么久了，他不会再和我耗着了。"

陆一禾又开始比画，眼神里都是担心，她着急想要提醒姐姐。

陆银桥示意自己都明白，告诉她留在家里收拾厨房，然后自己拿着那沓文件下了楼。

老胡同儿里实在拥挤，她们这栋所谓的“房子”，门只能推开半边，另一半的铁皮门板和一棵老槐树常年较劲儿。四合院门前不讲究种槐树，因为一到季节容易掉虫子，俗名“吊死鬼”，实在难听，所以这树就委屈在了东跨院，后来又被她家围在墙外。可这棵树争气，根系巨大，整整压倒半边砖墙，树梢活活长回了后院去，如今已经算不清岁数，按肇之远的话说，这玩意儿再熬两年都要渡劫了。

比起树，旁边那堵墙更碍事，那就是肇之远家里的东院墙。

陆银桥伸手拍了拍老槐树，算是和它打过招呼了。

她搬走之后，没再住过老胡同儿，眼下突然回来，连空气里的土灰味都觉得亲切。她们家所在的这一片儿，在老话里就叫胭脂厂，是北新市最后的老城区。旧时候的胭脂厂是三教九流聚集的地方，里边什么人都有，足足横跨两个街区。如今百年下来，已经成了无数代人的故居，硬是拆不动，逐渐演变成了“三不管”地带。十二条胡同儿横亘其中，弯弯绕绕，最后又都拐了回去，还是围着一座肇家大院。

传言不少，后人已经不知道真假，只能当成故事听。陆银桥还记得，老人提过，肇家这座庞大的院子过去是族人世袭的府邸，曾经大修过一次，没想到地下挖出了巨大的狗头金，加上他祖上显赫，在那种还时兴题字的年代，有人上赶着来拍马屁，因此这院子得名，就叫“半城金”。而后时代变迁，肇家前两代人里又接连出了军功赫赫的大人物，于是和他家有关的事轻易提不得……这些八卦起来，足够外人喝上几盅了，可陆银桥就是想不通，这样的人家，为什么要和他们做邻居？

两年下来，她家的门板和那棵树，已经快把肇之远的东院墙都挤塌了，但院里那位爷连半块砖都没修过。

这大概就是市井的好处了，要想讲理，纯靠耍嘴皮子，别管什么厉害人物，一旦到了胡同儿里，都要多走几道弯。陆银桥的父亲曾经是个远近闻名的市井泼皮，胆子不小，生生在肇家人的眼皮子底下抢来半块地，直接盖起了楼房。老街坊低头不见抬头见，大家族的人顾及身份，陆续搬离了老院子，没人愿意拉下脸皮和他们计较。最后剩下这位没什么出息的子弟肇之远，打小就是个不安分的纨绔。他非说喜欢接地气的地方，于是活到三十多岁了，还觍着脸住在胡同儿里，仗着他自己的脸皮比城墙拐弯还厚，再加上他也不愁买卖，手里真有两座矿，就这么活活赖在院里不走了。

如今，陆银桥回身转个弯，一路上多走几步，直接站在他院子的正门外，盯着头上的匾额看。

她打心眼里对肇之远心服口服，两年多的日子说不上多长，一眨眼也就过了，但要真说短，足够一个人改头换面，可她现在走到肇之远门前，才发现一切都没变。

石墩子后边的砖裂了，早早空出一道缝。她记得自己被赶走那一年，眼看着那条缝里长出草，如今又到了夏天，那草竟然已经冒出一尺来高。

而他还住在这里。

时间已经过了九点钟，街坊四邻都起来了，胡同儿里家家户户挨着住，开窗关门都是动静，一片嘈杂。

西边拐出一个女人，已经上了年纪，端着保温盒，一看就是刚买完早点要回去，她见到陆银桥有点诧异，一句话没收住，直接问出来："哟，银桥啊，你回来了？"

对方应该住在远处的胡同儿口，过去应该也是半生不熟的关系。

陆银桥笑了笑，实在想不起她叫什么，只能胡乱找一个最安全的称呼，尴尬地打了个招呼说："是，刚到的……大妈您起这么早？"

这位不知姓氏的大妈有点莫名其妙，左右看看，显然时间已经不早了。她又顺着陆银桥的目光抬头，皱着脸说："你回来就好，赶紧让你们二爷修修这院儿吧，他又不缺这仨瓜俩枣，弄得跟闹鬼似的，像什么样子。"

她说完就走了，扔下陆银桥一个人，对着残破的匾额丢人现眼。

"半城金"这名字狂妄，字却有来头，是用真金浇铸的，结果时间太久没人管，可能被人偷偷刮了，也可能只是没扛住岁月风霜……反正过到如今，上边的"半"字掉了一半，只剩下个"二"。

肇之远的懒散德行被人调侃得多了，在街坊四邻的嘴里，就顺着院子把他喊成了肇二爷，他丝毫没觉得丢脸，不肯引以为耻，谁叫都答应。

陆银桥手里那几张纸又有点拿不住了，她不再犹豫，过去砸门，眼看雷三是穿着跨栏背心出来的，他刚补上一个回笼觉，头发已经睡成鸡窝了，于是她嫌他碍眼，直接推开人就往里走。

雷三发现她毫无歉意，恨不得再拿扫帚把她扫出去。他铁了心不打算放人，一边强行关门，一边拿话噎她："没人想见你，自从二爷娶了你，雨打的黄梅头——倒霉到家了！你那点缺德的心眼儿赶紧收好吧，别再来算计他！"

陆银桥不以为意，她知道雷三要撒气，于是仗着自己今天穿了双平底鞋，一脚就踹在了门上，抬高声音说："放心，这是最后一次了。"

那门早就只剩几片糟木头了，此刻被陆银桥这么奋力一击，只能颤巍巍地晃，差点没受住这一脚。

雷三一个大男人，对着陆银桥没打算真用力气，他完全没想到姑奶奶上来就是一脚，门上一声闷响后猛地打开，差点撞他一跟头。

他扶着门边站稳，又要骂，可陆银桥扬着脸，看都不看他，迈步就进去了。

她一双眼睛滴溜溜地转，分明没有变，看在雷三眼睛里，只觉得这姑奶奶活活又转出满肚子的坏水。

雷三满腔脏话就要骂出来，偏偏对方里外都熟悉，一路走得飞快，只扔下个背影，还不忘威胁他："大哥你先管管自己吧，裤子都穿反了，再拦我就在前院闹了啊，你不嫌难看，就把门敞着。"

雷三赶紧低头，眼珠子差点瞪出来，尴尬到满脸通红。

他活到三十多岁，看门都看了二十年，虽然是个粗人，又长得皮糙肉厚，没什么讲究，但十分要脸。

雷三捂着裤子活像吞了苍蝇，趁着没人经过，赶紧把门关上了。

相比大门口的波折，后院那位爷就轻松多了。

今天肇之远不知道吃错了什么药，他从早上被吵醒之后就没有再去睡。

虽然被扰了清梦，但二爷心情不错，一直在院里晃悠。

他盯着东南角的大槐树看了半天，没看出什么花来，又让雷三搬来躺椅，抱着自己的胳膊，躺在院子里乘凉。

肇之远一边盯着表等九点，一边破天荒地扒拉出一个本子，咬着笔杆，在上面一条一条地写日程记录，最后翻回去，把开头第一项"银桥回来"打了个叉，直接勾掉了。

九点一到，墙外有人出去，对方没走两步，他院门外也有了动静，连那一脚踹门的声音都好像直接踹到了他心里，让他无端端又开始笑，这一早上都是反常的举动，活像喝坏了脑子。

昨夜肇之远确实喝多了，导致他此刻头疼，实在压不下去。他光顾着想陆银桥的事，偏偏忘了一个细节……

他正对大槐树傻笑的时候，有人过来找他，穿廊而过。

不早不晚的九点钟，对方惦记着他喝多了，非要给他来送茶，连问候都显得格外贴心："小心胳膊……先把茶喝了吧，醒醒神。"

这下肇之远终于想起来，昨晚他是带着于缎出去疯的。

两个人喝大了之后，于缎和他一起回来，但后来时间太晚，于缎估计也累了，就睡在西边的耳房里，早上那么大的动静，她都没顾上出来看。

于缎以为肇之远不会起这么早，等到这时候才来找他。她在院子里不避人，扶着他的肩膀，弯腰给他把旁边的小茶几推过来。

女人一头长发，直接披散在肩头，刚刚好挡住穿廊里进人的方向，于是肇之远心思一动，顺着这姿势，抬手把她的头发都撩到了耳后，低头和她耳语："媳妇回来了，你先走。"

夏天太热，于缎穿的是一件露背的裙子，她侧着脸，听见这话也只是看了他一眼。

肇之远的手指滑过她耳后的皮肤，刚好留在了她肩后，那手指顺势抚摸过去，凉丝丝地直接点在她背上。

于缎半点不生气，由着他的动作，一张脸上的淡妆精致，无可挑剔。

她靠着躺椅的扶手和他说："我这两天不用进组了，这么热的天，等你有空，一起出城吧，去海边？"

肇之远已经向后躺了躺，眼睛里浮着笑，还不忘弹一下她的耳垂，不答应也不拒绝："我刚才叫程珂过来了，他开车送你。"

于缎脸上的笑刚刚好，完全没露出失落的神色。

她真人看上去比大银幕里还要有气质，已经跟在肇之远身边有段时间了，平日里也不见她有什么多话的时候，今天听见他的安排，她也一样点头起身走了。

她一离开，躺椅之前再也没人挡着了，终于露出远处看戏的人。

肇之远直直地对着那道月亮门，那是从前院通往后边来的地方。他还是盖着一件浮夸的金线睡袍，躺得很是没规矩，半边身子都歪着，仿佛那不是个躺椅，而是张床。

他知道是谁来了。

从前这条廊下的砖残破不平，肇二爷金砖银瓦全攒着，连门面上的匾额都不修，只想着要把这路给修平了。雷三替他忙活了好几个月，笑话他是女人太多，生怕把哪个心疼的摔坏了。

如今看来全是多余，他的小丫头总算是长大了，知道穿双舒服的鞋，连踹门都踹得这么狠。

肇之远一边这么想着，一边习惯性地抬手，把他自己那个茶杯递过去："大热天的，别在门下晒着，来阴凉地里，喝点水。”

陆银桥如今真的大了，很是通情达理。她发现自己来得不是时候，于是一直没出声，眼下已经热出汗来。

她毫不客气，坐在他对面的墩子上，往他杯里看。

那盏茶的颜色极深，陆银桥瞬间皱眉，刚才来的女人显然故意泡的一盏酽茶，只为给肇之远醒酒，此刻换成她，这可喝不下去。

她实在没什么别的可打量了，只好敷衍着上下看看他，随口问：“你胳膊怎么了？”

“前两天玩车去了，撞骨裂了。”肇之远懒洋洋地拖着腔调，又勾起嘴角，直直地盯着她，“放心，没断，躺一个月就好了。”说着他又歪了头，似乎极认真地端详她，还不忘语重心长地说一句，“丫头，别再瘦了啊，再瘦真没法看了。”

这男人就是四九城里最标准的纨绔子弟，有钱有闲，好吃懒做到了极点，多少年过去也分毫未变。如今的肇之远依然是副好模样，脸藏在树影里，就剩下那双眼睛永远透着笑，真真假假看不穿。

陆银桥不得不承认，男人生出一副浪荡的坏模样有时候实在是招人，偏偏肇之远还格外有资本，他能天天把挑逗的话都挂在嘴边，等到一动心思看上谁了，动不动还会蹦出几个认真的字眼，荒唐事一件不落，他喜欢不管不顾地把女人捧到天上去，于是又变成一等一的痴情人，干点什么都显得情深义重，直要往人的心窝里戳。

可惜今非昔比，肇二爷这一腔深情实在勾错了人。

陆银桥也不是好惹的，她打小被他盯上，你来我往斗了这么多年，对他的套路完全免疫。她抬抬眼，两只手托着腮，尖尖的瓜子脸直接凑到他面前，两个人大眼瞪小眼。

她还真有几分委屈似的，撇嘴和他抱怨：“我这十八线的小网红可比不了影后，如今于缎都在你院里呢，你当然看不上我了。两年没见，二爷好这一口了，喜欢上文艺女神了？现在都流行她那种冷淡的高级脸。”她跟他耍贫嘴，一顿胡扯，说完自己都恶心，呸呸两声，再给他补上一句骂。

她这小狐狸的模样把肇之远逗得又笑起来，眼看她一脸不忿就爱皱鼻子，那鼻翼上有三颗小巧的痣，点点迎着光……陆银桥算是到了最好的年纪，一头齐耳的短发，连妆都没化。他打眼这么瞧着，又觉得这丫头大概天生和自己犯冲，不算多漂亮，却正中他的下怀，凭空透着鬼机灵的劲儿，最招人。

肇之远心头一热，只剩一只手能动，偏偏还想作妖。他忽然去抓她，想要把人拉到自己身边来。

陆银桥有十多年练就出来的本事，防火防盗，最防肇二爷。她冷哼一声，当场现了原形，翻脸不认人，直接把他的手打掉了："滚！别动手动脚的。"

他又笑得没皮没脸，"谋杀亲夫"的字眼都扔出来了。

陆银桥对着他的躺椅低下头，绕了半圈，果不其然找到了她想要的。

肇之远还是过去的德行，占着一把海黄的躺椅，却从来不拿它当正经东西用，他每天屋里屋外搬来搬去，半点都不爱惜，而且这胡同儿太子爷的品位格外怪异，几十万的椅子下边永远藏着绿棒子瓶儿啤，小卖部里卖三块钱一瓶，时时都是冰过的。

她伸手想把酒瓶子拿出来，这会儿肇之远倒反应快了，他已经歇了一上午，快躺成半残，此刻动作飞快，抬脚一踢，把酒瓶子都踹倒了，还不忘吓唬她："闪一边儿去，臭毛病还不改改？小丫头片子专挑凉的喝，也不怕……"后半句没说完，说完容易咒着他自己，总算住了嘴。

"怕什么？怕生不出孩子？放心，真生不出来，也绝不连累你。"陆银桥没他那么会享受，她半天只坐着一个藤雕的墩子当板凳，硬邦邦没个依靠，虽然树下有风，可人坐久了还是热。

她懒得再废话，抬手把带来的文件拍在肇之远胸口，不客套更不寒暄，连个开场白都没准备，直接就说："再拖下去你我分居三年，都能直接判了，咱俩也别耗了。"她看他一只胳膊还吊着石膏，只好一页一页翻开给他看，"我已经写清楚，只要你肯签字，同意把东跨院那部分的面积分割给我，我家就可以办房产证了，马上就和你离。"

她仗着头顶上的太阳毒，语速说得飞快，就像那些背过千万遍的台词，生怕哪句一忘说错了，整段都要卡壳。

肇之远安安静静地听，听她倒豆子似的说完，挑眉问一句："就要你家，不要别的了？钱、车、房……当年算计我的其他条件呢？"

"我给您办理打折套餐，一键清空。"陆银桥闹归闹，说起正事的时候态度良好，一脸乖巧。她今天穿着一条细细的牛仔裤，软面的球鞋，露出来的脚踝格外白皙，就在他面前晃，"只要你的字一签下去，很快离婚证就能办好，我保证从此消失，绝不再踏进院子半步。"

肇之远"哦"了一声，仿佛对她这个"离婚套餐"很有兴趣，认真地琢磨起来。

他手指摩挲着椅子上的纹路，时间一长，木头的扶手都已经盘出光滑的包浆，人心却怎么都焐不热，他咬得一口牙又开始泛酸，从唇角里挤出一句话：“说实在的，过去那几年，我做梦都想赶紧和你了断。”

陆银桥知道他已经有人陪了，就算没伴儿，肇二爷也不会缺女人，估计巴不得要把和她的这段黑历史赶紧掐了，于是她趁热打铁地说：“是，我过去年纪轻，不懂事，现在想明白了，我家欠了你，我也没脸再讹你，活该有今天。”如今她说得格外顺嘴，过去她就是市井胡同儿里摸爬滚打混大的姑娘，从小没有过上一天好日子，就靠学些善变的脸皮当门面。

要说尊严，陆银桥也有，可惜她当年为了一点可笑的尊严，像条狗似的被人轰出院外，高烧不醒，最后晕倒在路边，十二条胡同儿里的街坊足有百来户，全都知道她是谁的人，所以眼看她倒在肇家门口，一个路过说话的都没有。

那时候陆一禾打不了电话，只能为了姐姐挨家挨户地求，最后住在东边的梁疯子人糊涂，没长出心眼来，傻兮兮地给她叫来救护车，才让她缓过一口气。

所以陆银桥如今学聪明了。

她说起当年的时候带着笑，谁年轻的时候没栽过跟头？她嫁给肇之远那一年，刚到法定可以领证的年纪，后来她离开北新市的时候也不过二十二岁，这年纪放在别的女孩身上，可能一切还没开始……她早都想明白了，人情冷暖没那么高深，不过就是多演几年戏，所以她如今可以坦荡地来见他，口气有商有量。

可惜她白打了这么多草稿，对面的肇之远只是定定看她，半天没给一句话。

这男人天生就是双桃花眼，可能屋子里的金条囤多了，连眼睛里也总闪着些她看不懂的光。别管他是什么样子，手真折了都不怕，他有的是本事挥霍，就算他以前能昏天暗地过到三十多岁，早晚也还要另娶。

她一时想得远了，轮到肇之远开口：“可我觉得，这戏还没演完呢。”

陆银桥猛地抬头，手都攥紧了，问他：“你什么意思？”

躺椅上的人往后看看，墙根下有只猫，它晒足太阳，缩成一团，正在舒服地睡觉。

他打个响指，故意抬高声音喊它：“招财，你说句话，她害了你哥哥你弟弟，这事能轻易善了吗？”

那只不幸被叫作“招财”的猫，是只肥胖的三花母猫，此刻它梦都做上了，根本没空理二爷发癔症。

“肇之远！”陆银桥这才注意到那只猫，她确实没想到招财还在，心里发颤，半天才平复了声音，又低声说，“登登的事……”

“别。”肇之远赶紧让她打住，他看上去实在不像生气，更不难过，他只是面无表情地招呼猫过来，又冲她摆手，“别提我儿子的事，案子归案子，该偿命的人已经判了，你还不起。”

她不知道他到底是什么意思，千防万防，手里那沓纸还是划了手。

肇之远总算坐起身，伸手过来摸摸她的脸，大夏天的还是六月份，陆银桥却连眼角都发凉。

他最喜欢她鼻翼的痣，侧着看过去，连成了一个小小的三角形。他如今也一样觉得有意思，轻轻地碰她的鼻尖，半真半假地沉了声音，和她说：“怎么解释呢，我试过几次了，每一次……好的坏的，无论我怎么和你说，你都不明白。”

她在他手下有些不自在，微微发抖：“我确实不知道怎么才能把他还给你，除了这件事……”

“不光是登登。”肇之远里边贴身穿的是件短袖，胳膊固定住，时间一长，肩膀总有些磨，于是他把睡袍拉上去垫着。他前额上的头发已经有些长了，一低头就挡住了眼睛，就剩痞里痞气的半张脸。

他拿手指碰碰杯子，茶水已经不热了，于是直接仰头喝干净，这一激之下，头疼好了不少，于是他顺着那姿势，侧脸说：“我知道你回来为什么着急离婚，你想帮你那个天才妹妹顺利上学，所以打算去找孟泽是吧？他在学校里，如果他多多照顾，陆一禾就能提早上完大学。可惜隔着我这一层，你和他名不正言不顺的……你必须保持单身，才能再去找个有利可图的男人。”

陆银桥盯着他，恨不得捡起酒瓶子砸烂这张脸……她忍了半天，终于把一口气咽下去，没有反驳。

她把协议文件整理好放在茶几上，只问他一句：“肇之远，出事之后，你我都明白，心里过不去这道坎，这辈子都没法回头了，所以你赶我走，我走了，可我再贱，还有一禾，只要她在一天，我就必须好好活着！就算只为了她……我也不能再守着过去了，人都要往前看，这有什么错？”

不是什么人都有资格消沉，肇之远命好，能躺在这里招猫弄狗，一晒太阳就是一上午，可走出这道院墙，还有那么多人要为生活折腰。

陆银桥还就赌这口气了，她没偷没抢，好好地来谈离婚协议。大家既然早没了在一起的心思，干脆了断，可他肇之远凭什么满脑子龌龊，还要拿话损她，女人就活该低人一等？

陆银桥眼看他那双眼里又泛起了笑意，仿佛什么都知道似的，要特意来逗她。

她实在受不了他虚情假意的嘴脸，口气越发忍不住："还有，你说什么我都听着，但是别动不动扯上孟老师。一禾参加过公开考试，她是高分通过，才能特招回来上学，没你想的那么不堪。"

"一提他你就急，别在我这儿碍眼。"肇之远本来没动气，可一看她故意避嫌的表情心里就上了火，他每次听她提起那个人的口气，总是被激得眉心直跳，好像这么多年护着的心肝全都喂了狗。

他想不通怎么能有这么气人的祖宗，陆银桥火上浇油的本事最厉害，于是他不想说了，干脆把那些可笑的离婚协议直接塞她怀里："滚滚滚，赶紧走，成天给我添堵。"

陆银桥演不下去了，肇之远在这儿耍无赖，她最看不得他无法无天。

她以前年纪轻，肇之远再浑蛋，好歹比她大十岁，她总记着给他留点薄面，如今既然已经撕破脸，她什么都不怕了，站起来把话说明白："都什么年代了，男女平等，别给我玩一手遮天这一套了，婚姻关系对双方都是约束，你这院子里来来往往不少女人吧？街坊四邻都知道二爷身边情人多，这两年是你出轨在先。"她说完就拿出手机，里边都是刚才连拍下的照片，张张都是他和于缎在一起的画面。

陆银桥刚才站的角度十分微妙，于是在她眼里，远处的两个人勾肩搭背，姿势颇为暧昧。

她盯着他的眼睛，分毫不让："肇之远，我也不是傻子，给你点时间消化消化，等你想好怎么离了，随时来找我。"

她说完转身要走，突然一道黑影蹦了出来。

陆银桥正端着气势汹汹的架势，根本没收住，差点踩到猫身上，冷不丁被吓了一跳。她低头一看，只见镇院之猫终于被愚蠢的人类吵醒了，正虎视眈眈地瞪着她。

招财睡得正香，迷迷糊糊地伸个懒腰，发现情况不对，它的领地里凭空多出一个许久不见的活物来，于是等到陆银桥脚步一动，它立刻竖着耳朵窜过来，追着她，非要闻一闻。

这一时片刻，肇之远坦然坐着，对她的那些照片半点不生气。他好像早有预谋似的，这会儿拿出欣慰的样子，挤出三分刮目相看的表情，甚至还想鼓个掌，可惜胳膊不方便，拍也拍不响，只好作罢。他尴尬地伸手去抓茶杯，杯子里一滴水都没有了，于是他目光转向地上的啤酒，最终理智战胜了酒虫，还是没打开。

陆银桥蹲下身摸摸招财的头。这猫肚皮圆滚滚的，胖到快要拖地，一看就知道这两年被人养得好，和它的主人一样好吃懒做。她心里一软，想去抱抱它，可是一对上招财那双圆眼睛，她就无可避免地想起当年。

招财是登登捡回来的猫。

陆银桥当时从幼儿园接登登回家，一路走过胡同儿口的垃圾桶，看见旁边有个纸箱子动来动去，登登好奇心上来，死活不肯走，打开才发现是一对奶猫，陆银桥只好给他带回院里养。

小猫是一公一母，公的小东西身上花纹漂亮，母的黑白交杂，估计是同窝的姐弟。当年只有巴掌大，后来让他们胡喂一气，没过几个月，小崽子们全都吃成了球。

那会儿的登登正是活泼好动的年纪，天天追着猫跑，抱在怀里不撒手。

可惜他还有个同样捡来的便宜爹。

肇之远对他这位收养来的宝贝“儿子”百般呵护，要什么给什么。登登想养猫，他把猫也当成主子供，那时候天天在院里大咪小咪地叫。

陆银桥嫌弃他那么大个人，每次喊猫都特别二，逼他给猫起个正经名字。可惜她忘了，肇之远这辈子什么都有，偏偏命里缺正经。让他动脑子更闹心，连累两只猫，从此和他的品位一样丢人，变成了“招财进宝”，进宝长大之后毛色舒展，背上一块花纹像人的五指，小巴掌似的，格外有意思。

此时此刻，当年的案子过去那么久，那只身上有着手指花纹的进宝也已经没了，只剩下一只招财小姐姐。

一时之间，陆银桥脑子里的几页旧事没能翻过去，好在猫不像人，不需要操心闲事。招财此刻正在冲她翻肚皮，原地打滚，好像对她有点印象。

她感叹着这猫真没白养活，手都伸过去了，想着想着又像被针扎似的，突然缩了回去。

身后的人遥遥喊她一句：“丫头。”

陆银桥没回头，一路向外走。

他好像还说了什么，只是她不关心，越走越快，生怕听清他的话。

最终后院的动静只剩了半句，还是一样扎在她心上。

肇之远的声音永远拖着尾音，一句叹息弯弯绕绕，听不出虚实：“完不了……这辈子都没完。”

第二章 梁疯子

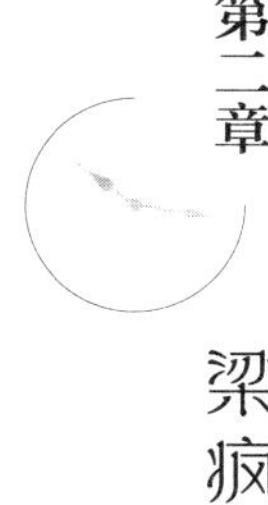

胡同儿里的生活，永远没有安静日子。

陆银桥回家之后，东边的胡同儿里传来一阵鬼哭狼嚎。有人在大白天吊嗓子，那声音不是年轻人的调门，极其枯哑难听，直接传了过来。

她抬眼看看时间，知道是梁疯子醒了。这一听就是已经有人给他送过饭，让他吃饱喝足，一到钟点，又要开始犯病了。

胭脂厂里的人生千姿百态，她回来就惹上满身烟火，谁也躲不开。

陆一禾十分听话，还在厨房里清理过去的碗筷，陆银桥让妹妹去歇一会儿，自己留下来接着干活儿。

她对着狭窄的窗户向外看，一片层层叠叠的树影挡住了视线。这两年附近可能修过水电，如今从她们这里的窗户看出去，已经看不见东边的电线杆了。

她听着梁疯子吊丧似的唱腔开始刷厨房，心里却莫名静下来。

梁疯子是个男戏子，唱戏出身，不知道遇见过什么重大变故，导致他的脑子出了问题，一直半疯半傻，在胡同儿里号了大半辈子。他们这些后辈不知道对方的来历，只是他们打小见到他的时候，就记得梁疯子好像已经三四十岁了，还拿油彩往脸上涂。梁疯子一辈子无儿无女，只养着一只大黄狗，也没人见过他的亲朋好友前来探望，好在他自己还算有个家，一处凑出来的独门独院，虽然拥挤，但没人愿意和他共享，于是只有他一人占着，对一个半疯的人来说实在够用了。

前两年，陆银桥离开北新市的时候去看过他，那时候她打量梁疯子，对方依旧还是四十多岁的样子，明明脸上都是褶子，却没有白发。

人一疯，脑子和心里都空了，平日没有烦心事，神态就不显老。

此时此刻，一阵一阵惊天动地的号叫，陆银桥有点受不了，于是安慰自己，只要对方能开嗓唱起来，那就饿不着。她不用着急过去，可以等下午忙完再去看他……她继续刷她的灶台，把厨房边边角角都清理一遍，方便一会儿开火做饭。

忽然楼上好像有动静，陆一禾爬到楼上的露台去了。

陆银桥推开窗户，往楼上喊："小心点，你现在大了，楼上的栏杆不稳，不能使劲推。"

陆一禾不会说话，抱着画夹子冲姐姐挥手，示意她知道，她只想坐在楼上写生，不会乱动。

没过五分钟，胡同儿东边的声音突然没了。

陆银桥拿着钢丝球，正满手泡沫，她等了又等，还是没听见对方再唱。

厨房的位置在一楼，她想起露台上边高，于是又探身出去，喊陆一禾去看一眼，东边的梁疯子在干什么。

陆一禾给她比画手语，对方没什么事，唱到一半去院里熬药了。

她点点头，看一眼表，已经快要十点了。胡同儿里到了一天最热闹的时候，人来人往，上班的都往外跑，大爷大妈提着菜，已经结束遛早的活动，个个顺着墙根往家走。

大家都看出这栋小楼里有人回来了，于是指指点点地开始议论。

厨房没有空调，这么热的天气，陆银桥必须开着窗户才有风，那些路上的闲话一句不落地都进了耳朵，可她如今心态好得很，全当听不见。

她洗干净手，靠着厨房的窗口喝水，前边路上又有人来了。一辆车停下直接堵住路，导致推着自行车的人全都准备绕行。

那车停得不管不顾，做派猖狂，一看就知道出自肇之远的授意，别人没这么大胆子。

很快，陆银桥看见程珂下了车，那小子永远西装革履，天天出入市里CBD的公司，总是打扮得像个商业精英。他如今还真混得人模狗样，一路奔着"半城金"的大院子往里走，直到经过小砖楼的时候，才发现她回来了。

程珂有点意外，他多年跟在肇之远身边，是为数不多的靠谱的人，所以他脸上虽然透着惊讶，但还记得对她笑了笑，叫一声：“银桥。”

陆银桥正在干活儿，累得满头大汗，示意他挡了自己的风，让他快走。

程珂看她这副模样，再想想他被叫来的目的，立刻心知肚明，非要逗她说：“一回来就打架？”

窗口里的人系着一条围裙，已经热得拿蒸屉扇风了，嘴上还不忘逞能：“正好，你去告诉他，不是不肯跟我痛快离吗？那就让他多喝点，喝死得了！所有财产都是我的！”

程珂当然不敢真把这话告诉肇之远，他是给二爷卖命的小跟班，脑子好又会办事，刚过而立之年就被委以重任，在外边也是有头有脸的董事，但一进了这片胡同儿里，就是替二爷送人回家的司机，于是他没往后院多走，直接等在门口和雷三聊天，两句话没说完，他来接的人已经出来了。

于缎的长发都拢在一侧，这么大的太阳，她自己打着遮阳的伞，墨镜口罩都戴好，根本看不清脸。

她出来就径自往胡同儿口走，好像根本没看见门口有人。

雷三坐在门房里晃着腿，吞云吐雾正在抽烟，一路瞄着她走出去，摇摇头说：“真不知道女人都图什么，她这是看上里边那位哪儿了？二爷连根手指头都不动，这下胳膊摔了，几天不管他，都能直接风干挂出去。”

程珂盯着于缎的背影，抬腿的工夫就晚了几步。

一旁的雷三喝了口茶，茶沫子吐在地上，冷不丁又问：“你呢？”

程珂正打算去开车，忽然一愣，没明白似的回头看他：“什么？”

雷三在小门房里日头晒不着，阴凉又舒服，他嘿嘿地笑，一根烟抽得惬意。

“你又图什么呢？”

程珂没工夫和雷三打哑谜，他刚要走，余光里又发现后院的人出来了，于是停了停，喊一句：“二爷一起走吗？”

肇之远显然不是外出的模样，还穿着墨蓝的睡袍，揉着自己的肩膀溜达出来，手指上夹着根烟，但一直没点。

程珂给他找来打火机，他摆手把烟扔给了雷三，懒洋洋地说一句：“戒了，刚才桌上看见的。”

“您破天荒赏我根好烟，还就给一根啊？”

“想要就自己上屋里翻。”肇之远说着就往外走，他四下看看院门口，迎着太阳眯了眼，忽然想起还有个程珂，于是扭头甩一句，“你把于缎送回去，我不走，出去补补钙。”

说完他就真迎着日头，谁也没理，自己往东边的胡同儿去了。

雷三有点纳闷，他以为这位爷今天和陆银桥吵完架，按过去的脾气肯定没完没了，他一生气别人就倒霉，没准又要把她家的楼给拆了……可是眼下的肇之远看起来心平气和。

他虽然受了气，却破天荒全都吞到了肚子里，再没下文了。

别说女人，雷三现在连男人也看不太懂了。

他一颗铁疙瘩似的脑子实在转不动，眼看程珂也离开了，他起身把门关上，继续抽他自己的烟。

远处的胡同儿口水泄不通，程珂开来的车直挺挺地停在狭窄的出口上。

于缎没有半点等人的意思，她不方便白天抛头露面，于是迅速上车，关紧车窗。

程珂很快把车开出去，直到上了大路，他才从后视镜看看她，欲言又止。

于缎在车里也没有摘下墨镜，她仿佛对着一个陌生人，毫无闲聊的意思，一语不发，低头看手机。

程珂清了清嗓子，先开口说："银桥回来了。"

她的脸都被墨镜挡住，一时看不出表情，点头算作她知道了。

开车的人过了一会儿又说："最近天热，你出去一趟散散心吧，不用来院里了。那姑奶奶跑回来着急离婚，但二爷一天不和她离，一天就还得这么过，万一让人扒出去，对你不好。"

于缎抬头，好像是盯着程珂的方向看了一会儿，总算摘下墨镜。她很快又转脸看窗外，停了一会儿才说："你这算什么，替我着想？"

"你已经熬上大银幕，拍戏拿奖，这两年该有的都有了，没必要多往前走这几步。"

车后座上的女人带着淡妆，侧脸轮廓瘦而冷淡，她适时地笑了笑，却不是为了笑他。

外边太阳大，车里的空调调得有点低了，于缎似乎有些冷，一直抱着手臂。她目光疲惫，最终靠在了头枕上："程珂，你怎么就认定我不喜欢他呢……我是贪钱图利，可我要是动了真心呢？"她说着说着笑意更深，上挑的眉角风情万种，好像跟着肇之远别的没学好，这真真假假的敷衍却来了一个全套，"轮不到你管我。"

程珂伸手把空调的温度调高，这一路谁都没有再说话。

片刻的工夫，“半城金”的门口终于安静下来。

陆银桥拿着两罐冰可乐，爬到露台上去喝，结果一抬眼，正好看见楼下肇之远出门了。

她此时此刻最不想看见的人就是他，偏偏大家住得实在太近，时时刻刻避不开。她心里压着火，把可乐分给陆一禾，自己坐在栏杆旁边。

肇之远是算着他自己的钟点走出去的，胡同儿里都是推自行车绕路的人，他正好赶上人流，一路不闪不避，专挑路中间走，两边的街坊还得给他让道。

陆银桥在心里暗骂，可眼睛无论转向哪里都避不开这个人。

楼下的肇之远正挨个儿和人打招呼，他似乎觉得头发挡眼碍事，胡乱抓起一半，就在他脑后揪着，显得整个人更是一副浪荡德行。他的胳膊伤了，睡袍只能穿上一半，又不肯多动一下，出门也随便披在肩头，于是那条左边的袖子一走一荡，短短几百米的路，活活让他在太阳底下磨蹭了十分钟，再加上肇之远的恶俗喜好，他干点什么都带金，从头到脚，连他的绒面拖鞋上都泛着金线的光。

肇二爷出门闲逛一趟，招摇过市的毛病不改，整条胡同儿仿佛都空了，里外就剩他一个人。

陆银桥恨得牙痒痒，拍着栏杆，突然恶向胆边生，想在高处砸他。

就在她差点把可乐罐扔出去的时候，陆一禾走到她身边来了。

小姑娘一直在顶楼上画画，胡同儿里四面发生的事她都看见了。此刻她安安静静地比手语问姐姐，刚才打伞出去的那个女人，是不是一直在“半城金”留宿？

陆银桥思考了一下自己的成长经历，觉得人长到十四岁，虽然年纪半大不小，但已经不能再当小孩哄了，无论她现在说什么陆一禾心里都是明白的，所以陆银桥也不避讳，点点头，替肇之远把他的丑事承认了。

陆一禾又问她，肇之远喜欢别人了，为什么不和她离婚？

一说到这件事，陆银桥就觉得堵心，这感觉就像生生咽了一块口香糖，死是死不了的，但让人一想起来就从胃里犯恶心……至于原因，连她自己都不明白。

也许肇之远就乐意和她对着干，也许他觉得还没折腾够本，反正他有一百条歪理，在他眼里没什么人之常情，一切都随心，从来不管别人死活。

陆银桥的感情经历比较奇葩，她实在不知道怎么解释成年人的狼狈过往，于是只好捏着可乐罐，找个由头和陆一禾碰杯，庆祝一起回家，换个话题逗她。

她和陆一禾是同父异母的姐妹，其实长得不太像，唯一的相似之处就是姐妹两个身材都偏瘦，陆一禾也是细细长长的手脚，随了她自己的母亲，有些丹凤眼的眉目。她哑巴的问题不是天生带来的，只是小时候条件不好，为了治发烧，给她吃错了药，导致神经受损，而且情况有些特殊，陆一禾的听力一直正常，只是突然失语，在五岁之后变得不能发声了。

陆一禾十分敏感，她迅速感觉到姐姐不愿意再谈这些事，于是她也不再追问。她说要去买菜中午做饭，于是自己下楼去了。

陆银桥看了看时间，她下午还要外出开工，时间很赶，于是也打算回屋收拾东西，结果刚要走，又瞥见了远处那道昭彰的人影。

肇之远走着走着，竟然绕到了梁疯子家。

这下陆银桥一颗心都提起来了，没听说那位爷和梁疯子有什么交情，他平白无故过去准没好事，于是她立刻转身下楼，追着他就往东边跑。

陆银桥自认没有多余的善心，她能活到如今全靠斤斤计较，只是在她最难的时候，梁疯子救过她，那人虽然疯疯傻傻，可能根本不明白他自己干了什么，但对陆银桥而言，他就是恩人。

她眼见肇之远不怀好意，心里那点火气倏地烧起来，直接追了过去。

她已经想好了，假如肇之远今天敢在梁疯子家胡闹，她一定替街坊四邻教会他做人……她想也不想顺手抓起墙根下的重物，结果她一通疯跑，刚到院门外，听见肇之远的声音，瞬间刹住了脚步。

她顺着半开的门缝躲在暗影里，瞥见肇之远右手举着一口老式的药锅，一迭声喊着什么："别乱动啊……停！听我说，赶紧把大黄抱开！"

这口气怎么听也不像去找碴儿的。

陆银桥缩在门后没出声，又看见他一只手费劲地举着药锅，慢慢放在安全的空地上。他一让开，院子正中冒出了一股烟。

梁疯子熬药都是胡闹，他在废品站扒出一段铁皮，回来就胡乱在院子里搭出明火的炉子，还不记得要守着火，此刻已经冒了烟。

梁疯子画着一张煞白的脸，涂着油彩，画工却不怎么样，他正瞪着两只黑窟窿似的眼睛，不知道如何是好。眼看炉子里的药已经熬干了，火苗蹿上去，他情急之下嚷嚷起来，只会原地转圈。

他家的大黄狗都比他有脑子，当年那条狗饿得只剩皮包骨，只有梁疯子愿意把它从垃圾堆里抱回家，养在身边成了伴儿。如今大黄看着比他还肥，一直跟着主人已经七八年有余，活成了一只精神矍铄的老狗，延续着忠心耿耿的传奇。

传奇大黄玩命冲着炉子叫，认定它就是伤人的祸害，只差一步就要冲过去救主，完全不顾炉子会被扑倒，它可能要先走一步。

肇之远的出现看起来完全打破了这一切。

他及时拿锅盖把起火的地方扑灭，又迅速将药锅端起来，提醒梁疯子拦住狗，于是摇摇欲坠的炉子没被狗扑翻，最终火也没能烧起来。

陆银桥一直看他，看他稳定住梁疯子的情绪，把狗拴在一旁的树上，又慢慢地踩灭地上零落的一点火星，最终二爷忙活完了，皱着眉头，好像搬完砖似的，累得直叹气。

他扶着自己“重伤”的胳膊，坐在院里唯一的板凳上，进行灾后训话：“你说你，半大的老头子了，没事熬什么药啊！说过一百次了，你的咳嗽已经好了，别喝药了。”肇之远晒得口干舌燥，往锅里看了一眼，就看见一锅煮成干的破树叶，差点吐了，他撩起自己额前掉下来的碎发，缓了缓又说，“来，看着我，仔细听好了，你该唱戏就唱戏，别折腾什么药了，听见没有？你非要喝，我让雷三每天给你送，不许再动火！”

梁疯子被他吼了一通，好像明白过来了，但只明白了一半，大概是关于他的狗差点以身殉主的那一半……于是他开始抱着大黄在树底下哭。

大黄毕竟是只狗，情绪还很激动，一见主人掉眼泪了，它开始吧唧吧唧地狂舔梁疯子的脸，把油彩都给舔花了。

陆银桥躲在门后倒抽了一口气，眼见梁疯子那张脸实在惨不忍睹。

肇之远果然受不了了，他踹着屁股底下的凳子往后挪，恨不得离梁疯子远一点：“行了行了，这不都没事了吗……哎哟，真够呛……我说，你放开大黄行不行？人家狗招谁惹谁了，先照照自己的脸！”

她看见那人对着梁疯子一顿挖苦，心里踏实多了，趁着四周没人的时候，赶紧转身走了。

回去的时候，陆银桥走过邻居家门口，她鬼鬼祟祟地把刚才顺手抄起来的打气筒原样摆回去，结果运气不好，抬头直接撞见邻居大爷走出来。

大爷看见她，又看看自己家门口那个粗长的打气筒，直觉以为她要借，还问：“踩得动吗？车在哪儿呢，我去帮帮你？”

陆银桥一愣，又眨眨眼摇头，直把大爷逗笑了，说她从小到大一点都没变，好像已经知道她肚子里那点埋汰主意了，又问她：“那你拿它干吗？”

她仰脸走了，理直气壮地扔下一句：“看好您家这宝贝吧，差点让我当凶器了。”

正午的日头最烈，知了在树上叫得正来劲，那声音听久了和耳鸣没什么区别。

家家户户都关上了窗户，大杂院也有大杂院的活法，开着空调才能捡回一条命。

中午吃完饭，陆一禾已经回屋看书去了，剩下陆银桥独自蹲在卧室里收拾箱子，她越想越觉得不对劲。

看起来，肇之远今天目的十分明确，他只去了梁疯子家一趟，很快回院了，还正好拦下一场事故。

他和一个疯子能有什么事聊？陆银桥打死也不信他能去探望对方。

他逼她远走，不肯放她自由，这么多年没有一天好日子，如今又是从哪儿捡来的良心？

生活就是一碗毒鸡汤，效果显著，专治胡思乱想。别扭归别扭，陆银桥也没想出这事具体哪里不对，更没空琢磨太久。

她把高跟鞋还有样衣都装好，自己拍箱子下楼，叫车出门。

陆银桥坐在出租车上盘算，九月初就是开学的日子，陆一禾是个艺术生，十四岁特招上大学，各方面都需要照顾，家里的支出成倍增加，而唯一的劳动力还是只有她自己，所以她必须拼命挣钱，半天都不能等，她在回来之前就定好了北新市的拍摄计划。

陆银桥这辈子，大概就和那栋小砖楼一样，打从生出来的时候就没留下好根基。家里不能给她半点依靠，让一个女孩子磨出了硬脾气，混什么圈子都混不红。过去的陆银桥一心想出人头地，仗着自己人瘦脸小，打算靠脸吃饭，不光她自己做梦，她爸也当了真，可惜老天不糊涂，没那么便宜的买卖。一行总有一行的规矩，陆银桥的明星梦执行起来太有难度，再加上时运不济，那几年热播的都是苦情戏，只流行清纯温婉的女主长相，她只能在戏里给女明星当替身，现在更连进组都别想了，于是只能曲线救国，知道自己身材底子好，打算做个网红。

但“网”容易，“红”就难了……陆银桥和肇之远说了大话，如今的她，连个十八线都没混到。

这两年下来，陆银桥为了谋生，一直在给电商卖家做模特，而且也没什么正经规划，只是和人谈好，收到样衣，出去拍完再给对方交片还衣服的流程。今天也一样，她在车上一路催促，可惜司机师傅就算能体谅，他这四个轮子的车也长不出翅膀。

大中午的时间段，北新市的主干道异常拥堵，陆银桥赶到拍照地点的时候，还是迟到了。

今天的拍摄地是蓝夜MALL，建在城市的东北角，距离最南的胭脂厂隔着大半个市区，最近已经成为新晋的潮人聚集地。陆银桥约来的摄影师叫Mike，彼此之前根本不认识。店家要求进行外拍，于是Mike直接约到这里，因为四下的商铺都是欧式建筑，最容易出片。

店铺模特一旦拍出经验，完全流水线作业，一套衣服对着镜头一分钟，摄影师连拍不停，百来张照片都按出来了，必须分秒必争，所以迟到对这个行业而言，实在是罪过。

Mike皱着眉头，对陆银桥的不满全都写在脸上了，他紧急调整时间，先把另外一个模特的部分拍完，等到她赶去的时候，他刚吃完一份外卖。

陆银桥把咒骂堵车的嘴脸收拾干净，换上笑嘻嘻的模样，走过去就拍Mike的肩膀，随口附赠人家一个外号，一口一个“麦哥”，叫得很是自来熟。

她有一口地道的本地口音，一听就是个会来事儿的姑娘。Mike上下打量她，目光停留在她那双细长的腿上。

陆银桥着急过来，其实穿得十分普通，牛仔裤配着宽松的卫衣，看来看去就剩一双腿。可她终归年轻，装成青春美少女还不成问题，所以连细节都到位，知道眼睛里撒娇的戏份不能太过，还要带点不安。

果然，这位新上任的“麦哥”不好再找她的碴儿了。

陆银桥十分懂事，她外出工作的时候都穿高跟鞋，于是踩着十厘米的鞋晃来晃去，最后还给Mike点上一根烟，总算把对方心里的沟沟坎坎抹平了，让她快去化妆，抓紧配合。

拍摄间隙的时候，陆银桥去卫生间换衣服，刚从商场一侧的出口走出来，就看见Mike和助手聚在一起聊天。

男人们围在对面的花坛边上，烟头积了一地，三言两语，他和那几个人一起回头盯着她上下看。

她心里琢磨，再磨蹭下去，等到拍完天就要黑了。这处商场离家远，一旦撞上晚高峰，四环路上立刻变成停车场，她那时候回家会堵到生不如死，陆一禾还得等她吃饭……所以她催了一句：“咱们继续？”

偏偏Mike的烟一直没抽完，凭空多出片刻的闲心，十分恶俗地喊她：“美女，你那小狐狸鼻子做的吧？点的美人痣？”

陆银桥身上是一件连衣裙，尺码宽松，但还要为店家照顾拍摄效果，她不得不腾出一只手按着背后的夹子，姿势十分累人。她正有点不耐烦，更烦有人还盯着她鼻翼的痣打量，于是脑子一快，忘了自己刚才青春美少女的人设，脱口而出怼一句："你管得着吗？"

Mike捏着烟的手抖了抖，好像觉出画风有点不对，但他吞云吐雾，嘴一咧开就刹不住，于是话茬儿还是按套路往下走："你们这群小嫩模不都去韩国吗，买二送一是不是？你别说，这三颗痣点得巧，有的角度看过去挺别致，来……"

他这话一出，旁边的人大声开始笑。

陆银桥身后的手已经上了劲，掐着那几个金属夹子，硌得背心生疼。

偏偏Mike非要细看，他蹲在花坛上，把脖子往前一探，结果没等他反应过来，手里先少了点什么。

陆银桥直接把那一截烟头抢过去，举起来贴在他眼下，挑着眼角开口："怎么着，我也给您点三颗？"

她翻脸比翻书还快，完全没有过程，大家愣了三秒才反应过来，瞬间觉得没意思。

这些野路子的摄影师每天见的模特太多，习惯性嘴里不干净，私底下讨论女人当个乐儿，犯不上动真火，于是那几个小助手缩着肩膀，都装没事人似的要补光开工，扔下Mike一个人傻在花坛上，和陆银桥干瞪眼。

陆银桥也在虚张声势，对方几个大男人对她一个，她很快就有点后悔了，但脸上还绷着表情说："都是为了挣钱，大家合作一次，只差两套衣服，拍完就能各自交差。"她说着说着故意提高声音，半问半喊地提醒他，"麦哥，没必要吧？"

商场门外最不缺人，尤其陆银桥摆着姿势化了妆，一看就是来拍照的模特。来来往往路人太多，大家本来就好奇，这一喊起来，人人都往他们这边看。

Mike斜眼盯住烟头，上边的火星子一闪一闪地晃，他那张满是胡楂的脸抽了一抽，最终拍拍手站起来，招呼大家赶紧工作："咱们继续！"

陆银桥长出一口气，那烟头实在烫手，她赶紧找垃圾桶扔了。

夏日天长，天色暗下来的时候，时间已经过了七点，最终陆银桥还是没能早回家。

她那点丫头片子的招数顶多出口气，既然惹了Mike，对方自然心里不痛快。几个人这一下午拖着时间磨洋工，非要耗到光线彻底没了，才拍完最后一套衣服。

反正对方的工作已经完成了，回去修片子发图，该拿的钱就能到手，于是一行人吹着口哨，搬起设备上车就走，扔下陆银桥一个人，连句招呼都没打。

她花着脸跑去卸妆，发现卸妆水只剩个瓶底，又不舍得在全是专柜的地方买新的，只好草草了事，最后还要一个人蹲在人来人往的商场地上收拾箱子，那些衣服都是卖家给的样衣，还要寄走。

陆银桥把箱子塞好，最后换鞋，可是踩着高跟鞋找了一圈，没看见球鞋。她心里有点纳闷，却不着急，这种高大上的购物MALL里，人人都比她有消费能力，没人这么不开眼，连一双穿过的旧鞋都偷……她找累了，坐在花坛边上给自己捶腿。

她已经踩着高跟鞋活活扭了半天姿势，这会儿不用工作，连一步都不愿意多走，她歪头四处打量，不知道自己的鞋被踢到什么地方去了，又猛地站起身。

她的破球鞋确实没人要，只是和她的缘分也走到了尽头，别想再穿。

一双鞋被几个男人故意踢到了垃圾桶旁边，正好有一处建筑凹进去的拐角，于是男人得了便宜，躲进去解手，瞄准陆银桥的鞋，直接尿了她一鞋。

陆银桥恶心到反胃，只觉得晦气，第一天开工就见鬼，让她半分钟都不想留。

她心里堵着气，一个人拉起箱子就走，继续踩着她的高跟鞋去打车。

可惜人要是倒霉，别说喝凉水，没水都能让唾沫淹死。这一天所有的事都跟约好了似的，非要和陆银桥作对。

姑奶奶确实高估了自己，她的脚其实已经磨破了皮，原本站着拍照不用连续走路，还没出血，但她逞能，非要踩着它出去轧马路，刚走出商场的范围，还没看见大路口，她就觉得脚后跟那处破皮的地方彻底磨坏了，每走一步都钻心地疼。

陆银桥拖着自己的行李箱挪一步歇一步，慢慢磨蹭，疼得龇牙咧嘴。这崩溃的感觉大概只有女人能懂，何况她出来时着急，家里刚收拾好，连平时应急的创可贴都没带，一步一血地认了命。

穿平底鞋拖箱子那叫健步如飞，等到高跟鞋磨破脚，她还要财不要命地拉着一堆样衣，就叫人穷志短了。

更倒霉的还在后边，主路上不负众望地开始堵车，已经赶上晚高峰，繁华商业区周边根本打不到车。陆银桥的叫车软件排队已经超过半小时，就算她真等得住，等到有车来接的时候，她已经可以截肢了。

她想了想，干脆把鞋脱了。只是生活终究不是演戏，没人给她准备布景清场，路只有一条，脚下千万人日日都要走，上边石子、玻璃、铁钉子……什么都有，光脚的人根本走不长。

这条路漫长无比，从日出到日暮，一路上能把她扎穿的东西实在太多了。

她留着一点力气，从人行道跨过自行车道，最后走到最里侧的路边，把行李箱推上马路牙子，一屁股坐在了箱子上。

满眼霓虹的夜，城区里高楼大厦，一条街都是火锅店的招牌。

陆银桥面前就是两排车，已经堵到熄火停着。各位司机师傅大概没见过这么不讲究的姑娘，探头探脑地全往她这边看。

她挨个儿相面打量过去，还是没一辆空车。

二十分钟过去，陆银桥连个窝都没挪。

一开始整条街上人多，后来等车的都走了，就剩下她，她忽然觉得四周不太对劲，似乎有人一直在看她，她回头去找，又没发现什么异样。

陆银桥有点担心麦哥那群地痞流氓再来找事，一种被盯梢的感觉若有似无，格外怪异，好在市区繁华，还不至于当街出事。

她心里有点不安，举起手机翻来翻去，通讯录里一共就那么几个人，哪个都不方便拨过去。她只能发扬起阿Q精神，拍拍屁股底下的行李箱，好歹这位朋友很知趣，陪她好几年，做牛做马还做椅子……不然此刻她一个姑娘光脚直接盘腿坐地上，那场面就太迷人了。

最终她盯着孟泽的名字发呆，手机来电的振动永远比铃声先到，吓得她浑身一激灵，低头一看，刚好就是孟泽打来电话。

陆银桥打起精神按下了通话键：“孟老师，一禾回家了？”

“嗯，她今天在画室下课晚，我正好忙完，把她送回去了，你不用着急。”孟泽的声音在电话里平静如水，可能已经到家了，因此电话里的氛围和她这边嘈杂的马路完全不一样，一时让陆银桥的话又卡了壳。

她平日里那点嚣张的气焰全被掐灭了，一遇到孟泽就跟老鼠见了猫似的，于是拿着手机想想才往下说：“我今天也晚了，没事，很快就回去了。”

“你在什么地方，打到车了吗？”他可能听出陆银桥这边喇叭声响成一片，马上追问。

她塞住一边耳朵才能听清电话里的声音，听见了脑子里又嗡嗡一片，不知道要不要说实话。

陆银桥很清楚，孟泽纯粹是一片好意，只是对方大晚上刚送完陆一禾，如果她这么大个人还回不去家，怎么也不好开口，所以她赶紧遮掩：“我……”

一句话还没说完，身后的便道上有车灯晃了过来，直冲她玩命地按喇叭。

这下别说打电话了，那动静吵得人半个字都别想听见，整条路上的车刚有点往前挪动的意思，司机心里都长了草，一听有人带头，所有人都开始狂按喇叭，那节奏像会传染似的，瞬间连成一片。

陆银桥被吵得心烦意乱，举着手机说也不是，挂也不是，就差骂街了。她顾及孟泽是个老师，人家好歹是个讲究人，不好口出恶语让他听见，于是咬牙切齿地忍着才把烦躁压下去。

她倒要看看到底是谁在挑事，结果一扭头，直接对上一辆巨大的改装皮卡。

那辆车的车灯巨大，差点把她的眼睛晃瞎，重型车身的轮子更大，底盘都比她坐着高，直接开出一副勇闯天涯的劲头，竟然半边轮子直接轧上行人便道，公然碾过来，一路把身后所有车都给超了。

陆银桥侧脸躲开车灯，余光里还能看见金灿灿的车身，这下骂都骂不动了。

她深深地吸了口气，和电话里的人赶紧补一句“刚打上车”，道了谢，很快就挂了。

数遍四九城里，敢在夜里这么开车上路的，也只有肇二爷了。

陆银桥光着脚蹦下行李箱，全当没看见他，直接就走，结果还没出两步，不知道踩到什么东西，尖尖地扎进脚里，疼得她直跳。

那车和主人一样不要脸，还能缓缓骑着马路牙子跟住她，没过两分钟，附近受影响的车辆全都急了。

陆银桥不明白自己到了这步田地，到底还有什么可厉害的，可她怎么也收不住心底的一股无名火，她就看不得肇之远的猖狂样，于是回身冲那车嚷：“你抽什么疯！”

车窗里探出个人头，假模假样，关怀备至。

肇之远前额的头发拢到脑后，他不知道怎么自学成才，弄出这么个不伦不类的发型，还挺顺手，一直梳着一半，就剩下脸侧的碎发随风勾在下巴上，刚好又是一脸的笑。

他笑得和他的车一样无法无天，一句话扔过来，喊她：“赶紧上车，一会儿被抓了你交罚单。”

陆银桥二话不说，抬手就把拎着的高跟鞋冲他扔了过去。

他知道她的脾气，猛地一踩刹车，两只高跟鞋砸得不偏不倚，正中车窗。多亏世界上没有花钱的不是，昂贵的挡风玻璃知恩图报，救他一命。

肇之远看她真急了，赶紧跟上一句：“行了，姑奶奶，上车吧，好端端的你在大马路上演什么红军过草地，脚皮磨穿也没人讴歌你。”

她鞋都扔完才发现自己被人围观了，再低头一看，脚上全是土，惨不忍睹。

她愤怒的火苗瞬间被打断，人突然泄了气，这才反应过来这股无名火因何而起。

在她二十多年的人生里，几乎没有顺风顺水的时候，她大多数日子只能挣扎谋生，每次到了她豁出脸皮的时候，总能撞见肇之远。

整个城市的前途陌路，来往亿万种可能，只有她像中了邪，次次都能遇见他。她以为自己仅存的自尊都被生活磨没了，百毒不侵，结果他一眼看过来又全成了矫情，通通便宜了他，总能拿她的狼狈下酒。

陆银桥确实闹不动了，拖着箱子扭头上车。

肇之远把车强行开出去，最后稳稳当当停在路边的时候，陆银桥终于松了一口气。

她上车才反应过来，这位爷一只胳膊骨裂，还绑着不能动。她嘴上不说，心里突突直跳，生怕他这么半残地开车，要把两个人的命都交代在路上。但商场旁边太堵，直到他坚持开出去，总算有地方可以靠边停下。

陆银桥手里还牢牢抱着自己的高跟鞋，她财迷心窍，刚才一瘸一拐上车的时候都没忘把它们捡起来。

肇之远把灯打开，扫了一眼她怀里的东西，怎么看怎么觉得她和母鸡护食似的，又想起她刚拿它砸完自己，直接气笑了："这么喜欢这双鞋？"

"不喜欢。"

他右手按下车窗，示意她："那还不扔了？"

陆银桥把鞋小心翼翼地放到脚边上，理直气壮地说："舍不得。"

她翻个白眼心里想，扔了一会儿还光脚？这可是她咬碎银牙四位数买来的鞋，摔破皮也要留。

她拿纸巾擦脚上的伤口，刚低下头，身边的肇之远冷不丁伸手来拉她，陆银桥顾不上理他，借着灯光又盘起腿，正好能缩在座椅上，结果身边的人直接凑了过来。

陆银桥不知道他要干什么，手里的纸已经被他接过去。

肇之远把她脚底大面积的脏土擦掉，又让她帮忙去拿前方工具箱里的小药盒。她翻出来才看见，里边简单放了几样对付外伤的应急药品，过氧化氢还有创可贴……刚刚好，一样都不多，全给她用上了。

她难得安安静静地由着他动作，这车再大也有限，两个人离得近了，她发现肇之远这段日子瘦了不少。车内的灯光在头顶，暗影就打在他半边脸上，下颌的线条都深了。肇之远好像也不再抽烟，晚上出门总算肯换下那身浮夸的睡衣，穿一件灰色的衬衫，把袖子都挽上去，但领口的扣子总也系不好，敞着半边，不知道打算给谁看。

他在那院里住久了，不知道是车里还是他身上，干干净净的带着点槐树叶的味道，比那五月里开花的味道更轻。

陆银桥看见他一只手扯着创可贴，总算长点眼力，替他撕开，一人拿一边，这才轻轻地贴在她脚后跟。

他上下看她的脚，确认再没别的开放性伤口了，于是起身，一抬眼直接看见陆银桥正直勾勾地盯着自己，于是眼睛里的笑意又浮上来，声音也轻了，开口就是一句："还不谢谢我？"

陆银桥一点也不客气，抬手就抱他的脖子。

肇之远嘴角压着笑，明知她故意，还非要配合。她那模样极认真，顺着动作就像要亲过来，可他忽然觉得脑后生疼，这丫头手上真使劲，手腕都上了头，一把揪紧他拢头发的辫子，就在他脑后直接往下扯，声音脆生生地问一句："我给二爷梳梳头？"

他疼得龇牙咧嘴直叫，把她推到一边，拿安全带把人扣上了。

陆银桥心里好受多了，笑得停不住，心情也好了。这模样让他看在眼里，又是光影下那点点的三颗痣，绕成了劫似的，非要咒他逃不过。

肇之远知道自己确实有点怪异的喜好，他明知道时候不到，但每次都控制不住，他探过指尖去碰她的鼻翼，结果陆银桥猛地一抬肩膀，侧脸就躲开了："喜欢的话让于缎也给你点三颗，听说韩国医院打折呢，买二送一有套餐。"

这下他眉心直跳，姑奶奶这一套一套都从哪儿学来的？

眼看就要过八点，市里的交通状况总算好一点了。

陆银桥想起家里的妹妹，有点着急，但她看见肇之远还带着伤，万万不敢冒险，于是又打算踩上鞋，松开安全带，和他说："你不要命我要，咱俩换，我开回去。"

肇之远扫她一眼，懒懒地拖着声音，让她去后座上拿东西。

陆银桥不知道他葫芦里卖的什么药，没工夫耍贫嘴，于是催他："赶紧起来，别在大马路上折腾。"

他有恃无恐："不拿就不换，你有本事给我推下去？"

陆银桥一见他就忍不住骂人，但此刻不是胡闹的时候，她逼自己平心静气，照顾一下太子爷的傲娇脾气，伸胳膊去后座上摸索，竟然抓出一个鞋盒。

这下她有点蒙了，盒子里是双平底的单鞋，样式简单，而且还是最近两年流行的那种半拖鞋的样式，让人的脚后跟正好能无压力地舒服地露出来，眼看还带着标签，肯定是刚买不久，格外柔软合适，正好就是她的尺码。

“你……”陆银桥的脑子有点转不过来，肇之远知道她的鞋码不稀奇，但怎么就知道她今天刚好需要换鞋，而且这个样式对一个男人来说，随手乱买也买不到它身上，怎么看怎么是特意留心了，怕她碰到后脚的伤口觉得疼。

他没让她细想，把鞋拿出来，让她赶紧换上：“快穿，你光脚开车啊？”

陆银桥没找出什么别的碴儿，只能换鞋换位置。

她坐好调整座椅，一回头看见肇之远一只胳膊被固定，上下车避开车门都不方便，她也不知道哪段心肠动了动，扑过去替他推开副驾驶位的车门，让他能从容地上来。

这人过去闲不住，早几年的时候还没这么懒，弄出了几家公司盯着，压力大找事排遣，热爱登山冒险，后来出过一场变故，此后不再远行，如今又生出了去郊区玩车的疯病，非要等到撞坏了才老实。

今天陆银桥身心俱疲，和人顶牛的话全都懒得说了，导致车里安静到令人感动，反而让人有点不适应。

陆银桥手握着方向盘，半天憋出一句：“为什么来接我？”

肇之远扶着自己的胳膊，整个人斜靠在另一侧的车窗上，声音嫌弃道：“谁接你了，路过，看见个蠢丫头在路边，光着脚演真人秀呢。”

陆银桥心里暗骂他没正经，眼看路上的车堵了一个小时都没挪窝，他怎么路过？

她两年都没开过车了，更不用说这么庞大的重型改装车了，但好在她过去经常出去跑龙套，四处奔剧组都靠自己一个人，没别的优点，只有适应力不成问题。

陆银桥把车渐渐开上了四环路，一路往南边走，又问一句：“路过还买鞋，喜欢我啊？”

早年连北新市都还处在发展时期，人的年纪小，就分不出高低贵贱，大家都是一群胡同儿里半大的孩子，日常动不动就冒两句互相打镲，此刻的陆银桥正盯着前后的路况，完全只是说顺了嘴。

她说过那么多的正经话根本没人理，偏偏这一句肇之远非要往下接：“不喜欢。”

她一口气咽不下去了：“不喜欢还买鞋？一脚油门给我扔下走人多利落？”她想他也不是没干过浑蛋事，当年轰走她的时候不也没眨眼吗。

肇之远的声音又拖着调门，此刻他脚边就是她那双高跟鞋，于是他踹了踹，提醒什么似的，慢慢说一句：“舍不得。”

陆银桥恍然大悟似的点头，这车开得她心惊胆战，半点不敢松懈，看也不看他说："是，我也贵着呢。"

他笑了，但谁都没再出声。

肇之远额头抵着玻璃，对着窗外一片快速滑过的路灯，若有所思，没再接话。

一路上陆银桥提心吊胆，总算把车平安开回了家。

胭脂厂的大路开进去之后只有胡同儿了，十二条主要的街巷之间道路狭窄，根本没地方停这么大一辆车，再加上肇之远的审美太恶俗，他这车不见外人，只是平日玩的，于是连车漆也是特殊定制，从上到下喷成淡金色，在有光的地方骚包得很，一到老胡同儿附近又分外显眼。

天已经完全黑透了，他的车在暗处一停，活像个巨大的金锭子，和四周格格不入。

他打电话叫人出来把车开走，程珂好像今晚原本就等在院里，很快出来了。

老胡同儿里没什么优良的照明设备，四下一入夜就显得昏昏暗暗，陆银桥拎着自己的高跟鞋，拿好箱子扭头就走。

她和程珂侧身的时候，对方好心问她："我喊雷三帮你抬上楼？"

"别，不敢让雷大爷受累，让他少骂我两句就算积德了。"

陆银桥一步不停，脚底下的鞋可算舒服了，那些划伤的小伤口清理过都不严重，她脚步飞快地跑进去了。

胡同儿口人不多，三三两两路过的都是加班回来的人。大家对于肇二爷如此勤快有些意外，眼看他大夜里还站在外边，大家都觉得新鲜，于是遥遥打声招呼。

一整天蒸腾的暑气到了夜里才有所缓和，总算起了风，胡同儿入口处有几家院子，都种了树，草木湿润，再加上家家户户经年累月攒出来的市井味，混合成一种奇妙的烟火气。

这座干燥的北方城市终日艳阳，熬到晚上八九点的光景才舒坦。电视里的连续剧已经上演，大姑娘小媳妇一把鼻涕一把眼泪地追着看，窗口飘出来的都是家长里短，听久了就习惯了。

祖祖辈辈在胡同儿里住过的人，对于家的理解，似乎格外深厚。

肇之远停车的地方，正对着门口那一户的南院墙，上边大大的一个"拆"字，圈着写了五六年，风吹雨打，漆都快掉没了，一直没能执行。

这地方住的人都转不开磨，但困难归困难，老理儿却都揣在心里。胭脂厂里的住家，少说有三代以上的人在墙根下活过，谁愿意让人把家拆了呢？

何况这几年看下来，有时候人穷，不一定志短。穷不穷不看物质，这些走不出去的人，不一定是因为没条件，几年前的补偿款就谈出了天价，可照样还有这么多不肯挪窝的人，就怕这片地落到别人手里，他们搬的新家住不惯。

他们乐意守着一片歪七扭八的破院子，就喜欢大夏天挤在树底下扇蒲扇。

百年的风月，哪怕沾了墙灰也比外边强。

肇之远盯着对面出神，没注意程珂已经过来了。对方这一天忙得够呛，来回折腾给他跑腿，先送走于缎，下午办事见人还是一身西装，都没顾上换。

程珂心细，肇之远交代的事他都记得。他眼见陆银桥走远了，才低声说："已经安排律师去查卷宗了，当年咱们尽最大努力争取过了，最终也是您想要的判决结果。陆兴平罪有应得，伏法都两年多了，怎么又翻出来……"

提起过去的事大家都不好受，平白无故不会有人轻易说出来。

他看看肇之远，对方倚着车门抓出一个打火机，一直没什么表示。

程珂顿了顿又说："我下午接到二爷的电话，不太放心，去了一趟新美学院。银桥回来是因为学院里油画系的特招，我把名单和作品都找出来了，她妹妹确实通过了考试。学院每年有三个破格录取的名额，最低年龄要求就是十四岁，那小哑巴今年刚到年纪，挺有天赋的，考上也不是稀奇事。"

肇之远手里甩着打火机，却没拿烟，他听见程珂的话，好像还在出神，空空的一双眼，只瞄着那个"拆"字，半天没什么反应。

程珂脑子转了转，又补了一句："二爷，我看了一圈，这几年银桥应该没和孟泽有什么特殊联系。"

这下肇之远好像听进去了，孟泽的名字就像回魂咒一样，听得他咬牙切齿，好歹忍下了。他微微皱眉，额前的头发落下来，他撩起来扫了一眼四周，做了个"嘘"的动作。

车旁背光，程珂看不出他脸上到底什么表情，只听他一字一句很是笃定："不，那个案子肯定不对。我现在明白了，陆兴平是该死，但不可能有那么凑巧的事。"

现在明白，敢情过去那两年的脑子都没在？

程珂终于明白雷三为什么那么暴躁了，这位爷想一出是一出，实在气人，但他不是雷三，还是把吐槽给咽回去了。他发现二爷在琢磨事的时候还是习惯拿着打火机，那是好多年前套着金壳的小玩意儿，只差当场抽一根了，于是他打开车门，想给二爷找烟。

肇之远示意不用："都戒好几个月了，别勾我的瘾啊。"

程珂表情都僵了，他早起听他说，还以为是句玩笑，这会儿看他确实没什么抽烟的意思，真有点不明白。他前天才开车送这位爷去医院复查，那时候的肇之远换石膏，半点苦受不起，闹着胳膊疼，手里的烟一根接一根，结果这才两天不到，戒得倒是快，还口口声声好几个月，骗鬼呢?

可惜肇之远认真的时间实在有限。

二爷一抬头，正好看见对面老王家的院墙，自家那只蠢猫就在墙上，正弓着背悄无声息地溜边走。

它的肚皮吃得比墙头还宽，这大晚上溜出来不知道是为了找哪只小野猫。

他冷不丁喊一嗓子："招财！"

四下安静，没人的时候，十二条胡同儿俨然岁月悠长，一派静好，不见光的地方却藏着数不清的琐碎……肇二爷一声吼惊天动地，骤然之间，四下的黄鼠狼都炸了锅。

招财慌归慌，但它爬墙头的事已经不是头一回，显然对这场面十分熟悉。它的动作行云流水，头也不回地蹦下墙，撒丫子就往里边跑。

肇之远盯着它那坏样直磨牙，他把打火机顺手塞进兜里，抬腿就要追，还不忘示意程珂先走。

程珂有点无奈，探头往胡同儿里看，远远能看见陆银桥家那栋唯一的高层违建。对方人回去了，却迟迟没有亮灯，也不知道那不省心的姐妹俩干什么去了。

傻子都知道，陆银桥回来就为和二爷离婚，他们这婚当年就结得神不知鬼不觉，一段隐藏的关系名存实亡，耗得毫无意义。到如今，程珂更参悟不透这位爷一天到晚瞎忙活是为了什么，他想了又想，这事太超纲，他可劝不动。程珂不再多话，过去拿肇之远的车钥匙，看二爷径自要去抓猫回院，好像什么事都没发生过一样。

好奇心害死猫，道理程珂都懂，可他心里的纳闷没比猫好哪儿去……他实在憋不住了，开口问他："都说了二爷胳膊不方便，您非要亲自去接人，人接回来就完了？"

肇之远对他自创的发型分外满意，此刻被风一吹煞是风骚好看，他一张脸高深莫测，小跑着去追招财，手里还不闲着，摇摇手指，没憋什么好屁："哪能，等着瞧吧。"

第三章 槐花树

陆银桥走回家就傻了眼，家里上下都没开灯，黑乎乎的一片。

孟泽说他已经把人送回来了，不知道陆一禾这么晚还会去什么地方，她心里一慌，打开门，却看见妹妹就坐在门后等自己。

陆银桥进去的时候，小姑娘坐在换鞋的矮凳上，头发梳成两个长长的麻花辫，好像有点被吓到了，以至突然站起来，一双眼睛在黑影里直勾勾盯着姐姐看。

那眸子里隐隐透出些光，又不像是平日里的神色。

陆银桥猛地陷入黑暗里，一时有点看不清，第一反应就问她："停电了？"

陆一禾很快反应过来是谁回来了，脸上有些担心，过来和她打手语，说自己到家就发现停电了，以前也没出过这种事，不知道电闸在什么地方。

陆银桥探头往外看，这一路上的街坊四邻家里都有电，对面的老林姐还在看那部经典版的《三国》，"滚滚长江东逝水"唱得浑厚雄壮，肯定不是集体停电。

她也开始琢磨电闸在什么地方，用手机照亮，上下楼找一圈，最终想明白了。他们家的水电最早是"半城金"东跨院的线路，虽然后来各自圈地分开，但智能电表要改造，办事部门来人，肯定要按规矩办事，政策上必须遵守一房一证，所以她们家的私搭乱建一直没有房产证，所谓的“家”，其实还是肇家的房产，再加上长期没人在，新电表应该还装在肇之远的院子里。

这下陆银桥连气都气不动了，她刚回到北新市一天，从早到晚，所有的事都和那个人有关。

这种说不清道不明的日子，她已经凑合过了两年多，躲都躲到外地去了，可未来陆一禾还要上学，她们在北新市至少还有四年日子。陆一禾慢慢长大，正是青春期，是女孩最敏感缺乏安全感的时候，陆银桥绝不能让妹妹也这么过。

两个人过去的关系如鲠在喉，活活吞下去，又卡在心口，永远是根拔不出来的刺，只有掐断这一条路。

陆银桥很清楚，她必须离婚，离完就想办法搬走。

只是眼前的事还要解决。

姐妹两个都不记得手电筒收在什么地方，于是陆银桥打开门窗，借光上楼。她在二楼的卧室有个放杂物的柜子，靠在窗边。

她刚拉开抽屉，余光里忽然看见楼下闪过一道影子。

她今天出去和人闹了不愉快，后来一路上总觉得有人盯梢，心神不宁，以至多少留了个心眼，她赶紧探头出去看，又什么影子都没了。

家门旁边还是那棵槐树，遮天蔽日，非要歪着长。树还是树，墙也还是那片墙，一时片刻根本没人来往。

陆银桥马上喊陆一禾把门都关好，自己坐在床边定了一会儿神，又开始宽心，或许只是谁家的猫狗追出来……反正怎么想，她如今无所依倚，算得上是家破人亡，只剩下唯一的妹妹留在身边，还是个说不了话的小姑娘，更不可能有什么天大的仇人。

这年头，如果连她都能成为被跟踪的目标，那坏人的追求也太低了。

楼上的人半天没有动静，陆一禾就在厨房找到一截蜡烛，点亮之后上来看她。

陆银桥正在出神，墙壁上的幽暗烛火却忽然而至，一步一步，还跟着人影。这场面让她以为自己眼花，和她的神经一样揪着眼皮，一个劲地跳。

陆银桥嘴唇发颤，蓦然回头，只看见妹妹一脸疑惑地打量自己。她勉强笑笑，总算是长出了一口气，安慰她说：“别着急，我歇一会儿再下楼找电闸，估计就是跳闸了。”

陆一禾点点头，替她去翻手电筒，把它递给姐姐方便走动，然后她就坐在陆银桥身边，看她的脚，问她怎么回事。

床上的人已经懒得提，只说是高跟鞋磨脚，今天太累了。

陆一禾年纪不大，但十分懂事，她知道姐姐这么辛苦是为了养活她上学，于是她把蜡烛放在桌上，回身拍拍床，示意陆银桥把腿伸开，她要给她按摩。

陆银桥被她逗笑，四仰八叉躺成一个“大”字，由着妹妹伺候。

人在黑暗里待久了，又觉得这样挺好，停电可真是人类文明的大倒退，什么都别想干，电脑、电视都别用，陆银桥被迫安安静静地挺尸，总算能够放松下来。

陆一禾凑在她身边，停下动作和她比画说：“孟老师今天送我回来，他以为你肯定在家，想来看看你。”

陆银桥闭上眼睛点头道：“我知道，他给我打电话了。”还有后半句话卡在嘴里，这一天的事接二连三，让她连自欺欺人的力气都没了，于是又扭头看着她问，“这两年……他还好吗？”

陆一禾松开她的腿坐在一边，表情有点为难，想了半天才回答她：“姐，你心里比谁都明白，其实孟老师一直都在等你。”

陆银桥听见这话，心里弯弯绕绕堵得难受，刚点燃的初恋情结还没烧起来，对门公放的电视剧演得正欢，孔明先生义正词严，一句话砸在她脸上：“我从未见过如此厚颜无耻之人！”她听着听着开始笑，扣着床边生锈的床柱子，又觉得连半点伤心都谈不上。

她拉住妹妹的手，和她一起比手语。

陆银桥比出来的是她想说而不能出口的话，无声无息，却很明确：“我不能再害他了。”

陆一禾有些急切，掰开她的手，给她写字：离婚。

陆银桥握紧了手心，半天放不开，又点头说：“离啊，我巴不得赶紧离。可我真不知道肇之远是怎么想的，当年他恨不得把我逼死给登登偿命……咱们欠了他，所以我躲着，他报复我，我也认，就想等他理智一点办手续，他又怎么都不愿意了。”

陆一禾安静地听，很久没再接话。她盯着桌上的烛火看，窗外的风漏进来，火光飘忽不定，左右挣扎，就和这栋可怜巴巴的小楼一样，眼看气数已尽，偏偏非要争口气，又活成了一个老不死……过去她实在太小了，陆家的女孩都没福气，陆一禾过于早慧，所有的日子都一笔一画刻在心里，关于旧日的阴影历历在目。

此时此刻，房间里长时间没有空调，人越躺越热。

好景不长，老林姐家里的电视剧已经看到广告时间，一段魔性的招聘广告大声播放，玩命洗脑，闹得人连说话的力气都没了。

生活还是生活，眼下苟且。

整条胡同儿家家户户都关着窗，就剩她们姐妹俩在靠风喘气。

陆银桥烦得直捶枕头："她老说自己听不见，大夜里还开这么大声，不聋才怪！"

陆一禾的思绪被她打断了，想起了老林姐，对方没事就爱给人算命，江湖人称"林半聋"，头发半白，还不许大家往老了叫她，只好被尴尬地定位为"老大姐"。老林姐一直没有正经事可做，有个儿子搬出去了，好像也不管她，让她闲在这地方，终日神神道道地聋着耳朵跟人说话……陆一禾想着想着笑起来，她连笑也没有声音，干干地哑着嗓子，等到笑完了，眼角却红了。

她去拿姐姐的手机，找出来自己常听的那首歌，坐在床上抱紧膝盖，就在左邻右舍的噪音围攻下，听她母亲留给她的一首故乡小调《九月香》。

我听秋风瑟，
我对月当歌，
半天云彩当云都，
九月槐树采槐花。
同在乡里读书郎，同张桌子儿女忙，同床金被共还乡。
重阳酿酒千里香，酿酒人家烛影光，同年亡人树下霜。

这首所谓的歌，其实是小曲儿，只有女人哼唱的声音，本来是网友分享的录音，音量微小，根本盖不住林半聋家的电视公放，可陆银桥一听见那声音，整颗心就像破了个洞，和那段即将烧完的蜡烛一样，岌岌可危。

旧日无可挽回，让人深知自己的懦弱，让她连悲痛的资格都没有。

陆银桥想起当年，远芳阿姨护着自己从家里逃出去的样子，突然坐起身，伸手把妹妹抱住了。

陆一禾才是对方的亲生女儿。

她家里这点人情世故，放在胭脂厂里不值一提，旧城改造的项目一直没能落实，传言有各种说法，说是要保护传统建筑，最后却定义为棚户区改造，险些演变成强拆，拖了五六年时间，还有这么多死守不走的人家。他们赶不上时代发展，城市日新月异，而这十二条里的生活却一成不变，艰难算计。

偏偏出了一个何远芳。

对方远嫁而来，一进北新市就跳进了火坑，跟了陆银桥的爸爸，一心一意照顾他。家里人口不多，却始终艰难，尝尽人情冷暖，在胡同儿里都没一个容身之处，以至连这栋房子都是抢来的……靠远芳阿姨一个女人苦苦支撑，过了十多年，她才生下自己的孩子。

那时候的陆银桥已经十一岁了，突然多了个异母妹妹，可远芳阿姨从来没有亏待过她，从小到大，挨打都替她受……她走之后，陆银桥发过誓，这辈子拼命也要把陆一禾带大。

这世间的事大多出人意料，再腐朽的角落里都能开出花，何况是人心底本能的善意，能比血脉之间的羁绊还要深厚。远芳阿姨的养育之恩无以为报，到了如今，陆银桥能做的只有这么多。

可这一晚呢，她们回到了这个所谓的“家”，无济于事。

她在这世上唯一的亲人，守着母亲留下的一首歌，在她背上慢慢地写字：“我想妈妈了。”

陆银桥自认心肠硬，平日里谎话连篇，活该是个缺福的累赘，她是胭脂厂里自小和男孩掐出来的姑奶奶，什么难事都不怕，只有这五个字，她无能为力。

一首小曲儿循环往复，陆一禾陪姐姐躺着休息，时间渐渐晚了。

林半聋家总算消停下来，连续剧已经开始播放明日预告，又过了一会儿，四下清净。

陆银桥心里装着事，也没力气卸妆，就在床上眯瞪着，等到四周骤然一静，她终于趴不住了，还要接下一场的戏。

她对着冰箱直犯愁，眼看冰开始化，再过一会儿就要开始流水，她总算提起一口气，出门去找电闸。

总不能让家里一直停电。

陆银桥靠着家门口的大槐树开始琢磨，深更半夜走“半城金”的正门能累死人，光守门的雷三都要和她打一架，还不如想个办法溜进去。

这办法不难找，打小陆银桥爬树就没输过，翻个墙头再简单不过。她一路顺着院墙摸索着走到了后罩院，多亏肇之远懒鸟不搭窝，一直住得窝囊，什么都懒得修，他这么好的大院子已经败得差不多，院墙根本没变过，窟窿狗洞一应俱全。

后罩院的墙就是“半城金”最北边的围墙了，墙下的空间已经是整个院子最里侧，甚至在肇之远的卧室之后，偏僻到根本没人特意去。以前他们都拿这一小处地方存放不用的杂物，墙上的砖也掉了又掉，让胡同儿里不开眼的人捡走，给他们自己的房子添砖加瓦去了……以至于前两年就露出个豁口，矮了半米，弄得院里的桌子椅子看起来堆得比墙都高。

这座院子从来不防贼，反正肇二爷偷不穷。

如今陆银桥打开手机照亮，果然还是一样，根本没人管。

她心里大喜，正中下怀，赶紧看清了位置，抬腿就往上爬。可惜她忘了一件事，早年她爬墙还是个十几岁的小女孩，身材小又灵巧，翻墙容易，可如今她用二十多岁的身子骨再往墙上爬，就没那么简单了。

何况这破地方连点光都没有，她手里的手机还得继续捏着，眼看墙砖松动，陆银桥费了半天劲才踩住爬上去，又被院子里摞起来的椅子给挡住了去路。

她傻眼了，没地方往下蹦，憋着一口气，在墙头上尴尬地往旁边挪。

陆银桥一边爬，一边听见动静，吓得赶紧停了手脚。她趴在墙上低头一看，发现外边有只狗。

这大夜里正是胡同儿里猫狗走动的时候，梁疯子家的那只大黄正好遛弯路过，鼻子一动，闻出些不对劲。

它许久没见过陆银桥，更没见过这种人类新运动，学猫爬墙，于是一双狗眼里真正露出蒙了的神色。大黄歪着头，认真琢磨这是怎么一回事，脑子都不够用了，干脆开始向陆银桥猛摇尾巴，一人一狗干瞪眼。

墙上的人总算被一只狗看出了廉耻心，窘得想骂人。陆银桥这一刻才发现自己傻，放着堂堂正正的大门不肯走，非闹这么一出，万一让人看见了，她大概能凭这事红一把。

最要命的还不是丢人……

就在陆银桥进退两难的时候，突然脚下一滑，她还穿的是那双半拖，伤口疼，又要顾着手机，心里一紧张，屏幕直接关上了，导致她眼前一黑，直接踩空，眼看整个人就要掉下去，张嘴就是一声惨叫。

今天确实不是个好日子，起码不宜爬墙，因为陆银桥在一片漆黑里摔下去的时候，直接撞到了一个人。

对方压着声音，等到用一只手搂住她的腰，把人扶着稳稳站住了之后，他才放声大笑。

那笑声自带几分混世魔王的气场，简直让人心生荡漾，放眼十二条胡同儿，就只有一位风流人。

陆银桥打死不愿面对现实，两只胳膊徒劳地扒着墙，人却直接掉进了肇之远怀里。

院里的槐树开了花，虽然眼下过了最好的季节，风里却总是透着一阵淡淡的香气。

后罩院里没有灯，好在远处的穿廊里有光透过来，让她能看见身前的人。

肇之远额前的长发都扫在她颈边，随着一阵放肆的笑声逼得她半天回不过神。

他是属膏药的吗？

陆银桥丢人现眼，被抓个正着，也不知道着了什么魔，姑奶奶竟然老脸一红，借着嗓门给自己壮胆，一句话嚷出来："肇之远！你成心的是不是！"

这下肇二爷不干了，他松开胳膊，直接把她扔在地上。

陆银桥差点摔个屁股蹲儿，赶紧抓住他的衣角才站稳。

肇之远一脸嫌弃，站在一摞破椅子旁边，不改倜傥姿容，还抽空甩甩他唯一能动的手，累得直喘气："救你还不知好歹！摔死得了。"他转身往前边的院子走，一句话点破她那点心眼，"放着人不装装鬼，前门楼子你不走，嫌胳膊腿儿太齐全了是吧？"

直到他走出后罩院，陆银桥才整理好衣服。

她把牛仔裤上的土都拍干净，这才反应过来，肇之远早就知道她今晚要翻墙？

所有的事都透着古怪，从她回来开始，似乎一直都有人在暗中盯梢，而肇之远仿佛什么都知道，知道她回来，知道她脚疼，到现在还知道她半夜要来翻墙，故意来看她的笑话。

可他盯着自己干什么？

无论二爷是想报复还是想使坏，他都有的是办法。

陆银桥在和大黄对峙的时候已经丢了脑子，她此刻实在不想纠缠，就记得一件事，追他去问电表。

肇之远慢悠悠地迈着步子，已经推开正房的屋门，他对于她家"停电"这件事，一点都不意外。

他套着墨蓝色的睡衣，倚门和她谈条件，大夜里还能笑得春风得意："你今夜老老实实回来住，明早你家肯定有电。"

这下陆银桥明白了，眼前的王八蛋就是始作俑者。

她所有藏着的火气瞬间爆发，不跟他废话，自己沿穿廊去找电闸。

门边的人一句话又扔过来："不劳你费劲，我告诉你，电表就在月亮门后边，但你找到也没用，我把你家电卡收起来了。"

她和他隔着半个院子的距离，眼看肇之远身不正，连影子都斜斜地打在地上，她气到极致，反而连打架的心气都没了，就站在那儿问他："你有意思吗？"

"有，太有了。"肇之远笑得温柔体贴，大方地打开房门，"咱俩是合法夫妻，你回来却不回院里住，这算怎么回事？"

"你自己清楚！"陆银桥没时间和他扯皮，现在他这么玩世不恭的态度，根本不可能谈正经事，她太清楚这太子爷浑蛋的臭脾气了，"都是成年人，你我好聚好散，二爷要是想女人了，把那个于缎还是方缎的赶紧接过来，别在这儿恶心我。你要还是个男人，就别干这没溜儿的事，电卡还我！"

她在槐树底下，一墙之隔，不远处就是她自己的家，一时间，她心里吞金似的沉甸甸地往下坠，偏偏肇之远还在贫嘴："这话别乱说啊，我是不是男人你不知道？"

她恨不得一巴掌抽过去。

那棵槐树枝繁叶茂，树梢倾斜而下，所有的枝叶几乎遮住了陆银桥的视线。她心里盘算着如何让他妥协，却自知肇之远的脸皮无人能撼动，她此刻拿什么威胁也玩不过他无聊的心思，进退两难。

陆银桥愣着站了一会儿，头晕脑涨，只觉得累。她干脆一屁股坐在树下，不吵不争，豁出去和他说："行，听你的，你让我在院里过夜是吧？我坐着陪你，天亮给我家通电。"

她一坐下就被树叶挡了脸，有点看不清门边人的表情，只感觉到他似乎是叹了口气。

"丫头，我给你搭台阶，你不下，非要闹是不是？"

陆银桥想还嘴，半天却说不出话，只觉得嗓子眼里都发热。

扑面而来的都是槐树清净的味道，就在这棵树下，曾经的一切都刻在心里，那么深远而无法忘怀的年少时光，她曾经听过他的话，放弃挣扎，试着信他一次，结果却害得如今无法相见。

可她不能怪他，肇之远为她所做的一切，为她失去的一切，连带着她几辈子的福报，今生来世都还不起，因为不能怪他，只能怪自己。

所以她不能回头。

两个人就这么僵持着，大门口又有动静。

雷三已经把陆一禾接过来了。

他抱着招财，正不情不愿地叼着烟卷，把小姑娘送到后边，一看陆银桥在树下静坐，活像要抗议似的架势，连他都给逼得笑了，半天才憋出一句："我真服了您二位。"

陆一禾扑过去抱紧姐姐，她说不出话，可脾气也不小，一直倔强地瞪着门边的肇之远，好像他是故事里能吃人的怪物。

小姑娘的眼神苦大仇深，和刀片一样，看得肇之远心里直发毛。

他一瞬间确实不懂自己到底图什么，大概是做错了太多事，所以老天才让他一遍又一遍地活遭这份罪。

招财是刚被抓回来的，它正在雷三怀里假装乖乖小猫咪，一双尖尖的猫耳朵动了动，忽然发现院里气氛不对，迅速蹦下地自己跑了。

雷三见二爷不说话，只能由他受累。

他过去催姐妹俩赶紧从地上起来："夏天地砖也凉，别冻着姑奶奶。"他指指西跨院亮灯的方向，"二爷下午就让我忙活，把房间弄干净了，晚饭给你们留了点，一会儿送去，你们先过去吧。"

陆银桥拉着妹妹站起来，一看西边，心里的疑问更大了。肇之远做了这么多安排，停她家的电，把她逼出来，又非要留她住，甚至连单独的房间都弄好了，还把陆一禾给她接过来，让她能安心……

到底出什么事了？

她忽然转向肇之远，可那卧室门外的人这会儿已经进屋了，门外就剩半句话，满是揶揄："满脑子龌龊，你没那心思，我更没，赶紧带着你家小哑巴，该睡哪儿就睡哪儿去，别跟我抢床。"

话到了这份儿上，陆银桥反倒坦然了。

只要不和他扯上关系，她乐得不用做晚饭，反正家里也没电，这院子里有吃有喝，还有人上赶着送温暖，她就占这个便宜了。

这一天下来，所有的事都像催命似的，全赶在一起，让人完全没有喘息的机会。姐妹俩躲去西跨院，总算吃完饭。

陆银桥和妹妹在门前坐了一会儿，说起她上学的事。

每年新美学院暑期都有补习计划，是专门给破格录取的孩子开设的，分为专业和文化课，小班教学，因而不用接触到太多学院里的其他学生，对陆一禾这种情况来说，正好是个过渡，让她可以对开学之后的环境做好心理准备。陆一禾不会说话，相对也就不易惹人注意，老师们都知道她的特殊情况，格外照顾，课后会专门留出时间让她打字沟通。

陆银桥看她的样子，似乎对未来的学业十分憧憬，总算放下心，哄她不要担心肇之远这边的问题，无论对方要闹什么，总要先过了今夜。

陆一禾似乎还要说什么，手语打了一半，但看看姐姐的神色，她还是没说下去，很快先回屋里去了。

陆银桥这才有空草草去洗脸，已经快到十二点钟，她明早还有拍片工作，必须分秒必争地回去休息。

她趁着洗脸的时间，坐在浴缸边上翻看手机，又看见孟泽的微信。

对方好像一直不太放心，问她到家没有，后来又问她家里缺点什么，等他下次送陆一禾回家的时候，顺路给她带来。

陆银桥的一条回复写了又改，改完又删，最后打开看他的朋友圈。

孟泽是他们学院里最年轻的教授，家世也好，但为人一直都是严谨的样子，有点老派的传统喜好，连朋友圈都是学术和一些知名画展的资料，极少有关于他个人的内容，只有一件事例外。

这些年以来，孟泽每年都会去四次山里，随着节气的日子，回去照看那座竹园。四时景色他会按时发出来，如果当时逗留的时间长了，还会有他的画。陆银桥每每去看，已经看成了习惯。

冬日厚重的雪，再加上夏天里满眼青绿，年年如故。她虽然人不在北新市，但知道他和那座园子一样安好。

今年夏天孟泽还没有去过竹园，陆银桥看了一遍，没找到照片，心里又不知是个什么滋味，说不上期待，连怅惘都不剩，只觉得人的因缘巧合，有时候真像一场梦。

那些热烈和懵懂的细节历历在目，每句话、每个笑容都真心实意，可等到她睁开眼之后，却又比任何人都清楚。

那些年的春秋冬夏，她、孟泽，甚至肇之远……再无岁月可回首。

她就算还存着往日的少女梦，也没心情蹲在厕所里矫情。

陆银桥不再多说，一条信息写得干脆："家里都好，谢谢你照顾一禾。"

入了夜，渐渐整座院子里的灯都熄了。

陆银桥没有衣服换洗，打算凑合一宿，明早回家再洗澡，她把脸擦干净走回屋，以为陆一禾睡了，上床才发现人竟然不见了。

她脑子里骤然闪过无数个念头，手都凉了，猛地冲出西跨院，疯了似的喊陆一禾。

这大半夜的人全睡了，一时半刻也没人理她，她直奔大门跑，跑过去才发现院门是从里被打开的，幽幽地开着半扇。

她真慌了神，又去门房找雷三。

雷三平日里抽烟喝酒，一向睡得死。她叫了半天没动静，狠下心去踹门，才发现他也没在屋里。

她顺手一摸，那该死的小门房连把锁都没有，深更半夜，人都不知道哪儿去了。

陆银桥想起自己这一天，总觉得被人尾随，始终惴惴不安。如果是肇之远授意，无非为了登登，可如果他想拿陆一禾报复，何必等到现在。

但如果不是他……

夏夜闷热，风里又透着股不清不楚的凉意。

陆银桥的恐惧突如其来，她怕得浑身发抖，顺着那扇门冲出去，胡同儿蜿蜒而去，几百米才有一个路灯，又年久失修，光影暗淡。她这么看过去，离远了连个公母都看不清，更别提好坏善恶了。

此时此刻，她眼里的一切都成了未知的变故，连那树梢顺着风动一动，都显得不怀好意。

陆银桥实在不知道应该怎么办，惊慌之下一切就剩下本能。她又跑回了自己家，刚到楼下，那种古怪的感觉又回来了，她鬼使神差地一抬眼，发现二楼卧室里真的有个人，就在窗后看着她。

那一刻所有的血液几乎都冲上头顶，陆银桥几乎失控尖叫，可那人影又太熟悉……前后不到几分钟，她的情绪大起大落，甚至反应不过来，只记得狠狠捂住了自己的嘴。

夜凉如水，陆一禾正在楼上盯着她，安安静静的一双眼。

十四岁的少女已经显露出清丽的轮廓，有点像年轻时候的远芳阿姨。她发现姐姐吓坏了，意识到自己不告而别太过突然，因此她打手语，告诉陆银桥，她不愿意留在肇之远的院子里，偷偷溜出来，只是想回家而已。

陆银桥知道家里没有电，暗得伸手不见五指，她捂着嘴走回去，一步一停。

心里一乱，让她浑身冷汗，仿佛这一天永远不会过去，逼得她对着自己家门，竟然不敢迈进去。

很快里边有了脚步声，楼上的人似乎下来找她了。

陆银桥僵在原地，家门被槐树挡住，依旧只有半边能开。她回头环顾四周，再也没人深夜出来发疯，根本没有其他人影。

人的心里一生疑，四下都有鬼。

她尽量让自己冷静一点，深吸一口气，确认似的向屋里喊陆一禾，可就在此时此刻，她话音刚落，听见对方已经走近了。

屋里的人即将走完楼梯，可脚步的声音越发闷而沉重，明显不是一个女孩的动静。

家里不只有陆一禾。

某种恐怖的念头无比清晰，是心底瞬间而生的防御本能。也许对方刚好走到楼梯上藏起来，没想到陆银桥却为找妹妹追回来，导致一切都被打断了，不得不突然下楼。

这下陆银桥连害怕的时间都没了，她第一反应就冲楼上大喊，歇斯底里地提醒陆一禾待在卧室里："别下来！把门锁上！"

她瞬间涌起一腔孤勇，不管对方是谁，又是什么目的，陆一禾还在屋里，她不可能逃。可她出来得太心急，连手机都没顾上拿，此时此刻孤零零地对着一轮圆月，极远处的路灯虽然微弱，却终究让屋外比房间里亮。

对方躲在暗处，陆银桥成了活靶子。

几秒钟的间歇，她明知不可能，却还是想着拼命去砸门后的开关。

灯竟然亮了。

光线突如其来，一瞬间让人的眼睛有些不适，她只来得及看清一个陌生男人的背影。

对方突遭变故，反应极快，几乎瞬间闪进厨房，很快玻璃碎裂，人已经跑了。

陆银桥惊魂未定，脚下发软，站也站不住，又听见身后有人追过来。

雷三大声喊着让她别怕，陆银桥总算找回了一点残存的理智，顾不上和他多说，只记得半爬着要往楼上跑。

"一禾！"她冲到卧室，拧不开门，急得拼命拍。

里边的人听出是姐姐，很快把卧室打开了，房子里四下通了电，但卧室一直没有开灯。窗外月华如水，小姑娘好像比她姐姐还要沉稳，直愣愣地站在门边。

陆一禾不能说话，不能喊，也不能回应，她举手想要表达什么，却总是来不及。

陆银桥浑身的冷汗把衣服都打透了，她眼看妹妹反过来还要安慰她……一瞬间半个字都说不出来，满腔后怕，好像哑的人成了她自己。

“没事了。”陆银桥一把抱住了身前的人，然后把灯都打开，“还有姐姐呢，别怕啊。”

这话实在没什么说服力，以至她说完两个人都笑了。

前后不过片刻的动静，雷三不知道从哪儿找来一把榔头，等到他上楼来的时候，就看见姐妹两个抱在一起。

他实在不擅长和女人说话，更不会安慰人，只能替她们上下查看一圈，确认没什么损失，又回来停在楼梯口，和陆银桥说：“电给你通上了，人也跑了，这大半夜遇见贼，怪瘆得慌的，走吧，我带你们俩回院。”

他手里的铁榔头已经抡成了金箍棒，大概是觉得自己不能英雄救美，干脆演起了大圣归来，一句话说得理所当然：“我估计二爷已经睡死了，都没醒呢，咱赶紧回去，省得他又怪我不锁门。”

可惜陆银桥不配合，她一肚子疑问，又惊又怕，家里出事，她哪还有心思回“半城金”。如果不是肇之远非要断电，她家也不至于让人闯进来。

她立刻让他走：“你回去告诉他，如果二爷还是心里不痛快，那就明着来！可如果谁再不长眼来我家挑事，我跟他玩命！”

雷三揪着自己的跨栏背心，没太明白这话。他琢磨了一下，总算分析出陆银桥是误会了，他嘴上没个把门的，赶紧和她解释：“姑奶奶，二爷早说过，您家今天夜里要出事，让您好好在院子里睡一晚，别乱跑。我刚才好心去弄电表，想着先把电给你们通上，结果看住了大的，没看住小的，小哑巴非要回家，这下……”

陆银桥已经让陆一禾回屋去了，她刚给妹妹关上门，突然回头问：“你说他知道？”

今夜要出什么事，来的又是什么人，目的是什么？胭脂厂这一代家家户户都熟悉，老旧的胡同儿里几乎夜不闭户，何况她们家的情况，说出去连贼都不惦记，没有半点值钱的东西，怎么可能有人闯进来？

她的脑子里已经乱成一锅粥，奇怪的事太多，反倒不知该从哪一件想起。

就在陆银桥出神的时候，雷三也没好到哪儿去，他彻底被问住了。

满城皆知，肇之远干事不着四六，那位爷做事实在荒唐，导致雷三习惯于只听他吩咐，不问原因，这样还能少生点气，多活两年，可眼下陆银桥突然一问，雷三反应过来，“啊”了一声，半天没说出个所以然来。

他用尽脑细胞，试探着问：“可能……二爷今天算了一卦？”

陆银桥看看他手上的榔头，强忍着踹死他的冲动，一句话送客：“滚！”

老胡同儿里的生活如同一潭死水，今天可算出了件稀奇事。一栋破败的小砖楼有贼闯入，多亏夜深人静，旁边又住的是个耳聋的老大姐，天塌了也醒不了，根本没人来看热闹。

陆银桥仔细检查，发现家里既没丢东西，也没有其他损失，人都没事，她就算想报警，也没个凭据。

这种时候她只能先考虑陆一禾，不愿意再勉强妹妹。陆一禾忌惮肇之远，无论如何不愿意再和他接触，那她必须和她在一起才放心。

陆银桥守了一会儿，确认胡同儿里四下太平，她又打开妹妹的房门看了看，床上的小姑娘闭着眼睛，鼻息安稳。陆一禾虽然早熟，可怎么说都还是个孩子，天塌下来也砸不死她的瞌睡虫，此刻看着，人已经睡熟了。

陆银桥总算松了一口气。

她自己没这么好的命，身体实在有点熬不住，却又因为神经紧张，完全不觉得困，只能洗个澡，逼自己再去躺一会儿，天一亮马上去工作。

浴室的光线昏黄，水温升高，人的精神也渐渐松弛下来。

陆银桥拧开喷头，拼命让自己不要胡思乱想，却无法克制地想起这几年。

她在外地的时候，日子过得麻木，为了负担生活，工作忙而疲惫，总想着不知道什么时候才能回家。如今回来了，眼看一切都没变，胭脂厂没有拆，十二条胡同儿里的人日日相见，雷三依旧傻，梁疯子依旧疯，就连肇之远都没变……该浑还是浑。

可是分明一切又都变了，里外透着不对劲。

无论这几年又有什么新鲜事，早该和她无关了。

陆银桥实在不明白，人离家千里，午夜梦回，难免有点思乡的情结，可她想归想，关于“家”的回忆却伤人伤己，她实在没想过自己要回到北新市，更不愿意再和这里的人事有所牵扯，唯一的原因只是陆一禾要上学，所有的一切都是这段时间偶然做的决定，她不明白为什么还有人盯着她不放……

陆银桥的卧室旁边就是洗澡的地方，而她所谓的浴室，也不过是用玻璃隔出来的地方，最多一个转身的空间。

喷头年久失修，堵了一半，水花不大，可天热，水温也热。

她洗着洗着觉得烫了，老式的热水器还在玻璃外边，这会儿也没人能帮她调，只好凑合洗。

陆银桥浸在一片温热的水蒸气里捂住脸，再抬头的时候就觉得眼前发花，一阵接一阵耳鸣，满天都在掉星星。她这才想起自己一天忙下来，晚上只吃了几口东西，连中午喝的那罐冰可乐都算管饱了。

她头晕目眩，越洗越觉得难受，实在没忍住，大声喊陆一禾。

姑奶奶今天连轴转，实在高估了自己的体力，没等她抬手把水关上，腿先软了，下半句话根本没能说完。

这一晚的陆银桥可真是做了梦。

从登登出事那天起，陆银桥很久没有睡过安稳觉了。

她永远都记得那天仓皇的天色，像是憋着一场大雪，可是经久不下。北新市接连没有好天气，就剩下半阴半暗的云层，又透着诡异的光，活像是磨花了的琉璃瓦。

冬天气温低，肇之远市里的正经买卖也临近年底了，难得集团需要他出面开会。他眼里所有的“俗务”堆到最后才肯干，以至这位富贵闲人总算忙了一阵，两天都没回家。

到了星期六的时候，陆银桥琢磨他应该回来了，于是从早起就开始忙，安排家里晚上一起吃饭。她良心发现，打算给自己立个贤惠的人设，忽然记起肇之远的馋虫，打算给他买点老字号的酱肉回来。

陆银桥去的是天福号，百年老店，就在胭脂厂附近，走路十几分钟而已，所以她出门的时候顺手把登登牵上了。

人总是心存侥幸，尤其在没带脑子的时候。

既然彩票不好中，那霉运也该有定数，好比那些儿童走失、交通意外……充其量发生在法制频道，老百姓简简单单过日子，就觉得悲剧没那么容易发生。陆银桥这辈子坎坷地活到这么大，不管遇到什么事都学会先安慰自己，不会一路惨到底，所以那一天对她而言，实在普通到连半点征兆都没有。

清晨车少，空气好，她带登登出去转了一圈，最后一起走去老字号买东西。

那条路实在太熟了，从小走到大，因此她一直专心玩手机，正着急追问肇之远今晚到底回不回家吃饭，全程都没怎么留心。天福号远近闻名，胭脂厂附近的这家又是正宗老店，不管什么时候都挤满人，店里专卖各种酱牛肉，卖东西的叔叔阿姨都是看着他们长大的，因此一见她，扯开各种话茬儿。

陆银桥一开始还记得牵着登登，可挑选东西的时候容易分心，走着走着就松了手。她吩咐过孩子，让他跟紧自己别老跑，可等到她买完酱肉再回头的时候，身后的小跟屁虫就不见了。

从天福号到胭脂厂，兜兜转转，统共没超过一公里的地方，登登就这么丢了。

孩子虽然小，但他从小就在“半城金”的院子里长大，就算人多挤散了，总不至于一点回家的意识都没有。陆银桥想着也许是让哪个街坊看见给送回去了，于是她赶紧往回跑，一路找遍附近的十二条胡同儿，直到中午时分，她已经把家家户户问全了，依旧怎么都找不见人。

这下陆银桥确实吓傻了，她报过警，脑子里炸雷似的响，愣愣地站在院门口，后悔得恨不能抽自己。

整个院子的人都不知道发生了什么。

雷三如同往日一样，大冬天里裹着一件棉猴儿，正一个人守在门房里，悠然地抽他的烟。

他看见陆银桥大冷天竟然满头是汗，一边觉得奇怪，一边问她：“登登呢，是不是又上梁疯子家玩狗去了？”

她几乎哭着扑过去，求他马上帮自己找。

雷三那么个五大三粗的老爷们儿，听见孩子丢了，一口气吸回去，把烟头都咬断了。

后来的事就全乱套了，肇之远赶回来，可惜谁都没能吃上饭。

登登走失前后不过三四个小时，事情已经震惊了整个胭脂厂。毕竟老城街巷闭塞，生活环境和其他地方不同，走出家门几乎没有生人，尤其是登登，从肇之远把他抱回来那天起，人人都知道那孩子就此改了命。肇二爷愿意把他当亲生儿子养，背后一定有天大的缘故，因此街坊四邻都觉得这事不对劲，就算登登真让陌生人拐走了，那对方一出店门，附近的熟人都能看见，肯定有人生疑，不至于一点动静都没有。

她从来没见过那样的肇之远……仿佛整个人突然就静了，平日里挂在嘴边的玩笑全都没了，横生出从容不迫的架势。他下车迅速进院，前后安排，让人去协助警察，好像只有到了出事的时候，这座庞大的院子上上下下才算有了主。肇二爷眼底那些真真假假的笑意都沉到底，四方的天，他的眼色和那些凭空压过来的云一样，只剩下她猜不透的光，好像完全变了一个人。

肇之远在路上就知道孩子丢了，也知道所有能找的地方都找过了，所以他不再乱闯，走到那棵槐树之下，去找陆银桥。

他抱着她的肩，半天没开口，再说话的时候，也只有一句："丫头，你知道的……登登是我恩人的孩子，他妈妈当年冒着雪灾救了我的命，我在她面前发过誓，替她养这孩子一辈子。"

那声音低得近乎哽咽，他努力克制，可手上的力气掐得她生疼。

陆银桥拼命点头，根本不敢看他的眼睛，她比谁都清楚登登对这个家有多重要。

他怪她，或是骂她出气，也许还能让陆银桥心里好过一点，可他在那种时候异常清醒。肇之远说完那句话，很快吩咐人去打电话，又看见陆银桥冻得满脸发红，外衣已经跑掉了，于是他去拿衣服给她披上。

肇之远一直在想些什么，就在她身边陪着，等她情绪稳定让她坐下来，又和她说："没这么简单，登登又不是哑巴，店里人多眼杂，都是熟人，但凡小孩叫一声，所有人都能知道。"他停了一下，蹲下身看着陆银桥，"现在看起来，登登应该不是被拐，他不哭不闹，八成是认识的人下手，所以大家不觉得奇怪，有人看见了也不过脑子，根本没往心里去。"

陆银桥越听越害怕，她不敢往下细想，问他："你的意思是有人绑架他……谁？我带着孩子出门，谁敢从我身边……"

她心里闪过一个念头，突然说不下去，呼吸都在发抖。

肇之远坐在她身前，他轻轻地拍着她的肩膀，似乎尽力让她稳定情绪，一字一句地告诉她："有人故意等你带孩子出门，因为登登认识他，所有人也都认识他，最重要的是，这个人在你身边出现理所当然，所以他把登登哄走，根本不会有人留心……放心，很快就有结果了，我已经让人去找他了。"

院子里越发吵闹，有人想来帮忙，有人绞尽脑汁试图提供线索，再加上警察问话，一时之间人来人往。可惜这出戏实在没能演太久，事出必有因，登登失踪之后只过了半天，一切就被一通电话打破了。

肇之远没有猜错，登登确实不是随机被拐，他是被陆兴平绑架了。

不论陆银桥有多么不想承认，可惜人不能从石头缝儿里蹦出来，她活着就有来处，亲缘关系可以断绝，血缘却始终客观存在。

她从小就对那个人渣直呼其名，恨他入骨，恨不得抹掉和他有关的一切，却始终不能否认，在血缘关系上，陆兴平确实是她的父亲。

陆兴平绑走登登，电话打过来是想谈条件。他的目的其实很简单，从知道这个消息开始，几乎就没人觉得惊讶。

她那个父亲吃喝嫖赌样样不少，这种男人还总有一个可怕的通病，那就是窝里横，打完老婆打孩子。陆银桥出生之后不久，她的亲生母亲生了重病，家里没钱给她好好治，也或许她母亲早就无法忍受陆兴平的折磨，早早病逝，扔下孩子解脱了。陆银桥没这么走运，据隔壁的林半聋说，陆银桥挣扎着活到两三岁的时候，险些被她那个混账爹给卖了。可惜她是个女孩，二十年前的社会风气远没有如今开明，人贩子对着一个女孩，实在给不出满意的价格，再加上后来有了远芳阿姨的照顾，总算有人给她一口饭，让她能在这胡同儿里歪歪扭扭地长大。

恶鬼披了人皮也透着恶，怎么装都装不成人。陆兴平绑架一个四岁的孩子，只能是为了钱。

他欠了几年高利贷，一直都在外边躲着，到最后拖不过去，眼看被人追着砍，他才想起回到胭脂厂。他走投无路，天天去“半城金”的院子门口闹，非要给陆银桥下跪，可她硬是咬牙不肯见他。

她当然知道见面的结果，她和肇之远结婚之后，陆兴平三番五次出损招，逼迫远芳阿姨和陆一禾来向她要钱，他甚至想利用女儿，让肇之远替他还债，陆银桥因此被迫和他断绝了父女关系。

可惜吸血的废物早没良心了，陆兴平发疯，暗中盯紧女儿，让他终于找到机会把登登劫走。他用跳楼作为威胁，抱着孩子跑到了441医院的老院区，在病房楼顶打电话，想让肇二爷给他这位所谓的老丈人一句痛快话。

事发地的医院并不起眼，当年陆兴平选中它，大概只是因为距离近，它算是胭脂厂附近最好找的一处楼房，住院区统共只有六层高，但已经足够让陆兴平发疯了。仓促之下，他急红了眼，如果肇之远不肯替他还赌债，他就要拖上无辜的孩子鱼死网破。

整整一个下午的时间，陆兴平死活不肯接受谈判。他已经做出丧心病狂的事，轻易不能回头，于是他在顶楼的护栏边上，抱着孩子和警方僵持。

眼看天都快黑了，登登还不懂事，被陆兴平绑住手脚，强行按在怀里。他从一开始大哭到最后睡着，中途又被惊醒，再次号啕……临近傍晚时分，他整张小脸都蔫了，再折腾下去，大人的账算不清，孩子先撑不住了。

警方做过最坏的打算，楼下已经铺设好充气垫，拉开警戒线。441医院实在狭窄，留守的医护人员和病人都成了围观群众，只能被圈起来堵在楼侧，而肇之远就在对面的门诊楼里，通过电话做过几次沟通，最后事情压不住，惊动了各方领导。考虑到人质是幼童，绑匪行为影响恶劣，所以一切必须以孩子的安全为首要目标，下午的时候狙击手已经就位，一旦陆兴平情绪不稳或是事态恶化，警方立刻就要动手，肇之远却始终沉着气。

他是最该愤怒的人，从把登登抱回来的那天起，他就说过要把孩子好好养大，他应该急着让陆兴平付出代价，可他始终在争取时间，以致到了最后，连陆银桥都已经完全崩溃，他却还在试图稳定局面。

即使是在梦里，她依旧清清楚楚地看见了那天的自己，她扑过去揪紧着他的衣领，哭着和他解释："求你了，再等等，我爸是疯，可他不敢跳楼，他不是杀人犯！不会真的伤害登登……"

他们彼此都清楚，从陆兴平把登登劫走的那一刻开始，无论哪种结局，对陆银桥而言，都将成为她终生无法面对的悲剧。

只是他们当年都没能参透，人生转折，无论有多少惊涛骇浪，开始的时候，通通没有预告。

她看见肇之远脸色泛白，紧紧抿着唇，那神色已经让她不敢再说话。他似乎极其艰难，依旧伸出手，把她搂进了怀里。

陆银桥的情绪过于激动，已经哭到近乎窒息，再也承受不住，他只能先抱紧她，示意医护人员过来为她注射镇静剂。

他把她的脸压在胸口，说话的声音闷闷地透过胸腔传出来："你先回去，这里我来解决，好好睡一觉，醒过来就没事了。"

陆银桥哭到眼前都看不清了，心里却明白，他不忍心让她面对这一切，可是她的意识已经不受控制，不断用力，几乎抓破他的手，只求他一件事："陆兴平毕竟是我爸……我求你，别让他们开枪……行不行？"

她快要晕过去，只听见他说："我知道，不会的。"

陆银桥在极端矛盾的打击之下，实在没有余力去想，那天的肇之远，到底是用什么样的心情才能苦苦撑住这句回答，但他确实答应了。

后来的事她意识模糊，基本都记不清了，就觉得好像是他把自己强行抱出房间，又有人送她回家。

弗洛伊德曾经说过，梦是愿望的满足，可有的梦总是不尽如人意。人的眼睛会累，闭上眼大多时候只想逃避，可惜那些梦格外清醒，镜花水月没写成，连结局也非要演一遍，生怕她忘了什么。

陆银桥上一次像今天这么昏睡不醒的时候，睁开眼就毁了前半生。

当年她醒过来，听到的已经是律师关于案件的复述。

最后的时候，登登突然兴奋起来，不知道怎么来了精神，在陆兴平怀里死命挣扎。他的手被皮带绑起来，可是小孩子胳膊细，折腾一天之后，他竟然从皮带圈里把手抽出来了。陆兴平神经高度紧张，一直都是极端焦虑的状态，根本没注意，于是登登闹起来，不断在陆兴平脸上乱拍，身子又使劲往外钻，胳膊撞到了他的眼睛，逼得陆兴平几乎跳起来，敏感的意识陡然崩裂，他为了保持平衡自保，直接松手把孩子扔了。

孩子是从六层楼上掉下去的，楼下有防护垫，可是谁都没想到，四岁幼童体重太轻，冲击力过大，他直接摔落在垫子边角，反弹之后又坠在地面，最终没能救回来。

陆银桥梦见这一段的时候，差点就要惊醒过来，潜意识成了救命稻草，她沉重的眼皮让自己面对现实，像是被什么压着手脚入水，整个人又沉了回去，这才没被岸上的海市蜃楼勾出魂。原来有种万幸是知道自己在做梦，那种几乎濒死的悲恸忽然退去，让人如获大赦。

陆银桥挣出一口气，又在这片如水般的梦里审度往事，想着自己从小认识肇之远，你来我往掐得像对斗鸡，一打就是十多年，她好不容易才低头，嫁给他不过半年时间，哪怕糊涂着过也早该认命了。她以为肇之远是个不靠谱的人，心里却很清楚，二爷浑归浑，骨子里的脾气谁都拦不住，他这辈子绝不会受人胁迫，所以出事那天，她才会歇斯底里地哀求，无非是因为他不会纵容陆兴平的恶行，更不会同意对方开出的条件。

只是她没想到肇之远也会鬼迷心窍，信守承诺。

律师和她说过，肇先生不听劝，他坚持对方是自己的亲属，要求继续谈判。他一直强调对方没有伤害人质的行为，导致在场所有人都没想到突然生变。小孩子的情绪无法预料，事情发生得太快，警方已经错过开枪的最佳时机，最后从楼顶下来的人，只有陆兴平。

如今这一觉轻松多了。

陆银桥梦着梦着没了钟点，时间一久，脑子就糊涂了。她忘记自己到底躺在什么地方，好像回到童年的时候，她一个人偷偷溜出家门，躺在大槐树下。她总觉得自己闻见了那股沁人的槐花香……睡得浑身滚烫，不知道哪根神经出了毛病。

她就这样浑浑噩噩地把过去的破事翻看一遍，偏偏两个眼窝浅，哭得痛快，才算明白自己熬过来了。

第四章 少年梦

这张床实在太硬了——这是陆银桥睡了两天之后的感想。

她差点以为自己真是躺在大马路上睡着的，随着意识一点一点恢复，脑子里半梦半醒的画面就像拆散的幻灯片，完全没有衔接，凭空混在一起，竟然让她又梦见了别人家门口晒的海带……陆银桥没心没肺地躺着，对着满院子黑绿的海带干，差点流出口水。被这不合时宜的馋虫一激，她的知觉很快也回来了，第一个反应，就觉得自己浑身的骨头让人拆了。

她睁眼拍拍床板，差点把手指头戳坏，抬眼又看见头上是一整片苏枋色的垂幔，那是一种用木头特意染出来的颜色，算不上明色，可说暗也不暗，它们铺天盖地，层层叠叠，把一间卧室弄得满是落魄贵族的范儿，连绸子都带着金边，要不是电视还挂在墙上，挂钟的走针跑得飞快，她差点就以为自己洗个澡，直接洗回了前朝。

陆银桥倒吸一口气，翻身起来。床头一侧的垂幔之后竟然是个小冰箱，她差点撞上，不懂怎么会有人在卧室里放冰箱。她正好捡个便宜，打开冰箱看，拿出冰可乐直接喝下去，这一下真解渴，这些天烧得浑身滚烫的燥热感也瞬间就降了下去，没等她舒服两分钟，她又听见门外有人在说话。

“这丫头的毛病好多年了，一发烧就是高烧，烧得脑子都糊涂，等她醒了就没事，该查的都查过。”说话的人腔调懒散，除了肇之远再没别人。

雷三变成院子里唯一良心未泯的人，再加上他对女人的事总是摸不着头脑，本能地觉得凡事小心为好，于是追着说：“别啊，二爷，她发烧两天了，你不想管就别把人留下，留下又不给她送医院，这造的是什么孽！”

肇之远好像算完一卦，很是笃定：“她就是神经紊乱，体温调节中枢不好。你放心，日子没到，她且死不了呢。”

“真烧坏了算谁的？”

“我媳妇，算我的。”

门外的话一句不落地冲进陆银桥的耳朵里，她听着听着连白眼都懒得翻了，不用看也知道，雷三肯定是被雷劈的表情。

果然，门外那位壮士的声音陡然高了八度：“爷！于缎还缠着要过来呢，我都挡回去两次了。您行行好，既然有新人陪着，就别再把这姑奶奶捡回来了行吗！”

“你属唐僧的是吧？赶紧干点正经事……我把梁疯子的炉子扔了，你去找点粉笔之类的东西送去，让他分散注意力，别成天煽风点火的，命再长也不够他这么造啊。”

雷三的脑子还沉浸在刚才的麻烦里，一时转不过弯儿，于是话茬儿还接着说：“您就不是痴情的人，当年非说是打小的情分，看银桥可怜，不能让陆兴平真把人逼出事，这才非要娶她……”

陆银桥听不下去，捏着可乐罐子只想冲出去扇雷三，幸亏刚醒，还没力气打架。

她有心无力，气得直笑，琢磨起刚才肇之远的用词倒是专业，好像早知道她要病这么一出似的，门外的话怎么听怎么来气，肇二爷的情分她可受不起。

所幸那两人没聊多久，很快雷三踢着鞋底走远了，剩下肇之远一个人，不知道还在磨蹭什么。

人在高烧过后就像一切关机重启，所以陆银桥坐在肇之远这张硬板床上，骨头缝里都隐隐作痛。她四处看了一圈，不知道二爷这几年练了什么盖世神功，床上竟然连个厚垫子都没有，薄薄一张床单，活该要把胳膊睡断了。

陆银桥穿的是一身舒服又凉快的真丝连衣裙，她想找件衣服，发现肇之远总算干出点人事，他看她发烧，没让她贪凉，床边备着一件针织开衫。

她拿起来自己套上，然后盯着门外晃荡的人影不出声。

她终于明白自己为什么能做这么久的梦了，因为膝盖上都是磕出来的瘀青，估计那天直接晕在浴室里了……于是她蹑手蹑脚去找自己的手机，翻看一圈，出乎意料，没有客户的咆哮，全是孟泽的信息。

对方是突然得到消息的，一开始急切地说要赶过来，到了今天，孟泽的口气已经缓和了，知道她没生大病。

她又往上找聊天记录，果然，陆一禾看见她晕倒的时候，第一件事就是用她的手机联系孟泽。

陆银桥趁着屋里没人，坐在桌子旁边缓神，想起自己莫名其妙消失两天，总要告诉别人她没事，可她只要一打开和孟泽的聊天窗口，牙尖嘴利的本事全都忘在脑后，凭空有了沟通障碍，半天才打出一句："我醒了，还是老毛病，人没事。"

她小时候营养不良，高烧的毛病确实从小就有，烧起来昏天暗地，睡上几天都是小事。现在人这么大了，很久没再发烧，结果一回北新市压力太大，又累出旧病。

陆银桥的话发出去，刚想松一口气，孟泽的电话紧接着就打来了，让她连反应的时间都没有。

电话里的人口气轻缓，一句话说得不疾不徐："银桥，我来找你。"

她觉得自己又发了烧，坐在那里连手机都拿不住，起身就向外跑。

已经过了中午十二点，又到了一天之中最热的时候。

肇之远从卧室门前走开了，还是在东南角的树下摆着躺椅。二爷今天难得没穿浮夸的睡衣，简单的灰色衬衫配休闲裤，踩着拖鞋也不突兀，破天荒地显得十分正经。

小茶几上放着文件，电脑就在桌面上，陆银桥经过的时候，肇之远正在和程珂视频通话。

屏幕里的人一见她从卧室里冒出来，立刻不再说话，避开了。

太阳晒得人眼花，肇之远对她突然醒过来毫不意外，大概脑子里还想着事，一时没顾上和她耍贫嘴。

他沉默地躲在一片阴凉处，树影挡了脸，看不清是什么表情。

陆银桥快要跑出穿廊，忽然听见他开口喊了一句："醒了就六亲不认？"

她停下脚步，无话可说，她对着这片院子出神，里里外外都熟悉，那梦里的滋味好像又回来了。

发烧烧得昏天暗地的时候，往事又让人伤筋动骨地疼，但好像总有个人，额头贴着她的眉心，汗津津的也不嫌弃，就记得试她的温度，把她抱起来，给她换了衣服，怕她热又怕她冷，明明他不太会照顾人，偏偏摊上她这么个麻烦……

就像床边那些冰可乐，她不能再想下去。

二爷那张嘴，打开话匣子就收不住："你大半夜倒在浴室里，小哑巴抱不动，我过去的时候，她守着你急得直哭，还非要等什么孟老师，也不看看那会儿都几点钟了，你们孟老师再英明神武，也得睡觉啊。"

陆银桥不敢回头看，明明手脚都发软的时候，还非逼自己站直了，她口气诚恳地和肇之远说了一句："这次谢谢你，我先回去了。"

背后一阵动静，树下的人好像坐起来了，又向着她走过来。

肇之远的声音越发清楚："我知道你今天一定会去，他等你两天了。"

陆银桥这才想起彼此之间的关系，她心里蒙着一层雾，原本还不清楚，只记得把过去的念想藏起来，冷不丁就被肇之远抹开了。

她瞬间没能控制住，开口解释："一禾给孟老师发过消息，现在我醒了，总要和他说一声。"

肇之远走得近了，他今天衬衫的扣子系得严实，尺寸却故意选得宽松舒服，打扮得像模像样，可惜那双眉眼照旧，勾勾嘴角就能痞上天。他双手插兜，正好绕到陆银桥面前，挡住她的去路，一张脸凑过来看她："丫头，五讲四美，礼义廉耻先不说，咱们总得讲道理，日子虽然过不下去，但怎么论，你还是我的人，不能去找孟泽。"

陆银桥被他这个"道理"说得进退不能，差一点就要动摇，可她刚刚做了梦，在过去的戏本里已经找到答案，同样的悲剧，经年之后，他们都没心力重蹈覆辙。

北新市最热最燥的日子已经拉开序幕，阳光没了遮挡，直直晒在背上，眼看要到七月，人在外边站上几分钟，浑身都冒火。

陆银桥被这日头晒得眼睛发干，那些早都烂在肚子里的话终于连成句："没有意义，我们可以耗下去，可是登登回不来，我爸回不来，远芳阿姨……也不会再回来了。"

肇之远下意识地绷紧手指，原来他并没有她想象中好过。

他似乎也很意外，陆银桥真敢把旧事全都抖搂出来，于是喉间一动，还要说什么，可眼前的人迎着晃眼的日头不闪不避，转身就走。那话已经把两个人都推到悬崖边上，空落落的踩不实，哪怕他再说出半个字，都能逼她往下跳。

所以从始至终，她离开的这条路，只有她一个人走。

陆银桥想开了："你放心，我还要脸，不像你和于缎，离婚之前我不会做出格的事。"

院外的槐树抽过枝，树梢被日头晒得久了，染出一层薄薄的光。今年树叶繁盛，那绿就显得格外耀眼。虽然树的根系盘踞在外，可顶上不争气，终究长回了院里。

触目所及，在这十二条市井的胡同儿里，只有一棵槐树能生出参天的气势。

陆银桥的童年时期还没出落成如今的模样，是个留着"一刀齐"发型，连裙子都没见过的泥猴。她靠着一棵大槐树，冬天裹着棉衣躲在树后打架，下雨天倒在树坑里滚泥地，秋天又爬树去偷隔壁的柿子……后来好不容易长大了，女孩出落得极快，她为了能尽早脱离这个家，半工半读，只为求个饭碗自立。在她几乎可以忽略的懵懂年月里，唯一一点女孩的心思，都是因为遇见了孟泽。

这座四九城的中心地带并不大，最不缺的就是大家子弟，孟泽其实算是肇之远的朋友，差不多年纪，过去也是发小。他们这圈人平日低调，藏在娱乐八卦的小道消息之后，实际上多数靠着父辈的根基，纨绔居多，因此像孟泽这种"异类"就显得格外特别，他是为数不多踏踏实实读过书，走上艺术道路的"高岭之花"。

可惜这朵花并不开在胭脂厂，孟泽的父亲早年已经是市里的领导，他一直都留在学院里，当时找来最后这片胡同儿，只是为了写生。闹市喧嚣，他一个人安安静静地在老林姐家的墙下坐着，画的是陆银桥家门口的槐树。

那会儿的陆银桥有惊无险地活到十八岁，总算是个成年人了。她见到孟泽那天，大概是个夏末初秋的节气，黄昏傍晚，天气并不冷。她着急出门，要去赶一场替身的戏，冷不丁出门撞上个陌生人，好奇地多看了两眼。

不过十几米的距离，她眼看对方在画板上勾勾画画的模样，让她站在自己家门口，只觉得唐突。要说那时候她对孟泽是什么印象，排除掉种种主观美化之外，她第一反应觉得他是个干净的人。

而后很多年，陆银桥回忆起来，嘲笑自己缺乏想象力，可这形容确实贴切。

她只是个没见过市面的丫头片子，打小活在胡同儿里，拥挤繁杂。随着周边地段的改造，这一片逐渐被包围成了棚户区，连天都矮了半截。她见到孟泽的日子也不能例外，远处正好有街坊出来，对着路边泼水，盆底一翻甩出四五米……此起彼伏的自行车铃声又响个没完，还有磨剪刀的师傅走街串巷，这一场人间烟火闹哄哄地揉成死结，就像头顶私接出来的电线一样，乱七八糟。

但孟泽不一样，从第一眼开始，她就知道他不同。他是这画面里唯一的例外，格格不入，却又分外自然地坐在墙下，他对着画板目光专注，穿一件米色的薄线上衣，连袖口的褶皱都干净得让人自惭形秽。

少女时代的陆银桥没来得及小鹿乱撞，她初恋的开端和电视里演得不太一样。彼时她踩着一双细高跟，为了接戏，烫着夸张的小卷发，整个人一脸大浓妆，市井而俗艳……以至对面的人抬眼看见她的时候，手里的笔明显一顿。

陆银桥的羞耻心瞬间复活，差点咬舌自尽，仿佛手脚都长错了位。她转身想跑，可惜穿着高跟鞋，走也走不快，最后还是画画的人先打破了尴尬。

孟泽从画板后转过头，看着她笑了。

那笑容本身实在没什么含义，那时候充其量算是礼貌而已，却支撑陆银桥熬过了往后数千个日夜。

有时候人的念想，就是这么可怕。

如今的陆银桥也没有长进。

她高烧吃了强效的退烧药，汗被逼着一层一层出来，时间久了凉丝丝地贴在身上并不痛快，如今又顶着大太阳跑回家，原本浑身发软，可一看见孟泽真的等在树下，这场面又像回到了过去……她也顾不上想自己如今是什么鬼样子，只记得抱紧胳膊，笑得脸都僵了，进退两难。

原来岁月风霜也没有老人说得那么厉害，此时此刻，一切竟然还能回到原点。

她知道孟泽在等自己，心下豁然开朗，仿佛晨昏交替之间，所有颓唐的人间梦通通有了着落。

对面的人听见动静看过来，她这才发现孟泽没什么变化，何时何地都能显得从容而干净。看起来他这几年工作忙了不少，戴了一副眼镜，显得人更加沉稳。

孟泽很快笑了，那笑也是过去常见的样子，惹得陆银桥鼻尖一酸，连句话都顾不上说。姑奶奶成了胭脂厂最没出息的人，隔着经年是非，险些就要哭出来。

还是要孟泽先开口，他的声音恰如其分地把她的情绪打断，他打量她的脸色，问了一句："烧退了吧，还难受吗？"

陆银桥摇头，深深吸气才放松下来，示意自己没事。她去家门口找钥匙，发现陆一禾没在家，也没锁门，所以孟泽在她病倒的时候，一直没走。

他三言两语说得简单，把这几天的事都告诉她："我那天早上过来的时候，之远那边已经把你接走了。一禾担心，又怕他，不敢进院。我想着与其让她胡思乱想，还是先送她去补习吧，这样我留在家里等你回来，她不用为难，也能放心了。”

几年没见，孟泽的口气如旧，没有刻意寒暄的意思，关于陆银桥前后这两年多的生活，他始终没有询问，给彼此都留足余地。

两个人回到家里，屋子里通过风，只开了楼上的空调，人一进去就是刚刚好的温度，不冷不热。陆银桥发现家里上下都被收拾过，她和陆一禾没顾上整理的行李都被送到楼上，放在门后不显眼的位置，甚至连细节之处也都被照顾好，她之前把纸抽用完了，找出一包新的，直接丢在盒子外边用，有人收拾才一切归位，纸抽被放进盒子里，最上边的一张折出角，方便人拿。

一种久违的秩序感突如其来，陆银桥愣了一会儿，才反应过来家还是她的家。

她让孟泽先坐，自己去洗了脸，又去厨房倒水。

窗户打开一半，槐树叶子挡着光，市井人家的日子流水一样，又是个闷热的午后。

陆银桥端着水壶，目光刚好落在筷筒里，连筷子都被分类摆放了。她忍着笑，回头打量，厨房里烟熏火燎，筷子用下来都是差不多的木头颜色，等到如今摆开之后，还真能看出些颜色的区别来……孟泽的强迫症这几年也越来越严重，连几根筷子都不放过，她真是心服口服，只是她家这种环境，对孟老师而言恐怕有点超纲，因为无论怎么收拾，都有一根筷子落了单，偏偏它还有红漆装饰，就剩它碍眼。

陆银桥顺手拿出来看，那大概是陆一禾小时候用的，多年过去，没人动，丢得只剩一根，委委屈屈被排挤在外，活像个扎红绳的小可怜，突兀地被一堆灰头土脸的老伙计包围了。

凡事过分有序，总容易产生些莫名的仪式感，哪怕就在这样的地界里也不例外。陆银桥原本还有些局促，忽然想起孟泽的星座，他可真是为他们处女座争光，眼里最见不得乱，她想着想着把自己都逗笑了。

她沏好茶，去冰箱里抓出来两瓶北冰洋，拿出去问：“天热，孟老师喝茶还是跟我喝凉的？”

孟泽盯着他面前的餐桌，半天没动，忽然又伸手去拉桌布，直到桌布上的格子前后左右都对齐，他才接话说：“你发了两天烧，刚好一点，喝热的吧。”他抬眼发现她盯着自己，反应过来，也笑了，又和她解释，“我这两天正好有空才过来的，你家里长时间没人住，表面的灰尘好清理，那些边边角角的地方，应该找个人好好打扫。”

陆银桥把茶递给他，她自己还是贪凉，四处找开瓶盖的起子：“你搞艺术太屈才了，去开个保洁公司吧……手把手调教一批精锐阿姨出来，搞不好公司都上市了。”

她只顾着扯淡，里外都没找到瓶起子，眼看孟泽跟进厨房来，她伸手沿着灶台边上抹过去，举起手指，凑到他眼前给他看，果然那手上半点油都没有。

陆银桥的嘴又停不下来了，一双眼睛亮晶晶的，表情颇为认真地说：“请不起，没人比你贤惠。”

孟泽由着她闹，给她打开顶柜，找到收起来的瓶起子，顺手把汽水瓶打开。

其实丫头片子最好哄，只需要一瓶冰镇汽水，就能让姑奶奶二十多年都白活了。

陆银桥耳边的碎头发用夹子别住了，仰头就露出整张脸，笑得眉眼弯弯，活像个傻妞儿似的拿瓶喝，一大口咽下去，只觉得舒服，感叹了一句：“我睡太久了，浑身发烫，梦里就想吃远芳阿姨做的海带五丝粥，再来瓶汽水往下灌……”

喝粥就汽水，是陆银桥独创的吃法，她说着说着口水都要下来了，举着瓶子冲他笑。

孟泽靠在了橱柜边上，一直没再开口，只是那角度刚好垂了眼，直直盯着她看。

果然人回家才有底气，陆银桥那股没心没肺的劲头上来，只顾着贪凉，直到孟泽的目光如影随形，她才反应过来，两个人此刻不过半步之间的距离。

她捏着冰凉凉的瓶子发了怔，想起自己应该说点什么，也必须说点什么……窗户实在开得不巧，外边满树知了，看不懂眼色还在叫，吵得人心乱如麻。

偏偏对面的人倾身而至，忽然向她伸出手。

陆银桥还拿着汽水瓶，抬着胳膊无处安放。

她冷饮喝多了，喝到手心发凉，连笑意都僵住了。她背后就是水池子，无路可退，于是叫他：“孟老师……”她以前也这么喊，年轻的时候，大家身边只有他从事传统职业，一圈人整日胡扯玩笑，老师长老师短的，这会儿她又觉得太刻意，低了声音，“孟泽。”

对面的人目光微微一顿，却最终无意紧逼。

孟泽把她手里的冷饮拿开，回身放在了台面上。他看出她的窘迫，推了推眼镜，并不点破。他依旧如常的口气，语重心长地和她说：“这要是让肇之远看见了，肯定不让你这么喝。”

三言两语退回原地，界限分明，才能让她顺势聊下去。

她被这话一点，想起隔壁那位爷的态度。如果这几天孟泽和他遇见，那场面不用想都知道有多难看。而所有事的起因，无非都是她。

陆银桥的愧疚突如其来，想要解释：“他心里不痛快是为了针对我，如果扯上你……”

“没有，我过来主要是担心一禾一个人照顾你不方便，另外也有正事找他。我父亲那边来了消息，胭脂厂这片的政策很快就要下来了。”他知道陆银桥想说什么，示意她不用，“我和之远从小就认识，都是朋友，不至于闹出多大仇。”

陆银桥过去把窗户完全推开，抬头去看那棵大槐树，一到有风扑进来的时候，总能带着那树上熟悉的香味，一阵一阵勾着人。

她心里总算踏实下来了，顺着孟泽的话，换了个话题：“孟叔叔最近怎么样，身体还好吗？”

孟泽有点无奈：“好是好，还是老样子，总惦记着让我从学校里出去。我不适合老一辈那套活法，做个老师挺好的。”

陆银桥想起他父亲在市政府干了一辈子，这两年已经升迁副市长，既然孟泽已经得到消息，那八成是和胭脂厂这一带的规划有关。这种消息在胡同儿里一天一个花样，街坊嘴里人人号称“最新消息”，传来传去，听得麻木之后，她就剩下抱怨了：“老说胭脂厂要拆，说了这么多年，到底要怎么拆没个准信儿，不知道还能住到什么时候。”

孟泽拿过一张厨房纸，正在慢慢地擦手，他好像对玻璃瓶上的湿气十分在意，忽然听见她的话，手下一顿，想了想才说：“之远一点都没告诉你？”

陆银桥被他说愣了，想了半天，只能摇头。

“三年前定下要进行旧城改造，可胭脂厂这一带的问题最多。这地方有年头，可真正的文化存遗已经很少了，也没有明确挂牌的名胜古迹，对政府而言，找不到体量大的古建筑，未来的开发资源就少了，肯定要重新统一规划。政府行为的好处是可以照顾旧城区的原有风貌，这应该是对十二条这些老街坊最好的方案了。”孟泽慢慢地说，抬眼也还是对着那棵老槐树，若有所思，“市里领导这几年一直催促推进改造，但项目多次遇到阻力，今年又传出消息，商业征地已经报批。”

这下她几乎脱口而出：“商业？”

“明面上看着是因为项目多年存在争议，商业开发之后能让居民拿到更高补偿，大家搬迁的意愿就高了，可以尽快拆动，但背地里，这明显是有人盯上了胭脂厂这片地。”

大家心里都明白，凡事一遇到“拆”字，在什么地方都难办。北新市短短二十年间发展迅速，满城高楼大厦，最后围出了一块疤。十二条胡同儿里沉疴难医，居民年龄偏大，而且收入普遍较低，私搭乱建已经造成数不清的高危建筑，脏乱差的现象难以根治，再加上家家户户都是几代人守着这一亩三分地，缺乏对政策的理解，越来越多的人抱团不愿移居，格外抵触有关“棚户区改造”的消息。

陆银桥自然清楚，胭脂厂是块难啃的骨头。

天气炎热，午后的胡同儿里人最少，只是房子不隔音，来往议论多。孟泽扫了一眼窗外，把窗户关了一半，只留缝隙透风。

“按照如今商品房的市价来算，胭脂厂是正经的市中心，房价每年都在涨，再拖下去难度更大，最终转为商业开发，对政府而言是最有效解决资金问题的方式，其实方案并不违法。”

这确实是个两全其美的办法，只要这片地能重新规划，拆了之后无论是原址建房还是改做商业中心，都可以解决老旧危房的隐患，同时兼顾市容市貌，最终把居民迁走，给到满意的补偿款，另行置业。

如今情怀不值钱，谁都知道房子是房子，家是家，这两件事没什么关系，可这道理在胭脂厂里说不通。

这消息无异于晴天霹雳。

陆银桥手里救命的汽水都顾不上喝了，瓶子一扔，想都不想就反对：“这算什么方案？如果落到开发商手里，肯定拆了去盖什么商场、写字楼……胭脂厂就毁了！”

哪怕老胡同留不住，可因为院子里的一砖一瓦都是家，梁上的燕子窝做了几代人的邻居，于是人心固执，经年之后成了烙印。他们抱着十二条的落魄烟火活得自在，谁动就和谁死磕。

何况退一万步算计，单说计较房子这件事，陆银桥也没把房子拿到手，拆迁的事倒是板上钉钉了。她此刻所在的这个“家”，还是个说拆就拆的违建。陆银桥回来这几天，婚离不成，所有该解决的问题一个都没解决，光把自己折腾病了……老天爷就像专门和她作对一样，非要盯着一只羊，薅秃了才算完。

千头万绪，陆银桥越想越觉得心里起火，可人一旦急过了头，脑子都是木的，她思来想去，连扑腾一下的力气都没了。

一墙之隔，“半城金”的院子里就消停多了，槐树下的人一点都不急，正懒洋洋地躲日头。

肇二爷是懒鬼托生，这两天的勤劳如同回光返照，带着点矫枉过正的急切。他早起就找程珂，对方要替他去见律师，今天赶不过来，他就连着视频也要开会。

程珂看出二爷没睡好，琢磨着肇之远的胳膊不能动，大概没法出去疯玩了，活生生给大家找了一堆苦差事，非把几年前的惨案查一遍。

只是二爷抽风，苦了身边人。程珂和他到中午才说完正事，雷三也没闲着，他把院子扫完了，眼看捡回来的姑奶奶甩脸子又跑了，他还要替肇之远收拾屋子，又去厨房盯着做饭的婶子忙活。

等到过了中午，程珂口干舌燥，整理好律师的意见汇报：“前后查得很清楚了，所有人的口供都没有问题，当年银桥出门是她自己临时起意，带上登登更是偶然情况，没有提前安排，只是因为住得近，陆兴平想要跟踪她找机会下手，实在太容易了。”

肇之远又发话了：“那就去找借钱给陆兴平的那伙人，从头查他们当年催债的过程，还有没有其他人参与。”

程珂确实不明白：“陆兴平的事大家都清楚，他逃不过高利贷，必须想办法弄笔钱，犯罪动机很清楚，这……到底哪里不对？他当年为了钱，差点逼银桥卖身，您应该很清楚，那种畜生的烂事还有必要查？”

程珂一上午的腹诽没地方说，其实他不关心当年陆兴平受了什么刺激，他只想知道最近肇二爷是怎么了，从陆银桥突然回来开始，肇之远整个人就像被什么东西洗脑了，突然就变了样。

明明人还是一样懒怠，肇二爷歪在躺椅上说话，穿得再正经都透着骄奢淫逸的模样，手里捏着一根烟，半天下来只是玩，一直没有真抽……就连戒烟这件事，他竟然也做到了。

肇之远戒烟的辉煌历史要从小追溯了，他不学好，被家里几位长辈追着打，差点把他打开了瓢，那都没能管教过来。等他自己抽得没意思了，又说要戒，已经从十四岁说到了三十四岁，堪比狼来了。

如今这才几天？突如其来断了瘾。

人的日常习惯在短时间内不会突然改变，除非真出了什么问题。

程珂心重，反复斟酌了一下，只能顺着肇之远的话答应他：“行，我再去问一下，那伙人就是混子，听说去年就给抓进去了，八成没出来。”

肇之远没空搭理程珂脑子里的官司，也不管他面露难色，又补了一句：“还有，孟泽上赶着来送消息，是听见他爸那边有确定消息了，胭脂厂肯定要拆。只要商业征地的批文落实下来，集团就要抓紧确定补偿方案，胭脂厂这片地必须落在我们自己手里。”

程珂点头，声音尽量放低，又说了一句：“我理解您的心情，银桥一回来，就像有人天天拿刀戳您心窝。可就算咱们日子不过了，从头翻旧案，真翻出什么转机，谁知道是好是坏？”

真正的悲剧并非死亡带来的创痛，因为时间总能冲淡所有激烈的情绪，而真正让人无法释怀的原因，是当年悲剧所涉及的全部是肇之远身边最亲近的人。那是他恩人的孩子、爱人、亲人……无可挽回，而那一切他都尽力了。

说穿了，真正让肇之远过不去的坎儿，不是陆银桥，是他自己的无能为力。

程珂生怕肇之远又生出应激障碍，只觉得二爷的癔症见律师没什么用，给他找个心理医生才是正经事，心结不好解，延误治疗就不好了。所以程珂皱着眉，越想越心疼，悲悯的眼神还没准备好，反而是肇之远先看了一眼时间，已经打算结束了。

程珂没工夫表达自己的关心，只能抓紧时间说：“还有个事……”

肇之远没等他说完就打断了：“我知道，最近实在没空，让于缎先去公司找你吧，你给她安排个假期，送远点，让她度个假，别留下搅和我的事。”

他说完不等程珂答复，直接关了电脑，满院子去喊雷三。

比起程珂跑腿心累，雷三才是真倒霉。他其实一心只想好好看他的大门，可惜自从跟着肇之远开始，这日子越来越不好过，连做饭煮粥都要他去帮厨了。

肇二爷又犯疯，早起亲自进厨房，可粥料进锅之后他就走了，说是要忙正事，换雷三替他盯。雷三只好和做饭的老婶子为伍，捣鼓一上午，总算按着二爷的旨意，弄出一煲海带粥。如今他一听见肇之远的声音，脑仁直疼，立刻装好给二爷端出来，满脸写着不耐烦：“全是按爷的意思，煲了四五个小时，不满意也没辙了，赶紧端走吧。”

肇之远算着时间还有富余，非要先验货。他吹一吹，就在廊下站着喝了，眼睛却盯着手里的粥碗，突然开始撇嘴。

“又怎么了？海带干、瑶柱和千张，都是你自己选好下的锅，按咱们以前的口味弄的，查过火候时间，还有什么问题？”

二爷正好倚着穿廊的柱子，没断的那只手端着碗。雷三怕他摔了东西，赶紧替他举着，他偏不放开，小拇指一勾，敲敲碗边，声音又拉长了：“这碗不行，换个搪瓷的，以前隔壁家里用的那种，磕掉边就露一截儿黑的。”

雷三又急了：“我上哪儿找去啊？谁家也不差一个碗，早没那种东西了。”

这倒是真的，玩复古还是玩情怀，都没这么折腾人的。

肇之远想了想，十分感慨：“碗不对，就觉得这味道和远芳阿姨做的还是差了点。”

“真够费劲的，就算我能把碗弄来，您是不是还得上趟六必居，买点八宝菜？咱们干脆凑一桌，把姑奶奶直接请回来吃行不行？”

肇之远眼看雷三又要急眼，难得善心大发，不再难为人。

他自己胳膊不方便，就让人把粥都放在保温桶里，然后一边晃着步子一边看时间，拎着桶就出了院。

不早不晚的光景，肇之远出门的时候，远处的梁疯子刚好扯开嗓。那人吊丧似的声音一响起来，反倒成了一种另类的钟点，提醒着胡同儿里的人。

陆银桥这才觉得有点饿了，她睡得没时没晌，脑子里都是事，此刻和孟泽在家里坐着说话，又喝过带汽的水，忽然安静下来，正好肚子叫得欢。

她咳嗽一声想掩饰，赶紧找个关键话题，突然福至心灵地问他：“对了，你刚才说来找肇之远，和他说拆迁的事了？”

孟泽点头道：“胭脂厂里最大的一户就是‘半城金’，外人看着太子爷还住着不走，猜不透他想干什么，既然拆迁的事有眉目了，总要和他打声招呼。”

所有的事都熬过来了，孟泽也清楚，此刻他们既然还能相见，话题始终绕不开，于是陆银桥和他摊开了说：“肇家不会认我这个孙媳妇，后来出了那么多事，肇之远恨不得逼死我全家，早该搬走了……”她实在有点说不下去，孟泽眼里毫无波澜，反倒是她自己有点受不住，正好看见桌上的手机，想起来又问他，“今年夏天你还没去竹园？”

“暑假学院有统一进修，时间紧，正好赶上你回来了，过两天可以一起去。”孟泽抬眼看她，口气和缓，“你喂的那几只猫都当奶奶了，放心吧，竹园这两年专门救助流浪动物，成了生态园，维持得很好。”

陆银桥开始后悔，她自己找的话题，又惹出关于那座园子的回忆。

竹园地处郊区，在北新市西边的山脚下，是孟泽写生度假的园子，最早也是因为他喜欢去，才渐渐被她知道。陆银桥情窦初开的年月里，把一份暗恋当了真，苦苦追着孟泽，好像这样才能守住她自己的底线。二十岁的陆银桥为了给家里还债，赶夜戏做替身，娱乐行业的水太深，有时候只要肯多迈一步就能博个出路，可她死守着一点脸面没真的堕落，都是因为心里有个支撑。她在那段困境里把孟泽当成了唯一的退守，越发和自己较劲儿，存着一点奢望，不愿意任何人知道。那时候她经常没有时间休息，可因为知道孟泽第二天要在竹园采风，哪怕通宵不睡，只要天亮下戏，她立刻就卸妆赶到竹园去找他。

时过境迁，陆银桥的初恋岁月成了心底的秘密，如今想一想，人少年时的执念总是义无反顾，天真得令人动容。

可惜也是在那座竹园里，她心底最干净的那处角落还是藏不住，她最终拒绝了孟泽。

再见时难，两个人都没有刻意说话，陆银桥掐着自己的手指，不敢去看对面的人。

孟泽的话已经很直白："银桥，人不能一直逃避下去，陆兴平已经付出代价了，你自由了，还有选择的权利。"他的手近在咫尺，似乎看出她的挣扎，按了按她的手腕，示意她停下来，不要再折磨自己。

陆银桥长长呼出一口气，那些汽水没半点用处，嗓子照样干得无法开口，偏偏这种时候是肚子救了命。她胃里空，肚子又开始叫，连她自己都绷不住了，笑得脸红，借着这事让自己轻松一点，起身去看冰箱："你吃过饭了吗？我也忘了家里还有什么，随便做点吧。"

人的家教和生长环境终归刻在骨子里，孟泽随便坐在桌旁照样背线笔直，他从小在大院里生活，年纪轻轻一心教艺术，什么时候都是端正的姿态，听见她这么说，示意她多穿点："一起出去吃吧。"

陆银桥没拒绝，她确实懒得再开火，天虽然热，可她也不敢再招风，于是又去楼上找出薄风衣，一边穿一边下楼，发现自己里边还是发烧时换的睡裙。那连衣裙质地贴肤细腻，而她自己的外衣就没那么讲究了，好久不穿，没有熨烫，突然撞在一起，夏天也蹭出一层静电，她头发又短，瞬间奓毛。

这下孟泽笑出声，他眼看陆银桥拿着风衣找袖子，傻兮兮地又抓头发，两只手都不够用，干脆起身过去给她撑开衣领。

两个人不过一低头的距离，他伸手顺她脑后的头发，一根一根，对着光线角度，极认真的脸色，仿佛这是件天大的事，直到把她的头发全部拢在耳后，才挪开目光。

陆银桥想起他一丝不苟的习惯，刚想揶揄着开个玩笑，结果一抬头就对上孟泽的侧脸，他的手指顺着衣领顺势拉下来，停在她耳畔……这房子实在不隔音，里里外外的动静都在耳边，就连梁疯子的嗓门都一清二楚，可她忽然又什么都听不见了。

她抓着风衣想说点什么，一个字都没说出来，觉得自己又蠢又卑鄙，急着想拉开距离，偏偏孟泽低声开口："银桥……"

她瞬间就被下了定身咒，一动不动地看他的眼睛。

孟泽慢慢地摘下了眼镜，神色认真，声音近乎叹息："后来我一直在想，如果当年在竹园，我没有退让，如果我拦下肇之远把你带走，后来一切都不会发生。"

陆银桥不会被陆兴平逼到走投无路，不会突然和肇之远结婚，如果故事换一种开端，日后也不会引发那场惨案。

孟泽低头，盯着她的眼睛，一字一句地说给她听："从头到尾，你没做错什么……而是因为我。"

他认真起来似乎总有些特别的意味，每一次孟泽放缓声音说话的时候，陆银桥都不知如何是好，对着他瞬间就没了主意，所有的脾气全都没了，轻易就被他收在手心里。

只是今非昔比，陆银桥早早受过苦，才能活得通透一点，所幸她这些年的境遇，终归不是白来的折难。

如今的她很清楚……陆银桥抓紧自己残存的理智，孟泽的手就在她身后，忽然按住她的肩膀。她知道自己不能犹豫，那些话冲口而出："不，你不明白，这么多年我一直后悔受了陆兴平的威胁，可现在我想明白了。"她试图让孟泽冷静一点，"人不能把自己的过错都推到别人头上，那是我自己选的路，如果我不想，谁都不能逼我，我是自愿嫁给他的。"

她说得很快，近乎语无伦次的呓语，可这些话藏在她心底，压了太久，必须要找个宣泄的出口。她越说越觉得气氛不对，他们不能这样……可孟泽的手不断用力，突然又抓紧她的胳膊，要把她抱进怀里。

陆银桥完全没想到他会有这样的举动，心都跳出了胸口，瞬间急着甩开他："孟泽，放手！"

没等她再说点什么，大门突然被人推开了。

肇二爷来得比曹操还准，他直接往里走，门也不关。外边的日光突如其来地照进来，他额角上的头发飘着荡着，惹得地上的影子也跟着晃。

大门一开，外边的动静一股脑儿涌进来，梁疯子的唱词陡然尖锐起来，三言两语地疯笑，彻底撕破了脸。

肇之远不慌不忙地先把手里的东西放在桌上，再打量桌旁站着的两个人，体贴地提醒一句："光天化日，门都不锁，这要搁在过去，您二位该被浸猪笼了吧？"

陆银桥平时存着一万句话怼他，赶上今天这场面，都是哑巴唱戏，全没腔了。

肇之远不拿自己当外人，屁股挨着桌边蹭上去，挑着下巴示意孟泽："没听见啊？她让你松手。"

孟泽并不打算争执，他脸色自然，戴上眼镜，又仿佛什么都没发生过似的，继续拽着陆银桥的手腕往外走："先去吃饭。"

小楼里这点面积不过巴掌大，进进出出，能绕开桌子的只有一条道。

肇二爷的脾性大了，他趿拉着拖鞋，抬起一条腿，直接挡住他们的去路。他眼看孟泽还抓着陆银桥，一脸不忿，顺着那姿势就把拖鞋对人甩过去，又说一遍："你是聋啊，还是我没说清楚？那是我媳妇，放手。"

二爷那双拖鞋日常四处踩，在院子里穿着，一路出来也穿着，此刻不偏不倚地砸在孟泽的裤子上，专挑他的洁癖下手，果然逼得孟泽停住了。

鞋顺着孟泽笔直的裤线滚落在地，陆银桥眼瞧着孟泽的脸色都变了，赶紧挡在桌旁。事赶事撞在一起，她生怕这么一挑，真要打起来，迅速说了一句："孟老师，你先回去。"

桌上的人还不嫌事大，晃着腿火上浇油："哦，还有，一禾考上新美学院了是吧？那孟老师可要多费点心，银桥的妹妹就是我妹妹，这么多年交情，你看在我的面子上，多帮忙。"

孟泽跺了跺腿上的灰，声音倒还算平静，扫了一眼肇之远说："你打算这样浑到什么时候？胭脂厂早晚都要拆，外边可没你犯浑的地方。"

"怎么，话里有话？什么时候几条破胡同儿这么抢手了，连你都惦记。"

陆银桥知道二爷又开始胡扯了，越说越没谱，这场面棘手却无解，她只能怪自己惹事，只要回到胭脂厂，她就连半天太平日子都没有。四下的街坊闲人全都睡足了觉，来往开始有人声，她家的小楼开着门窗，眼下如果闹出去，平白让人看笑话。

尤其肇之远一来，事情就不能善了。这尴尬的处境把她推到了浪尖上，又让二爷看了个正着。可她实在没生出委曲求全的脾气，一见肇之远这张脸就来气，脑袋不够四两重，里外透着轻浮。再加上孟泽今天也一反常态，劝也劝不动，陆银桥实在忍到了极限。

凭什么一股脑儿都挤到她家来发疯，演给谁看？

她咬牙豁出去了，拉开门送客："要脸的赶紧滚，各回各家！别在我这儿闹！"

街里街坊一声"姑奶奶"到底不是白叫的，陆银桥被逼急了不分青红皂白，一起骂。

这话实在超越了孟老师的认知范围，让他没反应过来，直接愣在了原地，反倒是真不要脸的人不在乎。

肇之远的目光里透出些赞赏，竟然还用没残的手敲敲桌子，示意她骂得好。

比起厚脸皮，二爷从没输过。

孟泽终究没肇之远那么好的心理素质，他眼看事情变成这样，实在不想让陆银桥为难，和她说好有事随时联系，很快就走了。

这房子里又剩下他们两个人。

陆银桥拉开半扇家门，打算一鼓作气送客，抬眼看他："你不走等什么呢？胳膊断了，腿没断吧，等雷三来抬你？"

肇之远由着她发脾气，好像早想到了似的，低声笑了一下，又坐到桌边招呼她："行了啊，我不是正好来给你解围吗，孟泽的意思你不明白？还敢把他留在家……过来，先吃点东西。"

陆银桥可没有心思动嘴了，她眼看肇之远自然而然地又去厨房找碗筷。他们一个两个跑过来，都比她会当家，而她怎么说怎么骂，好像都解不开肇之远这道劫。这一口气不上不下，扯得心口难受，气得陆银桥拉住他就往外走。

二爷毕竟不是个物件，没那么好随手乱扔。

肇之远一点没往心里去，更不理解她此刻难堪的心情。他正拿着两个碗出去，等她盛粥，见她还要闹，随口哄一句："好了，听话，我知道你和孟泽没什么事，不用解释，快把粥先喝完，一会儿一凉都坨了。"

陆银桥自知面对无赖，道理是讲不通的，于是她开始动手，推搡着要把他推出去，连踢带踹，一迭声让他滚。

肇之远由着她出气，被她拉拉扯扯打了一顿还憋着笑。这位远近闻名的太子爷老老实实杵在屋里，像根柱子似的，不闪不躲，等到陆银桥骂得累了，瘫在换鞋的凳子上不动了，他才替她把门关好。

一时里外都安静下来，梁疯子的戏都唱完了，哑着嗓子，咳嗽两声没音儿了。

肇之远抱着那条受伤的胳膊，一懒起来连把椅子都不拿，直接就坐在她身边的地上，嘴里还不闲着："你打我，你哭什么？"

陆银桥捂着脸不想搭理他，扭头一言不发。她其实没脸哭，只恨她自己，但肇之远突然这么一说，又和小时候一样。

她过去还是八九岁乱跑的年纪，而肇家的小子早长大了，整日没个正形，和她一个小女孩斤斤计较。寒冬腊月里的肇之远也不老实，他隔着院墙，扔炮仗过来吓她。陆家的姑奶奶气急了，满胡同儿追着他打，到最后疯够了还不依不饶，挂着眼泪珠子瞪他。那时候的肇之远早是个少年人了，那么大个子还要蹲在她身边哄，说来也奇怪，他早早知道怎么哄姑娘，但不知道怎么哄炸雷似的小祖宗，他总是对着陆银桥十分纳闷，每次问她的都是这一句。

所以如今陆银桥一听见他的话，忍无可忍鼻头一酸，竟然真哭了。

无论重来几次，肇之远的记性都不太好，他确实忘记她眼泪的威力了，于是皱着眉有点懊恼，突然没话了，只记得抬胳膊把人搂过去。

陆银桥那个小凳子也坐不住，一起跟他摔在地上才算完。

她恨得牙痒痒，眼泪抹开了，脸上都带着一层光，仰脸甩开他的手，低声问："你怎么才能放过我？"

肇之远把人招哭之后自觉没意思，吞了哑药似的，半天不说话。

她只好继续和他掏心窝子："胭脂厂面临拆迁，这房子是我妈和远芳阿姨住过的地方，我不想它莫名其妙就没了，连个说法都没有，我没法和她们交代。对你而言，这只是院子里的一片地，多出几平方米房价而已，可对我而言……它是家。我要这房子不是为了算计你，我只想要个家。"

哪怕真到拆迁的时候，她在胭脂厂二十余年的悲喜，好歹能有个做主的权利。

肇之远的手还搂着陆银桥的肩膀，她懒得动了，借着他胳膊的力气靠过去。两个人做了这么多年冤家，做夫妻的那半年都没太平过，直到这会儿打累了，才难得能靠在一起说说话。

肇之远的手背轻轻摩挲着她的脸，把她没干的眼泪都抹了，冷不丁冒出一句："丫头，你有家，一直都有。"

陆银桥如鲠在喉，眼泪收不住，硬是往回咽。

可惜二爷的正经人设撑不过三秒，他很快想起什么，又着急忙慌非要拉她起来："赶紧喝粥，我特意做的。"

陆银桥也只能把脸擦干，认了命，去喝肇二爷所谓"亲自下厨"熬的海带粥。

那粥的温度刚好，她一口下去，竟然和发烧时梦里馋的味道一模一样，这下她忍不住了，飞快地全都喝光，后知后觉偷偷打量肇之远。这位爷今天明显刚忙完正事的样子，不知道怎么有闲心进厨房，但这海带粥的配料和味道，都是远芳阿姨当年的做法，除了他们不会有别人记得，于是她问他：“你怎么知道我想喝这个？”

肇之远一只手喝粥不太方便，只能慢慢地一勺一勺抿。他不理她的疑问，嘲笑她狼吞虎咽的德行：“饿成这样还气我，我今天要是不来，你真打算和孟泽走？”

轮到陆银桥不说话了。

肇之远放下勺子，四处看看，两天时间而已，房子里却被收拾得格外整齐，这明显是孟泽那种有洁癖的人才能干出的事。

肇之远看得心烦，不想再琢磨，直接和她说：“这屋子看着别扭，你跟我回去住。”

两碗粥的工夫，时光不会倒流，逝者已矣，留下的伤口轻易就能伤筋动骨，人和人之间那点情分撑不过世事，最终还是要原形毕露。

陆银桥摇头：“我不会回去，说几次你才能明白……”

“银桥。”对面的人突如其来加重了口气，他习惯了丫头丫头地胡叫，所以每次喊她名字的时候就显得格外认真，“你必须和我走，当年的案子根本没那么简单，从今天开始，一切都按我说的做，否则谁都救不了你。”

她被他说得一愣，等到反应过来，才知道他这是句警告，她的回答更干脆：“不用威胁我，我不怕报复，但如果谁敢牵扯到一禾，我跟他没完！”

肇之远脸上的笑意渐渐淡了，他站在那儿看她，被她说得冷了脸色，倒真是一副居高临下的模样：“发个烧真把脑子烧没了，我好心好意说的话，你怎么都不听是不是？”

她是铁打的犟脾气，让他时常想不通，这姑奶奶怎么就这么招人恨。

陆银桥眼看他生气了，下决心要把这一刀捅到底，否则以他们比邻而居的关系，彼此都要一直为难下去：“你说当年的案子不简单，可一切已经发生了。是我没看好登登，让陆兴平害了他。陆兴平罪有应得，可他的罪名把远芳阿姨逼垮了，让她承受不了崩溃自杀，我眼睁睁看着她没能救过来……所有的一切起因都在我，都是因为我利用你，是我想脱离陆兴平，才导致这一切，远芳阿姨离开我，就是我的报应！我们已经失去了最亲的人，就算为了他们也不能纠缠过去的事了。”她逼自己一口气说完，“肇之远，他们都走了，所以活下来的人就必须活出个人样来，我们不能这样没心没肺地耗着了。”

她的话说得痛快，对面的人静静听着。

平日里肇之远那双眼睛里总是带着笑，落花流水，情意满满，只是别论真假，就连他一开口也勾人，嬉笑谩骂，颠倒黑白，都是风流人的风流样，如今却被她几句话刮了个干净。

他回味着又重复了一遍："活出个人样？"口气越发讽刺了，"你每次都有伤人的说法，怎么拦都拦不住。"

陆银桥不知道他是什么意思，沉默着把桌上的粥碗推到了一边，尽量让自己的声音显得平静一点："你听我一次，把离婚手续办了吧。"

肇之远摇头："别再拿当年利用我的事找借口，你心里清楚，你是自愿嫁给我的。"

陆银桥有些意外，没想到刚才说的话被他听见了。她忽然脑子一动，闪过肇之远今天来这里的目的。她跑出来的时候他没有阻拦，却卡着时间，等在孟泽唐突的时候进来打破一切，到底为了什么，只是为了看她自食其果？她心里更乱了。

两个人隔着半张桌子的距离，肇之远伸手过来，轻轻碰她鼻翼的痣，那姿势暧昧又熟悉，可说的话已经听不出情意："当年没人逼你嫁给我，同样，如今也没人能逼我离婚。"

陆银桥哭完又立刻能笑，她眼睛瞄着肇之远，活脱脱是个狐狸模样，一把刀害了他，也往她自己心里扎："二爷，你还不明白？当年我卖给谁不是卖，与其去爬个老头子的床，不如就近爬你的……我当然是自愿的，那本来就是我的主意。"

比气人，她陆银桥也没输过。

肇二爷可不屑于和她谈什么涵养，他那点逗女人玩的心思彻底用光了，直接就把手里的勺子扔在碗里，向后一仰，带得椅子都要倒了，才冷冷淡淡甩她一句："行啊，你自找的。算计我这么多年，用完就扔？"多亏他就剩下一只手，又伸长胳膊探身过去，掐着她的鼻尖往死了拧，"不知好歹……陆银桥，你给我听清楚！再敢让孟泽进屋，我马上拆了你家这破砖楼！"

陆银桥吃疼，一脚踹在他腿上，他手下可不是玩笑的力气，拧得她眼角都红了。

最终她还是成功把肇二爷给气走了，就和过去的无数次一样。

没过多久，隔壁院子里传来雷三的长吁短叹，鸡飞蛋打，猫又开始叫。

陆银桥嫌吵，打开电视却半天什么都没看进去。她抱着膝盖坐在桌子旁边，守着一个保温桶，一坐就是一下午。

粥都凉透了，她舍不得扔。

第五章 黑历史

当天晚上，孟泽还不知道自己已经被肇二爷给“封杀”了。

他一如既往，在陆一禾下课后把她送回家，多亏他明智地把车停在外边大路口，没进胭脂厂露面。

陆一禾当然不知道发生过什么，看见姐姐回来就放了心。小姑娘显然当天在学校心情不错，睡前跑去找陆银桥转达，说孟老师想得周到，和她提过，如果她们近期想要搬出胭脂厂，可以在新美学院附近租房子，很快就到开学季了，那附近的房源特别紧张，所以孟老师已经提前托人去找了。

陆银桥没有同意。

陆一禾有些失落，但看出姐姐的态度很坚决，不再劝说，自己低着头去把头发吹干了。

陆银桥知道她心里希望自己能接受孟泽的帮助，十几岁的女孩大是大了，到底还是个孩子，藏不住事。她看她准备睡了，下楼给她热牛奶，拿回来问她：“好不容易能回家来了，你不高兴吗？”

陆一禾突然抬眼看她，抬手往隔壁院子的方向指了指。

陆银桥想起今天听到的消息，和她说：“你不用怕他，不管我能不能离婚，这里都住不长了。胭脂厂确定要拆，有什么安置还不知道，如果到时没办法，再考虑去你学校附近找地方。”

她催她赶紧睡，自己却回屋抱着被子辗转反侧。

后来也不知道是不是真睡着了，一会儿梦见招财、进宝长得像狗那么大，满屋乱窜，一会儿又梦见那首远芳阿姨家乡的小调，她跟着唱，却没了调……到了后半夜，她好像又有点发热，糊涂睡过去忘了钟点。

陆银桥一病就病了一星期，其间赶上一场雨，可惜没下大，缠缠绵绵的越发难熬。

她反反复复地发热，去了医院依旧查不出什么，又做过一遍肿瘤筛查，钱没少花，结论还是体质问题。陆一禾害怕姐姐真出事，死活逼着她休息，自己学校也不去，就在家盯着她。弄得陆银桥的拍摄工作不是取消就是推迟，天天躺在家里喝中药，对着苦药汤子唉声叹气。

后来她偷偷背着陆一禾，通过厨房的窗户，和小卖部家的孩子串通好了买汽水，北冰洋的瓶子攒了一箩筐。她开始怀念雷三，要是能把他叫来，把玻璃瓶子拿出去卖，没准还能替她挣点饭费，这就是她近期唯一的进项了。

然而出乎意料，这一个星期下来，“半城金”也没动静。

自从肇二爷被她气走之后，就走得十分彻底，那扇被他用金珠打破的窗户已经封住了，两不相见，彻底太平，没见他再耍什么新花样。

生活忽然变得十分无聊，陆银桥许久没有这么幸福的待遇，把她前二十多年的懒觉都给睡足了。等到第七八天的时候，她实在扛不住了，睡得太多，连做梦的意识都清楚，凌晨三四点的时候，她突然被一阵狗叫给吵醒了。

那声音由远及近，是她楼下的动静。

陆银桥闭着眼睛翻身，越听越觉得像东边大黄的嗓门。她想起那只狗觉得有意思，梁疯子傻到自己都顾不上，从不锁门，这明显又是大黄夜里跑出来溜它自己，追着胡同儿里的耗子、黄鼠狼满街跑，这大半夜的……跑到她家外边没完没了地吠。

她被大黄叫得直走肾，爬起来去上厕所。

屋子里四下都黑着，但统共也走不出几步，于是她习惯性地懒得开灯，摸索着进厕所门，结果门是开了，迈出一步却不知道撞上了什么。

陆银桥的脑子还留在床上，她伸手随便扒拉，忽然觉得手下满满一把纠缠的东西……她摸到的竟然是一把头发。

惨叫声几乎惊醒了整条胡同儿。

陆银桥吓得魂都飞了，简直觉得自己再也不会醒，根本没有思考的时间。她眼前突然闪过上一次，有人闯进家里……她崩溃地后退，迅速打开灯。

灯光亮起来的一瞬间，她全身的力气都用尽了，死死抵着墙一动不动。

厕所里确实有个人。

陆一禾穿着睡衣，长头发披散在肩上，正一脸惊讶地看着她。她明显也是刚醒，揉着眼睛着急做手语，示意姐姐别害怕，她只是起来上厕所。

陆银桥浑身是汗，闹这么一出不知该哭该笑，陆一禾不会说话，夜里动作一轻，半点声音都没有，谁都没想到姐妹两人撞在了一起。

这一下陆银桥的烧彻底退了，两个人面面相觑地愣着，连外边的大黄都不叫了，就听见那只老狗爪子挠树的动静，一会儿又飞快地跑了。

陆银桥笑不出来，实在有点后怕，又往楼下看，好在一切如常，于是她问妹妹："你怎么不开灯？"

陆一禾被她问蒙了，站在那里想解释，又觉得好笑。

陆银桥想起自己也没开灯，所以她话一问完就觉得傻，尴尬地催陆一禾赶紧上完厕所回去睡。

深更半夜，神经敏感。

她对着镜子洗把脸，冷静了一下，再出去的时候，陆一禾还等在房间门口。小姑娘的头发已经梳过了，黑色的长发柔顺地垂在肩后，安静地看着她。

陆银桥准备关灯了，哄她说："赶紧睡吧，我刚才做梦呢，没想到你也起来，吓了一跳。"她明天就要外出工作，还要继续躺回去。

陆一禾敲敲墙，提醒陆银桥回身，然后定定地看着她，突然问："姐姐，你怕什么？"

手语里表达害怕的词要配合恐惧的表情，所以陆一禾的神色变换，最终一切归于平静，仿佛什么都没发生过，又好像她这一晚都静静地站着在看她。

陆银桥发现陆一禾眼睛里的情绪似曾相识，但又和远芳阿姨不同……她手指一颤，下意识就把灯关了。

四下漆黑，她再也看不见陆一禾，回屋关门。

她并不知道自己在怕什么，或许就因为不知道，才是她最害怕的事。

陆银桥家里的这栋小楼虽然风雨飘摇，但一时半会儿不会塌，姐妹两个没能马上搬走，眼看着就进入了七月。

这实在是个尴尬的月份，前后都无假可放，各行各业刚过年中，都是最紧张的时候，尤其因为电商平台有个自造购物节的毛病，导致每月都能想出名头联合商家做活动，所以陆银桥永远能遇到加急的拍摄需求。

没有白享的清福，她生病耽误下来的工作进度，如今只能加倍弥补。

陆银桥复工的第一个任务是补拍保暖内衣的片子。商家做了直营店，直接租好一个样板间作为场地，请她和拍摄团队过去，这对她们这种接单的小模特而言，算是条件不错的工作了。唯一美中不足的是产品特性，件件都是加厚加绒的贴身衣物套装，要在夏天进行反季棚拍。虽然室内有空调，可是折腾几轮下来她也浑身是汗，套着大红大紫的“三保暖”，飞速机械摆拍，一秒一个动作，外加商业假笑。

十几个小时忙下来，陆银桥脑子拍到完全放空，脸上的妆一层糊一层，热得快要断气了。这一忙就直接工作到了夜里，晚上十一点的时候，她还剩最后一套衣服，夜宵正好也到了，大家停下开始休息。

摄影助理还要重新调光，陆银桥借着短暂的休息时间去换衣服，这才发现自己从后背到衣服领子之下的部位已经起了一片痱子。她一天下来对着镜头没工夫乱动，还不觉得痒，到了这会儿才开始挠，越挠越停不下来，咬牙硬逼自己忍，不敢把皮肤弄红了，又痒又难受。

她和今天的拍摄团队不太熟悉，都是初次合作，不好意思抱怨，只能自己抱着个小风扇躲在试衣间里，暂时换上短袖T恤算是个休息。她一边无聊地看手机，一边吐槽这厂家的衣服质量太好了，这么保暖，应该混个折扣多买两套，她和陆一禾冬天都能穿。

冷热交替之间，陆银桥又开始觉得渴。她馋冷饮的毛病上来，大半夜想出去买罐冰可乐，结果刚一打开门，正好撞到人。她抬头没有细看，瞥见对方好像是这个场地的保安，今天一直跟着他们，并不认识，于是她也没多想，顺势道歉，想要绕开他。

对方像喝多了似的，死活挡着不动，还伸手把她往回推。

一切发生得太快，陆银桥刚从门里探头就被推回去了，都没来得及喊。她热成糨糊的脑子突然反应过来，对方是个男人，莫名其妙跑来女模特的试衣间干什么?

她顺着那人的力气往后一躲，猝不及防，差点摔在地上。他们今天的拍摄场地是个楼盘的样板间，给人换衣服的地方十分狭窄，大概本来只用来放杂物，所以四面墙上都是货架，盖着白布，就剩下三四米的余地，扔着两把椅子给人坐。

陆银桥扶着货架站住了，手里顺着身后的白布往里摸索。她盯着他问：“你想干什么？我认识你吗？”

闯进来的男人还算年轻，整个人瘦竹竿似的，藏在一件脏兮兮的制服里。他头发油腻，眉眼不受控制地抽动挤在一起，那脸色透着一种不健康的灰，明显是个内心变态的猥琐男。对方不知道在想什么，笑嘻嘻地正往陆银桥的面前凑，这一下两个人突然挤在狭小的空间里，四下都是陌生男人身上的烟臭味，逼得陆银桥一路躲到了最里侧。

这么晚了，她可没心情和变态聊天，扯开嗓子想叫人，结果一句话刚嚷出来，对方反手就把门锁了。

外边人不少，但都刚吃完夜宵，正是大家休息来往的时候，乱哄哄的都是人声，谁也不会注意小屋子里的动静。

陆银桥不是好欺负的主儿，她十几岁兼职打工，早早遇见过社会上形形色色的人，好赖都是两个眼睛一张嘴，无论什么人突然发难，她都能尽快控制局面减少损失，于是她立刻不再白费力气叫人了，换上一副懂事的口气和他说：“这怪吓人的……要不咱们留个联系方式，以后就算认识了，你有什么事都等忙完工作再说。”

对方色眯眯的眼神藏不住了，上上下下打量她，有点不自然地抠着手说：“你不认识我没关系，我认识你就行。你是那个裸替吧？过去那个谁……清纯一姐那场著名的洗澡戏，那光溜溜的后背是你的？”

陆银桥傻眼了，她确实没想到自己年轻时候的黑历史还有人知道。

她早年偶然蹭进一个电影剧组，大院线大制作，对方需要找人露后背，替当红的明星拍一个洗澡镜头。她纯粹是因为听说那个电影体量大，想拿个红包才去试镜的，而且她打听过，剧组规范上台面，拍摄正规，没有别的顾虑，所以很快拍完也就过去了，没想到那个场面竟然成为经典，她此后借机又接过几次替身的戏份，仅仅是裸露后背而已。

事后大家都想着追明星，根本没人再去深究替身的故事。何况几年过去了，正经当红的清纯玉女都过气了，哪儿轮得到她出头被人惦记？

对方的消息来源十分可疑，陆银桥硬着口气反驳：“谁裸替啊，你胡说什么呢！”

“你就说那个后背是不是你的吧……”男人不知道脑补出什么情色镜头，竟然一下来劲了，伸手就要拉她的衣服，“你肯定是裸替，背过去，脱了给我看看，我肯定能认出来……”

陆银桥没兴趣和人深究“裸替”这个词到底有什么歧义，这社会对于女人的偏见始终存在，她不需要对一个变态男解释自己的职业，于是二话不说，抬手一巴掌打过去：“我以前干什么你管得着吗？正规职业，不偷不抢不涉黄，还得跟你汇报？”

陆银桥下手狠，后背那一片痱子又让人心烦意乱，她偷偷藏着一只手在货架上摸索，准备找个有棱角的东西应对……只要对方被她打急了想动手，她立刻就往他头上砸。

她十几岁跑江湖，吃亏可不是福。

没想到对方结结实实挨了她一耳光，竟然没有急。对方有点被打傻了似的愣在当场，脑子里恶心的想法被突然打断，身体比心还虚，让他一时有点接不上，焦躁地揪着自己打绺儿的头发，眼看都要哭了，突然尖着声音问她：“你脱不脱？”

陆银桥没忍住差点笑场，劝他善良：“我给你出个主意，你要是想看女人的后背，晚上多喝点，回家找个片子，自己活动活动右手。实话告诉你，我这人脾气不好，可能不合你胃口。”

对方听不出好赖话，拿出手机，一着急差点把屏幕糊她脸上，非逼她看：“你就是那个裸替！扒皮号都写出来了，前两年市里那个死刑犯原来是你爸啊！都说他逼亲生女儿卖肉还债，怂恿你傍上个有钱的爷，结果钱没骗到，他又绑架人家小孩从楼上扔下去了……”

对面那看着瘦瘦小小的丫头片子没让他说完，她又是一巴掌照着他的脸狠抽过来，劈头盖脸一顿骂，让他闭嘴。陆银桥不要命，摸出东西看也不看就往人身上砸，飞出去才发现那竟然是个金属的门把手。

对方哪儿想到陆银桥能有这么大能耐，又没地方躲，好在歪头的工夫避开了要害。门把手只擦着他的额头过去，立刻见血。

猥琐男这下真急了，扑过来拧住陆银桥的胳膊，拼命扯她的上衣，两个人扭打着直接撞到房间门上。

外边的人正满世界找陆银桥回去拍照，终于听见了动静，有人发现不对劲，过来开始踹门。

最后的场面实在不好看。

试衣间的门还是让人踹开了，变态男已经开始发疯，把陆银桥按在地上。她上半身的T恤被扯掉一半，头发乱七八糟地贴在脸上，还记得蜷缩起来死死护着自己。一看有人进来，她迅速找到机会反击，摸着地上的重物还想往他伤口上砸，硬生生让人围住拦下来。

很快就有其他保安过来了，好好的一天的拍摄，到最后险些变成打群架。所幸拍摄团队的人倒是明事理，一直替陆银桥说话，站出去把事态控制住，提前结束准备走人，还帮她威胁那几个好事的保安别想讹钱，不然报警大家都不好看。

这所谓的样板间平常根本没人用，看房子的都是一伙人，说是叫保安，其实根本不是正经岗位，他们大多是社会上的无业游民。那猥琐男已经盯了陆银桥一天，又正好看过网上的八卦，把他的怪癖勾出来了。

事情闹成这样，陆银桥不能再待下去，她把衣服换好，收拾东西就要走，又看见商家派来的两个人聚在一起，拿着手机，一边看一边拿眼睛瞟她。

某种不对劲的感觉又回来了，但商家就是她的客户，也是她的金主，她总要和对方有个交代，于是硬着头皮走过去，搜肠刮肚地琢磨怎么才能把今天的事委婉解决。

没想到那两个人先开口问她：“你还真是陆兴平的女儿啊？”

“什么意思？”她立刻警惕起来。

“没，我们随便看见的，扒皮号上这条消息最火……没想到你真敢回来，当年你爸的案子闹得沸沸扬扬，他摔死的小孩才多大啊。”

渐渐开始有人低声议论，大家都开始好奇那个案子里的小孩是谁生的，因为在坊间传言之中，遇害儿童的家里有背景。

隐退的裸替重出江湖，却沦为电商模特。神秘男一号家族显赫，阴错阳差导致一场幼童惨案，那些无良的媒体哪怕闭着眼随便选一个关键词，都能让写出来的标题足够耸动。

可惜陆银桥这位女主不争气，无论过去如今，她都没有知名度，不然这可就是一出年度大瓜，足够大家好好吃一阵了。

陆银桥打算离开，前后也不过几分钟，她这点黑历史就成了香饽饽，起因可笑。但一条八卦就能让这些帮她赶走流氓的“好心人”通通换张嘴脸，人人都在余光里把她扒了个精光。

更可悲的是，她确实无法辩解。

轻视和嘲讽于她不过是家常便饭，可就因为看尽了人间种种不值得，才知道人活一口气，最后那件衣服不能脱。

只有一句话，她必须要说。

陆银桥站在门口，回身面对一屋子的人。她挨个儿迎上那些赤裸裸的目光看回去，明明白白告诉他们：“各位如果还当自己是个人，就别拿别人家的惨案当消遣。”

凌晨时分，陆银桥走得潇洒，扔下一地烂摊子。

今天的片子拍得差不多了，随便金主爸爸爱用不用，就算最后算她违约，她也打定主意不再和这些人合作。

姑奶奶虽然有骨气，骨气却不能当饭吃，这大夏天她穷起来连个西北风都没的喝。夜晚的北新市华灯霓虹满眼，陆银桥只顾着一路埋头走，拿着手机盘算半天今天的损失，终究没舍得打车。

她打算去找最近的公交车站，身后突然有人喊她。她最近疑神疑鬼，被叫得浑身一激灵，走到路灯下才敢回头看。

对方是刚才摄影团队里的负责人，顶多二十多岁的女孩，一天下来穿着件长卫衣四处晃，没看出她有什么具体工作。

陆银桥不知道卫衣女的名字，这会儿也只好支吾着打个招呼："今天多谢你们照顾，不然保安队的那伙人肯定没完没了，还得找我麻烦。"

其实她惹的事和拍摄团队毫无关系，合作关系简单明了，按道理，对方完全没必要管她的是非，偏偏这女孩刚才说话老练，带着摄影师和几个男助理冲过去解围，吓唬住那伙流氓，把事给挡回去了。

对方相貌普通，简简单单背个双肩包，看不出来身份背景。

卫衣女打量她一眼，冷淡地和她说："大家都是混出来的，好心提醒你一句，见好就收吧，不然以后麻烦更多。"

说完远处有车慢慢开过来，明显是一直等着来接人的。

陆银桥再傻也知道今天这一系列的事都不是巧合了，她算什么人物，哪里值得那些大流量的扒皮号专门挖她的丑事？这世界上更不会有白来的善心。

卫衣女的车很快扬长而去，陆银桥直接冲到路边，拦下一辆出租车开始追。

一路上姑奶奶都不闲着，她很快搜到了关于自己的那篇八卦文章。

说来可笑，这是她唯一混上女主角的东西，阅读量却还是没能破十万，实在可惜。全文字里行间的语气极具煽动性，但又避开所有容易被和谐的关键点，这种微妙的尺度肯定来自爆料者。陆银桥从头到尾想了一圈，她回来没多久，被她惹毛的人实在不多，算来算去也就只有一个。

这一追直接追到了四环外，车开进市区东北角的住宅区。陆银桥下车就发现自己没猜错，因为于缎就等在路边。

夏天夜短，再过一会儿天都快亮了，小区里安安静静，只有于缎一个人便装戴着帽子，牵着她的小柴犬正在遛。

她走得很慢，好像一直在等人。

很快，卫衣女下车去找于缎，于缎随手就把狗交给她带回去，和她说：“张导送来的剧本你先帮我过一遍……还有明天活动的礼服我试过了，衣服都没问题，鞋还是大，你看看来不来得及换，不行就一早去找品牌想办法。”

陆银桥看着于影后一通安排，最后所有该走的跟班、助理都走了，就剩下她们两个人对着一地树影，借着路灯互相打量。

这片别墅区大多是复式，有个洋名，音译过来叫“北岭里”。一开始住户都是附近跨国企业的涉外员工，后来因为私密性极好，盛传不少明星都在这里有房子。

陆银桥实在没心情和于缎绕弯子，两个人过去就不熟，何况现在地位天差地别，她辛辛苦苦忙了一天，到最后变成陪影后过家家，她连生气都懒得生了：“是你让人跟着我的？料都爆完了，又心虚了？”

于缎和她过不去的理由很明显，但今天眼看陆银桥被人侮辱，她又让人去解围，这就有点刻意了。

于缎的脸藏在帽檐下，深夜外出，并没有化妆。她露出来的脖颈保养良好，唇角和下颌线刚好连成一道冷冷淡淡的弧度，她从出道开始就一直保持着文艺优雅的女神姿态，就连这夜里遛个狗的工夫，都溜出一道风景。

女明星可不是一般人，镜头加倍毁人，哪怕不是靠脸吃饭的明星，扔在路人堆里，一眼就能瞧出个个不是凡人相。陆银桥佩服于缎，有些女人的风情真是骨子里透出来的，照猫画不成虎。

于缎比想象中直白，眼看陆银桥就这么不依不饶地来了，她也大方承认：“北新市的工作不好接，你当年走都走了，没必要再回来。”

“我真纳闷了，你们都吃饱了撑的没事干是吧，怎么一个两个都喜欢管我的事？”陆银桥今天学聪明了，没穿高跟鞋，但连续工作让她累得只想找地方坐下，她一回头看见路边拦车用的石墩，半点没客气，直接抱着包就坐在上边，眼睛还盯着于缎，“我难不难和你无关，我回的是我自己的家。”

“就凭你？你能接到什么正经工作？是我特意安排人去和厂商打招呼，你才能有个好身价。你也不动动脑子，今天这种天气，如果没空调，真让你在外边反季拍，就算不病回去也得掉层皮。”于缎的声音轻柔好听，并不强势，却无端透着一股倨傲的腔调，“听说你容易发烧……”

她说话这个架势让陆银桥十分厌烦，于是她一脸恍然大悟，打起精神陪她演：“是，娘娘今天特意照顾奴婢，看我不懂事，找一个都是变态的地方，当着所有人的面打我的脸，彻底把我扒个精光，让我知道凡人不管怎么努力都没用，一山更比一山高，你们如今一只手就能掐死我……甚至不惜翻出过去的案子当要挟。于缎，你可别告诉我，你费这么大劲，就为了一个肇之远。”

既然都动了杀人诛心的念头，她已经没了尊严，那就要把于缎的脸皮也剥下来。

对面的女人压低帽子，不想再看她，一句话扔过来：“离开二爷，离开北新市，你想要什么工作我都可以给你安排。”

陆银桥没想象到台词竟然这么狗血，她忍不住笑出来了，心里琢磨这年头的爱恨情仇也太草率了，好歹于缎的身价已经水涨船高，都是影后级别的演员了，什么男人没见过，一个肇之远到底有什么了不起，值得她在这儿争宠？

陆银桥笑得差点岔气，捂着肚子提醒她：“醒醒吧，我回来就是为了和他离婚的，现在是他不肯啊。”

她可真是冤枉，老百姓自有老百姓的活法，她离不了婚，拿不到房子，带着妹妹在北新市连个家都没有，更别提重新开始自己的生活了，她这些苦处又该找谁诉？

于缎不理她的嘲弄，专门要来揭人伤疤：“你果然还是这副嘴脸，都是女人，我知道你耍的什么手段。你过去想和家里断绝关系，找男人结婚，二爷不忍心，顶着肇家上下的压力，二话不说就娶了你，把他家老爷子气得住院，他回去跪了三天想看爷爷，家里人就要他一句话，让他承诺搬走离开你，他硬是不松口，结果这些年他们没让他去见一次……到最后，一切都是陆兴平的错，你还演上一出大义灭亲，伤心欲绝地走了。你求二爷放过陆兴平的时候，想过他的难处吗？”

这一路而来，夜实在太黑。

黎明之前的风里终于带了凉意，吹得石头墩子和冰块没什么两样，陆银桥坐在上面浑身发抖，笑都冷透了。

今晚的事一不做二不休，于缎走到她面前，居高临下抬起她的脸打量，弯下腰告诉她：“说真的，论心计谁都比不上你陆银桥，真不愧是十二条里混出来的，你害他连登登都没了，还有脸回来？你也不用再和他演什么离婚的苦情戏，没人看见二爷这些年是怎么熬过来的，只有我明白，真正无家可归的人是他。”

于缎的手指轻轻地刮陆银桥的下巴，力气不大，又点着她那鼻翼的痣，开口满是讥讽：“女人就活一张皮，脱都脱过了，就别想着再要脸了。我劝你，最好滚远一点，别再犯贱勾引二爷，想踩死你的人太多了……你这么年轻，换个地方生活还有机会。”

于缎越说越像为她着想。

陆银桥冷眼看着，这女人平日里眉眼淡漠，此刻站在这里却和梁疯子没什么区别，一样都是疯癫的戏子，满嘴胡话。

陆银桥任由对方打量自己，等于缎说完了，她伸手抓住她的手腕。于缎有些嫌恶地向后退，陆银桥用力直接把她扯到自己面前，逼得对方不得不再次弯下腰，两个人的目光撞在一起，她问她：“骂痛快了？”

“你想干什么？”

陆银桥笑了，睁大眼睛，一脸无辜地抓着她，又腾出另一只手，如法炮制地掐住于缎细长的脖颈，逼她抬头听自己说话：“千百万双眼睛盯着你呢，你和我不一样，你这张皮太金贵了。”她顺势拍拍她的脸颊，眼看对方眼里烧起来的愤怒，心满意足，继续说，“所以我也给你提个醒，我和肇之远至今都是合法夫妻，而你们这两年的事，自己心里清楚。我手里有证据，图片清晰，备份充足，热心网友也多得是，如果你再拿我开涮，咱们就玩到底，我保证大街小巷很快就会知道赫赫有名的国际于，到底是怎么获奖上位的……”

于缎的情绪终于稳不住了，反手想要甩开她：“你敢！”

“为什么不敢？你觉得咱俩扒了皮晾出去，谁的损失大？”陆银桥用足力气把她拽回来，又一模一样掐着她的下巴，学她侮辱人的嘴脸继续说，“下回再埋汰人的时候，给我动动脑子算清楚，到底谁是小三谁是贱人！”

陆银桥说完推开于缎，她也是真狠，推得对方踉跄着没站住，直接摔在路边。她这才觉得自己痛快了，一晚上的恶气总算有了出口，拍拍灰，看着地上的女人，一句话悉数奉还：“威胁我的祖宗多了去，你也配？”

今天这出戏演得实在令人反胃，好在天已经快亮了。

凌晨四点多钟的北新市，又到了满大街连辆车都没有的时候。陆银桥离开于缎所住的别墅区，迎着风一路走，直到快走过四环路也没叫到出租车。

这地方距离胭脂厂足足有一整个市区的距离，她要么就靠自己两条腿，要么就干脆找个地方等天亮。所幸她知道自己今天赶工回家晚，下午的时候已经提前和陆一禾打过招呼，此刻手机上只有一条陆一禾睡前发来的消息，和她说学着炖了鸡汤，已经留在砂锅里了，如果夜里回来，让她喝一碗垫垫肚子再睡。

陆银桥光顾着耍狠，忘了自己的窘境。没车没地铁的时候，她只能看着一条短信站在路边发呆，脚边是她自己的帆布包，这形象从头到脚落魄至极，就差摆个碗了。可这钟点鬼都不露头，她当街卖艺也凑不齐路费。

她渐渐走到环路路口，街道上除了商家彻夜不熄的招牌之外再无人声，一片沉寂，身后突然有动静。

一切安静下来的时候，陆银桥总觉得有人跟着自己，直觉里存着半分戒备，于是她立刻回头看，远处的路口确实有人，只是几个穿着橙黄色马甲的环卫工人，工作十分辛苦，这个时间已经准备上班了。

三两个人拿着工具，趁着最后一抹夜色正在过马路。

路灯昭彰，人影晃动，劫财劫色都轮不到她，何况无论生活多么坎坷，总有更加拼命的人在为之努力。

苦痛永远不是一个人消沉的理由。

陆银桥开始佩服自己，这么疑神疑鬼的日子里，她竟然还敢得罪人。今天又把于缎惹急了，以后还不知道会闹出什么事，只是她总也咽不下这口气，不管经历过什么，好像都学不会息事宁人。

陆银桥心里隐隐不安，四处看了一圈，确认安全，认命地打开地图，想找个附近24小时的便利店进去等一等。

她分神看着手机，远处慢慢有车开过来。

陆银桥盯着它一路开到自己面前，直到它四个硕大的轮子都停稳了，她都没反应过来，最后还是车上的人按喇叭提醒她。

几天没见，要不是于缎找麻烦，她真快忘了这颗雷。

肇之远那张又熟悉又可恨的脸突如其来，还对着她打了个哈欠，眼皮都没睁开似的，慢悠悠地靠着车窗和她说："疯够了吧，上车，回家。"

这下陆银桥总算是明白了："你一直跟踪我？"

无论他怎么狡辩她都不信，可他总有话说："我梦游不行吗？"

陆银桥咬着牙，脑子里闪出一万种翻脸的方式，最终还是向现实低头，一言不发地和他走了。

她没有选择，每一次她遇到肇之远，都如此时此刻一样，既不能站在大街上和他吵架，也没必要梗着脖子苦大仇深等天亮，不管他是跟踪还是监视，反正她眼下只有一个选择，什么都比不上有车回家更重要。

肇二爷风流得意这么多年，对女人的高明之处就在于永远放长线，等她自己把棱角都磨圆了滚回来，再慢慢收网，又刚好把她一夜狼狈全都握在手心里。

陆银桥也算锻炼出来了，应付他业务熟练，她盯着肇之远吊起来的胳膊，直接换他去副驾驶。

陆银桥把自己随身的包塞他怀里，看他一脸嫌弃地往后扔，那德行和跟扔块破抹布没什么区别。她忍下挖苦他的话，勉强打起精神把车开上了四环，才和他说：“你这梦游可够辛苦的，开这么大个车出来拉活儿？”

肇之远这辆改装车的高度对她而言实在吃力，她在一片金光闪闪的车里调动起所有精神上路，真觉得这和让她开辆坦克也差不了多少。

“梦见你找人吵架来了，怕你打不过，开辆大车镇场子。”他一边说一边打开手机，“你怎么不叫顺风车啊，没骗你，我真发了一单，你看……”

陆银桥抽空扫了一眼屏幕，没想到这位爷竟然无聊到真发布了一单要拉顺风车，从刚才于缎家的别墅区到胭脂厂……她气得直哼哼，说话的力气都没了，堵他的话：“托二爷洪福，这几天一直有人跟踪我，这么晚了，我可不敢坐顺风车。”

他把车里的灯打开，一只手不知道在翻找什么，车里一亮，方向盘上的金光直晃眼，陆银桥差点没看清路，随口就骂他：“败家子儿，金山银山都不够你这么造的。”

肇之远好像没听见似的，不知道从哪儿扯出个文件袋，上边几个字标着新美学院，他还不忘接话茬儿：“别的不敢说，金山银山确实有。”

她这才想起来二爷手里真有矿，一时无话，又借着亮光看清他身上穿的是睡衣，突然明白过来：“怪不得，你刚从于缎家里出来？”

她突然有点后悔上了这辆车，那种生吞口香糖的恶心感又回来了，她想起刚才于缎关于心上人的血泪控诉，这对狗男女可真是演得一出好双簧。

身边的人不知道她在想什么，只是笑了一下，也没反驳。他直接把文件袋拍她腿上：“拿回去看看，你该小心的人不是于缎，是孟泽。”

“脏手拿回去。”她多一眼都不想再看他，侧了脸认真盯着前路，“我不会看，孟老师和我一直都是朋友关系，过去是，现在是，未来怎么样和你无关，你也不用操心。”

“朋友？你这个朋友利用他父亲的背景，和学院高层领导来往频繁，今年额外增加特招名额，这事干得不够光彩吧？”

陆银桥没兴趣听：“跟踪我，调查孟泽的隐私，你还想干什么？”

“这可不是什么隐私。”肇之远不屑地摇头，一双眼睛微微眯起来，这钟点还醒着实在是难为他，于是他开口的声音越来越低，“来，我受累，教教你男人的手段。你家小哑巴确实考过试，也确实成绩不错，但新美学院以往那几届的特招生年纪太小了，毕业后的去留和继续教育都遇到了难题，校内长期存在争议，所以今年他们原计划已经停止特招低龄考生了，孟泽却在背后破例走关系，目的就是拿一禾做饵，好让你回来。”

她大致明白了，二爷今天是一手将军的棋，掐着他们四个人的要害。

“于缎不清楚我的脾气，干了傻事惹到我头上，你为了让我不去报复她，特意拉孟泽下水……这么算起来，咱们四个谁都不是干净人，蛇鼠一窝，谁都别咬谁。”她眼睛转向他，干脆利落的一句话，“这算男人的手段吗？”

“你能不能别总想着气我。”肇之远好像真困了，靠着头枕，满肚子的浑话也不再说，“好好动动脑子，如果你回到北新市不是偶然情况，那孟泽利用小哑巴逼你回来的目的是什么？你满心指望他，傻乎乎的把妹妹托他照顾，一旦你们两个不按他的计划来，后续会发生什么事你想过吗？”

陆银桥狠狠踩一脚刹车，整个四环上零星几辆车，她本来就是故意的，这下倒真让肇之远闭嘴了。这一切都像个笑话，她应该学会隐忍，忍住别人的冷眼和侮辱，忍住不去找于缎，忍住和肇之远的关系，苟且偷生，一辈子欠他肇家的债，活在死人的阴影里……可她做不到，所以她无法再想下去，车速陡然提上去，一路飞驰，两个人谁都没再说下去。

最后还是她先开了口：“肇之远，我说过，你失去登登，我们失去了远芳阿姨。”她的声音艰涩，“那个案子死了三个人，不只是你，我也尽力了……如今我只想走出来，因为一禾的路还长。”

身边的人没再说话，陆银桥难得放缓口气，轻轻地和他说了一句：“她是我唯一的亲人了。”

她这样说着的时候，眼睛并没有看他，只是道路两侧的路灯急速后退，光影流转之间，陆银桥睫毛之下的阴影微微晃动，这画面又像是回到了梦里。

肇之远忽然按开车窗，又拿出口袋里的打火机，随手点燃了文件袋。

她余光看见的时候，火苗已经蹿起来了，她根本来不及阻止，一时车速极快，也不能在高速路上立刻停车。身边的人面无表情，一直盯着指尖夹着的东西，眼看它顺风烧出巨大的黑窟窿，就像他夜夜能看见的那双眼……他还是松了手。

后来不知道是谁按开了电台，深夜循环播放的节目，轻柔得近乎呢喃的吟唱，听得人困意更深。

路过人间，短短几十年。春秋冬夏不改，少年依然在。

他仍是荒唐顽主，对她死性不改。而她是生在泥地里的花，凭空一颗参天的心，要拱着南墙头破血流。

这条回家的路永远望不见尽头，风卷起灰烬飞得远了，后视镜里微小的火光渐行渐远，最终熄灭在夜色里。

没想到这一点任性妄为的纵容，倒成了夏夜里唯一的光。

肇之远突然觉得这样也好，学不会听话，这才是陆银桥。

车窗倒映出人影，他依稀能看见身边开车的人，那丫头如往昔一样，倔强地抿着唇，眼睛却始终望着前路。

他没有理由阻拦。

只是彼时的陆银桥并不知道，肇之远困在这条路上，已经走了太久。

第六章

粉笔画

直到最后一辆洒水车收工的时候，天边蒙蒙擦出一抹亮。陆银桥这位二把刀的女司机，才终于平安把车开回了胭脂厂。

时间还早，上班上学的人都没起，胡同儿外仅有的车位全是满员状态。

陆银桥回头想问这车要怎么停，叫了半天，肇之远都没答应。他歪着头，脸靠在一侧的车窗上。她以为人睡着了，于是解开安全带，过去推他。

这一凑过去，她才发现肇之远其实没睡，他半睁着眼睛，不知道在想什么，就一直静静地倚着玻璃看窗外，始终没反应。

陆银桥困得实在撑不住，没空和他打哑谜，揉着眼睛大声喊他："快说，车停哪儿？"

肇之远慢悠悠地坐起来，抓着自己前额的头发往后撩，这才像想起什么似的，扫了一眼车载屏幕上的日期，忽然又往车头前面看。

胡同儿口两侧停满了自行车，这些年流行共享单车，都是公家东西没人管，此刻就让人随处乱停，花花绿绿扔出一大片。胡同儿口进出来往还要走人，于是大爷大妈们就勉强从车堆里挤出一条缝通行，胖点的人都过不去。

肇二爷声音虚弱，这一个通宵熬得他魂都没了，他盯着碍事的自行车哑着嗓子，用恨铁不成钢似的口气道："一个比一个懒，活该出不去！你也停这里，咱们凑个热闹，要堵就一起堵着。”

陆银桥不知道谁又惹二爷了，胭脂厂的混乱程度满城皆知，本来路就是七扭八歪的，胡同儿口又天天乱停车。为了这个较劲儿，纯粹就是没事找事，于是陆银桥劝他：“别扯淡，真停这边大家都别走路了，你这么大的车头横在路口，万一早起有人着急，想搬自行车都没余地。”

“让你停你就停。”肇之远火气挺大，不知道他哪儿来的劲头，说完就跳下车，直奔那堆自行车，然后飞起一脚踹在领头那排上。那些车交错停放，肇之远一脚踹倒前边的车，直接把后边一片都砸翻了。

陆银桥不知道发生了什么，她正扭头四处找地方停车，一听见动静，抬头就傻眼了，完全不知道肇二爷要演哪一出。

肇之远不依不饶，小心绕过地上的轮子，竟然追着车堆还往后踹，也不怕崴脚。

她盯着他不好使的胳膊，终于忍不住下车追他：“你抽什么疯呢？”

话音刚落，对面的人冲她招手：“过来。”

陆银桥被他生拉硬拽直接拖进了胡同儿口，她怎么想怎么不对，肇之远这脾气撒得毫不讲理，眼看现在天都亮了，别说梦游了，他就算鬼上身也该好了吧？

可惜肇二爷的疯病走了心，一直不理她，自己忙活。

他进了胡同儿，又回身蹬地上的车轱辘，一辆一辆踹过去，也不嫌累，直到把车堆里唯一能走的通路彻底给堵死了，他才弯下腰喘口气：“累死我了。”

胡同儿口就是被陆银桥扔下的大皮卡，她隔着一地自行车，满脑子问号，简直欲哭无泪，她这会儿就算有良心想重新停车，也只能从四五米长的车堆上飞过去了。

这位爷自己残了，也不让别人痛快，故意给十二条的街坊添堵。这个胡同儿口一旦被堵死，大家早起出去只能往远处绕，虽然不缺岔路口，可别的方向出去都不对着大路，一早上不知道要害多少人迟到。

“谁招你了？”陆银桥没忍住破口大骂，她被他踹车的动静震到都不觉得困了，她最看不得肇之远消遣别人的恶趣味，“大清早的，在家门口找什么碴儿！”

身边的人由着她骂，似乎对自己的杰作分外满意，他照旧抓起头发，晃着肩膀直接往“半城金”的方向走，就打算这么回去了。

陆银桥眼看他不管别人死活，气得直接拿车钥匙砸他。

肇之远好像早知道有人要使坏，侧身避开，还不忘回头瞪她，只是这男人风流得意的一双桃花眼，瞪人还瞪得一脸坏笑。

天亮了，黑黝黝的胡同儿里也能看清人影了，原来肇二爷穿的是件漆黑如墨的丝绸睡衣，裤腿拖沓却不碍事，堪堪及地。他一路迎着光的方向，满身金线，绣的是风云与山海，大雅大俗一念之间，这玩世不恭的审美，偏偏落到这么个男人身上。

陆银桥缺觉，又让他一气，闹得直缺氧。她觉得自己腿上活像灌了铅，竟然站在当下一动不动，看他逐光而去，也没追过去骂。

这次回来，她有时候不经意盯着肇之远的背影，总觉得陌生。

一样还是这个肇二爷，传言里的北新太子爷，说他背后多的是产业买卖，大好前途，可谁都不知道他为什么非窝在一座破院里当土霸王。当街犯浑，不着四六，都是常事，人还是这个人……可陆银桥一直微妙地觉得他好像变了个人。

片刻而已，她说不上来，也无处印证。

肇之远的脑子里可没这么多想法，他撒完气，才不管别人怎么想，一道人影早就走得远了。

他不左不右，偏要走路中间，抬手打个响指，慢慢地又拖长了调门："招财……"

招财是猫不是狗，叫可叫不来，这光景之下，猫没招来，倒把四周的小门小院都给吵得不得安生，好在二爷踹完车，心情不错。

他顶着一片灰蓝色的晨曦，玩着兜里的打火机回到院里。

心野的猫早晚都要回家，早一刻晚一刻，急不得。

太阳升起来的时候，一城之隔的别墅区里，有人睁着眼睛等天亮。

于缎把助理打发走，自己坐在沙发上看剧本，结果心思没收回来，半天连人物关系都没记住。

她盯着镜子看自己，一夜不睡，再高级的脸也撑不住，已经满脸细纹。她又拼命开始往脸上敷面膜，一刻不停，最终又跌回沙发上。

直到有人按门铃。

客厅里这一夜始终拉着窗帘，不知道外边有没有亮光。于缎披睡袍去开门，外边走廊里的日光让她极其不适。

程珂就在门边，伸手递给她打包好的早餐。

他似乎也没想到出来的人敷着面膜，一副精神恍惚的样子，于是他停留的时间比以往长了那么几秒，忍不住问她："你怎么了？没睡好？"

“和你无关。”于缎拿了早餐就关门，多一个字都没说。

外边安静了一会儿，很快又开始有人按门铃，一阵又一阵，吵得于缎头疼，面膜都干透了。她瞬间从沙发上跳起来，冲过去把门拉开，结果起来过猛头脑发晕，她眼前一黑，差点就摔了，多亏门外的人扶住她。

于缎的睡袍已经滑落一半，她里边穿着一条裸肩的猩红睡裙，双眼通红。

程珂伸手扶着她的胳膊，没什么多余的表情，只体贴地提醒道：“天亮了，把窗帘拉开吧。”

于缎回身看着屋里，她如今的房子宽敞，可依旧满眼黑洞洞的，让她下意识地肩膀一抖，开口却还是那副口气，冷冷淡淡地说：“你还回来干什么？”

这话说的是眼前，却又问出经年沉浮，直问得程珂沉默许久，手却始终没有松开。

于缎深深吸口气，推开他，自己走回客厅里。

这次她没关门，扔了一句：“都来了，就进来吧。”

“你又去找二爷了？”

“我没那么不懂事，我不找他，可有人找我。”

程珂始终就站在门边，半边轮廓刚好落在暗影里：“你给自己放个假，出去走走吧。”

“因为陆银桥回来了，她来，我就要让？”于缎摸到餐桌上的烟灰缸，又给自己点了一根细长的女烟，“你也太小瞧我了。”

“你没必要去惹她，那是个胭脂厂里长大的丫头片子，最不讲道理，二爷也是为你好。”

“男人啊……”于缎靠在餐桌旁，那裙子顺着那姿势完美勾勒出了她的曲线。她扫过一旁的落地镜，看见自己头发乱了，伸手随意撩到一侧肩膀上，然后摘下面膜揉成一团，抬手一扔，依旧风情万种，和刚才开门的模样判若两人，“这世界上有种男人，口是心非，嘴硬心软，他喜欢谁，就偏要折腾谁。”

“你过好你的日子，二爷在查当年的事，难免还得和银桥见面。他是对你好，护着你的名声，毕竟他们还没离婚……”程珂这一段瞎话说得脸不红心不跳，又带着几分宽慰，还真是二爷身边最得体的跟班。

“他对谁好过？你、雷三，公司那几个董事，哪个乐意见他？偏偏他就对我好，你说为什么？”于缎笑了，回身弹烟灰不看他，“不过谢谢你，还是这么会说话，真招人喜欢。”

程珂一步也不往里走，换了个话题：“你先把早饭吃了，睡一会儿，今天是不是还有行程安排？”

于缎背对门口坐下，根本不想回答他的话，自顾自地说：“对人好是最廉价的付出，他对猫猫狗狗也好，他对唱戏的疯子都能给口饭，不多一个我。”

“于缎。”门口的人往里迈了一步，想说什么却又顿住了。

客厅里的人已经打算吃早饭了，看他停在门口不进不退的样子，慢慢尝了一口咖啡，和他说：“明天别忘记免糖……出去的时候帮我把门带上。”

关门的动静过去很久，于缎一直没起身。

她无聊地坐在椅子上，把程珂送来的吐司面包全部撕成了小块，一块一块又都扔回到了纸袋里，连一个面包渣也没吃。

她突然心情大好，洗了澡，包着头发拉开窗帘，又打电话叫助理过来：“我先去吹头发了，一会儿你进来，把餐桌上的纸袋替我拿出去扔了。”

白日里的时间过得太快，陆银桥在大白天总算睡了一个囫囵觉，再起来的时候，天又快黑了。

她一睁眼，陆一禾就坐在床边，正拿着她的笔记本电脑，认真地在看什么。

陆银桥翻个身看时间，第一反应问她：“隔壁没再来找事吧？”

陆一禾没太明白怎么突然问起这个，“半城金”已经好长时间没动静了，于是她摇头，忽然顺着想起什么，又往胡同儿口指了指，比画着说：“早上那边的大路口不知道怎么回事，出车祸了，还有拖车过来。”

“车祸？”陆银桥刚睡醒的脑子还转不快，“谁出车祸了？”

“今天没课，我没出去，是路过有人议论的，我在厨房听见，好像是外边大路上的事故，有司机酒驾，撞到别人的车上了。”

陆银桥没太听明白，不过看这意思应该不是什么重要的事，胡同儿里要有西洋景肯定早传开了，她还是先管自己比较重要，于是揉着脸爬起来。

陆一禾看见姐姐在床上咳嗽，很快给她倒水拿上来，比画着又和她说自己把鸡汤也热了，让她一会儿去喝。

床上的人盘腿坐起来，一杯水灌下去才缓过劲。家里没别人，只有陆一禾在身边，陆银桥也不嫌丢人，搂过小姑娘，一头腻在她妹妹怀里，闷着声音开始叫苦。

“累死我了，反季拍厚衣服，热得我起一身痱子，还和人打了一架。”

陆一禾赶紧去找痱子粉给她扑，不问她怎么会和人打架，反正她这个姐姐轻易也吃不了亏。

陆银桥把满心的烦闷都一迭声叫唤出来，后背舒服了，心里也舒服，这个觉没白睡。

她顺手轻轻地梳陆一禾的长头发，给她松松地编了两条辫子，放下来的时候，就在她自己眼前晃。她妹妹说不出安慰人的话，却知道伸手抱住姐姐的头，让她能靠在她的肩膀上，好像这一时间姐妹就能掉个个儿，换作陆一禾辛苦工作，为了能让这个家维持下去。

父母都走了，陆银桥没地方撒娇，缠着妹妹算是个安慰，结果一抬眼看见电脑屏幕，陆一禾正在做图片，看样子已经调整了很多张，都是电商卖家的广告图，各种尺寸文案要求。

她立刻抬头去看陆一禾的眼睛，果然她背着自己忙了很久，熬得两眼都是红血丝。

陆银桥坐起来把电脑拿走，和她说："你不能这么长时间费眼睛。"

陆一禾爬过来想抢，又和她打手语："我会用制图软件，可以给店铺做图片挣钱。"

"咱家是穷，再穷也不缺这点钱，你的视力最重要。"陆银桥马上变脸，还是那个蛮横的姐姐，格外专权，"我可领教过这些店的图片需求有多大……你本来视力挺好的，长时间盯着屏幕作图最毁眼睛了。"

她没打算和她商量，关了电脑起身就下楼去了。

陆一禾一直追着她，辩解着还要和她说。陆银桥躲来躲去绕着她走，故意不看她。

陆一禾的手语打不连贯，急得直跺脚，路过厨房的时候突然想起来，先去给姐姐盛鸡汤。她好不容易才学会炖，昨天没来得及，今天热好了，一定要让陆银桥尝尝，于是一小碗端出去，最终看见姐姐很快喝了个精光，小姑娘总算是笑了。

陆一禾盯着空碗，静静坐了一会儿，和姐姐打手语说："我不想你再去找肇之远谈条件，我可以自己挣钱承担学费，你也可以不用这么累，我们出去租房子住，不求他。"

陆一禾显然是一个人的时候想过很久，所以一步一步在努力，试着替姐姐分担生活上的压力。

陆银桥自责又心疼，却非要硬着口气，故意装出一副满不在乎的态度："我没有求他，我说过，这房子是咱们自己家的。"

"姐！"陆一禾看她又要躲开，急得站在她面前逼她看自己，"你没必要因为房子被他欺负，妈妈已经走了，她不会再回来，这个地方对我们没有意义了！”

她这一段话比画得很艰难，提到妈妈的时候，眼泪瞬间就往下掉，又抬手自己擦了，使劲摇头。

陆银桥反驳的话再也说不下去，只能伸手抱住陆一禾，由着她在自己怀里哭，她没劝也不哄，知道陆一禾心里难受，哭一哭也好。

她抬眼还是对着厨房那扇窗，依然看见窗外郁郁葱葱的大槐树，黄昏傍晚，一天又一天，什么都看尽了。

她轻轻地给陆一禾哼起远芳阿姨家乡的那首小调，但哼着哼着，自己声音都发颤。

陆一禾手语表达的意思很明确：“我们走吧。”

陆银桥抚着妹妹的头发，和她说：“不，我和肇之远的关系是公平的，如果我不去和他正式协议办理离婚，那才是对过往的侮辱。”她的语气很笃定，“我的条件合情合理也合法，应该和他谈清楚，从回来那天开始，我就没打算再回避。”

怀里的人不再哭，她逗她，又扯扯她的辫子说：“你将来大了也要嫁人，要记住，女人不是活该退让的，不要什么困难先想着忍气吞声。任何一段关系都是双方付出的结果，也许无关物质，但你不能自己在心里把它轻贱了。”

陆一禾点头，自顾自想着什么，又和姐姐商量：“我只在没课的时候做兼职，就是个兴趣，会留出休息时间的，可以吗？”

“好。”陆银桥答应了，把碗刷了，打开冰箱看看，拿着钥匙出门，“我出去逛一圈，买点吃的，把门锁好别乱跑。”

星期五的晚上，胡同儿里到了最热闹的时候。小孩们下午就放学了，早早吃完饭，被拎着脖子去上辅导班，人来人往互相打招呼。

傍晚有风，顺着树梢灌进院子里，街坊四邻家里都开了窗。老林姐家里电视剧的声音已经盖过了梁疯子的戏，陆银桥捂着耳朵跑出去，走远了才松开。

小卖部的老李穿着个跨栏背心，正在冰啤酒，一看陆银桥过来，探出个脑袋喊她：“银桥出来了，瓶儿啤要吗？”

她脚步分明迈不动了，矜持地伸长脖子往冰柜里看，又纠结着说：“大晚上不喝了，还是北冰洋吧。”

老李“嗯”了一声算是答应了，一边擦冰柜的门一边说：“正好，还有二爷的酒，等我家老大送货回来，给你们顺路搬过去。”

陆银桥没接话，低头想溜。

老李几天没看见她，正有一肚子嗑没地方唠，果然揪住她打开话匣子：“真是冤家，事都过去了，人也回来了，你们闹什么呢……”

她尴尬地笑，不好应付老街坊的热心肠，只能生硬地胡乱找话题：“啊对了，不用您送，直接把雷三喊来吧，让他顺路帮我搬一趟。”她说着假装去喊人。

老李拦下她：“别，雷子今天正忙呢，他二爷的车让人撞了，拖走去修，早起就在胡同儿口嚷嚷半天，你招他干吗？”

陆银桥突然停下来，回头问：“车？什么车？”

“大金疙瘩你不知道？二爷这两年好像经常开。”

她陡然心虚，小声问：“早起堵路口那辆？”

老李拧着个抹布开始比画，嗓门大了：“哎哟，那车可大了，二爷扔在路口不管，结果早上七八点吧……正是人多的时候，路堵了。外边有辆车直冲着胡同儿口撞进来，司机不知道怎么回事，好像说是酒驾……反正我围过去的时候就看见那人一脑袋血让人抬出来了，得亏金疙瘩前边还有好多自行车，缓冲了一下，两辆车都没撞墙上，那司机才捡回一条命。”

“啊？”陆银桥瞪大了眼睛，心里直后怕，又想起肇之远故意的烦人样，开口就说，“二爷可不冤枉，他非要挤在巴掌大的地方乱停车，撞坏了算谁的。”她说这话稍稍有点愧疚，车虽然是她停的，可确实是肇之远非要扔在那里，他把路都堵死了，也没给她机会挪。

老李做了个“嘘”的动作，晃晃脑袋，往胡同儿口的方向一指：“也不能这么说，说实在的，要不是二爷的车堵着，今早酒驾的人还不直接撞进胡同儿口了啊？当时的钟点大家可全都着急出去呢，他铁定撞着人不可，就算撞墙上，那速度他自己也够呛了……得亏那老爷们儿命大，赶巧今天路堵了，胭脂厂的人都绕行没过去，再加上二爷的车大，给他挡了，那司机脑袋上也就是外伤。”

陆银桥突然哑巴了，心里一阵古怪，思前想后，总觉得今早的肇之远能掐会算，此刻仔细一想，又觉得这巧合前后都不对劲。

她没敢再多说：“我去买点菜，看看梁疯子，先走了啊。”她撂下话就跑了。

等到陆银桥煮完一锅菜粥去看梁疯子的时候，天已经彻底黑了。

“半城金”的院子里灯火寥落，她顺着墙根往里看，大门关得严实，她犹豫了一下，还是低头走了。

梁疯子家还是那副破败样子，陆银桥一进去，就看见他蹲在自己小院中间。四下黑灯瞎火，只有角落里一盏电灯摇摇晃晃的，也不知道他在干什么。

她喊了一声，让他吃点东西，又借着亮过去看看他周身。今天梁疯子的脸倒还算干净，油彩洗掉了，不知道哪个邻居过来了，还让他换过衣服。那件都快洗烂了的戏服还算平整，只是又让他拖在地上。

陆银桥抓着他的袖子让他抬手，看见他抓着一把粉笔，正在地上写写画画，于是她笑了：“梁疯子？看看，是我。”

那疯子傻不愣登地抬头，盯着她看了半天，嘿嘿直笑：“小银桥！”

“吃没吃饭？喝点粥，好消化。”

梁疯子就地一坐，陆银桥端着碗过来给他，梁疯子的影子一让开，她正好看见地上瞎画的东西，随口跟着他辨认：“画的都是什么啊？”

“猫，小猫。”

陆银桥被他逗笑了，明明养的是只狗，这么多年忠心护主在梁疯子心里没落下半点，他没事干画的竟然是猫，大黄真冤。

她答应着，扶好碗，让他能稳稳地喝粥，继续和他聊：“你家狗呢？记不记得，大黄，是不是又跑了？”

梁疯子此刻脑子里只有吃的，再没有自己的老伙计了，所答非所问地念叨：“有海带干……好喝。”

“好喝你都喝了吧，今晚别闹啊，好好睡觉。”她一边说一边去收拾地上的碎粉笔，刚要拿走收起来，梁疯子又追过来抢，嘟嘟囔囔也不知道要说什么，最后就记得，二爷送来的，不能扔。

陆银桥给他解释，只是帮他先放起来，不然碎了都浪费了，结果梁疯子抽走一根还在地上瞎画，嘴里说着：“小人，一个小人。”

“什么小人？”

“小人，猫。”他疯傻之后瘦了太多，一件戏服早就大了，领子都松着，他一说话就左摇右晃，浑身不协调，倒成了故意扮的丑角似的，更糊涂了。

陆银桥不知道他做什么梦了在这儿胡说，懒得和他争辩，只能又把粉笔还给他：“那你就自己拿好，别都糟蹋了，二爷自己的事都理不清呢，顾不上再给你找玩具了。”

很快她也收拾好碗筷要回去了，喊了两声大黄。没一会儿狗就跑回来了，跟着梁疯子在院里叫，一切又如常。

陆银桥替他把小院的门关上，回头的时候，看见一人一狗在月色下蹲在地上，她忽然又有些恍惚。

前后没几年，她回来这一次，眼看北新市日新月异，胭脂厂是四九城里的“牛皮癣”，顽固不化地贴着棚户区的标签，可这里的每一处院落和拐角，都是她心底的宝。

她不想让自己再想下去，伸手推门，门板咿呀地响，惹得梁疯子又回头。

他脑子不清楚，刚才的事瞬间忘光了，活像刚看见她似的，没头没脑地喊一句：“小银桥，还发不发烧？”

陆银桥鼻头发酸，赶紧把门关上：“不烧了，我先回去，明天炖好肉再过来。”

前后半个小时的工夫，陆银桥回到自己家的小楼之前，看见上下都开着灯，里边又不只陆一禾的人影。

她大概都被吓出毛病了，推开门就喊人，结果正对上厅里三个人面面相觑的表情，最后还是孟泽先笑了：“银桥，是我。”

陆银桥本能地回头往隔壁院子看，没什么动静，她把门先关上，莫名其妙地打量陆一禾，还有她身边站着的一个老阿姨，问他们：“这位是？”

“我帮你们找的保姆，姓佟。日常留个人照顾你们，不然家里上下都没人收拾，最主要的是能帮你们做做饭。”

陆一禾没说什么，只是一脸真诚地看着姐姐，拼命点头。

陆银桥平日里脸皮虽然厚，但情理还是懂的，她当着人不好多说，只能示意孟泽先跟自己去厨房。

没了外人，她看看外边的老阿姨，低声和孟泽说：“不用麻烦了，我们在外地这么多年都是自己过的，我再忙也把一禾养到这么大，什么都过来了，她如今也能帮我，不需要什么保姆。”她停了一下，刚好手里还有刚收回来的碗，举给他看，“我连梁疯子都能顾上……谢谢你的好意。”

后半句是她特意加上的，厨房里灯光暗，怕就怕气氛，误会这东西最怕渲染。

孟泽今天应该有讲座，他穿着西装外套，一看就是特意从学院忙完赶过来的，他看着她说：“也不全是为你，一禾不能说话，就像上次你发烧，万一家里真有急事她也打不了电话，没法喊人，我又住得远，来不及，你们身边总要有个人。”

陆银桥想要拒绝，可是被他这么一说，心里又犹豫了。

她不敢看孟泽的眼睛，回头盯着客厅，陆一禾探头探脑地凑过来，满脸小心翼翼。

她那傻妹妹显然是愿意的。

陆银桥没了办法，人家来都来了，这会儿他们躲起来，鬼鬼祟祟的，倒不像话了。她干脆走出去，当着老阿姨的面说："抱歉，孟老师是好意，但我们真的不需要请人，而且这房子里再住人太挤，条件有限，您还是回去吧。"

佟阿姨看着是个老实人，有点迷茫，看看孟泽，又看看陆银桥，憨憨地笑着说："我都行，都行……不过真不用讲什么条件，我是给孟老师做下人来的，睡小沙发都可以。"

陆银桥一听对方这说法，就知道她不是家政公司随便找来的人。

果然，孟泽在她身边轻声补了一句："佟姨一直在我家，后来我搬到自己房子里了，佟姨跟我过去做饭。但我现在太忙了，一般都在学院里吃，正好请她过来帮帮你们。"

陆银桥没了拒绝的理由，可实在是不愿意再欠孟泽的人情，她犹豫着说："这样，你们今天先回去，让我也想一想，主要是……我不想落人话柄，都是没必要的事。"

孟泽知道她为难，原本也没打算再在她家久留："没别的意思，是一禾今天找到我。不为你，我只是照顾自己特招的学生。"说着他就拍拍陆一禾的肩膀，冲她笑了笑，又扭头说，"不让你为难，你把佟姨留下，我走，这事以后和我没关系，是你自己请人来照顾妹妹的，谁也管不着。"

说完孟泽果然没再逗留，很快告别。

时间晚了，陆银桥没有理由再去追，这屋子里剩下的人大眼瞪小眼，又都追着她看，她也两难，只能先同意。

陆一禾好像很高兴，看姐姐没再说什么，去门口想把小卖部送来的汽水抬进屋。

佟姨话不多，迅速适应了自己在她家干活儿的角色，上手利落，帮着小姑娘一起搬东西。

陆银桥总不能背后再把人赶走，她发现陆一禾好像瞬间就习惯了和上年纪的阿姨在一起。佟姨还看不懂手语，她就努力地做口型，比过去在家的时候明显活泼了不少。

陆银桥这才意识到，提心吊胆的人不只有她自己，妹妹一直以来都很缺乏安全感。毕竟不能交流的人不是她，所以她就算再努力，也永远不会切身感受陆一禾心里的苦。

这样也好，有个人能照顾陆一禾，这个人情她愿意欠。

陆银桥回到厨房去洗碗，一边洗一边回头去看厅里，等碗筷都冲完水，她低头沥干，目光刚好落在筷桶上。

那根突兀的红色筷子没了。

她前一阵刚见过，因此印象深，回身四处找了一圈也没看见。

陆银桥没放在心上，把厨房收拾干净，打算扔垃圾。佟姨正好搬完汽水，冰箱也都整理过了，就示意陆银桥别再沾手，她去扔。

垃圾袋一拿起来就漏了，两个人手忙脚乱用桶接着，陆银桥顺势往里一看，才看见就是红筷子扎破了塑料袋。她突然停手，又把垃圾翻开，那根孤零零的筷子更可怜了，被人狠狠拦腰折断，已经成了两截，它本来也不是什么正经料子，一断就露出参差不齐的尖锐木刺，怎么看怎么别扭。

陆银桥喊了一句："一禾……"

厅里的小姑娘好像都要上楼了，敲敲墙，示意她听见了，让姐姐继续说。

"没事，你去吧。"

佟姨不知道她怎么了，还好心提醒说："小心，别划手，我再套一个袋子。"

陆银桥也不明白自己为什么突然在意一个旧东西，只是冷不丁看见它这样的下场，那些刺就像扎在她心里，不清不楚。

她回身打开水龙头，凉水洗过手又洗了脸，这才笑了笑和佟姨说："您帮我扔了吧。"

那天晚上陆银桥特别困，明明刚起来没多久。她盯着镜子打量自己，看了半天，没看出年纪，心里却琢磨着真比不了十七八岁的小姑娘了，她今天统共出去买菜的工夫，还累得和霜打的茄子似的，天一黑就蔫头耷脑没精神。

她困归困，躺下又心神不宁，总觉得要和陆一禾谈一谈，但具体谈什么，她确实没想好。

屋子里突然多住一个人，习惯下来也就无所谓了。佟姨没地方躺，当天晚上只能睡在厅里的沙发上。

陆银桥翻来覆去地折腾，想起楼下有个人守着，心里确实踏实不少。

最后她还是起来了，过去敲陆一禾的房门。

果然陆一禾也还没睡，在房间里小声地用电脑在听歌，还是《九月香》。

两个人都没说话，陆银桥进去和她一起坐在床上，背靠着墙壁。两个人盖一床薄被，陆一禾从枕头下拿出耳机，一人一只，姐妹俩一起听。

陆一禾很诚实地和姐姐打手语："今天你出去买菜的时候，我联系了孟老师。"

"你找他帮忙，就是想请个人在家里？"

"我有点怕。"陆一禾点头，"你上午睡着的时候，有人来胭脂厂闹事……我到露台上去看，好像是为了拆迁的事，很多叔叔阿姨都出去了，楼下差点打起来。"

陆银桥这才知道自己白天睡得有多死，她连外边有人拿着铁锹砸墙的动静都没醒，亏她现在哈欠连天。

陆一禾见到的人，应该还是前几年的那个施工队，说是有正经背景，可实际上队里的人也是承包制，大多素质不高。他们接了胭脂厂的项目很多年，强拆却始终没拆成，最近听见政策风声，唯恐天下不乱，闯到胭脂厂里来闹事。一伙人顺着小路拐进来，威胁街坊，沿着院墙咒骂，说他们都是缺德的钉子户，结果十二条里的大爷大妈也不好惹，家家户户半大小子都出去了，抡着铁锹锤子一点不怵，抄起家伙就要打架。

对方显然就是来泄愤的，心虚又不占理，一看胭脂厂家家户户不好惹，掉头就跑了。

陆一禾把冲突告诉她，脸上隐隐透着担心："很多人，吵了很久，我真怕打起来……胭脂厂是不是真要拆了？"

陆银桥安慰着说给她听："这群人眼看要白忙活了，所以才狗急跳墙，故意来恶心人。"

"我上网查过，他们想报复钉子户有很多手段……"陆一禾放下手不再说，过了一会儿才补了一句，"姐，我害怕。"

几个字而已，瞬间就让陆银桥想起陆一禾的小时候。

陆一禾七八岁的时候，陆兴平有一阵看她格外不顺眼。他觉得自己倒了血霉，白白养出两个赔钱货，陆一禾还是个哑巴，长大了八成也嫁不出去，对他半点用处都没有。所以陆兴平不知道从哪儿弄回一个偏方，天天逼着陆一禾喝苦药汤子，最后让孩子一闻见味就吐。陆兴平不肯放过女儿，揪着陆一禾的脖子捏嘴强灌。远芳阿姨过来拦，他连她一起打，闹得满胡同儿的人都能听见。

那年的陆银桥已经大了，平时上学不在家，一开始没发现这件事，后来有个星期五的晚上，她提前从学校回来才撞破一切。

黄昏傍晚，是个秋天没风的日子，北新市从早到晚天气不好，笼着雾，灰蒙蒙一片混沌的天。

她走到胡同儿口的时候，就看见家里的露台上有人。一道瘦瘦小小的身影，正紧贴着栏杆走。

她害怕妹妹掉下来，赶紧往家跑，没走出两步先听见陆兴平骂人的声音，然后就是远芳阿姨的尖叫。她知道那王八蛋又开始打人了，心里又急又怕，担心陆兴平喝完酒什么事都干得出来，又不知道楼上的陆一禾在干什么，顶楼的位置太危险……她心急火燎地想冲回家阻止，走到楼下的时候一抬眼，看见露台上的陆一禾已经坐下来，两条腿都伸出了护栏外。

楼顶的位置背光，那天沙尘大，陆一禾背靠着一整片黄褐色的落日，看不清表情。

直到陆银桥冲上楼才发现她竟然没有哭，小小一个人就坐在楼顶，手里拿着水果刀，而刚削一半的苹果滚在地上，她松了手，就只是安静地坐着。

陆一禾不会说话，听见母亲被打的动静也不能哭喊。

那天之后，陆银桥才知道，每次陆兴平发疯的时候，陆一禾无能为力，只能躲去露台上。

后来陆兴平被判处死刑立即执行，整个胡同儿里的人见到她们都绕着走。

有天夜里，陆一禾又一个人坐在了露台上，同样的位置。她和陆银桥说起以前的事，特意提到过去那个昏黄的傍晚。

她说，如果陆银桥没有回去，她当天刚好拿着一把刀，不敢想自己会干出什么。那已经是很久之后的夜，这房子枉顾人伦的悲剧已经筑成，魑魅魍魉认罪伏法，可直到那一天，她才和陆银桥说她害怕。

当天晚上，陆银桥守着妹妹，姐妹俩一起睡了。

家里多个人照顾，生活平静，一切都显得格外顺遂起来。

白天的时候，佟姨负责看家打扫小楼。如果陆一禾要去上课，她就陪着送到胡同儿口。小姑娘一向心思重，但独独和佟姨投缘，一段时间过下来心情好了不少，也不再总是追着陆银桥问胭脂厂的事了。平心而论，佟姨确实尽职尽责，一看就是在孟家懂规矩的老人。她突然来到胡同儿里，打开窗户闲言碎语满天飞，却从不四处打听，每天就知道闷头买菜做饭，让她们回家能吃上一口热菜。

这地方突然又像个家的样子了。

陆银桥在生活上有人分担，不用再提心吊胆想着陆一禾，心里踏实多了。她没空疑神疑鬼，坚持拍片工作，断断续续还在接活儿，一忙起来就昏天暗地。好不容易赶上有休息的时间，她给孟泽打了电话，原意是想感谢他的细心安排，到最后聊的又都是妹妹上学的情况，多说感谢的话，反而见外。

偶尔下课晚了，孟泽送陆一禾回家，他顺路等在胡同儿口，但陆银桥恰巧都在市里忙，两个人一直都没见到。

好景不长，十二条胡同儿里的烟火自成一国，陆银桥家里突然多了一位老阿姨，街坊四邻也都知道了，私底下的猜测不少。外人一旦关上门，心里明镜似的，关于肇二爷和陆银桥前后几年的虐恋情深尽人皆知，如今眼看女方回来闹离婚，外边显然也早有人惦记照顾了，真不知道“半城金”里边的人怎么打算。

雷三管不了这么多，他最近熬瘦了一圈，今天脑袋里装着事，一大清早又没睡成，出门溜一圈回来，绕着小楼上下看。

陆银桥家的房子都黑着灯，只有一层的厨房透亮。

钟点太早，胡同儿里四下安安静静，等过了七点，家家户户才开始有动静。

雷三没看出什么花样，走回去在“半城金”的院子门口抽烟，瞥见院里做饭的老婶子送完饭也回来了，非要在他门房外边唠叨，她和他抱怨那个梁疯子，把粥里的好东西都扔在地上喂狗吃。

他点头敷衍两句，随口问梁疯子的近况。对方说还是一样的德行，起床就在地上写写画画的，最近都老实了。

雷三知道老婶嘴碎，正想躲，又突然回头，往小楼那扇亮光的窗户指了指，问她：“婶儿，那边新来的阿姨你认不认识？”

老婶抱着饭盒一大早起来，正愁没地方说话，赶紧追着雷三说：“姓佟，木头脑袋憨着呢，我在菜市场遇见过，喊她也不和我说话。”老婶子的话匣子一拉开和泄洪差不多，“银桥真是大了，知道心疼她自己了，回来就找靠山，还请个保姆看家护院……”

雷三赶紧示意她小点声：“你再嚷嚷两句，把后边那位吵起来，咱俩都没安生日子。”

“你又不做饭，起来溜什么鸟呢？”

雷三的短裤歪歪扭扭地套在跨上，他揪着自己的背心，愁得一口烟直往天上喷：“二爷又发话了，让我把她家的保姆赶走。”

这事主要怪肇之远，自从东边楼里的人回来，他就受了刺激。没人知道他如今心里对陆银桥是什么打算，总之他连带着把过去的情敌都找回来，直接盯上了孟泽。

雷三真不明白，二爷凭什么一口咬定人家孟老师不是好人？前后一个月下来，他家这位爷就跟中邪一样，折腾身边的所有人，不惜翻出当年的案子，逼着大家查来查去，一件正经事没干，现在连陆银桥家里找一个保姆都不行了。

雷三思来想去，不明白这事有什么要紧的，更没想出好办法。

他只能怂恿做饭的老婶子：“咱俩合计合计，给二爷早饭里下点猛药，让他睡三天。我去说这倒霉祖宗在外边作出事了，老爷子再狠心也舍不得他这独苗孙子吧？就趁二爷昏迷不醒的时候让家里来人，直接给他绑回去算了。”

老婶子拿着个饭勺子砸他脑门：“你白长这么大的脑袋！二爷一走，胭脂厂不出俩月就让人强拆了……咱们也留不下！”她不和雷三浪费感情，一秒收起所有市侩八卦的嘴脸，抱着饭盒、勺子，叮叮咚咚就往院里走，“十二条里里外外，龙跑蛇窜，各有各的盘算。我只是个做饭的，你自己忙活吧。”

雷三直瞪眼，甩她一句：“这么大岁数白活了！没点起义精神，活该让你给傻子送饭！”

埋怨归埋怨，最后还是他一个人蹲在大门边，扭过身盯着陆家厨房，咬着烟屁股开始盘算。

第七章 廊下月

消停日子没过多久，七月底的时候，佟姨特意去找陆银桥，说她家里有急事，打算下个星期离开胭脂厂。

她说这话的时候战战兢兢，左右为难。

陆银桥一开始没细想，以为她自己有事，也不好强留，同意让她先回去。没想到孟泽先得到消息，觉得不对劲。

他给陆银桥特意打来电话，告诉她佟姨老家遭灾，年轻时候守寡没孩子，到如今老家那边连半个亲戚都不剩了，所以才能一直留在北新市在孟家帮忙。

佟姨明显是遇到难处又不好说，才找到这么一个借口。

陆银桥明白过来，回来趁着周末有时间，去找佟姨试探，想问清楚到底是什么原因。

快到晚饭的时候，天还没黑，佟姨正拉着陆一禾给小姑娘梳头，她支支吾吾，不愿意多说，最后陆一禾听着着急，抢她的梳子，摇头不愿意让她走。

佟姨眼眶红了，指指外边，小声说：“胡同儿里有人跟着我，我出去买菜也有人尾随，一直有双眼睛……前天我回来，刚走到隔壁院，院里大门一开，一群狗扑出来。这……我实在不知道得罪谁了，夜里睡不踏实。银桥，我岁数大了，怕惹事，还是让我回去吧。”

陆一禾睁大眼睛，把梳子捏在手里恨不得变个手榴弹，往隔壁院一扔了事。

陆银桥听着听着终于清楚了，“半城金”里的二爷不可能太平这么久，他的眼睛盯着十二条出出进进的人，孟泽没来过，但对方弄个保姆过来照顾她们姐妹俩，这件事让他知道了也没好果子。

谁能这么恶心人，非要让上上下下都和一个保姆老阿姨过不去，还不就是二爷的无聊手段。

她越想越气，起身就要出去，佟姨来到胭脂厂一段时间了，心里多少明白，赶紧劝她：“孟老师和我说过，隔壁院里那位爷不好惹，咱们过自己的。孟老师让我过来，就是怕你们受欺负也没人知道，我如今没帮到忙……千万不能再闹出事啊。”

佟姨多年做下人，习惯了谨小慎微的态度，可陆银桥太了解隔壁那位爷的心性了，打小起三天不打上房揭瓦。最近她工作忙，不知道肇之远躲在隔壁憋着什么坏，神神秘秘的，深居简出，两边都安静过头了，果然他开始没事找事。

陆银桥晚饭都没吃，趁着天还没完全黑，她一脚踹在“半城金”的大门上，逼着雷三把门开了。

她不是一个人来的，还带了只大黄，一人一狗很是默契，门一开就往里闯。

雷三正在啃一个烧饼，一看她来也不惊讶，他早知道姑奶奶爆炭似的一点就着。雷三嚼着饼，像座山似的，顶着个大脑袋横在前院，左挡右挡，就是不让她往后去：“你家老阿姨是我吓唬的，你有气找我撒，别闹二爷。”

“行啊，这事你扛是吧？”陆银桥示意大黄，“给我咬死他！”

十二条胡同儿里没有多余的生人，大黄对这些人都熟，一时左右为难，只能冲着雷三狂吠。陆银桥咬着牙根，给它使个眼色，这狗听话，作势真要往上扑，大黄跟着梁疯子，岁数虽然大，但吃百家饭长大，无比壮实机灵，真扑一下也吓人。

雷三傻了，躲了半天大黄，又开始笑，他吃的烧饼都噎在嗓子眼里，怎么也没想到姑奶奶还像个小丫头片子似的，生气的时候这么有意思，他被闹怕了，赶紧解释：“好好好，你是祖宗，你是姑奶奶，我惹不起，我认输！别让它叫了，今天后院来人了。”

他话没说完，陆银桥做了个“嘘”的手势，大黄就低头跟着她，一人一狗又往后边走。

这院子终归是大，前后隔着数不清的穿廊，连个动静也听不清。天光一暗，廊下的灯渐次亮起来，花树的叶子又挡了人影。

陆银桥偷偷钻过月亮门的时候，看见于缎在后院。

女人最知道如何放大自己的优势，于缎穿了一条后背镂空的裙子，露出漂亮的蝴蝶骨，半遮半掩。她一副温柔似水的眉眼，和那天晚上私下找她的怨毒模样完全不一样。

各行各业都现实，何况是娱乐圈，想当女明星，这一路上什么人都要哄，什么佛都要拜，第一谋生的要务就是学会换脸。陆银桥在这件事上很是佩服于影后，毕竟这点技能她始终学不到位，活该混不出来。

陆银桥退到夹竹桃的阴影里，拍着大黄的头，让它赶紧趴下。

说来于缎也是厉害，肇之远的怪癖多，别人家的金主爸爸都弄个豪宅别墅的，就他住在一座没改造的四合院里，天天躺椅子上喝冰啤酒，动不动还弄个大金珠子摆弄，就他这副德行，再有钱有势，换成别人也不一定能伺候，得亏于缎能屈能伸。何况如今她已经贵为影后，有名气就有影响力，已经熬过小明星不管不顾一心上位的阶段了，还非要在肇之远这里混着，这世道人心，有时候真是说不清。

以陆银桥所在的角度，根本看不见肇之远的表情，她只感觉那两个人似乎是在说什么。肇二爷难得没躺下，坐在躺椅边上晃着腿，一地酒瓶子，于缎挡在他身前，最后不知道说了什么，说到了伤心处，似乎是半扑半抱，直往他身上倒。

她不想再看，在暗处打开手机摄像头，这是现成的素材，可以提高她离婚的概率，可她心头发闷，好像刚才雷三那个烧饼是塞在她嘴里了，现在一阵一阵堵得人难受。她这口气越发忍不住，没想到远处的人先开口了。

肇之远顺势拥着于缎的肩膀让她坐起来，冲那株倒霉的夹竹桃喊：“就你那点脑子还想捉奸呢，人躲着，狗尾巴都露出来了。”

陆银桥有点紧张，伸手去抓大黄，但老狗憨实，一直机警地盯着四周，这一喊让它一下跳起来，猛地就扑出去。

于影后不出所料受到了“惊吓”，她被大黄吓得花容失色，立刻尖叫起来，回身想往肇之远怀里躲。可惜戏过了，她一抬眼正对上二爷挂彩的胳膊，撒娇撒到一半才反应过来不合适，于是演出去的柔弱收不回来，她竟然不慌，立刻又转过身和大黄对峙，还不忘用胳膊挡住肇之远，全心全意护着他。

陆银桥本来十分尴尬，一看于缎现场飙演技，瞬间笑得肚子疼，她一时什么都忘了，只想给对方鼓掌。

躺椅上的男人却半点不领情，他连根头发丝都没动，开口就和于缎说：“你不是也养狗吗，至于吗，吓成这样？”

陆银桥笑声更大了，把大黄喊过去，让它听话，蹲在月亮门外。这一笑，她心里瞬间敞亮起来，反正院子里这二位都不嫌丢人，她更不怕，于是直接走出去，冷嘲热讽扔一句：“哟，坏了二爷的好事。”

后院的灯都亮了，照得人脸上都透着光。

肇之远躺下去，枕着自己那只没事的胳膊，舒舒服服地笑，又是没皮没脸勾着嘴角，笑出一副好模样。他眼睛盯着陆银桥，话里话外却说给于缎听：“你看看，我说过，让你别来找我，只要让姑奶奶看见，我这婚就离得更亏，她那狐狸眼睛一转，指不定又算计出点什么呢。”

陆银桥可没演过乖乖忍让的小媳妇，她冷着脸过去，一点不避讳，她打量于缎，开口就是一句：“我上次提醒过你了，看见我还不走？咱俩现在有你没我，今天的事传出去上热搜，你可别怪我。”

于缎坐在肇之远身边，那目光从激愤最终又归于平静，很快又是一脸倨傲：“陆银桥，你什么都不知道。”

“我还应该知道点什么？你们这两年怎么过的细节都要给我说说？指望用这个刺激我就算了。”陆银桥左右看看，也不打算久坐，就着茶几半靠住，“我今天把话说清楚，别老把别人当假想敌，我要工作养家糊口，没你们这么闲。第一，我和肇之远的事与你无关，是我们要离婚在先，他此后想找谁当情人，是你还是别人，对我的性质都一样。第二，我就算找麻烦，也是找他的麻烦，没轮到你头上呢，是你非要蹦出来惹我。”

陆银桥说完扶着小茶几，低头看啤酒瓶子，找到一个还剩半瓶的拿起来晃，她示意于缎自己的话已经说完了：“你可以走了吧？”

于缎这么多年没被人戳着脊梁骨说话，一时情急喊出来：“你永远想着自己！这么多年，二爷为了你……”

“于缎。”肇之远原本还是看戏的模样，忽然抬手看了一眼表，开口说，“我叫了司机，应该到前院了，让他送你回去。”

于缎无法接受，她转向他低了声音：“你不肯离婚，非要查那个孟老师，就是怕没有这层关系，她就会和别人走。”她几乎无法理解，“明知道陆银桥不爱你！你何苦还要为难自己？”

肇之远一双眼里仍旧浸着笑，他眼看于缎有些失控，伸手把人拉过去，直接把她抱在胸口，轻轻拍她的背。他的声音极轻地响在她耳边，明明人是温柔缱绻的模样，每个字又都透着冷淡，他和她说：“于缎，听好了，我不让你来的时候，不要来。另外，如果再让我知道你找银桥的麻烦……”

于缎在他怀里发抖，盛夏的天气，于缎被他的口气说出一身冷汗。

他顿了顿，刚好抬头，瞥见茶几旁边的人已经嫌恶地背过身，根本不屑于看他们这对狗男女。

他似乎十分满意，玩世不恭地挑了眉，故意凑近于缎的脸，那地上的人影又交叠在了一处。他直直看着她，和她继续说完那句话：“你所有的一切，我能给你，也能立刻让它们消失，包括你这个人……明白吗？”

于缎连坐也坐不住，受不住似的推开他，直接跑了出去。

大黄已经昏昏欲睡，一有动静突然又机灵了，很快狗追着人一起跑出去，前院又是人喊又是狗叫，好一阵热闹。

相比之下，后院不一样，这一时片刻显得过分安静。

人都走了，陆银桥还盯着地上刚才两道人影的位置，她亲眼撞破了一切，好像彻底把这颗心剁碎了，水煮油烹死透了，反倒瞬间心态平和。

她不吵不闹，也不见外，拖着个凳子，坐在肇之远的躺椅旁边，拿啤酒和他对着喝。

肇之远没拦她，发现陆银桥突然蔫了。他一开始不说话，好像早有预料，过了一会儿才坏笑着问：“干吗？吃醋了？”

陆银桥的白眼翻上天：“又不是第一次知道你喜欢她。”

他晃着酒瓶子又往后躺，她扫一眼他的手，本来固定住的那条左胳膊最近拆了石膏，看起来恢复得不错，换上轻便透气的绷带式材料护着，让这混世魔王的活动范围又松快不少。

肇之远还是一身睡衣，扣子非要歪着系，他的口气也不正经：“那你干什么来了？还带条狗，真够幼稚的。”

“我幼稚？”陆银桥懒得笑了，“你不问问你家那个好雷三，没事撑的，去和佟姨作对，非要玩跟踪，还放狗吓人，他幼不幼稚！”她说着说着想起什么，“你们这院里没一个好东西！”

“嘿，丫头，骂人归骂人，别捎带上我啊。”

“你不发话他敢吗？我现在才明白，是你一直让人跟踪我。”陆银桥把前后都串起来，她一回来路上就有人盯着，所以肇之远总能第一时间知道她的消息，知道她去找于缎，半夜三更都能从天而降。

这下躺椅上的人不乐意了，坐起来拿啤酒瓶子去冰她的脸：“你这脑子怎么不跟着年纪长啊，跟踪你？我是能多挣出两亩地，还是能多挖出两座金山啊？”

陆银桥没顾上管这些，她躲来躲去没躲过他的手，让他拿凉啤酒的瓶子戳在脸上，冻得直咬嘴，然后她就瞪着眼睛又急了，从他手里把酒瓶子抢过去，一仰头，干下去半瓶啤酒。

肇之远笑呵呵地看着她闹，抬脚让她看，躺椅后边还有一筐啤酒。

她觉得他没安什么好心："今天怎么这么痛快？"别说好酒了，肇二爷过去铁公鸡一只，从不拔毛，在这院里，三五块钱的绿棒子他都舍不得拿出来让她沾一口。

"与其让你跑外边喝去，不如在家里还安全点。"他一句话说得格外真诚，真像掏心窝在哄她。

陆银桥一腔说不清的情绪被酒精给点着了，片刻工夫，她已经闷头几瓶下肚。明明过去喝了跟没喝似的，今天偏偏往头上蹿。陆银桥鼻涕眼泪憋着出不来，天一黑，眼前全是肇之远一张过分好看的脸，那双眼睛也不知道藏了什么秘密，总若有似无盯着她瞧，又都是她看不穿的是非。

她真是恨，恨透了这种逃不出去的感觉，真想拿酒瓶子往他这张笑嘻嘻的脸上招呼，咬着牙才忍下来。

肇之远看她喝闷酒，发现自己逗过头了，后知后觉似的叹气，伸手去抱她："好了好了，不让你尝尝这滋味，你哪懂我当年的心情啊，眼看你追着孟泽跑，孟老师长孟老师短的，死去活来喜欢他，让他害死都不知道原因……"

陆银桥拧着他那只好胳膊甩到一边，想起刚才的场面泛恶心："别拿脏手碰我！该抱谁抱谁去。"她起身要往远处坐，又被肇之远没皮没脸地扯住衣服，硬给拉得摔回去。

她差点压住他的左胳膊，下意识一松劲，就被他扣在胸口。

肇二爷可没那么多废话，抱住人就往下亲。他喜欢她的小鼻子，咬她鼻尖边上的痣，陆银桥夏天喝了冰啤酒，脸上又发热，挣了一下没挣开，也不再动，闭着眼睛让他亲，偏不看他。

肇之远躺得舒服，脸贴脸地抱着她不动，就这么几分钟的光景都让他觉得不真实，连槐树的影子好像都远了……好一会儿他才想起说话："你好歹配合一下吧？这么死躺着挺尸，多没劲啊。"

她抬手抱他的肩膀，脸倒是动了一下，往他肩窝里埋。

他没想到这一次相见小狐狸知道委屈了，直接给他来这么一出，让人陡然心虚。

肇二爷这几年的良心见长，拍拍陆银桥的后背，低声和她说："我知道你今天要来，故意气你的，本来就要送她走了。"

他哄女人的手段上来，一瞬间的温存让人动摇，可惜陆银桥从小就听他说甜言蜜语，听到都会背了，压根不往心里去。她不知道自己又是怎么了，喝点啤酒就现出原形，她恨自己又恨他，百感交集的感觉上来，张嘴就咬他。

这一口结结实实咬得人生疼，专挑肇之远那受伤的一边。他左胳膊刚好一点，还带着绷带不能躲，肩头上也不能动，只能夸张地“哎哟”了一声，继续由她咬。

她咬得自己都累了，没哭出来，红着眼睛瞪他。

这下肇之远觉得自己玩现了，她不哭比大哭还难办，不哭就要来折腾他。他肩膀是真疼，于是试图搭台阶，和她说：“你跟我服个软，不就没这么多事了？或者就当给我个面子，回院里来住，家里这么多人替你照顾一禾，比你在外边找人强。我说过，孟泽不像你想的那么好，他这几年越来越偏执，诱导你们回来意图不明，他安排过来的下人你也不能留在家里。”

“你想得挺美。”陆银桥坐起来，她和肇之远吵吵闹闹的日子太多了，真生气的时候，口气反而比平时都稳重，“你这是玩了几年女明星，玩够了。”

肇之远这种男人的脑子里，永远没什么三观可讲，所以和他聊正经事，说正经话，永远要被气个半死。

他听着并不生气，懒洋洋的，还是眯着眼：“是啊，于缎倒是有一句话说对了，你什么也不知道。”

陆银桥心里冷笑，这一出狗血感情戏，演着演着还真感人了。

她低头踢酒瓶子，很快玻璃瓶子头顶头，歪了一地。她笑着侧脸看他，狡黠地眨眼道：“你费尽心思跟踪我，生怕我再和孟老师有什么关系，你对我这么在意，是想起我什么好处来了？”

风清月朗，槐树飘香。

肇之远认真借着亮光上下打量她，探身过来，额头相抵，他脸前那缕头发都落在她脸上，一双桃花眼换了眼色，摆明了是要勾引她，还觍着脸往下问：“你说呢？”

她伸手摸他的脸，笑吟吟地和他说：“咱俩正经夫妻，我回来算不上吃亏，我答应还不行吗……犯得着二爷这么大动干戈和外人置气？”

他知道下边的话让人心烦，就去堵她的嘴，抱着她往椅子上压。顶上槐树的味道满满又落了一身，他顺着亲她的耳后，故意诱导着问她说：“你打算怎么赔啊？”

陆银桥这两年聪明多了，眼看好话说不通，飞快地对着太子爷换了策略。想和肇之远斗，就得用他的思维方式，于是她就纵容他的手顺着自己的腰往衣服里摸，倒真是一脸好说好商量的模样，抱着他蹭着说：“你不就想要我吗，我回来，你也别折腾人去查孟老师了，别再管我家那些事……”

肇之远动作明显僵了一下，心头火一点就着。明明怀里只是个瘦瘦小小的丫头片子，可他这辈子怎么都治不住，于是他一动气就去掐她的脸，逼她看向自己：“你还敢提孟泽？”

谁都没注意远处的动静。

雷三好不容易在前院忙活完了，人和狗都送走，发现后院半天都没动静，也没人出来，于是他不放心，打算过来看看，生怕姑奶奶火气一大，再把他家二爷给砍了。

他没想到自己直接撞见长针眼的事，老夫老妻不要脸，幕天席地真敢在院子里就往一处滚。

雷三一个脑袋刚冒出来，“啊”的一声不敢说话了。

肇之远一股无名火烧起来，气得一个字把他骂走：“滚！”

夹竹桃后边的人屁滚尿流地跑了。

躺椅上的陆银桥就没这么痛快了，她快让肇之远给掐死了，还故意勾他的脖子说：“你又不是第一天知道，孟老师是我的初恋，可惜我们俩有缘无分。当年追债的流氓追着我都到竹园里去了，要不是二爷你救我……”

肇之远一袭缎子睡衣，半边领口都荡开，他起身松开她：“如果当天救你的人是孟泽呢？”

她确实有点笑不动了，戏多心累，她就松手躺在那里，盯着顶上的月亮说：“没什么如果，你救我才让我开窍了，那种情况下嫁给你，是我唯一的出路，肇家没人敢惹，才能让我彻底远离陆兴平。”

她说完翻身坐起来，看见地上自己的影子，头发都乱了。她又笑，揉着头发和他说：“其实我名正言顺陪你继续过也容易，但是咱们说好了，二爷什么时候烦我了，痛痛快快把婚离了。”

“那要是我这辈子都不烦呢？”他手撑在躺椅边上，话说得轻巧。

陆银桥毫不动容，她对人情世故了解得太早，接得住二爷嘴里的玩笑：“胭脂厂都要拆了，你我都明白，家也有保不住的时候，男女之间这点事，别动不动几辈子几辈子的……犯不上。”她说着起身又拿酒，一人一瓶，和他喝到底，“来，只要二爷答应我，别再无辜牵连孟老师，今晚我就住回院里。”

她说完就喝，一鼓作气喝得眼泪都出来了。

肇之远一张脸终于冷下去，看她灌得差点断气，抬手抢她手里的酒瓶子。

陆银桥不让他动，可他一只手用劲，甩手把瓶子打飞，直接砸在地上，紧接着满桌的酒瓶子碎了一地。

肇之远又让她气急了。

他把陆银桥直接往屋里拖，她的戏演不下去了，不依不饶要打他，惹得他一腔邪火蹿上来，在廊下把她按在柱子上，直接扯她的衣服，手下完全没了分寸，口气也重："这两年没人管你了是不是！为了一个孟泽跟我谈条件？"

陆银桥摔在廊下，不肯进屋，眼看他动真火，才算出了口恶气。

她酒也喝多了，但啤酒没多大的劲，空落落的耗着精神，反而心里更加不痛快。她又嫌他恶心，死活不让他碰，于是抬手和他扭打。

肇之远铁了心要治她，任凭她下狠手打自己，就是拦腰拖着她，死活不放。

晚饭时间，胭脂厂里一阵饭菜飘香，显得"半城金"里的动静十分突兀。

雷三根本没敢走远，他刚在厨房里绕一圈，后边厮打的动静就传过来了，吓得他和做饭的老婶一起冲出去。

吃一堑长一智，雷三不敢随便乱闯了，只停在月亮门外犯结巴："这，这，这……夫妻打架，我不方便去吧？"

老婶刚才正在厨房摘豆芽，跟着出来手里还掐了半根，此刻她甩手一扔，显得很是冷静，十分有经验地问他："你刚才看见什么了？"

"刚才？那公母俩都抱一起了，谁知道怎么又干仗了啊。"雷三觉得累，"你说说他们俩是不是造孽啊，赶紧离吧，再这么打下去也折寿。"

话音刚落，里边的陆银桥尖叫起来带了哭腔，喊着咒骂肇之远，让他别碰自己。

雷三打了个激灵，话又说不利落了："婶儿！这可不行，咱家又不是流氓土匪，二爷干的这叫人事吗？自己家里也不能欺负媳妇啊！"

他疾恶如仇，满身热血，对二爷欺负女人的恶气涌上来，转身要往里闯。

老婶抬腿直接把他绊个踉跄："大老爷们儿瞎掺和什么，去去去，你拿件外边能披的衣服过来，别在这儿捣乱。"

最后老婶子系个围裙，借着喊二爷吃晚饭的借口，绕进月亮门。

后院骤然安静了，远远落下几声猫叫。

雷三没敢进去，但他眼见老婶子把陆银桥拉出来，用衣服围住她整个人，又一路安慰着把她送出去了，他就知道二爷今天是真气疯了。

他做好心理建设，低着头进了后院，看见二爷正一个人坐在卧室墙边的台阶上。

肇之远的手肘撑在膝盖上捏额头，左手不太能动，明显是勉强用过力气，此刻疼得手指直颤。

雷三不会说话，不知道该说点什么才能缓解气氛，只好磨蹭着往肇之远身边走，一走近借光看，这才发现这位爷嘴角都是血。

他吓了一跳，赶紧拿纸过来，铁疙瘩的脑袋突然灵光一闪，哈哈大笑："二爷，你费这么大劲，让姑奶奶打成这样，就扯了半天衣服？什么好处都没占着？"

肇之远懒得看他，抬手擦掉血渍，劈头盖脸开始骂："那小东西掐两下脸蛋都是红印子，我敢动她吗！她成心惨叫气我，我让她一激，倒真想当场把人办了呢……"说着他左手一抬，疼得直咧嘴，"也不看看我今天有这力气吗？"

雷三笑得前仰后合差点摔台阶上，伸手想扶二爷起来，让他消消气。肇之远一脚踹过去，让他滚一边去了。

四下一静，人就显得心灰意冷。

肇之远坐在石头台阶上，半天不出声，满院子灯火寥落，幽幽暗暗，金线云纹绣不出个明白样子。

看门的汉子老实，也憋不住话。雷三陪他站了一会儿，还是开口说："爷，咱算了吧，胭脂厂要拆就拆，陆银桥不领这份情就算了，你也别跟她浪费时间了。她早就喜欢孟老师，何苦呢？"

肇之远低着头，没什么表情，冷哼一声："你懂什么，不出两个月，她非死在孟泽手上不可。"

雷三听不明白："想什么呢，你打小也认识孟泽，让你一说都跟杀人犯似的。孟泽上赶着给银桥送温暖，让保姆阿姨照顾她，你这是咸吃萝卜淡操心。她才二十多岁，能爬起来往前看也没错。你和她过不下去，又不放她找真爱，她当然要闹。"

年少情缘，经年落下的那点牵挂，放在谁身上都能理解。

雷三的大白话远比刺还要扎人，活像根钢钉似的戳在肇之远的伤口上，他心头的火还没消，一听更烦，起身摔门就往屋里去了。

满院的麻烦没人交代，雷三直挠头，不明所以还喊他："二爷，隔壁的事咱们管不管了……姓佟的还让不让她用？"

"她不是喜欢孟泽吗，死他手上活该！"

这一晚又是个不眠夜。

胡同儿里的是非传播速度堪比病毒，晚饭之后，家家户户就听说陆银桥又和肇二爷大打出手，闹了一场，于是胭脂厂里人人早早关上门。尤其老林姐家的电视机，这一晚的声音开得比炮仗还响。

留下的人各怀心思，走出去的人也没好到哪里去。

程珂打算送于缎回家，可她根本没上车，一路无话，到了胡同儿口自己叫车走人。

他看她脸上有泪痕，追过去想开口问问，但于缎没事人似的，临走就给他扔下一句："明天的早饭不用送了，我多睡会儿。"

程珂不用当司机了，再没有别的事可忙。

眼看都快十二点了，门房里刚要熄灯，门窗上突然晃出一个人影脑袋，雷三酒都上头了，晕乎乎地吼："谁啊！找你爷爷麻烦？"

雷三的觉是睡不成了，因为他被程珂强行拖起来，蹲在门口抽烟醒酒。

他坐在马扎上，一口烟恨不得喷那小子脸上，他从上到下看程珂，看对方还是一身西装革履的也不嫌热，于是冷嘲热讽地和他说："你不是去送于缎了吗？为情所困啊，那找我来也没用。"

程珂懒得解释，不想和他提于缎的事，站在门口也不说话。

雷三把打火机往地上一放，闹心地嘟囔："你们就是想太多，刚才后院打得都见血了，就这样，二爷都没舍得动姑奶奶一下，我刚收拾完，你还找我当垃圾桶。"

程珂盯着地上的打火机，顺势想起这阵子肇之远私底下的古怪行为，低下声音说："二爷终于把银桥等回来了，他急着向她证明孟泽有问题，就想从过去的案子下手……"

雷三听见这话突然笑了一下，叼着烟说："二爷的心思一天三变没人猜得透，这阵子的事我不敢说，鬼知道他怎么了，但过去这几年我瞧着，不只是为情所困。"

"你什么意思？"

看门的大老粗睡觉也是背心裤衩，就为图个凉快，雷三撇着嘴角继续说："救命恩人的孩子没了，二爷受刺激，离不开这院子，出不去，看谁都像杀人犯。"

"他到底怎么了……"

"你不用知道，你管好他的金山银山，管好他外边的事就行了。男人嘛，挣点闲钱，逗逗女人的心思还是要有的，不然真没奔头了。”雷三半真半假地胡扯淡，打个酒嗝，迷迷糊糊开始犯困，“反正都不容易。”

“无论什么原因，陆兴平的案子实在没什么转机可查了。”程珂踢他一脚，蹲下身，也坐在他身边，“你天天守着，想办法劝劝二爷吧。”

雷三没回话，不知道听没听见。

程珂只好又说一句：“那案子太伤人了，当年二爷既然让银桥走，肯定想要了断。如今于缎对他有心，只要他愿意放下过去，以后他想怎么过都有人愿意陪。”

雷三眼睛都闭上了，听见程珂说完这句话，他似睡非睡地揉揉眼睛，掐着烟问他：“别说他，就说你，你小子自己能放下吗？”

夜晚的风一停，四下暑热又泛上来，老院子接地气，两个人坐着坐着都是一身汗。

程珂瞬间沉默，看着雷三很久没开口。

凌晨时分，雷三实在聊不动了，人已经靠在大门口打起呼噜。程珂只好给他推回门房，自己开车离开。

程珂这一晚始终无法安心，开车去于缎家的别墅区，发现她家在深夜还亮着灯。于缎日常从外边晚归习惯让助手留灯，这个时间家里灯还没关，如果不是没睡，就是压根一晚没回来。

他去敲门，人不在，手机也关机。

程珂没有惊动于缎的助理，他独自上四环路开夜路，往南边一路而去，拐到近郊的新惠河，找到新惠路下的大桥洞。

这桥洞实在有年头，足够见证北新市的飞速发展。

十年前的程珂还是穷小子一个，他刚刚毕业，穷怕了，只身一人从老家出来，闯荡北新市。那时候他一下火车就像刘姥姥进了大观园，压根不敢往市里走。他来之前听朋友说过几句，北新市有为数不多的几条河，他就想着往河边近郊的地方跑，能找便宜住处。结果那时候的郊区实在偏僻，他又是愣头青一个，在路上直接让人抢了，没钱更没地方睡。最初的一个多月，程珂就是在这大桥洞下凑合过的。

那段苦日子如今想起来恍若隔世，简直不像他自己的故事。

如今北新市市区一扩再扩，CBD核心商圈都有十几处，新惠河两岸也被改成文化产业园区，只有这处桥洞经年不改。此刻的程珂踩着路边的荒草往河边走，桥洞之下不远就是水，夏天蚊虫多，没灯照路，黑黢黢的环境看着和当年没什么两样，墙上的喷漆都还在。

桥底下的通路敷衍地铺出了一条便道，方便走人，可惜十年光阴，大家的生活都好起来，这地方没风太热，连流浪汉都不来了。

他在桥洞下果然看见河边有个人，手里夹着根细细的女烟，影影绰绰地对着一条河，不知道在看什么。

程珂盯着她的人影，于缎身上的那条裙子都没换，他突然心头一热，冲过去把西装外套给她披上，搂住人就走："跟我回去。"

于缎并不意外他会来，表情冷淡地扫他一眼，挣脱开他的手，自顾自又往前走，不紧不慢地说："回哪儿？你家还是我家？别说得这么熟，咱俩可不是一家。"

于缎嘴里的烟雾轻轻吐出来，绕了一个圈才散开。她走得婀娜，过了桥洞口，借着远处大桥上的零星灯光，侧过肩膀回身看他："你我都是抱紧肇家大腿才爬上位的孤魂野鬼，少来跟我装孙子。"

程珂无话可说，只能跟着她走。

于缎抽烟就为解闷，抽完踩了，她又回头打量那个桥洞，也不知道在想什么。

程珂实在看不下去，原本打算这辈子都烂在心里的话，今夜通通忍不住说出来："二爷和陆银桥从小就认识，外人管不了他们的恩怨，你不能犯这个傻。"

于缎盯着桥洞笑，几天而已，她好像又瘦了一圈："别把这些事说得这么矫情，大家都是各取所需。女人混这个圈子必须找靠山，否则能被人扒掉一层皮！我有个不能说的背景才没人敢动，这几年我跟着二爷顺风顺水，偏偏陆银桥回来了。"

程珂走近了，两个人总算能看清彼此："他们有过好日子，但活活被陆兴平那个案子给毁了……"

于缎没让他说完，突然打断他问："那咱们呢？"

程珂停在原地，面前的人伸手过来，按着他的肩膀，把他拉过去。他一时浑身都绷紧了，轻声叫她："阿缎……"

"咱们当年也有过好日子，又是被谁毁了？"于缎的声音尖厉起来，贴在程珂耳边说，"从你扔下我，跑到北新市那天开始，咱们就完了！别再假惺惺装好人了，我想怎么活是我的事，就算我对二爷动了真心，你也管不着！"

程珂看着她喊出眼泪，抱住她不让她再躲："听我说，你已经挣够钱了，不可能靠别人过一辈子，你要为自己今后想一想。这段时间你对外说需要息影休息，保护好自己，避开最近的是非。”她发了狠，死命想要挣开，偏偏他不肯松手，强迫她听，“是我对不起你……别再走这条路。”

他后半句加重了口气，十年前后，同样的桥洞，路还是这条路，可两个人在这个桥洞下相见，竟无岁月可回首。

于缎松了力气，不再试图摆脱他，只在他怀里笑，笑得肩膀抽动，半天才抬头。

她看着他的眼睛告诉他：“程珂，我曾经千里迢迢来找你，跟着你住破桥洞，不惜一切挽回你。可我现在早就不是那个乡下姑娘了，今时今日，我只愿意为了自己不择手段。”她那双眼睛就和河水一样，幽幽透着光，“我热爱如今的生活，我也庆幸自己走出来了……蹦出来的青蛙，见识过花花世界，不可能再愿意跳回到井底。”

程珂意识到她是认真的，默然松开手。

于缎踉跄转身，顺着河边继续往前走：“我发过誓，今生绝不走回头路。你们人人都来跟我说放不下，个个都装痴情种，那好……程珂，我明白地告诉你，我放下了。”

这一晚他终于不用再辗转反侧，换他留在桥洞下，盯着河水坐了一夜。

人永远向光而活，太阳一升起来，昨天就都成了梦。无论是新惠河还是胭脂厂的昨天都过去了，抬眼又是新的一天。

没人知道陆银桥用了什么办法，外来的保姆照样用着，日子照常过，还让肇二爷又哑巴了好几天。

十二条胡同儿里恢复如常，家家户户照样热络，这几天开始有关于商业拆迁的消息，传言中的补偿条件相对不错，是这几年难得没让人骂街的消息，只是这就意味着几乎别想原址回迁。这片地皮未来要翻天覆地大变样，古建样貌、胡同风情全都无法留下了。

好在陆家的生活稳定不少，无论妹妹怎么试探着问，陆银桥都没说当天在隔壁院里发生过什么，她一切如常地工作，算着日子，让陆一禾抓紧好好上课，一切以保证她的学业为主。

星期六的日程简单，陆银桥早起就觉得有点头晕，浑身发沉，她担心自己又要生病，赶紧趁着还有精神，把定下的拍摄都完成。好在今天店家的商品是帽子，不需要她烦琐地一天换多套衣服，相对没那么累，时间也宽松一点。

她和摄影师已经提前约好在一家咖啡馆见面，对方的工作室距离胭脂厂不远，都在南边。今天摄影师的助手要从工作室搬设备过去，正好可以顺路开车带上她一起，省了她来回的车费。

陆银桥收拾好东西，下楼翻出感冒冲剂喝了。正好是个周末，陆一禾也没课，在厨房里和佟姨一起做了早饭。

小姑娘最近十分热衷学煲汤，今天安排的是排骨汤，她热好浓浓一碗，直接端出来。陆银桥嫌早起喝太腻，结果看见陆一禾一脸神气的模样，她这妹妹人小鬼大，觉得自己会当家了，她不好意思打击妹妹的积极性，还是都给喝下去了。

佟姨过来收拾碗筷，和陆银桥说："一禾聪明，教什么一学就会，她看电视上的节目说煲汤养人，知道心疼姐姐不容易，天天做汤给你喝。"

陆银桥让佟姨记得多检查厨房，陆一禾去厨房动火，一定要多留心，老阿姨答应下来。她看了看手机，接她的人已经发短信过来，说车停在胭脂厂外。

她赶紧换好衣服出门，走到胡同儿口才发现要变天。北新市热了这么久，总算憋出一场雨。云层厚重，突然刮起大风，卷起一地沙尘。

陆银桥没拿外衣，缩缩脖子觉得有点穿少了，再加上肚子里刚灌下去的热汤，凉风一吹，她更觉得头重脚轻犯迷糊。只是她约人搭车，来不及再跑回家换衣服，好在路程不远，大概半个小时，她跑出去赶紧上车，想着自己闭眼缓一会儿没准就好了。

顺路来接她的人是个打扮时髦的男孩，看着都没到二十岁，这也不奇怪，这些跟着摄影师满处跑的小助手很多都是这个年纪，早早出来打工。他也不太爱说话，随便跟陆银桥打过一声招呼，直接开车走了。

她坐在后方，一路开出去越来越难受，明明没吃什么西药，一袋感冒冲剂而已，但刚上车不久，她就开始觉得困。

车里安静，她想和开车的男孩套套关系，聊聊今天的拍摄，结果刚说一个开头，对方根本不往下接，气氛尴尬，他好像没兴趣和她闲聊。她渐渐发现对方话不多，眼睛却时不时总往后边瞟她。

陆银桥外出工作经历过几次冲突，心里多了几分防备。她没再刻意说话，拿出手机随便刷刷微博，给自己提神，不敢真的闭眼。

谁知道这一看之下，她差点把手机扔了，"陆银桥"这三个字从早起已经迅速占领了热搜。

她突然有种不好的预感，犹豫着想要点开，正好赶上车头一拐，前边开车的人问了一句："前边二环主路堵死了，咱们绕一下小路啊，不然时间来不及了。"

陆银桥已经顾不上想这些小事，随口答应他：“行，找不堵的地方走吧。”

她深深吸了口气，点开微博话题，这次她可真是实打实变成了热搜女王，跟她名字绑在一起的爆料有图有真相，竟然是一张大尺度的不雅照。

陆银桥手指发抖，拿着手机不敢往下看，一张小小的缩略图已经打足了马赛克，但扫一眼就知道，那确实是她自己的裸体。

她硬逼着自己打开，照片视角是她右侧身后的角度，故意没放出来全脸，却唯独清清楚楚露着她鼻翼上的痣。所有环境背景都被抹去，光线暗淡，恰恰让她的身体变成唯一鲜明的主体。照片上的陆银桥身材曲线完美裸露，同样半侧身的角度，她的头发已经湿透了，黏在耳后滴水，身体的关键部位刚好被角度挡得若隐若现，流传出来的人又欲盖弥彰加重了打码，让整张照片显得极其色情。

她只看了一眼就捂住嘴，恶心到差点吐出来。

图片之下的相关文字更加不堪入目，这次泼黑水的人倒真是不遗余力，不走造谣生事的路线，完全变成小号知情人的口述爆料整理，写她这位不为人知的裸替女星，被金主玩弄抛弃，生父陆兴平还犯下要案，她这两年为博出位，已经不惜下海当艳星……把她重回北新市前后的生活编排得极其悲苦。

这消息实在冲击太大，陆银桥像是活活让人掐住脖子，她拼命告诉自己冷静，却始终透不过气。她想不通这一切到底是怎么回事，车速反而越开越快，逼得她更加想吐。

她直接喊前方的人停车，按灭手机不想再看，可是直到车窗渐渐落满了雨点，一直没人停车。

陆银桥捂着嘴，浑身乏力的感觉越来越严重。眼下的节气实在不好，她早起积食，再加上突如其来的刺激全压在心里，瞬间头晕目眩。

北新市是她的故土，这座城市曾经给过她家和亲人，给过她少女时代的眼泪和爱恨，最后又成了她伤心绝望之地。她回来的时候就想过，有人要整她，却没想到对方接二连三用下作的手段糟蹋她，步步诛心，是要把她往死里逼。

散播这种照片的意图令人不寒而栗，有人藏在暗处，不断拿陆兴平制造的惨案当成素材编排，压根没把她当人看。

陆银桥头晕严重，忽然发现车还没停，她看不出四周开到什么地方了，只能撑着意识靠在车窗上，去拍前方司机的座位，提醒他：“停车……先找个地方停车！”

车速陡然又提上去，他们已经开进一个不知名的建筑工地，两侧都是盖着绿网的土堆，走车的只是一条颠簸小路，连沥青都没铺完。遥遥几栋烂尾楼，楼顶还没封就被废弃了，空旷的工地上只剩下刹车声格外刺耳。

陆银桥再傻也看出这地方不对了。

车身颠簸，晃得陆银桥眼前一阵发黑，她拿起手机示意对方自己马上报警。开车的年轻男孩看也不看她，表情淡漠，又是一脚油门，直接冲进工地旁边的仓库。

陆银桥突然意识到这一切不是偶然……没这么简单，有人想要她的命。

没有人能未卜先知，一场雨轰然而下，临近中午，北新市突然电闪雷鸣。

陆银桥白天出门，想不到自己竟然能在市区被劫，再加上那张裸照突如其来，让她根本没分心留意身边的危险。

很快，车如她所愿停下来了，车门突然让人打开。

前方的司机显然规划过路线，根本没给她报警的时间，直接把她从后排座位上拖下来。陆银桥尖叫着厮打，对方迎面一巴掌抽过来，让她闭嘴，打得她喉间腥甜，直接摔在雨地里。

前后不过几分钟的时间，暴雨瓢泼而下，雨点砸出泥花，直接溅了她一脸。顶上天光暗淡，满地深重的颜色恍然成了镜子，照出她一张惨白的脸。

陆银桥浑身湿冷，难受到牙齿发抖，突然摔在全是雨水瓦砾的水泥地上，彻底脱力。

很快，男人嬉笑着交谈的声音由远及近，又有陌生人走进仓库，围着她指指点点却不知道在说什么。

开车的男孩弯腰拎着她的领子，把她往那伙人的方向踹过去，随口扔一句："人放你们这里，看好别跑了。"

陆银桥摔得满脸是泥，已经看不清人。她死忍着疼，藏好手里的手机，又听见周围有人靠过来，侧过脸躲，却被人直接揪起来。

对方竟然抬手勾她牛仔裤的腰带，把她扛到肩上就往仓库里走。

男人的手顺着她裤子往下摸她的腿，动作下流，嘴里还骂骂咧咧地追着那车上的人问："这小婊子回来抢男人是吧？放我们这里什么意思……能不能碰啊？"

她根本不知道对方还有几个人，听见这意思不对有些慌了神，破口大骂，发疯似的开始踹人。

外边的雨声越来越大，空气里腾起一股黏稠的潮气，她被男人按住，呕得整个人开始痉挛。

一阵车子发动的声音，把她劫来的人扔下话就要走："我只负责接人，只要把人盯住，其余的随你们。”

四下的人猥琐地大笑起来，一把抓住陆银桥的头发逼她抬脸，发现她满脸脏得没法看，又大喊着要拿水来，先给她脱了洗洗。

陆银桥不知道自己哪里来的力气，明明快要昏死过去的时候，她还不忘了死命挣扎，用手肘直接撞向扛着她的男人，对方被她撞了眼睛，大骂一句松开手，又把她摔在地上。

她趁机解锁手机，眼前屏幕的光亮模糊，简直连半个字都看不清。她完全凭着本能按下了一串数字，可是来不及……电话刚刚拨出去，她的手机就被抢走了。

她的手指被人踩住，钻心地疼，再也没能喊出半个字，直接晕了过去。

第八章 不雅照

这一次陆银桥没心情做梦了。

事发突然，她的脑子还停在废弃的工地里，一口气没上来，于是猛然惊醒，直接坐起来了。

这动静突如其来，床边有人过来低头按她的肩膀。陆银桥意识不太清醒，异常敏感，只剩下应激反应，她抱紧自己往后躲，扯住被子在床角缩成一团。

身边的人影坐下来，没再乱动。

陆银桥好一会儿才看清面前的一切，又是这张硬死人的床，硌得她尾椎骨都快断了。好在四周的垂幔厚重，让她眼前的光线分外柔和，显出一屋子前朝旧梦，不知道都是什么年月的贵重宝贝……她甚至有点分不清自己醒还是没醒，想不通为什么又回到了这间卧室。

床边的人没给她醒神的工夫，一双眼垂下来打量她。

陆银桥一口气突然松下来，不知该哭该笑，最后浑身发抖，她脑子还乱着，就记得问他："我怎么了？"

肇二爷今天换了檀色的睡衣，金纹描领，虚虚地披在肩头。他半条腿都架在床上，紧紧抿着唇角，低头半天也不接话。

陆银桥心里后怕，所有的脆弱全都藏不住，忽然哑着声音喊他："肇之远……”后边的话带着颤音不敢再说。

他憋不住笑，心里总算平衡了，眼睛里的促狭一点一点透出来，伸手过来捏她的鼻子：“什么事都没有，我把你接回来了。”他说完伸手把她从床里捞出来，结结实实抱个满怀，“行，还知道害怕就有救。”

她嘴里发苦，又像生吃了芥末呛得眼泪开闸，噼里啪啦往下掉，浑身僵硬还发抖。

他也不劝，只是蹭蹭她的脸，让她小心脸上的划伤，别再哭花了，又示意她身上的摔伤好几处地方，肯定疼，让她忍一忍，都是皮外伤。

肇之远已经给她换过睡衣，矜贵的月色真丝裙子，水光流银一样的睡袍，被陆银桥揪着袖子要擦鼻涕，把他气得又要骂人。可姑奶奶磨完了爪子，偏偏又能在这时候缩起肩膀装可怜。肇之远心一软，抱着人不让她乱动，伸长胳膊从床头拿来纸给她，又去给她倒水。

陆银桥总算喝足哭累了，睁着眼睛看他，活像只吓蔫的小狐狸，愣愣地坐在床上，一头齐耳的短发都躺乱了。

他笑话她被人揍晕，整个人都睡肿了，他嘴里说的是浑话，人却自然而然地低头凑得近了。陆银桥也有些恍惚，伸手抱他的脖子。光影流转之间，她面前的男人眼色变了又变，仿佛极认真地要对她说些什么，以至她突然有些紧张，仿佛这方寸之间的字句会比挨揍还可怕……她不敢听，豁出去抬头亲他的唇角，故意敷衍着说：“报答你的救命之恩。”

他看她欲盖弥彰的模样渐渐笑了，时间忽然成了一个圆，滴滴答答刻在钟上，却怎么都走不出去，好像又回到他半哄半吓刚把人娶回家的时候……怀里的人瘦瘦小小，眼看着她有点下不来台，抓着他撒娇的时候也不老实，非要揪他的头发，笑得没心没肺，活脱脱是个小王八蛋。

窗外的天已经黑了，淅淅沥沥只剩小雨的声音，只是屋檐上还有水顺着往下落，这一天下来，一场翻天覆地的暴雨，终于把连月的酷热冲尽了。

“你这么大能耐，接着跟我闹啊……说你不知好歹还不爱听。”肇之远抬手抹她的下巴，都是没干透的泪珠子，“你能不能给我招点好事，如果你真让几个工地上的地痞给扒了，我不得挨个儿剁了他们扔护城河里去？”

“我今天……”

他没耐心听她解释：“最后一次。先说清楚，我没工夫跟踪你，但凡是个爷们儿，都见不得欺负女人的事，何况你还是我媳妇，谁都别想碰。”

陆银桥知道得了便宜必须卖乖，于是马上开始装乖巧，她瞪着一双圆眼睛，规规矩矩地坐在床上听训。她把话全都咽回去，心里却在盘算，肇二爷神通广大，不知道为什么又能得到她的消息。她又想起他的左胳膊刚拆石膏，于心有愧，于是轻轻戳戳他新换的绷带，问了一句："还疼吗？"

肇之远抬起来动动，示意她基本没什么事了，嘴上不饶人，非补一句："少气我比什么都强。"他看她低着头，知道她在想什么，把手机拿过来扔给她看，"照片删干净了，热搜已经压下去，没人敢再发，好好动动你这狗脑子吧。"

陆银桥根本不想多看，那些毫无根据的描述爆料简直令人作呕。她盯着自己腿上青青紫紫摔伤的痕迹，想了又想，前后这些天她接二连三得罪的人只有一个，于是她抬眼看着他说："我这可是替二爷扛了风流债，你的老情人不是第一次往我身上泼脏水了，她能干出这么恶心的事，是觉得我挡她的路了，一心想要咬死我。"

肇之远满脸看傻子的表情，伸手弹她的脑门，疼得她直躲，他恨不得把她打醒："都什么时候了，谁传播出去的重要吗？随便哪个看你不顺眼的人都可以，你应该好好想想，图片素材到底是怎么来的。"

陆银桥当然不傻，那张爆出来的图片是她的脑袋、她的裸体，显然不是合成的。可冷静下来她又觉得什么都想不明白了，她如今不过是个底层小模特，谁会处心积虑偷拍她所谓的"裸照"，只剩下表面的线索很明显："我没细看，不过那应该是我洗澡的时候。"

"废话，你回来一个多月了，你家只有三个人，还不明白？"

"不可能，佟姨是……"

"又来了，好好好，佟姨是孟家的老人，你的孟老师绝不会干出这种事。"肇之远一字不差地替她说完接下来的话，靠在床头冷下脸色，"我知道你不信，所以我提前当恶人，让雷三把人轰走，你还非要留下她。"

陆银桥没往这一层细想，她的思路卡在洗澡被偷拍的时机上没能展开，眼下突然被肇之远点破窗户纸，骤然出了一身冷汗。

她家确实从来没有住过外人，除了佟姨。

肇二爷的心情复杂多了，简直觉得自己冤到家。他越想越生气，他说过孟泽处心积虑想把她骗回来，她不信。他告诉她孟泽利用小哑巴的信任，往她家安排保姆没安好心，她还是不听。

肇之远的口气不善，一脸没地方说理的表情，横起腿踹她："如今这年头，照片一上网就人手一份，没人发不代表没人存。你可真是长本事，还敢给我弄出个'裸照门'来……"

他说着说着顿住了，眼看陆银桥脸色都变了，后边更难听的话终究没出口。

肇之远的语气难得缓和下来，他伸手揉她的头发，手指又点着她鼻翼上的痣，耐心地和她说：“丫头，人心这点善恶用不着我多说，你应该比我清楚，如果陆兴平都不能信，你为什么要信他？”

她低头挽起袖子，端端正正地坐在床边。桑蚕丝的质地柔顺轻薄，露出来的小臂上都是摔出来的血道子，她一动就疼，却不去看，只转身背对他，不想再和他争辩。

陆银桥不是第一次摔得这么惨了。

那年她料理完远芳阿姨的后事，无家可回，被肇之远赶出家门，高烧倒在院外，摔得一脑袋都是血，那么难的境况都过来了。

她谁也不怨，从桌上抓了把梳子过来，自己把头发梳好，只低低说了一句：“因为我也不信你。”

这话一出来，两个人都想起过去，里里外外都静了。

肇之远转着手机半天没说话，忽然低头按开通话记录，直接扔到她面前。

白天情急之下，陆银桥只能想起一串电话号码，她拨出去的时候都不知道对错，如今在他手机上终于得到了答案。

陆银桥有点自嘲，晃晃手机示意他：“胭脂厂的习惯，我从小惹事就记得找二爷，可于缎不懂，难怪她想往死里整我，这么看我也不冤。”

床边的人一声冷哼，没再开口，好歹给她留出一条生路。

长长一声猫叫，招财顺着窗棂来捣乱，叫了半天发现没人理，又飞快地往前院跑了。下雨天风里凉透了，老院子里都是后封的玻璃窗，里外温差大，渐渐起了雾，被猫尾巴蹭出来一条印子，人的影子都分明。

谁都没再说话，肇二爷难得不打嘴仗，又往床边蹭，懒散的毛病改不了。他这么大个人直接往后歪倒，快压到陆银桥身上，只为能抬腿去勾小冰箱的门，一共抬屁股走半步的距离，他都不想动。

陆银桥被压在床板上，这床实在太硬，她手脚并用推他，想起自己今天差点被人绑走，肇之远再怎么浑蛋都救了她，她总要拿出讨好报答的嘴脸，于是爬起来伺候：“我去帮你拿，别把东西踢倒……哦对了，你为什么在卧室里放冰箱啊？”

她这么说的时候像只猫似的，正弓着腰往外爬，中途被他这座太子山给拦了一道，于是还要翻山越岭爬过他整个人。肇之远好像早就在等她傻兮兮的动作，他仰在床上撑着头，垂下眼角打量她，忽然弯起膝盖，不轻不重地勾了一下，就让她整个人都落在他怀里，连手都没动。

“臭流氓。”她摔在他身上，恶狠狠地磨牙，又想扇他了。

肇之远一脸慵懒的德行，目光却越发深了。她跟着他那些年的荒唐记忆倏地涌上来，只觉得他的目光直白到让她浑身都发烫，偏偏她还想嬉皮笑脸地混过去，话还没来得及说，下一秒直接被他扣着腰按下去。

肇之远在这院子里住得太久，他身上带着满院花木的味道。她贴近他的脸，发现他整个人比自己还要烫，又觉得骨头都要软了。

肇之远没给她反应的时间，抱紧人就不放手，直接咬着她的唇角，把她亲到快要断气。

陆银桥想按下他的手，语无伦次地扯出一个话头，还想挣扎：“先放开我，你不是要喝水吗，那个冰箱……”

小冰箱的门已经被他踢开一条缝，一丝一缕透出凉气。

肇之远又开始笑，声音带了鼻音，直接对着她的耳朵说：“猜猜啊……猜猜我为什么放个冰箱？”

陆银桥没有力气想这些，只记得往被子里躲，又被他捞出来。木床四周的垂幔被她当成救命稻草，她胡乱一扯，彻底挡住所有的光。她只觉得脑子里什么事都没了，那些恩怨都烧成糨糊，只记得他一双无法无天的眼……要论撩人的本事，谁都别跟二爷比，她片刻间呼吸都乱了，什么烦人的话都说不出来。

肇之远的呼吸吹在她颈侧，她听见这要命的男人咬着她的耳朵说了一句：“因为完事之后，你总想喝冰可乐。”

一句话说得她恼羞成怒，抬腿踹他：“滚开！”

肇之远挑衅姑奶奶的羞耻心，眼看她脖子后边红起一片，他笑到被自己呛得直咳嗽，又抓着她的脚踝，一脸正色和她说：“别闹，今天不行，你摔成花猫了，不能沾水。”

这次她确实没忍住，踹开他下床躲远了。

深夜时分，陆银桥回家，院子里的人没再跟她捣乱。

肇二爷行事让人越来越看不懂了，他救了她，却什么都不往下再说，让她回去自己留心，如果不相信他的话也无所谓，她可以自己找办法试探佟姨，总没坏处。

她的手机让人砸坏了，本来打算之后出去买个便宜的凑合用，正好肇之远不知道从哪里翻出一个，看着像刚拆封的直接塞给她。等到陆银桥出去的时候，他也没事干了，抓一把猫粮在后院逗招财。

夜里有风，一人一猫都懒洋洋的，他遥遥地还和她叮嘱了一句：“那张照片的事需要时间转移公众视线，这段时间你就别出去抛头露脸了，歇两天也饿不死，给公共治安做点贡献。”

肇之远竟然能和通情达理扯上关系，陆银桥觉得这场雨下得不亏，竟然能把他满院子的邪气都给冲没了，还真是冰窖着火，从没见过。

很快陆银桥回到了小楼，发现陆一禾不知道今天的变故。隔壁院子的人能掐会算，眼看她遭难，又提前把一切安排好。

她缺席的工作没人找来追问，和她家里打过招呼，让大家都以为她只是工作晚归。

陆银桥坐在餐桌旁，越想越觉得整件事都透着蹊跷。她打给肇之远的电话通话时间只有三秒就被阻截，他却能找对地方，把她安然无恙地救回来。短短半天之内，他甚至连善后的事都迅速办完了。

她想不出头绪，一回头看见厨房里留着饭菜，早起的煲汤还剩一碗。

佟姨看见她回家想去热饭，陆银桥对着老阿姨一张诚恳的脸，半天也看不出什么。

她闻到汤水的味道实在有点不舒服，这段时间她身体一直不太好，坐着都难受，总是提不起精神，如今时间一晚，她什么都吃不下，眼皮发沉，于是又催着她们先去睡。

陆一禾心细，发现姐姐身上有伤，没过一会儿就来敲她的房门，拿着药箱。

“没事，今天下雨，鞋底太滑在外边摔了。”陆银桥回来的路上已经编好借口，不敢让妹妹知道外边的事。她说着说着有点心虚，想起今天微博上的消息，把手机收好不想给她玩，提醒陆一禾保护好眼睛。

小姑娘心疼得直叹气，给姐姐手肘上划出来的伤口贴上创可贴。

陆银桥一抬眼看见她衣袖上蹭了不少颜料，想起她每星期一要交作业。知道陆一禾今天一直都在画画，应该也没空玩电脑，她总算长出了一口气。

陆一禾明显心情不太好，比画着和她说：“姐，你太累了，这么拼命身体受不了。”

陆银桥借着今天下过雨，天气凉，特意换了长衣长裤遮掩其余的伤口，想着让她放心：“我没事，下星期正好打算休息几天，有空去接你了。”

陆一禾眼睛都亮了，还是年纪小，往姐姐床上爬，两个人挤着睡。

陆银桥自从白天遇险，直到现在都缓不过来。她心里沉甸甸地藏着事，多亏天气阴凉，房子里不用开空调，反倒一晚上都睡得安稳。

此后半个月，陆银桥不敢再抛头露面，她暂停工作，把社交媒体的账户都注销，不再让人有机会把她翻出来炒作。

不光是为了自己，她和肇之远还是夫妻关系，她惹出来的桃色秘闻上不得台面，必须阻止流言持续发酵，一旦让别有用心的人扒出她隐婚的背景，会给肇家惹出麻烦，那可真就捅破了天，她实在补不上。

她像个连轴转的陀螺，好不容易才有空停下来在家休息。陆一禾很高兴，连带着佟姨好像都轻松不少，每天变着花样给她们做饭。

陆银桥借着闲聊，打听佟姨过去在孟家的事。老阿姨自从来到这个家，平日里多数时间都在和陆一禾相处，家里实在过于安静，这几天能和陆银桥熟络起来，她心里高兴，东拉西扯，越说越多，连她替孟家二老看房子的事都说了半天。

陆银桥身上的摔伤都不严重，只是胳膊上的淤血看着吓人。佟姨心疼，找来老家的药酒早晚给她涂，又怕她爱漂亮嫌味道不好闻，天天催她换衣服，手洗给她清理。

晚上的时候，陆银桥存着故意试探的心思，想借摔伤的事让她帮自己洗澡，可佟姨不肯，苦口婆心追着她，非要劝她忍一忍，反正不出门，都是家里人，她的伤口不能感染。

后来陆银桥能洗澡了，夜里进厕所也不锁门。

她算好大概时机，中途突然关掉淋浴，故意出去说要找毛巾，结果家里一切如常，佟姨在楼下的厨房里，她一边热汤一边洗碗，根本没有任何上楼偷窥的工夫。陆银桥疑神疑鬼，洗澡开水半天过去了，衣服也不脱。

陆一禾听见动静，探头出来就看见姐姐紧张兮兮的模样，满脸奇怪。陆银桥只能找借口遮掩，接连几天试探无果，闹得她都觉得自己可笑。

她心里的疑问得不到证实，肇之远的提醒却日日夜夜悬在头顶，可她在自己家里实在找不到可疑的迹象，无法把佟姨和偷拍者联系起来，渐渐觉得他的理论也站不住脚。就算佟姨是外人，可彼此无冤无仇，孟泽好端端的不可能让她来做这些不入流的事。

满局困毙，无招可解，眼下有人急于毁掉陆银桥，她却连对方的目的都想不通。偌大一个北新市，她连只蚂蚁都算不上，思来想去，只有于缎可能钻牛角尖，把她当成假想敌，除此之外，就算逼死她，也没有受益者。

她工作太久，放任自己放假躲在家里补觉，很长时间没有出门，转眼日子过得飞快，一共十二条胡同儿，来来往往还是那些老街坊，该吵的吵，该疯的疯，连日来一切变故偃旗息鼓。日子太过平淡，她又像掉进深井，再多的是非都折腾不出花样。

又到了晚上的时候，陆银桥搬了个小马扎，坐在门口的大槐树底下啃冰棍。自从那场雨之后，这段时间天气都不热，白天阴凉，夜风也舒服，于是胡同儿里的男女老少都出来走动，家家院子里都有人声。

她难得悠闲，靠着槐树自言自语，说说话解闷儿。正好看见对面的老林姐切西瓜出来分，给她一瓢，还记着和她说："银桥，你家打算怎么办？"

"什么怎么办？"陆银桥啃一嘴冰镇西瓜，身心舒畅，于是嘴比西瓜还甜，赶紧夸两句老林姐。

半聋大妈的耳朵越来越不好使，只能凑近她嚷嚷着问："我说拆迁的事呢，据说补偿提高了，不知道哪里来的开发商……说是个大集团，准备了好多年，终于把上边的文件办妥了，国资实业背景，不愁钱，就非要咱们这片地。"

陆银桥心里一动，西瓜吃得没滋没味，她根本不知道怎么办，只能抬下巴指指小砖楼，摇头说："我家没法谈，没分出来呢，院子还是二爷的。"

她下意识往大槐树又靠近一点，背都靠在树上，才觉得有了主心骨。

老林姐替她着急："你就磨蹭吧，西边几户都要去签字了，那群开发商贼精！万一把你家定成什么……超期违建，半毛补偿都不给！你带着个半大的妹妹怎么过啊？"

陆银桥低头把西瓜皮扔了，又往远处看，心里有点纳闷。这群人被指着鼻子骂了十年钉子户，到如今突然愿意接受拆迁了，于是她问："过去政府改造，大家都不愿意，不给出满意的方案都怕动了老院子，现在一拆更没戏，他们连地皮都能铲了，肯定要盖写字楼。这都吃什么迷药了？"

老林姐显然还没顾上问西边那几户细节，只能拉着陆银桥一通抱怨："没准是真穷怕了呢，大杂院还能住几年啊，眼看房价炒上去，有人上赶着拿钱封口，干脆就借坡下驴了。"

"我不愿意。"陆银桥一个丫头片子，还是过去的口气，坐着个小马扎脾气挺大，"我家不能拆，这槐树也不能挪，给钱给房都不行。"

老林姐被她逗笑了，抬手往她脑门上戳："你个小姑奶奶，还厉害起来了……行，我告诉你个办法，别闹分家了，赶紧回去把二爷说服，什么来路的开发商也拆不动肇家，你这小楼就保住了。"

陆银桥吃西瓜吃撑了，卡在嗓子眼里不上不下。她眼看电视剧快开始了，总算把老林姐给劝回去了。

晚饭过后的钟点，陆银桥去了一趟“半城金”，离婚的事她不能再等了。

雷三拿着扫帚在前院，正和树上的招财对峙，不知道猫又怎么惹他了，把他的脸都气歪了，认真地和一只胖猫怄气。

他看见陆银桥，直接冒出一句：“二爷不在。”

这倒新鲜，肇之远人院合一，平常赖在院子里都快长毛了。

陆银桥有点不相信，还要往里去。

雷三正在抓猫，没空拦她，紧跟着补了一句：“真没在，他去找于缎了。”

陆银桥眼看后院确实没亮灯，没来由觉得一口气差了半截，心里就像被乱窜的小鬼啃掉半边，夜风一吹都要打透了。

她在家里想过很多说法，做好和肇之远翻脸的准备，就是没想到来找他却不见人。

雷三白忙活一场，还是没抓到招财，他扔了扫帚抽烟生气，想起还有个陆银桥在，又回头瞪着她，上下打量。

陆银桥板着脸，口气硬邦邦地问他：“干什么去了？我有事找他。”

看门的人冷哼一声，不想理她：“这么晚了，你说二爷干什么去了。”

陆银桥离开“半城金”之后没回家，既然肇之远不在，她再着急也没用，于是在胡同儿里转一转，去看梁疯子。

对方吼了一辈子戏词，最近有人塞粉笔给他解闷，他还真当自己有了正经事，天天写写画画，小院遭殃，地上都是他划拉出来的大作。

陆银桥陪他坐了一会儿，脚底下全是白色的粉笔道子，什么小猫、小狗，还有小孩……梁疯子很是得意。

八九点的北新市，天凉风静。

陆银桥抬头盯着月亮，坐在门槛边上，脚底下一蹭，把梁疯子的画给蹭花了。

他追过来气鼓鼓地和她说：“别碰别碰，小人和小猫。”

陆银桥被他逗笑了：“哪儿来的猫啊，你家养的是大黄，一条狗，记得吗？”

梁疯子一脸神秘，小声和她说：“不是，小孩和猫。”

她掏出纸巾，给他把嘴角沾的油腻子都擦干净，哄着他问：“猫在哪儿呢？”

“进医院了。”梁疯子满口胡话，说完上句接不出下句。

陆银桥笑得前仰后合：“猫还能进医院？你说的是我吧……我有一年高烧，让你捡回来，送医院去了。来……看看我。”

梁疯子对她没什么兴趣，甩着袖子走了。

陆银桥盯着他疯癫的背影有些出神，院里月影淡薄，早年有过几棵树，早早枯死了，如今只剩下光秃秃的桩子歪在地上。树没了，院空了，只有人还活着，全凭一口气，竟然熬过了这么多年。

她心里怅然若失，没人说话，就对着梁疯子问：“如果胡同拆没了，你打算怎么办？”

对面的人一屁股坐在台阶上，又哑着嗓子，自顾自唱起来：“我只道铁富贵一生注定，又谁知人生数顷刻分明。想当年我也曾撒娇使性，到今朝哪怕我不信前尘，这也是老天爷一番教训……”

她没指望有答案，梁疯子听不懂，他的脑子坏了，记忆和表达都是错乱的，所有困境还不如地上这些粉笔画来得实际。

他忘了自己是谁，一人一狗，天涯也是家。

梁疯子满脸幽怨，很是入戏，大夜里唱得人心惊肉跳：“他教我收余恨、免娇嗔、且自新、改性情，休恋逝水、苦海回身、早悟兰因……”

陆银桥被他变调的嗓门一刺激，更觉得心里憋屈，坐也坐不住，关门走人，结果走在回家的路上还能听见他的声音。

她踩着自己的影子听清半句，又觉得唱词成心非要来给她提醒。她抬眼看见自家小楼，它和胭脂厂里的平房院子格格不入，又和“半城金”难舍难分，见证了十几年的糊涂恩怨。

陆银桥实在改不了性情，苦海里也没有回身的余地。

她往隔壁的大院里看，后院黑漆漆一片没有亮光，肇之远确实一直都没回来。

这几天夜里又掉过雨点，但都没下大，地气潮湿，砖墙瓦砾之间透出一股湿漉漉的味道，夹杂着人和人之间的那点世俗过往。

陆银桥拍着院墙往前走，纵横蜿蜒的胡同儿里实在拥挤，好不容易有个灯影的地方全是飞虫往上撞。夜里天凉，蚊子却不含糊，陆银桥穿的是短袖，没走两步，露出胳膊的地方就被咬出一个包。

她一边挠一边磨蹭着回家，走到家门口却看见对面墙下站着一个人。

梁疯子的声音越飘越远，老林姐家的电视在放片尾曲，闹哄哄的烟火人间，只有孟泽还在等。

所谓的宿命，是因为总有那么一时片刻，人的情绪跟不上现实，会突然觉得下一个路口的相遇如同命定。时间像是循环往复的唱机，把儿女情长的往事一圈又一圈地放。

陆银桥参悟不透兰因，比起当年见到孟泽的时候没有任何长进，如今也只会在家门口无精打采地遛弯。

她手上掐着一个蚊子包，好半天才想起问一句："你怎么来了？"

孟泽显然也在胡同里走过一圈，他在小卖部买了北冰洋，把瓶子递给她，一双眼睛望过来，温和宁静："突然想来看看你。"

她见到他只记得拿着汽水笑，孟泽被她一副傻样逗得有点无奈，走过来拍她的头，笑着和她说："我顺路给一禾送画笔，她说你应该没走远。"

陆银桥示意他外边蚊子多，先进屋里说。

孟泽没打算去她家："这么晚了不合适，我也要回去了……一禾说你最近要休息一阵，所以我有点不放心，看你一眼就走。"

她其实没顾上想那么多，但孟泽对上次的事印象深刻，胭脂厂里市井嘴杂，他怕给她招闲话。她心里明白，于是一路送他出去。

孟泽特意去给她买汽水，自己却不喝，显然他今天没课，日常出来都是休闲衣服，一件浅青色的长袖衬衫，戴着复古的袖箍方便动作。他一向话不多，走得安静，每一步都透着一丝不苟，胭脂厂里从来没有这样的人物，偶尔过去三两个骑车的人，几百米过去还回头看。

陆银桥一见到他，连日来的疑问和不安通通说不出口，她家距离大路口并不远，两个人越走越慢。

胡同儿口的路灯还算敞亮，孟泽忽然看见陆银桥脸上的小伤口，问她怎么回事。

她不想再提那天可怕的遭遇，低头遮掩了一下说："出去拍照不小心摔的，小口子，快好了。"

孟泽点头，示意自己的车就在外边。他走了两步突然停下，又回身和她说："银桥，你不用这么拼命。"

"没有。"她一愣，拿出官方说法解释，"那天正好下雨，我……"

他不想让她费心找借口，直接打断她："一禾都和我说了，你拼命工作太累，身体这样下去吃不消。如果是因为她艺术生的学费负担，学院里有相关的政策，我星期一就去和校方商量一下。"

陆银桥不能让他再去麻烦学校破例：“不是学费的问题，这些我可以解决。”她迎着他的目光无法撒谎，“其实是我太焦虑了，一禾只有十四岁，将来教育和生活上还有很多用钱的地方，我是逼着自己为她提前考虑。”

孟泽理解她的难处，她也猜到他肯定还要劝自己，所以又抢着说：“你知道我过去都是怎么过来的，不能让一禾也经历那些，我起码要做到让她不为生活所迫而吃苦。”

他欲言又止，四周嘈杂，路边实在不是谈话的地方。

陆银桥送他上车，大路口之外就是南城的主干道，来往车辆很多，人一走出胭脂厂，视野瞬间开阔，满城霓虹藏不住，晃得人心猿意马。

孟泽示意她赶紧回去，她答应着转身往回走，路边的车又停下，孟泽突然喊她。

陆银桥以为他还有事，凑过来趴在车窗上。

车里的人解开安全带，两个人之间只隔着一扇车门，车内没有开灯，唯一零星的光来自他眼底，让人轻易又要想起当年。

孟泽叹了口气，抬手摩挲她脸上细小的擦伤，他指尖微微发热，好像轻易就熨平了连日来的波折。

人间路这条路实在太吵，风过雨停，只有他能让她静下来。

“不提过去的事了，我也不劝你，只说现在。”他声音温柔，又带了些感慨，“现在你回来了……就当我自私一次，我不能眼看着自己喜欢的人，摔得满身伤。”

陆银桥开口又哽住，她仓皇起身，背对着十二条的夜色，多走一步都害怕。她面前是她少时爱慕过的人，孑然一身等在原地，他身后声色张扬的城市像一张诱人的网，只要她愿意走出去，一切都能从头来过。

孟泽把车门推开，坐在车里喊她说：“银桥，跟我走。”

没什么能比温柔以待更动人，一句话贯穿数年光阴，年少悸动如流云，聚散之后，他仍旧愿意向她伸出手。

陆银桥从没想过，自己有一天会站在回家的路边，进退两难。

同样的光景，城市越来越大，最不缺的就是声色犬马的男男女女。

肇之远确实是去见于缎了，他把程珂叫来当司机，也不问行程，直接说去找她。

程珂提醒他，今晚于缎要录玉兰奖的颁奖典礼，她入围了最佳女演员，这算是年度含金量最高的奖项了。按惯例，业内已经内定，她结束之后肯定还有庆功宴。肇家人不方便在文娱界的大型场合露面，因此程珂询问要不要直接去她家等。

二爷换好衣服，他最近正在通筋活络，揉着肩膀，点名安排要换不常开的车，直接去电视台接人。车开到地方之后，程珂想进停车场，肇之远又在后边发话，就在路边等，又让程珂打电话，催于缎出来。

程珂看了一眼时间，和他解释："现在出不来，他们走完红毯才过了半小时，这时间里边正在录呢，于缎得奖，肯定是压轴。"

肇二爷就是在等今天她出席这场活动，自然没空搭理这些乱八七糟的细节，他靠着头枕眼睛都不抬，重复了几个字："让她出来。"

程珂听出他口气不耐烦了，不再劝，下车拿手机找人沟通。

颁奖典礼上女明星个个争奇斗艳，手机全都不在自己身上，好在程珂懂事，他明白二爷既然要带人走，今晚这一出戏就不可能顺利往下录了，于是效率极高，辗转通知场内的人，最后等了二十分钟，远远看着楼上棚内的光已经调暗，现场突然通知设备故障，进入休息时间。

侧门外有保安过去开门，于缎避着光走，一袭曳地礼服。她今天的裙子典雅修身，配着超高跟的鞋，两个助手一前一后扶着她，才把她顺利扶下台阶。

电视台楼下紧挨三环路，车辆进出频繁，路边停着一辆黑色轿车，不是常见的车型，外形极其低调，一直没有引起路人的注意。

于缎不知道出了什么事，虽然心里发慌，脸上却格外镇定。她远远扫了一眼，没看见车里的人，就看见拉贡达罕见的车标，立刻心里有数。这车在国内屈指可数，但因为实在不是豪车审美，北新市纨绔子弟的圈子里也没几个下手的。

她马上让助手先离开，独自出去。

外边就是马路，路人来往频繁，于缎中途出来得太匆忙，随身只带了一条披肩，她借着夜色把脸都挡住，不伦不类，反而更加显眼，惹得外边蹲点的狗仔瞬间开始骚动，全追着她往门外跑。

她实在担心被人拍到中途离场，于是顾不上崴脚的风险，一路小跑到路边。程珂要给她开车门，车上的人突然发话，根本没打算让她上车。

这下于缎什么形象都没了，她毫无心理准备地突然出来，一只手还要提着裙摆，香槟色的高定礼服格外显眼，完全不是给人日常穿的，刚走几步路就蹭出一层黑。

她确实没想到会这样，狼狈地站在马路边上，当街被人堵在车外，这可是年度新闻。今晚玉兰奖录制中断的消息很快就会被人扒出来，此刻的于缎一旦被人拍到，各种猜测联想起来，各路媒体连夜就能赶出头条。

于缎渐渐掩饰不住紧张，很快脸上出了一层汗。程珂欲言又止，却没有立场帮她，他上车关门，坐在驾驶位上。

于缎豁出脸面去敲后排的车门，里边的人好像才想起来似的，把自己这一侧的车窗降下来，一共不过指缝宽的空隙。

她软下声音，凑过去喊他："二爷，先让我上车。"

肇之远藏在车里，表情都看不见，一句话顺着车窗飘出来："我上次就和你说过，不要再找银桥的麻烦。"

她扶着车门的手不断用力，实在扮不出什么优雅气质了。过往那段日子她看得清楚，二爷对于陆银桥只字不提，那一家子把他害惨了，没想到她还会回来，从那之后肇之远就像突然变了一个人，对她态度微妙。

原本老死不相往来的两个人，竟然还能再见面，于缎当然不能放任死灰复燃，所以她几次针对陆银桥，不惜散布对方的不雅照，借机炒作，想把这件事变成尽人皆知的丑闻……这圈子里混出头的女人手段繁多，目的却只有一个，她必须把挡路的人彻底踩死，才能烧光二爷心里那些往昔回忆。

她不信男人所谓的念旧，对旧情人所谓的牵挂，不过是一种施舍，真到穷途末路的时候，还不是都要一拍两散。

于缎站在街边分外惹眼，偏偏她还能笑出来，和车里的人解释："那是陆银桥自己不检点流出来的照片，我没义务替她遮掩，发出去是给她提个醒。二爷既然压下去了，她也没吃亏……陆银桥算不上什么正经东西，她给人当替身的时候都脱过了，一张照片算不上委屈吧？"

"那你绑架她的事呢，也是提醒？"

"是她先上门威胁我，那几天我心情不好，找人吓吓她。"

同样身处声色名利场，于缎清楚自己只是个随身的玩意儿，二爷天生游戏享乐的脾性，女人都爱争风吃醋，他不会真为这点闲事动气，就像他院子里的几只母猫打架互咬，犯不上多认真，所以她也不绕弯子。

四周渐渐有人驻足围观，指指点点，于缎全当看不见，还想从容上车，可车门依旧锁死，让她更加尴尬。

车里的人再次开口，听不出情绪，慢悠悠地说："你还和她比上了。"

于缎眼看路边有人拿出手机想要拍照，她匆忙挡住脸，低声靠近车窗说："这里人多，二爷给我个面子，等我领完奖回去再说吧。"

她紧张到表情都僵了，车里的人却一点都不嫌场面难看，不紧不慢地说：“我今天找你，就是想让你也尝尝被人扒光了围观的滋味，以后嘴里放干净点，别总想着去和银桥比。”

于缎没想到他竟然故意来让自己难堪，立刻想要争辩，车上的人打断她，最后几句话说得清清楚楚：“你听着，事不过三，陆银桥是我老婆，谁敢给她使绊就是找我的麻烦，你比不了。”

车子发动，于缎瞬间急了，抓着车门喊一句：“二爷！”

没人为她停下来，她的手来不及收回，蹭着车门追出去两步，高跟鞋卡在马路地缝里。于缎惊声尖叫失去平衡，直接摔在路边，盘起来的头发全都摔散了，怀里的裙摆扔出去甩了一地。

她倒在地上死命捂住脸，脑子里全是肇之远最后那几句话，从头冷到脚。

愿赌服输，于缎这一跤摔得太狠，当晚玉兰奖颁奖典礼中途暂停，没人知道原因，此后最佳女演员奖突然爆冷易主，当天关于于缎的镜头全部被剪掉。

当天晚上“半城金”里灯光暗淡，没人知道肇二爷去什么地方了，就如同他也不知道胭脂厂外有人一败涂地。

五年后的一切又都卡在了同样的路口，必须有人站出来做选择。

孟泽已经为陆银桥铺好前路，无论是陆一禾的生活教育，还是她自己的前途，只要陆银桥愿意和他离开胭脂厂，从此她就可以放下过去。

人生路远，他相信她足够坚强，可以从头再来。

那一晚的陆银桥确实犹豫了，她站在人来人往的街头，可她盯着胭脂厂层层叠叠的屋檐，最终还是认了命。

当年在竹园的时候，孟泽曾经问过她理由，如今也一样，每次陆银桥拒绝他，只有一句话。

她想回家。

第九章 后遗症

北新市不靠海，气候干燥少雨，刚有了几天凉快日子也很快过去了，气温直线上升，风大无云，温度已经突破三十五摄氏度。

天还是胭脂厂的这片天。

对门的林半聋出来磨刀，动静就在小楼窗下，很快伴随着自行车铃的声音由远及近。

陆银桥的房间拉上了窗帘，她躲在黑暗里昏沉沉地睡了一夜，夜里刮起大风，吹得树梢东倒西歪她也没听见。她心里有事却醒不过来，直接一觉躺到中午，还是觉得浑身无力。

最近陆银桥的睡眠状态越来越不好，事多烦心，但一睡就像昏睡，起来就头疼，觉得更累。

佟姨担心她这种闷着难受的感觉是要中暑，吃完早饭就出去给她买药。

陆银桥没赶上送陆一禾上课，家里就剩下她一个人，她下楼吃过东西，耳朵里只有远处一片闹哄哄的蝉鸣。

她盯着自己胳膊上逐渐淡下去的瘀青，一咬牙又去了“半城金”。

出乎意料，大中午最热的时候，肇二爷穿戴整齐地在前院廊下看文件，好像专门在等她。他不穿睡衣的时候显得没有往日轻浮浪荡，人看起来精神不少，眼睛一抬，春风得意，袖口描金，可惜还是招摇的德行死性不改。

陆银桥一进院里就看见人，日常贫嘴的毛病又犯了："你怎么坐这儿刻苦用功呢？"

"八月十号，姑奶奶要来找我，我可得提前出来小心伺候。"

她一愣，根本没留意过日期，八月十号又不是特殊日子，她实在听不懂他这话什么意思，懒得往下接。

她走过去看见肇之远拿的是厚厚一摞卷宗，显然还在看当年的案子。

事到如今肇之远还要继续调查，她只觉得时机不对，转身想走。

他喊她等等，起来把东西放到门房里，让雷三收好，不容分说非要带她出去。

陆银桥不知道这位爷又想玩什么花样，推推搡搡不想和他走，最后雷三看不下去，出来把两个人直接轰出去，大门一关，开始躲清静。

来来往往的街坊看见二爷都会打声招呼，陆银桥实在没他脸皮厚，总不能当街撕破脸，只好和他往外走。

肇之远得寸进尺，把车钥匙扔给她，一句话点明她的来意："你不是找我谈分院子的事吗，想谈就和我走。"

直到陆银桥开车，上了出城的快速路之后，她都没想明白自己怎么又被他骗出来了。

熟人就是这点不好，她从小在胡同儿里和肇之远打架，天天你死我活，可只要第二天他厚着脸皮跑来敲门，塞瓶汽水，立刻就能把她哄乐了。以至年少的时候，陆银桥总觉得自己和他犯冲，一看见隔壁那双桃花眼，她就被他拉低智商，没心没肺地缺根筋。

陆银桥一边开车一边想，他们过去就是冤家，谈不上青梅竹马，可这三十好几的肇二爷，终归是从小陪她一起长大的故人。

"故人"这两个字太动人，足够演一出纠葛。后来陆银桥出去混社会，才发现自己误会了，肇之远的眼睛生得太好看，幸亏他家世好，不然把他扔到娱乐圈里混，就属于那种老天赏饭吃的好皮相。她终于明白过来，二爷撩人是本能，信手拈来，他这双眼睛就算去看马桶都深情，所以他和女人之间，实在谈不上认真。

陆银桥一路上只能和自己生闷气，也不问去哪儿，更不想和肇之远废话。她任由他指挥，满城乱跑，心里却踏实不少，昨晚开始悬着的心好像突然归位，再加上她为了开车而集中注意力，头疼也有所缓解。

陆银桥不想承认，可直到这一刻她突然意识到，回到北新市之后，只有和肇之远在一起的时候，她才能真正放松。

没想到这一路越开越远，眼看出城上了国道，直奔西山。

肇二爷拆完石膏，还捧着胳膊装虚弱，他今天掐准她的心思，一路把她骗去了竹园。

园子坐落在西山脚下，原本是私人园林，后来逐渐对外开放，收养流浪动物。这几年又沿着景观建起几座独栋别墅，为度假留下过夜的游人提供住宿。但园子并不以营利为目的，因此没有对外营销，环境清幽，逐渐发展成为近郊一座小型生态园，种满各种品类的竹子，如今早已成林。

天气太热，又不是节假日，竹园偏僻寂静，根本没有游客。

陆银桥从车里出来，满眼绿意，肇之远拉着她往里跑，又和年轻的时候一样，永远没个正经样儿。她开始庆幸自己早早剪了短发，人在这种酷暑的季节，穿短袖都嫌热，她一下车没几分钟就满头汗，好在林深阴凉，能让他们喘口气。

一进八月，花草树木都到了最后盛放的季节，满面芬芳，比起市区的重污染，山区的空气质量简直可以洗肺。

肇之远带她向前走，竹林小道两侧都是太阳地，全是附近的流浪猫，由园子管理处统一收养，定期投喂，眼下个个鼓着肚皮，吃饱喝足，正盘成一团睡大觉。

小动物确实有治愈能力，陆银桥一看见它们就玩疯了。

眼前的一切都和胭脂厂不同，她一头扎进来就把烦心事都忘了，整个下午都混在园子里闲逛，终于找到自己最早捡回来的那几只猫主子，已经被人养得浑身结实，一只手都抱不动。

眼看天又要黑了，日光里的余热散尽之后，风里终于有了凉意。

竹园正中有片湖，人工蓄水造景，上边仿古还建起石桥。

陆银桥坐在桥上抱着猫，正往湖里扔石子，回身看见肇之远不知道什么时候让人送来一把遮阳伞，二爷真不愧是腐败阶级，他自己打伞晒不着，陆银桥却后背发烫。

她没好气，拿石头往他脸上瞄，咬牙切齿地骂他："自私自利的王八蛋！"

他还有工夫笑，眼看天都黑了，这才伸手过来，装模作样，十分体贴："来，借你打一会儿。"

姑奶奶一直在家躲着，实在憋坏了，回到竹园心里痛快不少，于是把伞抢过来，替他收了，忽然觉得这事不对，又问他："你怎么认识这里？"

“竹园又不是什么风水宝地，一个玩的地方，孟泽能来我就不行啊？”

陆银桥不愿意牵连孟泽再吵架，于是没接话。

她环顾四周，如今肇之远显然对这园子里的环境十分熟悉，每条路他都认识，而且管理处的人对他小心接待，送水又送伞。尤其是今天，没有别的游人，空荡荡的园子里临近傍晚立刻亮起灯，显然因为他是常客。

当年是因为孟泽喜欢竹园，所以陆银桥才跟着他从市里找到西山。往事不堪回首，陆兴平为还赌债，自己跑了，把女儿抵给一群流氓。陆银桥刚过二十岁，傻乎乎地收工之后自己坐车到郊区，被人一路跟踪。那群人不怀好意，追她到竹园企图行凶，最后还是肇之远得到消息把她救走……除了那一次之外，在陆银桥的印象里，她实在不记得这位爷还和竹园有其他联系，这地方摆明都是她关于孟泽的回忆，二爷来捣乱还差不多，不可能对竹园这么上心。

她抬眼看他，肇之远老神在在地靠着桥头的石雕，正冲她笑。他身后就是湖面，赶上夕阳西下的时候，映出满池波光粼粼，他周身都被染上薄薄金色的光，还真和他平时恶俗的审美相得益彰。

陆银桥不信巧合，二爷身上明显藏着事，一切都像她扔进水里的石头，一开始翻不出花样，通通沉到底，可一旦积得多了，秘密总要冒头，早晚都会现出原形。

她越看他的笑越觉得瘆人，突然起身问他：“你把我带这儿来，是什么意思？”

肇之远被她一脸戒备的表情逗乐了，拍拍手活动筋骨，还故意凶巴巴地说：“我啊，想把你推湖里，毁尸灭迹，你看这意思行不？”

陆银桥从他嘴里问不出半句有用的话，气得又想踹人。

肇之远把她拉走，去湖边的别墅里吃饭。

肇二爷一向是个及时享乐的人，他虽然住惯胡同儿，看着不讲究，但该有的规矩一样不少。二爷出门一趟，竹园管理处的人不知道从哪里得到了消息，认真执行接待任务，提前把他们的晚饭和晚上休息的地方都安排好了。

陆银桥和他沿着湖边走，两个人很快绕过一片水竹，竹海之后是隐蔽的小别墅，独栋二层高，外边是一方砖瓦小院，看起来平日根本没人入住，只在今天特意开门打扫，就连她前几年来的时候也没见过。

陆银桥从中午起来之后就没正经吃饭了，玩一下午到了这会儿确实饿了，她看肇之远没有好好说话的意思，于是也不和他浪费感情，先把饭吃完，就去窗边逗猫。

满园的流浪猫自由自在，随处可见。陆银桥抓住一只抱在怀里挠下巴，四周入夜后亮起地灯，光线柔和静谧。她一安静下来又觉得头晕，上午睡了大半天过去，天一黑她还是觉得没精神。

陆银桥对着窗上的反光仔细打量自己，抬手试体温，没感觉出哪里不对，只好坐在厅里哈欠连天。

肇之远对着满园的风雅景色，还能让人找来绿棒子喝啤酒，可惜没喝上两口，眼看着就天气骤变。

白天高温，山区的夜突然黑云滚滚，此刻骤然大风，夹带着雨点子，转眼又是暴雨预警。

他靠住窗边关上玻璃，正好看见陆银桥颈后晒红的皮肤，心下一动，拿酒瓶子贴上去，冰得陆银桥直缩脖子。

这下她和窗边的坏猫没什么两样了，专挑他受伤的胳膊拧。他只能把人搂着脖子抱在怀里，趁着逃过一劫的工夫，和她开口："雷三说你昨晚来找过我。"

他不问到底是什么事，那口气又像全知道。

陆银桥渐渐觉得晒疼的地方有所缓解，这姿势靠着他格外省劲，于是她蔫头耷脑地说："胭脂厂要拆，这片地就保不住了，你知道我想要什么……我家的房子归我，离婚放我走。"

话音刚落，窗外大雨倾盆，几分钟的时间过去，檐上已经开始滴水。

肇之远没松手，也没说话。

他看着窗外，由远及近，松涛竹海全被淋透了，连风里都是潮湿的草木味道。他深深吸了口气，又问她："反正都要拆，一栋破房子，真有那么重要？"

这下轮到陆银桥不愿接话。

气氛这东西实在微妙，肇之远纵情声色，一直是个中高手，他专挑雨夜落寞的时候和她挑明了话题，就显得此时此刻无论说什么都带着郑重的意味："丫头，我和你说句实话，登登死了，我确实心里难受，那段时间实在不知道怎么面对你，但我从来没想过离婚。"

陆银桥肩膀微微发颤，好半天才平静下来，抬头看着他说："我搬走的时候就知道咱俩完蛋了。"她坦白，"我没想到胭脂厂拆不动，竟然变成商业用地……"

她说着说着没音了，额头抵在他胸口之下，心乱如麻。

外边的雨越下越大，她隐隐又开始头疼，浑身乏力，只能松开他坐在椅子上。

肇之远抬手，无聊地在玻璃上描水印子，雾气被他抹开，露出外边竹林的一片浅绿。

客厅里只剩下他们两个人，他来这里就为找一个机会把话说开，于是直接点破："你不是和房子过不去，是因为陆兴平把你母亲草草火化，骨灰带回来就埋在屋后了，所以房子连带着那棵槐树，都变成你打小活下来的精神寄托，你希望留住那片地，不愿意拆迁走人。"

陆银桥毫无心理准备，这是她一个人死守的秘密，甚至连远芳阿姨和陆一禾都不知道。她从小到大没见过亲生母亲，只有一次从陆兴平嘴里得知对方的只言片语。

那时候她才刚刚记事，陆兴平喝醉之后盯着她，突然想起她妈妈，说起他们没钱治病的事，最后人都没了，只能火化埋在屋后……陆银桥不知道具体的位置，无从查问，于是小时候就在心里把那房子和槐树都当成了亲人，它们陪她熬过陆兴平的苛待，让她能挣扎着活下来，在那片逼仄的胡同儿里长大成人。

雨声越来越大，肇之远脱掉外衣，衬衫袖口蔓延而出一条暗金纹路，天昏地暗的时候，窗边一道人影反而越发明显了。他指尖微动，随着他的动作，那道金线好似活活勾出一双眼……陆银桥突然觉得周遭的一切都不正常，连日以来的生活就像被人写好的台本，逼得她声音发抖，急着要问："你怎么知道？"

肇之远转过身，歪着头还有空贫嘴："你二爷我能掐会算，未卜先知。"

"谁都不是傻子。"陆银桥气急了，"是不是陆兴平和你说过？"

"他早年就靠这种阴招在胭脂厂里耍无赖，否则就凭他，怎么能在我家的眼皮底下盖出个违建来？他号称老婆病死已经埋下去了，动土就是动他家坟，畜生一急眼什么招都使得出来。"

"所以肇家的老人没过多久全都搬出去了，那年月，被他那种人讹上，确实没法住了。"陆银桥突然抬头，问他，"你为什么不走？"

肇之远靠着半扇窗，就和年少时等在她家楼外一样，他挑着唇角笑得痞里痞气，那目光一往情深，说的话也和过去一样："我走了谁管你啊。"

难得陆银桥没骂人，她定定盯着他看，提醒他："现在再算这些旧账已经晚了。"

"银桥。"肇之远突然叹气，打断她的猜测，"我知道有些事说出来你不能理解，但今天回竹园，就是为了让你能冷静下来想一想，我当年好不容易才从这里把你救回去，没必要再害你……已经八月了，你必须信我一次。"

他的目光沉下去，似笑非笑，脸上的表情却很认真。

她觉得奇怪："这和几月有什么关系？"

"你只要记住，九月二十五号当天会出事，所以剩下这两个月你必须听我的话，先搬回院里，只要过了这段时间，你提什么条件我都答应。"

陆银桥听得直想笑，此刻的肇之远突然像变了一个人，脸上的神情异常诚恳。他虽然鬼话连篇，但毕竟满脸清明，根本没疯，当下这口气也确实不像拿她当消遣。

她越想越乱，心里乱七八糟的草根突然被他的话扯出苗头，串出往日所有微妙的细节。

从她回来开始，肇之远就阴魂不散。他不惜断电逼她留在院里过夜，当晚有人闯进她家；他去梁疯子家里，正好遇上炉子冒火；他停车堵住胡同儿口，白天就弥补了一场车祸……他甚至连她遭遇绑架都能提前知道，否则没人能在那么短的时间内赶到现场，只用了半天时间就能把一切善后。

只是想归想，但肇之远此刻的话和恐怖片没什么区别，一半靠演，一半靠脑补。

陆银桥没被他的话吓死，反倒被她自己的想象力给害了。她脖梗发凉，不自觉地往后坐了坐，喊他："你说点人话。"

"人话可就不怎么好听了，有人要杀你，你要是不按我说的做，眼看活不长了，这话你信吗？"

满园风雨，竹影摇曳，一恍惚就忘了时间。

房间的顶上有吊灯，还是灯笼样式，打出一片格纹镂空的影子，而肇之远就站在半边的灯影里，他鬓角的头发落下来，弯腿靠在窗上看她，这模样过分熟悉，却又好像从未相识。

陆银桥渐渐开始出现幻觉，她手心都是汗，偏偏听见他还在说："我后来才发现一切都错了，从当年陆兴平的案子开始……想你死的人，肯定和441医院里的惨案有关，我们必须找到真相。"

陆银桥越来越难受，她不知道自己怎么了，明明醒着，浑身却像被压了石块，动一下都费劲，她耳边都是雨声，听不见他还说了什么，她突然有些受不了，站起来冲过去推开客厅的门。

走廊上湿冷的夜风迎面而来，激得陆银桥浑身一凛，总算能找回点清醒意识。

身后的人追过来，看出她过度紧张，于是又在她眼前晃晃手指，仔仔细细端详她的脸色，半天才补上一句："来来来，看看我地上的影子，别和见鬼似的。"

肇二爷果然迅速恢复了那副顽主德行，让她觉得自己的惶惑又全白搭了：“你绕这么大圈子带我回来，就为了编这些故事？”

“这不也能带你出来散散心吗，你下午撸猫的时候怎么不念我的好啊。”肇之远晃着肩膀探头出去看雨，完全没理她的质问，冷不丁冒出一句，“我记得八月中的这场雨下起来就停不了，咱们还是凑合在这儿住一晚吧。”

陆银桥原本没有这个打算，可外边的雨确实时大时小，大风一刮，瓢泼而下。她今天不舒服，勉强开夜路完全没把握，肇之远的胳膊不方便，让他冒险回去更是玩命，于是她也只好同意留下。

这座度假用的小别墅布置得干净规整，卧室宽敞，装潢都是新中式的风格，一年到头也没几个人来，所以设施都很新。

陆银桥抓紧时间给家里打了电话报平安，担心自己发烧生病，一心只想倒头就睡，根本不和肇之远废话，她洗完澡就抱着被子躺倒，让出半边床给他。

她从不和自己为难，彼此从小混到大，当年她和二爷凑在一起，连结婚这种大事都敢说结就结，如今都这么久了，她可没心情演分床的纯情戏，结果那位爷反而矜持起来，不知道犯了什么毛病，大夜里不睡觉，孤零零一个人坐在旁边的矮榻上玩打火机。

后来陆银桥已经躲在被子里睡着了，依稀觉得身边的人也躺下来，她一颗心终于踏实下来，总算觉得那雨声都远了。

谁也没想到，他们这群胡同儿里长大的崽子，一离开胭脂厂，再也没福气睡到天亮。

那场大雨足足下了一夜，凌晨时分西山脚下的雨势才终于转小，天色昏沉，根本看不出时间，竹园四下只有朦胧的灯影，连猫都去躲雨了。

陆银桥正在梦里当神探，跟着肇之远那几句诡异的话，翻来覆去地琢磨。她突然觉得身后的人剧烈发抖，伴随着可怕的低吼，吓得她骤然惊醒过来。

她第一个反应就是去找他，下意识地伸手乱摸，只碰到肇之远的后背。很快她感觉到他浑身冰凉，睡衣却全被汗浸透了。

她一个激灵猛地坐起身，房间里太黑，她这才想起要打开床边的夜灯，发现肇之远整个人已经退到床角。

他像看见什么可怕的怪物一样，用力捂住自己的脸，剧烈喘息，近乎痉挛。

“肇之远！”她扑过去抓他的手，床边的人似乎终于醒过来了，却突然不受控制，他用力把她推开，好像床垫上还藏着蛇，能把他逼到发狂。

肇之远跌坐在一旁的竹榻上，抓着硬邦邦的扶手才捡回半条命，半天都不愿意睁开眼睛。

她不敢乱动，房间里一切如常，眼看着他脸色灰白，分明是受了刺激。

往日天王老子都不够把二爷吓破胆的，今天这一宿，却不知道睡出了何方妖孽。

肇之远挡着光开口，声音极其勉强："先把灯关上。"

陆银桥照做，整间卧室里就剩下他重重的喘息声，很久之后他好像才缓过来，突然又按开打火机。

她看着微弱飘忽的火光，生怕他有什么瘾症，不敢再刺激人，只能顺势问："烟呢？我给你拿过来。"

肇之远顿了一下，低声说："戒了。"

陆银桥看出他情绪失控，试着想要说说话分散他的注意力，于是挪到床边正对他的位置，试探着问："你那么大的烟瘾都能戒，没听雷三提过啊。"

"正好也是今天，上回这样一天一夜下大雨的时候戒的……我抽烦了。"他近乎语无伦次地说了一句，不清不楚地安慰她，"没事，睡不惯这种床，突然做了个梦。"

陆银桥在黑暗里看不清他的脸色，两人之间隔着几步的距离，她能感觉到他焦虑到了极致，浑身发紧，这种不安的感觉让她连声音都放轻，只觉得此刻一根针掉在地上都能把肇之远逼疯。

这肯定不是噩梦那么简单。

直到陆银桥的眼睛渐渐适应了黑暗，她摸索着走过去陪他。

肇之远非常烦躁，指尖火苗明灭。

她打量周遭，顺着他目光的方向，一瞬间想起他在"半城金"里睡的地方，那张格格不入的木头床。

她替他扣上打火机，感觉到身边的人弯下腰，蜷缩半天都直不起身。她只能顺势蹲在他身前，抓住他的手问："你怎么了？"

严重的梦魇突如其来，几乎把人击垮。

肇之远几次想要开口都停住了，他的眼睛在黑暗之中蒙着雾，空茫茫一片，仿佛经历过漫长的恐惧和绝望，所幸终于见到她，看她平安归来，才有了一点安慰的神色，觉得这一切都值得。

"我看见登登了。"他用尽全身的力气才能说出来，"我亲眼看见他掉下来，防护垫受到冲撞，挤压变形，我看见了所有过程，甚至还看见他是怎么摔出去的……就在我面前的地上，清清楚楚。”

他说得十分艰难，牙齿打战，因而一直在重复，他都看见了，可是那么小的孩子死在他面前，他救不了。

“后来我连坐着睡觉都不行了，每天脑子里乱七八糟全是当时的场面，还有孩子掉下来的动静，我总觉得有莫名其妙的猫叫，赶上那年进宝那小东西也丢了，都赶在一起了……我尽力了，还是缓不过来。”

他在发抖，字字句句，摧枯拉朽地疼。

陆银桥不能再听下去，她忍不住冲过去抱紧他，渐渐感觉到他眼角湿润。

没人理解肇之远这些年承受的悲恸。

登登对肇二爷而言，原本就代表了一段无可挽回的荒唐岁月。

肇之远二十多岁的时候，和市里一群狐朋狗友热爱玩登山，他们这些纨绔子弟最舍得砸钱玩装备，个个觉得自己了不起。短短两三年的时间，肇之远已经成功攀越过多条热门线路，一时得意忘形，不顾当地向导的劝阻，非要去挑战鳌太线。

那是国内久负盛名的“魔鬼之路”，保存有完整的第四纪冰川地貌，气候地形多变，一日四季，因而安全事故频出。肇之远一行人不顾预警出发，上山第十个小时就遇到严重的雷电冰雹，被迫紧急下撤，没想到路上导航仪竟然突发故障，他们就被困在半山之上迷了路。

当天肇之远脱水失温，险些危及生命，幸亏沿途遇见上山找药材的当地人，对方冒着雪灾危险，为他们一路做向导，最终才能带他平安地返回营地。

登登就是这位救命恩人的孩子。

肇之远在那次事故里历经了生死考验，还差点连累一队人出事，总算收了心。他在当地住了半年才恢复，去探望恩人的时候得知，对方在怀孕的时候被查出癌症，家里蒙昧，认为治不了，丈夫就把她扔下等死。肇之远答应帮助她看病，而后对方选择冒险生下孩子，最终不治去世，她唯一的愿望就是请求肇家能够资助登登。

肇之远信守承诺，把孩子抱回北新市，当成自己的养子，希望护他平安长大作为报答，没想到竟然连这件事也再次食言。

陆银桥突然明白为什么于缎对他们过去的事耿耿于怀，因为从登登走失那天开始，一直到现在，她口口声声说人活着要往前看，可他们谁都没能走出来。

尤其是肇之远，当年只有他留在现场，眼睁睁地看着孩子出事。

结案之后，人人都说陆兴平罪有应得，她们全家因此付出代价，失去远芳阿姨，逃离北新市，这一切似乎都在偿还肇之远所承受的意外。虽然两败俱伤，可恩怨到头，他应该满意了。从来没人知道肇之远一直都被困在那座院子里，他无法面对陆银桥，开始恐惧高楼，不能睡在床垫上，他躲起来把自己藏身于胭脂厂，直到陆银桥突然回来，逼他离婚。

每个人都陷在自己的怆痛里无法自拔，万物向光而生，白日里的一场竹林少年梦，却从来没人愿意看看日光之后，凄风苦雨，还有这么长的夜。

陆银桥近乎哽咽，谁都没见过深夜恸哭的肇之远，也没人知道混世魔王的隐衷。

二爷生平头一次和“脆弱”两个字沾边，竟然在这园子里丢了魂，拼命抓紧她，好像这样才能找回最后一口气。

他瘫坐在黑暗中，盯着窗上淅淅沥沥的雨点，反正丢脸的事已经藏不住，他也就都说给她听：“你走之后，老爷子给我找过医生，做过干预疏导，还跑了好几趟国外，全都没用，后来我也习惯了。雷三嘲笑我这是受刺激的后遗症，一碰到这种像垫子一样的玩意儿就不行。”他渐渐平复过来，那声音又开始拖起长调，非要赖在她身上，低头枕在她的腿上躺倒。

陆银桥只能由他去，按开一侧的落地灯，光线柔和，她看着肇之远闭上眼睛，拍拍他的胳膊，让他尽量放松。

他凭空熬出一身冷汗，总算找回力气，又开始笑，声音极其无奈：“还有个秘密，就因为这个毛病，我把车上的安全气囊全给拆了，一想起来自己和那种东西在一起，就和带着诅咒似的，有阴影，晦气！”

她手指往下用力按，提醒他不要命的下场，怪不得这次回来看他胳膊都给撞断了，人没出事都算命大。

眼看天就要亮了，两个人谁都没心思再睡。

陆银桥的思绪一时飘得远了，和他说：“我这两年才想通，一个人最悔恨的事，总能在梦里见到。”

肇之远用手背挡着眼睛，无声无息地笑，忽然又把她蛮横地拉过去，轻轻吻她的额头，他有点故意地发狠，咬她的鼻尖，唇角的话模模糊糊说出来，好半天才慢慢接上一句：“还好，我从没梦见你。”

她没躲，仰起头不想哭，却又比哭还难受：“别再查了，是我带登登出去的，起因确实是意外。”

“不，如果是意外，我不会被困在这里。”他最后的半句话近乎呓语，“你不知道已经过去多久了，这么长时间了……我唯一不后悔的事，就是当天没让你留在现场。”

他说完不再开口，握着她的手，静静地靠在她身上睡着了。

肇二爷料事如神，八月一场暴雨忽大忽小，持续下了三天。北新市历来四季分明，几十年没有过这么大的降雨量，一度导致市区交通瘫痪。

屋漏偏逢连夜雨，天气不好的时候，新闻也不少。先是玉兰奖的幕后风波让网友吃了一大波瓜，多家媒体爆出于缎和幕后金主不和，当街追车被拒，于是影后苦心经营多年的高冷人设一夜崩塌。这两年关于于缎的各种黑料一直被压制，人人都知道她有背景，一旦失去靠山就是墙倒众人推的下场。

说到底，于缎也不过是个女艺人，哪里玩得过名利场上的各路大佬，再加上她早年为求上位，私下得罪的人也不少，很快就有好事者连带着把她早年辍学，从小镇姑娘一步步“睡”到北新市的过往全都扒出来了，逼得于缎从月初就在公众视线中消失，商业活动全部缺席。

陆银桥一直没时间关注外界消息，她在回胭脂厂的路上新注册了一个小号去刷微博，这才发现这件事。彼时暴雨成灾，道路积水，他们在西山多住了两天，等到高速通畅之后才让程珂开车来接。

她和肇二爷一起坐在后排，拿着手机快速把消息刷了过去，调侃他说：“你变卦的速度可够快的啊，这不是成心要拿我顶雷吗。于缎受你这么大气，还得怪到我头上，我几条命够陪你们玩的？”

肇之远满脸认真，一副只为了维护她的样子：“这次你可不冤，就是因为那张照片的事，于缎把它发给媒体了，我确实是为了给你报仇。”

说完他抬眼看向开车的人，程珂一言不发。

陆银桥最厌恶男人这套手腕，说到底都是肇之远的风流债，一个巴掌拍不响，出事就去拿于缎撒气，实在没什么值得痛快的。

肇之远看她完全没有任何感动的意思，实在无法理解：“嘿？别人遇到男人给出头的事都感激，电视剧里不都这么演的吗，动不动就要以身相许的，我可没指望你给我洒热泪，好歹也给点好脸色吧？”

她瞪他一眼，好脸色？她可演不出“白莲花”，越想越硌硬，于是往车门的方向坐了坐，恨不得离他远远的。

肇之远低头凑近她，看她一脸气鼓鼓的模样，觉得这小丫头片子闹别扭的样子好玩极了，抬手掐她的鼻子：“别瞎脑补了，我和她什么都没有……只是当年案子闹大，家里人都知道，我在外边住，总得做个样子，让他们看见我和过去一样混账，就知道我缓过来没事了。”他说得真真假假，确实一脸难办的神情，“家家有本难念的经，我留下于锻在身边装个样子，等于花钱买耳根清净，这买卖划算。”

陆银桥头发都让他揉乱了，她掰开他的手，嫌恶骂人的话已经冲到嘴边了，突然又咽回去。

自从肇之远一意孤行和她结婚之后，一切就像脱轨的列车，全部失控崩盘，直到最后闹出人命，肇家人对她的敌意可以称得上憎恨，无可转圜。

程珂看一眼前方的路，刚好打断他们插话：“二爷，公司那边刚发来消息，工程最终方案定下来了，您是亲自去看看，还是直接回胭脂厂？”

肇之远几乎没抬头，也只有他能出门用风衣套着睡衣，懒成这样都能穿出一身风流，他向后倚着头，目光还落在前方的驾驶位上，突然冒出一句：“两条路，这次你选。”

程珂一瞬间握紧方向盘，背线僵直，半天都没再开口，直接往胭脂厂的方向开。

连日降雨，胭脂厂里的十二条雷打不动，树影阴凉，小店浪人，深巷老猫，一样不少。

胡同儿里满地积水，陆银桥一下车只觉得风里冷，光顾拉紧衣服往里跑，她蹦着躲水坑，没想到迎面撞见陆一禾。

上午十一点了，陆一禾这个时间赶去学院肯定迟到。

小姑娘发现姐姐回来了，站在胡同儿口往家的方向看了一眼，然后抬手敲敲手表，又示意自己今天闹钟没响，现在马上去上课。

陆银桥叮嘱她慢点走，小心路滑，自己往回走了几步，还是不放心，又喊妹妹，要给她打辆车。

陆一禾摇头，向远处的路边指，孟泽的车停在外边，显然是为了来接她。

前后不过百米距离，肇之远也刚刚磨蹭着下车，正在和程珂说话，抬眼的工夫就看见了。

陆银桥就怕这二位撞见，针尖对麦芒，没事都要生出事来。果然，肇二爷没那么多顾忌，转脸就要去找孟泽，她跑过去把人拦下了。

孟泽已经下车，和他们俩打招呼，神色泰然，目光最终还是落在陆银桥身上。

她知道起码孟泽不会让她难堪，于是赶紧把小姑娘送上车。

肇之远没她那么着急，他掐着时间，走到她身边才低声说一句：“别磨叽了，赶紧回你家看看去。”

她听出他话里有话：“怎么了？”

肇之远的口气虚着飘出来，神秘兮兮地吊人胃口：“回去有你忙活的，昨晚我和你说的可不是胡话。”

眼看陆银桥急匆匆地进了胡同儿口，二爷这才慢慢顺着马路牙子踱步过去，他盯着孟泽一张过分温和的脸，突然拉住对方的车门。

胭脂厂之外就是行车道，根本不是停车的地方，行人来往匆忙，一时道路旁边就剩下他们这两辆车。

肇之远抬抬下巴，示意程珂先在路边等着，他自己没有挪步的意思。

孟泽被他一挡，很快停下了，动作礼貌客气，抬头看他问：“有事？”

“没事就不能和你说两句吗，都是老朋友，不去我院里坐坐？”肇之远的手指敲着他的车门，若有所思地打量孟泽，又看看已经上车坐好的陆一禾，压着声音和他开口，“你真是学聪明了，用照顾小哑巴当借口，故意塞个保姆过来替你下手？”

孟泽的目光毫无波澜，只是笑得有点无奈：“我实在听不懂你什么意思，你要真为银桥着想，就收收你这臭脾气。是你当时非要赶她走，如今她回来，熟人那么多，既然都算朋友，我也只是帮忙而已。你除了逼她，让她为难，还做过什么？”

肇之远一副恍然大悟的表情：“哦……每次都说是帮忙，孟老师不光在学院里吃得开，出来也这么乐于助人。”他又往前走了一步，几乎就在孟泽耳边说一句，“我带她去过竹园了。”

孟泽突然转过脸盯着他，迟迟没有接话。

“你脾气这么好，这么多年过去，怎么从来都不和她坦白那地方的来历？园子是你写生喜欢去的，猫是你帮她养的，里边的回忆也都是你们两个人的，是不是？”

车里有人在敲车窗，打断他们两人的对话。

陆一禾坐在后排，可她只能看见肇之远不怀好意地走过来，完全不知道发生了什么，于是她满脸紧张，不停地打手语，试图提醒孟老师离他远一点。

孟泽转身和她点头，侧身和肇之远说：“她还有课要上，我们赶时间。”

肇之远松开手，一步迈上人行道。

他低头扫一眼自己的手指，随口笑他："你这强迫症真该去治治了，车在市里兜了这么一圈，门上半点土都没有。"说完他头也不回地进了胭脂厂。

北新市刚下过雨，气温还没回升，不至于大风扬尘。

孟泽示意陆一禾不用着急，今天她的课是上星期作业的点评，她现在过去也来得及，然后很快笔直地开上了大路。

前方路口是红灯，半分钟等待的空隙时间，车窗却突然降下来。

他们车里还开着空调，外边的空气猛地灌进去，后排座位上的人扔开怀里的书包，往另一侧躲了躲。

孟泽拿着消毒巾，反复擦拭刚刚被人碰过的车门。

难得天凉，肇二爷也回院了。

他压着步子，一路哼起小曲走得潇洒，路过林半聋家前门，看见对方正站在墙根下边，拉开绳子要晾衣服。

老林姐一看是他，突然从被单子后边闪出个脑袋，张嘴嚷嚷："二爷吃了吗？"

肇之远的耳朵可没坏，冷不丁被她一吼，眉心直跳。他顺路搭把手，给老林姐拽着一边的绳头，回答她："没呢，一会儿再说吧，要不您给我做点？"

老林姐冲着对面的小楼笑道："二爷的媳妇不都回来了吗，过去何远芳的海带粥做出来真是一绝，我儿子打小就对着她家厨房流口水，我这手艺可不行。"

肇之远不是第一天认识她，张嘴就来："也是，您家剩饭连大黄都不吃，我还是回院吧。"他说完就跑，看上去似乎心情不错，敞着风衣不系扣，露出里边的墨黑睡衣，金线山海，暗暗生光。

他脸上笑眯眯的一路走，脑子里却在盘算，重复的日子过去太久，让他实在没什么新鲜感，突然想起来自己身后还有个程珂。

真是忘什么来什么，程珂表情凝重，追着他低声说："二爷，我们找到给陆兴平放高利贷的那伙人了。"

肇之远停下脚步，回头看他。

当年那伙人主要负责追债的只有两个，和陆兴平往来最多的是个叫"幺哥"的家伙，人还不到三十岁，却膀大腰圆，最会威胁恐吓。他刚刚因为盗窃蹲了一年出来，程珂昨天已经带人找上门，结果那家伙吓破胆，早没了过去动不动就敢当街砍人的嚣张气焰，又没什么正经营生，一边混在工地上，一边靠小偷小摸过日子。

“我们一提陆兴平他就躲，明显让后来的案子给吓着了。问来问去，确实是陆兴平自己找到他们要借钱去赌，而且借的也不只他们一家，只是他们给的数额最大，后来陆兴平欠的金额利滚利，躲了很多年。”程珂把经过都和二爷讲了一遍，“那个案子最开始的导火索，就是陆兴平欠债被逼，关于这一点没有问题。”

肇之远停在林半聋家的门边上，距离小楼只有半边院墙的距离，他看向程珂说：“陆兴平早就知道自己补不上窟窿眼儿，他吃喝嫖赌一辈子了，抵赖的本事也不小，怎么所有事就这么巧，偏偏在那段日子里所有人一起逼他？他和债主之间只是钱的事，如果把他逼急眼，一死了之，更没人还债了，那群放贷的不会这么傻。”

此前程珂确实没想过陆兴平欠债前后的隐情，这就好比一池子浑水，压根泡不出干净人，没想到一查这里边真有问题，于是他压低声音说：“我们也诈了幺哥，吓唬他和大案有直接关系，现在需要重新调查，他一害怕就全都说了。当年竹园绑人的事也是他们干的，但银桥的行踪不是陆兴平说出来的，而是有人故意告诉他们。陆兴平愿意以女抵债，后来这个幕后的人同样给幺哥出谋划策，陆兴平虽然没钱，可他还有个女婿能帮忙，所以最后幺哥咬定一件事，只要再去逼陆兴平就能诈出钱，这才给他下了最后通牒。”

接下来的话根本不用多说，肇之远已经明白了：“是啊，银桥那个爹自己都未必知道闺女鬼迷心窍总往西山跑，谁能在那段时间掌握她的行踪，知道她当天一定会去竹园，还专门挑唆流氓过去动手？”

程珂欲言又止，最后还是点点头说：“是，您怀疑得没错，确实是孟泽。”

肇之远得到确切的消息却并不欣喜，好像这一切结果他早早知道，如今也只是需要找到证实的途径，他想想又说：“没这么简单，有些事还是对不上。”

“孟泽在背后做这些，是因为他当年想方设法地利用陆兴平，为了破坏您和银桥在一起，没想到最后的发展出乎意料，他竟然间接导致惨案，反而害得银桥因此离开了，所以他如今才又想办法以权谋私，在学院里借她妹妹上学的事把她哄回来，这还有什么不对？”程珂规规矩矩地站在他身侧，没想通二爷的疑问。

“如果仅仅是这样，孟泽不可能害死她。”肇之远抬手挡着日光，继续盯着陆银桥家的方向，喃喃自语，“上一次我已经排除掉他了，可银桥还是出事了，问题的关键不是他。”

“二爷怎么确定有人要害她？”程珂完全没听懂，越想越觉得二爷一定是知道什么，他刚要追问，不远处突然传来一阵喊叫声。

陆银桥惊慌失措，她拼了命在叫人帮忙。

程珂立刻紧张起来，这狭窄的胡同儿几户人家都挤在一起，一共也没多远，几乎在片刻之内就乱了，“半城金”的院门突然打开，雷三警醒，听见动静已经冲着小楼冲过去。

只有肇之远还稳得住，他连嘴角玩味的表情都没变，还是那副早早知道的模样，听清楚叫声才起身往小楼走。

雷三扭头看见二爷回来了，咬着烟头险些烫嘴，劈头盖脸就是一句：“爷，隔壁又出事了！”

第十章 叛逆期

下过大雨的胡同儿，墙上湿漉漉地透出深浅不一的灰，十二条里统共只盖出一栋小楼，不知道又出了什么新鲜事，眼看一伙人往里跑，把满地的麻雀都给吓跑了。

老林姐的被单白洗了，刚晾一半，风一刮掉一地，可没人顾上管。她正在小楼里给陆银桥帮忙，两个人一起艰难地想要抬人出去。

陆家房门大开，陆银桥一回家就觉得房子里味道不对，走到楼梯口才看见佟姨已经倒在地上。她完全慌了神，喊人救命，又把所有门窗都打开，手脚都使不上劲。

肇之远掐着点，最后一个才赶过去，屋子里残存的煤气味一下涌出来，他马上拽开陆银桥，让她站在通风的地方，然后让雷三和程珂把佟姨搬出去。

陆银桥看见他来了，心里稍稍定下来，赶紧提醒他："我叫120了，但是……救护车来了也开不进来。"

老林姐离得近，听见动静是第一个来的人，此刻她一着急，耳朵更不好使，拉开嗓门喊话："家里就老佟一人，她肯定没留心厨房，中煤气了！"

肇之远被她嚷嚷了好几次，再听两句也要聋了。他看了一圈房子四周，没发现有别的异常情况，于是示意陆银桥别紧张，让老林姐先回家："您赶紧回去歇着，我们人多，能把她救出去。”

很快这里的动静就惊动了四邻，胡同儿里陆续有人出来帮忙。程珂腾出手，出去等在胡同儿口接应，所幸二爷今天没让他着急去停车，车还在路边，一切正好。

佟姨已经意识不清，胭脂厂附近道路拥挤，肇之远根本没指望救护车，他当机立断，直接把人抬上自己的车送往医院。

幸亏陆银桥今天及时回家，否则佟姨倒在屋子里没人发现，后果不堪设想。

老阿姨是一氧化碳中毒，被送到距离胭脂厂最近的441医院及时救治，慢慢有了转醒的迹象，但还需要继续治疗观察。

直到人推出来都开始输液了，陆银桥才把心放回肚子里，她缓过一口气，发现自己竟然一路抓着肇之远，把他的手腕都掐出一条红印子，她总算知道不好意思了，找了个话题：“你怎么知道今天的事？”

肇之远摇头不解释，他看她拿起手机，叮嘱她先不要慌：“先别和任何人说，尤其是孟泽。”

“可佟姨是他介绍过来的，就算是礼貌，我也得通知他一声。”

肇之远直接把手机按灭，塞回她兜里，口气格外强硬：“如果你当初不是因为孟泽才把佟姨留下，那现在就犯不上和他汇报。人在你家干活儿，一切就该听你的，何况这老阿姨现在没事。假如今天只是偶然，对他而言也无关痛痒，如果不是偶然……”

陆银桥亲眼看见佟姨倒在屋里差点出事，直到现在都害怕，可她听着肇之远的口气完全不容置疑。

她没想到一切真能让他言中，心里震惊，不愿意在医院里和他争，只能退一步说：“好，那等出院的时候再商量。”她渐渐冷静下来，想到肇之远明显已经算好应对的时间，所以他卡着点回到胭脂厂，却不着急回院子里，甚至连程珂的车都还停在路边……这一切超乎想象，而他费这么多心思，就为让她亲眼所见，试图证明他那些荒唐的说法不是后遗症。

今天如果没有肇之远，陆银桥一个人遇见这种事，不可能及时把人抬出来，于是她收了脾气，老老实实主动去给他揉手腕。

这家医院就是当年登登坠楼的地方，如果不是遇见人命关天的事，肇之远无论如何不会来，他对这地方留有严重的心理阴影。

事实证明，肇二爷确实是在硬撑。

他一进医院，闻见这股可怕的消毒水味，胃里直难受。他享受了一会儿姑奶奶的好态度，早知道她那点小九九，堵她的话："想说谢就不用了，佟姨应该很快能说话了，你去问问她今天到底是怎么回事，我在车里等你。"他说完就往外走，留下雷三守着。

陆银桥进去找人，坐在病床边的椅子上。雷三遇到事也知道轻重，不和她瞎开玩笑了，只是他烟瘾大，时不时蹲在门外咬着烟不敢点，却始终寸步不离地守在病房门口。

陆银桥心里过意不去，想让他先回去，结果对方摇头，难得好好地和她说话："你家动不动就出事，二爷这是怕你再有意外，他特意说过，不能留你一个人。"

她出来都没来得及换件衣服，此刻刚找到一张纸巾，正在擦肩膀上的墙灰，不经意地开口问雷三："他最近有点不对劲，一直认为有人想害我……你知道原因吗？"

雷三半靠着墙，转个身蹲在门边冲她笑："二爷正在查。"

"查什么，还是陆兴平的案子吗？"陆银桥想起肇之远一进医院明显的不适感，试探着问，"他和我提过，登登走之后他状态不好，是不是因为后遗症让他放不下当年的事，赶上我回来，又刺激到他了？"

雷三搓着烟，半天没说话。

他脖子上的脑袋活像一块铁疙瘩，砸都砸不穿，陆银桥已经不指望他了，没想到雷三冷不丁开口："二爷是什么人，你心里跟明镜似的，如果他真是不着调的花心大萝卜，什么女人泡不到啊，能轮到你陆银桥这么折腾他？"

这下她确实无话可说，直到衣服都擦干净了，她才又看向雷三，和他说实话："我知道你怪我，可我就是因为从小到大的情分还不清，才不能耗下去了。他狠心赶我走的时候，其实我心里是明白的。"

门边的人冷笑一声："你明白什么！我就说一件事，他狠心？你走了，他对梁疯子都不落忍！这十二条里都是贼精的老油子，一顿两顿去照顾傻子，那是邻里的面子，日子一长，梁疯子那德行早该自生自灭了，你也不想想，他的一日三餐，洗衣看病，还不都是二爷安排的？"雷三说着说着有点激动，"也怪二爷自己，不招人待见，明明一等一的投胎本事，做个太子爷守着金山银山花不完，出去快活多好，非栽你手里。他这么多年明里暗里救了多少户，人人都不明白，背地里骂他游手好闲……等着瞧吧，用不了多久，那一个个白眼狼，最后还得感激二爷。"

陆银桥被他数落出一肚子酸楚，自然什么都问不下去了，只能捏着手里那张擦脏的纸，反反复复地叠，最终揉成一团扔了。

他们没在医院逗留太久，因为佟姨很快清醒过来了，护士把她推去做了一次高压氧治疗，又回到病房。

佟姨倒地之后不久就被人发现，所以中毒情况不算严重，只是她本人十分自责，人也还没完全恢复，说话断断续续，只记得自己在厨房煮了一锅汤，后来发现陆一禾起晚了，她就忙着送小姑娘出门上课，完全把火上的东西给忘了。

佟姨说着说着突然抓住陆银桥的手，红着眼睛说她粗心大意，早起着急的事情赶巧都撞在一起，不幸中的万幸就是陆一禾没在家，否则她今天罪过大了，肯定要连累小姑娘。

老阿姨情绪激动，特别后怕，眼看就要背过气。陆银桥生怕她年纪大了，再惹出别的病，好言好语把佟姨安慰好，让她好好休息。

雷三就在病房外，大概是蹲得太久腿麻，他走路那动静直拌蒜，陆银桥听得闹心，打算先回去，否则他还得跟她受累。

佟姨头发蓬乱，几乎没力气起身，眼看人都要走了，病房里就剩她自己在床上躺着，她突然挣扎着仰起头，又喊了一句："银桥……"

床上的老阿姨眼神空洞，十分无助，似乎还有话说，连眼泪都悬在眼眶里。

陆银桥看得心里难受，这岁数还要出来讨生活的人都不容易，干的都是辛苦的体力活儿，她看她此刻缩在病床上虚弱的样子分外可怜。

佟姨嘴唇开合，好半天才挤出几句话："今天的事别告诉一禾，她该着急了，就说孟家二老让我回去帮忙……我总想着这孩子没了妈妈太可怜，就把她当自己的小孙女，可我……确实没把她照顾好，不能再吓着孩子了。"

陆银桥想起之前对佟姨的猜测，眼看对方提到陆一禾泣不成声的样子，她又觉得自己的念头太可笑，只觉得内疚，连忙答应下来才离开。

441医院的环境和几年前比没有太大变化，曾经陆兴平挟持登登的那栋老楼还在，但自从闹出人命之后已经逐渐废弃。从远处看过去，满楼长满浓郁的爬山虎，连窗口都找不到，大白天也显得十分瘆人，它被一圈新修的楼突兀地围在角落里，连带着整个院区连太阳都晒不透。

回去的路上，大家都刻意回避关于这家医院的话题。

肇之远一直皱眉不说话，陆银桥满腹疑问，可看出他脸色不好，只能闭嘴，没想到他还是没忘安排要接她回"半城金"。

傍晚时分，肇二爷发话，让雷三去小楼里查看，确认通风没问题，才放陆银桥回家把东西收拾好，等她妹妹回来。

陆银桥知道二爷为救人才破例，她心里感激，尽可能顺着他的意思，可肇之远这草木皆兵的样子看起来实在不正常。

她犹豫着往家门口走，没忍住回头问他："你之前怀疑照片的事和佟姨有关，可今天大家都看见了，她岁数大了，连自己都顾不上，怎么可能来我家害人？"

整件事如果真如他所说是个阴谋，前后也对不上，佟姨没有糟践她的动机。

"不是她才更麻烦。"只要肇二爷一回到胭脂厂，就颇有点纵虎归山的意思，他晃荡的架势连口气都松快起来，"行了，先别想这些，你如果觉得对不住我，心疼我夜里梦魇的毛病，就老老实实先回来，等过完九月，再动心眼算计房子算计地吧。"

她眼看他没皮没脸的劲又来了，强压下和他抬杠的冲动："你怎么猜出佟姨会中煤气？我问过，她自己都不记得还开着火……"

肇之远把她送到家门口，槐树叶的影子通通落在他肩头，他笑起来时候一双眼睛格外深情，声音带着钩子，直往人心里绕："我的姑奶奶，天机不可泄露啊……不过你放心，孟老师的人设快崩了，要想知道证据，咱俩晚上回屋慢慢说。"

可惜肇二爷这把算盘没打利索，他没等到晚上，也没回成屋，陆家两个姐妹先闹开了。

陆银桥没别的技能，就收拾行李快，等陆一禾回到家的时候，她已经把两个人的衣服都装好了，要带妹妹先去"半城金"住一段。

陆一禾十分意外，她完全没想到姐姐离开几天回来，竟然会有这种安排，她突然执拗起来，无论如何不同意。

小姑娘不能说话，所有激烈的情绪只能盛在眼眶里，她脸上从戒备到恐惧，到最后直接变为坚决的神色。远芳阿姨之所以离世，是因为受当年案子的刺激，这一切的源头对陆一禾而言已经无从追溯，可是孩子心里的悲恸必须找一个出口，只能把肇之远定位成罪魁祸首。

一切的不幸都是因为隔壁那座院子。如果没有它，就不会有这栋小楼，她们不会生在这里，也不会有陆兴平和种种悲剧……"半城金"在陆一禾眼里如同原罪，无论陆银桥如何解释，她绝不接受肇之远提供的庇护，哪怕只是暂时。

陆银桥不愿逼她，只希望和她谈一谈，可陆一禾到家后找不到佟姨就闹开了，她心思敏感，一想就知道姐姐的说法都是借口，于是情绪异常抵触。她误会姐姐受到隔壁人的蛊惑，最后还是把佟姨赶走了，所以陆一禾听不进任何劝说，冲上楼，把自己关在房间里。

陆银桥等在楼下，直到天都黑透了，楼上还是毫无动静。

她自我反省，觉得不该把所有事都瞒着陆一禾，如果一切互换，她自己十四岁的时候更加叛逆，所以她们谈话的基础需要建立在互信的立场上，不能一味把陆一禾当成个孩子。

陆银桥主动上楼敲门："一禾，你开门，我把这段时间发生的事都告诉你。"

房间里没有动静，直到她又提起佟姨，里边的人才把门拉开。

陆银桥坐在陆一禾床边告诉她，自己从回到北新市开始一直被人跟踪，而后接二连三外出工作遇险，确实有人故意在暗中和她们为难。

原本她认定这些事都和于锻有关，可如今对方自身难保，一切仍旧暗流汹涌，佟姨突然中煤气倒在家里，前后都透着蹊跷。

话题说到佟姨，陆一禾脸都吓白了，突然扑到她身上，反复确认老阿姨的情况，长出了一口气。

"如果你再被坏人盯上就太危险了……咱们先住到隔壁去，人多有个照应。"陆银桥试图让她冷静下来想一想，"九月你就开学了，白天可以稳定在学校里，相对安全，只要熬过这几天就行了，这样我才能放心。"

陆一禾手里拿着一把梳子，本来她正在梳头发，听见姐姐隐瞒下来的这些难处，满脸紧张，却不肯抬头。她下意识拿着梳子用力，眼看梳齿都握进了手心里，她才转过身比手语问她："姐，你相信肇之远？"

陆银桥被陆一禾问住了，不知道怎么回答，她想解释隔壁的人还在查当年的案子，也许真的另有隐情……总之，肇之远没必要设这么大的局来骗她。

可她的话没能说出来，陆一禾很快又补了动作，问她："我们还有别的选择，孟老师都和我说了，他在竹园没能留住你，才让你受这么多年的苦，所以他一直都在帮我们，你为什么不肯接受他？"

隔壁那座大院已经埋葬了过去的陆银桥，陆一禾亲眼看着姐姐挣扎出来，陪着她从旧日的噩梦里喘过一口气，没想到她竟然还想往回爬。

陆一禾抬眼盯着她，眼神里满是失望。

陆银桥被她的目光看得一阵辛酸，伸手想要抱住陆一禾，可小姑娘不肯，推她的手，梳子直接掉在地上，那动静让人更加难受。

“一禾，我知道你能听懂，我过去遇见孟泽的时候没比你大多少，我承认过去喜欢他……但就像你说的，我放弃了，嫁的人也不是他，所以不能再把孟泽的付出当作理所应当，更不能遇到难处才去找他。”

人和人之间的缘分珍贵，可以错过却不能挥霍。肇之远和孟泽，于她而言，都是生命中重要的同行者，却不是她逃难的选项。今时今日，她没有立场去承孟泽的情，而他也不该被当作备胎。

小姑娘肩膀发颤，不肯继续听，直接从房里跑出去，躲去顶楼的露台。

房间里就剩下陆银桥，她看见地上那把掉出去的梳子，竟然被人用力掰断了。窗外月明，房间里的灯光却暗，小小的木头梳子一分为二，梳齿崩裂。

陆银桥心里藏着一根刺，日久天长，活活埋进了血肉里，她一时只觉得这梳子的残骸分外乍眼，半天才想起当天厨房里的红漆筷子。

一模一样，拦腰而折。

无论如何，谈话虽然不成功，但陆银桥也不能强迫陆一禾。

隔壁院子的灯光渐渐熄灭，雷三在拐角的墙边露了一下头，打量她们家，眼看里边的人没有离家的意思，很快那边院子的人就明白了。

肇二爷没有火上浇油，她们不去，他也不催。

夜晚的胡同儿还是老样子，只多了几处湿淋淋的水沟。前几天北新市持续大雨，天气一直不热，路过买啤酒的大爷也不敞怀了，趿拉着鞋走回家。

陆银桥在楼下收拾完房间，就去煮面条当晚饭。露台上的人不知道在干什么，喊她吃饭也不理。陆一禾平日不声不响，却也是个倔脾气，既然她打定主意要赌气，那谁劝也没用，只能由她去。

陆银桥一边吃面一边看电视，过程十分艰难，她坐在客厅里静音看画面，隔壁老林姐家的电视照旧公放，音量大到可以给她同步直播。她就在这片嘈杂的环境里坐了大半个晚上，直到手机屏幕突然亮起来，有人打电话进来，她只好躲到厨房去，把窗户关上，才勉强算是个安静的地方。

屏幕上的号码陌生，对方的声音也陌生，陆银桥听了半天才反应过来，竟然是于缎。

“你怎么会有我的电话？”她问完就想到了，于缎之前给她安排过工作，肯定有她的联系方式，于是她不再废话，又说，“你是不是找错人了，二爷虽然住我隔壁，可我的手机不是公用电话。”

“我就找你。”于缎的声音有些疲惫，但语气显得十分轻松，“有没有兴趣出来坐坐？我请你喝酒。”

陆银桥一向不给面子，何况她那天在泥地里摔出来的口子才刚刚好全，于是直接回一句：“没兴趣。”

对方混了这么多年，台上台下毕竟带着气势，于是轻巧地笑了：“真是姑奶奶，还要我亲自登门吗？”

“不用，你请人的手段我已经领教过了，同样的跟头我不能摔两次啊。”陆银桥接话飞快，发扬胭脂厂的光荣传统，句句能把人往死里噎，“何况咱俩不熟，不用虚伪地喝个酒互撕了。”

于缎果然顿了顿，又说：“你非要在电话里说也行……”

“别，我知道你最近被封杀了，但我请不动二爷，肯定不是我的主意，我也不想听你对他的那些真情表白。总之谁的事你去找谁谈，电视剧都比这个有意思。”她一听于缎那种装腔作势的口吻就头疼，实在没工夫扯淡，说完只想挂电话。

没想到于缎也干脆，知道她只是嘴上逞能，于是直接开口说：“但你肯定想知道自己那张裸照的来历。”

果然，陆银桥的手停在屏幕上，始终没按下去。

“七月底的时候，我在工作邮箱里收到了一封匿名邮件，里边就是那张照片，没有其他任何信息。”于缎没必要隐瞒，说得很清楚，“我正愁没你的把柄，突然有人把物料送上门来，你说巧不巧？”她当然要传出去，帮人帮己，何乐不为。

陆银桥心里清楚，于缎确实不知道来源，因为她根本不关心始作俑者，那不过是一把送上门的刀，可以伤人不伤己，于缎只需要顺水推舟就能达到目的。这种照片一旦扩散，图片会迅速被非法网站盗用，做成更恶心的色情内容。假如陆银桥心窄，没准真能被这事逼疯，就算她能想开，可她有了人生污点，永远抹不掉，肇家的人更不可能认她了。

只是于缎突然来告诉她这件事，目的是什么？

电话里的人似乎点了烟，慢慢地呼出一口气，和她说：“我早说过，想你死的人多着呢，小心身边。”

陆银桥沉下心，打定主意问清楚：“你把话都摊开了说吧。”

“不用紧张，我既然跟在二爷身边，心里就清楚自己的位置。我感激他的照顾，没有他也没有我……所以我找你，其实是为还他一个人情。”

于缎那边似乎隐隐有水声，不知道她人在什么地方，她很快告诉陆银桥，二爷表面不务正业，一直把公司扔给董事会，但实际集团旗下的城建公司一直在按照他的构想推进一个大型项目。

陆银桥被她说得笑了："多谢你提醒，他挣他的钱，半毛也没分给我，我还是不知道的好。"

别说现在，她以前也没弄清过二爷的家底，北新市里藏龙卧虎，肇家是最不能公开的家族，知道太多不是什么好事。肇之远早早脱离老一辈的干涉，除此之外，胭脂厂的老人只知道二爷手里有金矿，天天拿他当个谈资开玩笑，笑话听多了，越发成了谜。

半根烟的时间过去，于缎由着陆银桥没心没肺地大笑，忽然叹气："我以前不信他真住在胭脂厂，后来他带我来溜胡同儿，喝啤酒，我跟着他走，在他眼里，每片瓦都有故事……东家的门墩是银桥坐着玩翻绳的，西边车棚子是银桥躲起来吃冰棍的，最后连个犄角旮旯里的排水沟，他都记得那是你过去摔跟头哇哇大哭的地方。"

胡同儿十二条，纵横交错，那么多人挤在这里过了几辈子，肇之远说那些话的时候目光微醺，一场荒唐游戏还得继续玩下去，哪怕看尽人间四季，他以为自己放下的，其实从来放不下。

因为怕他的丫头跑回来，所以他连走出去都做不到。

于缎没在北新市长大，她显然编不出这段话，她学着肇二爷当时调侃的语气，慢慢拖长声音，说得陆银桥再也笑不出来，问她："他在做什么项目？"

于缎狠狠吸了一口气，似乎被烟呛到了，缓了缓才告诉她："二爷一直顶着压力阻止政府强拆，本来市里已经把胭脂厂归到棚户区了，想要清理违建，改建绿地公园，他用了几年给出商业改造的诚意，准备了很久，今年才拿到批文。只有他的方案才有可能实现原址回迁，而且二爷推动集团做这么个赔本买卖只有一个宗旨，就是不计成本地保留胡同风貌。"

这些事情没人清楚，于缎原本也不知道，可她在程珂的车上曾经偷翻过他的文件，前后把一切联系起来，终于明白了二爷的苦心。

树有根，人有家，肇之远保住胭脂厂，陆银桥才有家可回。

旁观者清，她只想告诉陆银桥："你没尝过被人抛弃的滋味，所以你不懂，有时候，只要一个人好好活着，已经足以拯救某个人了。"

除了这一通电话，那天晚上什么都没发生，十二条胡同儿里一砖一瓦都没少。

陆银桥跟着林半聋看完最后一集电视剧，抓紧难得清净的时候守在窗边。陆一禾不肯理人，也不吃饭，跑回她自己的房间睡了。

夜风微凉，槐树特有的香气一阵一阵地往她家里飘，她盯着隔壁院子里的灯，从前院逐渐灭到后院，再到深夜，只有后罩院里还留着一盏亮光，桌椅板凳，破败砖墙，不知道在为谁照路。

后来她就不知不觉靠着窗户睡着了，一夜好梦。

一连好几天过去，眼看到了八月底，姐妹两个谁都不低头。

陆一禾的态度似乎没什么改善，没几天就要开学了，小姑娘的牛脾气变本加厉，自己早起低头出门，一句话也不和姐姐说。

万幸她还记得抽空煲汤做早饭，写好字条，等陆银桥起来让她热了吃。

生气归生气，孩子心善，还是知道疼人。

陆银桥没想到陆一禾这么认真地要和自己较劲儿，好在一墙之隔就是“半城金”，不至于有什么大麻烦。只是肇二爷也固执，他死活不放心陆银桥单独外出，一开始安排司机跟着她，车接车送，后来他自己的胳膊没问题了，也不去医院复查，直接拆掉绷带，亲自开车送她。

陆银桥回来短短两个月的时间，想不到事情会变成这样，她把那封匿名邮件的事告诉肇之远，二爷好像也提前知道，一直说让人去查，却迟迟没有结果。这一切足以证明陆银桥早就被人盯上了，眼看波涛汹涌的时候，她竟然连这池浑水的深浅都看不出，只能暂时听从肇之远的安排。

陆一禾显然对这一切更加不解。

她偶然在露台上看见肇之远接送姐姐，追问陆银桥是不是想和他和好，两个人险些再次吵起来，几乎一夜未睡，此后陆一禾连早起的字条都不留了。

陆银桥第一次见到小姑娘这么激动，一旦涉及肇之远的事，简直没有任何商量的余地，陆银桥没法辩驳，冷静几天，还是找不到契机和妹妹和好，只能僵持下去。

这事又拖累了雷三，雷大爷每天三趟出来遛弯，专门盯着小楼，前前后后替她们守着。

眼看耗了一个多星期过去，佟姨已经要出院了。

老阿姨救治过来之后行动力一直受限，走路都不稳当，精神也不如从前，需要休息，因此孟泽知道消息后，安排把她接回去。

当天陆银桥去帮她办出院，知道孟泽要去接人，陆一禾中午上完课，肯定也会跟他过去，她不想让他们再和肇之远有冲突，于是一大早就自己溜出门，趁着隔壁的人都没醒，她提前打车离开胭脂厂。

陆银桥在医院忙前忙后，终于把人扶出去，眼看还没到中午的时间，她打算就近找个地方等孟泽，结果陆一禾直接从外边跑进来，专程翘课来医院了。

她只想问两句她怎么不好好上课，话没出口，陆一禾却不理她，只顾着比手势，跑过去看望佟姨。

老阿姨一心想要瞒着这件事，冷不丁突然看见陆一禾来了，瞬间愣住。她情绪激动，腿脚发颤，不停地冲陆一禾摆手，喃喃地说着：“人老了，糊涂了，不回去了……不回去了。”

佟姨不能完全看懂手语，因此小姑娘有点着急，她拥抱佟姨，又拉着她指指外边，很快孟泽停好车也进来了，大家刚好都在医院门口相遇。

陆银桥看他今天穿得并不休闲，显然是工作中途抽空才来的，于是她和陆一禾说：“你不该麻烦孟老师，好好上完课也能见佟姨，没正式上学就破例，以后……”

“算了，今天是我说可以提前离校的。”孟泽推推眼镜，示意她没关系，他一眼看出姐妹俩之间气氛不对，适时地打圆场。

陆一禾毕竟是个青春期的孩子，叛逆的心思一点就着，她连句回应都没有扭头就走，冲孟泽扑过去，仿佛只要跟着他，就有人给自己撑腰。

陆银桥这才意识到陆一禾在对方身边时间长了，无论在课业上还是心理上，已经对孟泽过分依赖，陆一禾完全把孟老师当成避难所，越来越想搬离胭脂厂，无数次试图说服她去见孟泽。

陆银桥能理解这种心情，十几岁的女孩多少都对师长有过仰慕的情绪，何况陆一禾过分缺乏安全感，自己之前又太忙，没把妹妹照顾好，如果陆一禾能把老师当作榜样，这其实是件好事……可小姑娘被惯得不同以往，脾气越来越大，眼看如今连句话都听不进去了。

陆银桥越想越气，一时没控制住，加重语气喊她：“一禾！”

陆一禾彻底急了，拼命打手语，她怪姐姐没有第一时间把佟姨出事告诉她，更怪陆银桥只想着那栋破房子，非要回到胭脂厂那个是非地……她越比画越多，脸都急红了，直到孟泽按下她的手，她才反应过来，不再争执。

陆一禾长长的头发拢在耳后，一双眼瞪着姐姐，紧紧抿着唇，她心里压抑许久的委屈突然被点着，可又喊不出声音。

孟泽摸了摸她的头，逗她说：“这么大的孩子了，还哭呢……走，佟姨刚出院，先送她上车。”

陆一禾意识到自己太激动，心里有些后悔，她抹了眼角，偷偷打量姐姐的脸色，先和佟姨往停车场走。

孟泽陪着陆银桥一路跟在后边，他看看身边的人，又打量前边的小姑娘，想起什么似的笑着问她：“你看一禾的脾气，像不像你？”

陆银桥心里自责，是她连日都没能把陆一禾的心结解开，导致重重怨怼全都攒到了一起，非把孩子逼得叛逆起来。

只剩孟泽脾气好，里外替她们解围。

她实在无奈，和他说：“她本来就是特招生，不能让她觉得有特权。”她又看着他，补了一句，“一禾学画不容易，只有让她自己努力换取成果，才是真的为她好。”

她只顾着想陆一禾的事，一路走得快，迎面几个送急诊病人的家属冲进来，正风风火火往楼里跑，差点就撞到她身上，多亏孟泽伸手把她拉开了。

他顺势扶着她的肩，提醒她看路，看她心神不宁的样子有点不解，问她：“你怎么了，是不是家里出事了？佟姨突然煤气中毒，我一直不太踏实，总觉得不对劲……但我再去你家也不合适。”

陆银桥被他一拉转过身，两个人刚好相对而站，眼看孟泽目光灼灼，她实在没法开口，只能摇头掩饰：“没有，一禾和我吵架了，这段时间一直不愿意理我。”

“不是问她，我是问你。”

她瞬间也哑了，孟泽询问的口气轻缓，还抓着她的手腕，片刻之间没能放开，于是陆银桥觉出他手心发烫，微妙而又温暖，如同他整个人一样，每句话都问到她心里去，让人不由自主地想跟他走，忘了原本的方向。

陆银桥开口想解释，可说什么都像借口，只好作罢。

孟泽看她错开目光，很快也收回手，他指指车的位置，依旧带她往前走，好像什么都没发生似的，随口说起别的事：“你去过竹园了？”

她有点疑惑：“你怎么知道？”

“之远那天和我聊了两句。”

她觉得这个话题也没多轻松，说着说着更容易触发旧事，只能故作轻松地回答他：“里边竹林成海了，风景好，猫都长大了。”她声音渐渐低了，绕不过去的话还是想说出来，“其实我这次回来，看到你们平安，竹园也还在，我就觉得自己走对了。原来我一滚蛋，大家都能过得这么好。”

陆银桥的短发这段时间长了一点，她没空打理，风一吹就乱了，打在脸上痒痒的，她伸手抓着头发冲他笑：“陆兴平老骂是我丧门星，还真害了我一辈子。”

两个人刚好走到高楼风口，孟泽提前迈了一步，挡在她身前，又怕她头发挡脸看不见路，抬手把她前额的头发拂开，他说话的声音很轻，却在风里异常清晰：“其实有一阵我很消沉……后来才想明白了，我不该总想见你，我过得不好，才能让你好，人的执着有时候不需要目的，想通这些，也就没什么不能忍的。”

这里的风太大，不知道是沙子还是他的话，又让她迷了眼睛。

很快两个人走到车边，孟泽突然问起别的事：“是之远带你回竹园的吧……他和你说什么了？”

陆银桥看着陆一禾，小姑娘正弯着腰，帮佟姨把她不灵光的腿脚搬上车，她一分心没听懂：“没说什么啊，他……”她突然想起那天夜里肇之远的话，如鲠在喉，又继续说，“他就是想起来带我去喂猫的，后来下大雨我们很快就回城了。”

孟泽的目光一直落在她身上，她想避开这个话题，低头去帮后排的两个人。

孟泽已经替她打开车门，示意她一起走。

陆银桥看了一眼时间，又把陆一禾从车上拉下来，和他说：“不能再麻烦你了，先带佟姨走吧，我打个车就能把一禾送回学院。”

她说完不给小姑娘挣扎的时间，仗着陆一禾没法反驳，直接把人拽走了。

后来陆银桥想起当天的事，不能怪陆一禾赌气，因为肇二爷自己才像早有预谋，非要卡在这节骨眼上专门去和小姑娘作对。

肇之远亲自开车，提前等在陆一禾补习的新美学院之外，他在路边找了个车位藏着。

他眼看陆银桥在学院门口停住了，她好像打算和陆一禾说两句话，竟然拿出一副姐姐样，把小哑巴说得低头委屈，那表情让他越看越想乐。

这小狐狸自己都没长大呢，教育起人来倒有模有样，于是他开始按喇叭，逼得姐妹两个一起警惕地回头看。

陆银桥认出肇之远的车，一口气差点没喘上来，她已经习惯于他的突然出现，可是生气今天他搅局的时间，不早不晚，非要赶在陆一禾还在的时候来，唯恐天下不乱。

二爷慢慢顺路开过来，一踩刹车，直接停在陆银桥身侧，按下车窗打招呼。他一张脸笑得格外灿烂，还特意喊人：“小哑巴，好久不见啊。”

这下无异于宣战，陆银桥好不容易和陆一禾说的几句软话全都没用了，情急之下，她赶紧挡着他的窗口说：“你别捣乱，先让她进去上课。”

小姑娘死死瞪着她身后的人，突然抬眼做手语说：“你不让孟老师送我，是因为他要来。”

这是个陈述句，没有疑问。

她动作太快，肇之远隔着人没看全，可他闭上眼都知道那小东西比画不出什么好话，于是他成心挑事，非要打开车门，一脸好奇地问：“对了，这么多年了，我还不知道手语里的姐夫怎么做的呢，你见我也不叫一声？”

这话一出，陆一禾的表情完全变了，她攥着手愤怒到极点，开口却没有声音，怨恨地看着他们两个人，头也不回地跑进校门。

陆银桥根本来不及挽回，眼看妹妹被逼走，她再也忍不住，气得浑身发抖，抬手就想抽他：“你故意找碴儿是不是！”

肇之远一只手掐住她的手腕，眼角微微上挑，居高临下做了个“嘘”的手势，按着她的腰把人推进车里，只有一句话：“是，我故意的，不这么试试，怎么知道你这好妹妹到底向着谁？你不觉得她和孟泽走得太近了吗？”

陆银桥了解陆一禾，知道妹妹心里的苦衷，十几岁的人，心底的喜恶太分明，非黑即白，和肇之远相比，陆一禾肯定更愿意亲近孟泽，不该被过分解读。何况她宁可自己为难，也不愿把他们成人可怕的猜忌强加到陆一禾身上，所以她想也不想地冲着他喊：“只有她和过去无关，你不能为了毫无根据的怀疑，把她也拉下水！”

刚才陆一禾眼睛里的疏远和怨恨让她害怕，她不知道怎么面对，她怕陆一禾变成自己，困在亲人亲手施加的牢笼里，挣扎着长大。

“肇之远，你听清楚，她是我妹妹。”陆银桥的语气前所未有地坚定，“不管那个案子有什么隐情，绝不能牵连一禾。”

他终于不再笑，看着她如同看一个沉到水底的人，浑身湿透而不自知。

肇之远开车带她离开，一路无言，快到胭脂厂的时候，他才和她说：“其实我说的话你都听进去了，所以你才自己送她。”

天气晴朗，万里无云，街道两侧种着杨树，日光下的一切都透着生机，远远已经能看见一片交错拥挤的屋檐，总让人想起过去。那时候人的心太浅，一望就见底，人情冷暖，一笑置之。曾经他们的喜怒都炽热如火，争吵、诀别，恨不得剖开胸膛让对方明白，可如今经历过生死离别，谁都做不到了。

陆银桥没力气接话，她又开始不舒服，一静下来就觉得脑袋昏沉，连路上汽车鸣笛的声音都格外刺耳，好像突然就多出一个浑身乏力的毛病，坐着也不踏实。

很快两个人回到胭脂厂，肇之远看出她脸色不好，陪她走到小楼之前，问她怎么回事："你最近一直这样？吃什么东西了？"

她实在没心思和他抬杠，没好气地掩饰过去："我就是为了躲你，起太早了，喝了一碗汤跑到现在。我回去躺一会儿，下午还得去接一禾。"她特意强调不用他再跟着，陆一禾懂事，只是需要时间，逼得太紧解决不了任何问题。

陆银桥的话有道理，肇之远没再干涉，放她回家上楼。

陆银桥很快躺下来，只想休息一会儿。

工作日的白天，胡同儿里来往的动静也少了，房子里只有她一个人，她看了一会儿手机，躺着躺着又睡着了。

等她再睁开眼睛的时候，才发现自己已经睡了很久，窗外夜色如墨，林半聋今天看的电视剧都没能把她吵醒。

她想起妹妹，跑下楼喊了好几声，屋里没人回应。

当天晚上，陆一禾没有回家。

第十一章 死循环

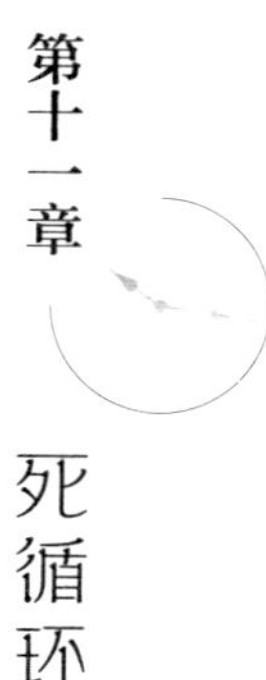

陆银桥最担心的事还是发生了，九月开学在即，陆一禾却离家未归，无论什么原因都足以让她崩溃。

她坐在客厅里试图先冷静下来，拿了一杯冰水直接灌下去，脑子却没停，想出无数种可能性，她竭力避免自己往坏处想，毕竟陆一禾长大了，她回家的路上没有偏僻场所，无论在学院还是坐车，都是人多的地方，不至于出事。

陆一禾从小不能说话，过去没有拿手机的习惯，虽然如今都是智能机的时代了，她却不太爱玩，因此陆银桥无法与她直接通话，只能先联系学院。

补习老师说下午的课上确实看见陆一禾了，但她今天上完补习走得很早，课后也没去画室，四点的时候就离校了。

陆银桥又打电话找到孟泽，孟家二老听说老阿姨病了，所以孟泽今天带佟姨回父母那边，忙着处理自己家的琐事，他下午和学校请过假，根本没有回去。

陆银桥欲言又止，听他的意思，显然是从医院分别之后就没再见过陆一禾了。她心里越发不安，却没说对方还没回家的事，只是顺口和他闲聊，让佟姨好好养病。

孟泽记着小姑娘白天和姐姐吵架，于是关心地问："她还闹脾气吗？让她先好好准备开学吧。"

话正说着，孟泽那边响起一阵急促的门铃响声，陆银桥赶紧借机打住话题，让他先忙家里的事，很快挂了电话。

她并不知道孟泽门外来的人是谁。

虽然人没找到，可陆银桥意识到时间已经过去大半天，家里并没有收到任何威胁性的消息，一个十四岁的孩子具备危机意识，陆一禾应该是上完课自己离校的，以今天的情况来看，她负气出走的可能性更大。

她去陆一禾的房间里查看，一切都没什么异样，她又爬上顶楼露台，看见小姑娘的画板和平常用的工具还都放在上边。她实在想不出她会去什么地方，于是靠着栏杆往远了看，整座城市灯火如旧，八九点钟的夜，霓虹远比星光耀眼。

陆银桥从没想过，这条回家的路这么难，她口口声声说着要把这个家保住，可最后竟然连妹妹都弄丢了。

梁疯子又开始唱戏，胭脂厂的夜不断循环，看电视的老林姐、小卖部送啤酒的三轮车，甚至于墙根下抖毛的大黄……生活的这锅浑水熬得久了，连沫都不剩，熟悉到刻进骨子里，看着看着又都像一张网。

陆银桥越来越觉得肇之远的话不是臆想，此时此刻，这张网正一点一点收紧，让她快要喘不过气，她意识到自己不能再等，下楼去了隔壁院。

今晚的“半城金”十分热闹，做饭的婶子任性，请假回家给儿子相亲去了，于是大家的晚饭没了着落，肇二爷直接折腾大家进来摆了烧烤局。

程珂和雷三都在后院，正陪二爷吃烤串，啤酒还没打开，陆银桥就杀了进去。

雷三一看见她，就像看见了定时炸弹，他立刻抓起一把小腰回门房了。

程珂也懂眼色，起身要走，只是二爷不乐意，一把按住人说：“跑什么啊，都不给我面子？”

程珂难得今天扒掉一身西装，穿得格外休闲，大概他只想下班来这里蹭个饭，没想到被二爷扣下当电灯泡，他没心情喝酒，只能保持沉默，坐在板凳上低头撸串。

陆银桥实在没空纠结这些细节，她过去坐在肇之远的躺椅旁边，直接问他：“你那天晚上说的话，是不是真的？”

程珂差点呛到，有些吞咽困难，继续低头，装聋作哑。

二爷喝了两口酒，眼睛晶晶亮，倒在躺椅上晃腿。他格外温情，故意把话往暧昧上引，开口温柔地问她：“哪天晚上？”

“你知道发生的一切……”陆银桥说完只觉得自己也被糊弄傻了，还真来问他，“一禾没回家，她在什么地方？”

这话一说，程珂立刻抬头看了一眼二爷，警觉地说：“我出去找找吧。”

“不用。”肇之远连脑子都不用动，直接就说，“她一个小哑巴，跟你吵架这么多天了，让我一激，她憋着气，还能去哪儿啊，肯定在孟泽那里呢。”

陆银桥告诉他已经问过了，陆一禾长期两点一线，根本没有别的地方可去。她越说越着急：“你让我听你的，明知道她怕你，今天还故意招她！这么晚了，万一她出点什么事……”

肇二爷气人的毛病又犯了，他做事不按常理，也不考虑别人的心情，非要这时候来一句：“嘿，我如果不去气气她，她不跑，你怎么有空回来找我。”

“肇之远！”陆银桥彻底急了，“你王八蛋！对着个孩子下套？”

肇之远厚着脸皮，摆出一副清者自清的姿态，由着前额那几缕不规矩的头发越长越长，他抬手撩开往后一躺，口气无辜：“蝴蝶效应听过没？我如果阻止原本发生的事，就会导致其他变故，说不准是好是坏……不过陆一禾肯定是自己离家出走了，你也不用太担心，她一定会去找孟泽。”

她听出这话颇有深意，赶巧这会儿穿廊里的灯光忽地一跳，吓得远处的招财爪子磨地，又蹭着墙边，直接跳上了屋檐。

陆银桥想不通，盯着他满脸怀疑。

“是早是晚不知道，不过以孟泽那孙子的个性，强迫症那么厉害，他早晚要联系你，把戏做全套。”肇二爷一边说，一边递过红柳大串，“还没吃呢吧？先把自己管好，看你那黑眼圈……最近脸色都不对了。”

她简直觉得这男人不可理喻，她一定是中邪了才会来这破院子和他扯皮，于是她起身想走，肇之远一条腿横在她身前，拦着她说：“你在竹园怎么答应我的？信我就别去。”

陆银桥抓起那把烤串钎子只想扎他脸上，可她气到了极致，反倒想明白自己此刻矛盾的处境。她刚刚才四处问过，如果孟泽不主动联系她，就算现在贸然冲去找人，她也没有任何怀疑的理由。假如孟泽什么都不知道，那她半夜过去又怎么解释？只凭二爷的一句疯话，她不能跟着胡闹。

肇之远总比她多走一步，知道她急归急，还是能想清利弊的，于是他又缓下口气说：“你先等一等，你家一禾人小鬼大，不把别人害死就是好事了，丢是丢不了的。她肯定白天生气，在市里溜达一圈，晚上人少，没地方去，只能找孟泽。”

陆银桥越发无助，她被卡在死角，竟然不知道还能相信谁说的话，突然觉得自己像回到了五年前，找不到登登的那一天。

夜里又起了风，槐树的香气让人不自觉地沉溺其中，一切都是她从小抹不掉的回忆……她渐渐觉得眼前的一切都变了，她害怕到了极点，只想去学院附近找一找，如果天亮了人还不回来，她只能报警，这好像已经是目前唯一的办法。

她这样想着，努力想要站起来，手脚都不听使唤。

程珂一抬头，看着她的脸色都变了。

陆银桥说不出话，感觉却十分诡异，她似乎看见了自己头发蓬乱，满脸灰白，明明站起身，却突然脚底失重，一头栽了下去。

这一晚陆银桥有心无力，什么地方都没去成。

肇之远也没想到她会突然晕倒，程珂知道她有发烧的旧病，本来不太担心，打算去找医生来看看，但肇之远把人抱起来，要送她去医院。

夜里只能看急诊，要送就还是附近的441医院最快，程珂担心二爷去了难受，想劝他，也许陆银桥只是急火攻心，应激反应，没准人很快就自己醒了，但二爷不管不顾，火气上来，好像说话间人就能没了似的，非要把她送走。

他们赶到医院，送了急诊，给陆银桥进行初步检查。值班大夫以为是常见病，说她因为缺乏活动，发生直立性低血压，导致头晕，后来发现她长时间昏迷，再加上肇之远的坚持，夜班主任赶过来，又对陆银桥进行了进一步的检查。

结果出来之后，程珂几乎不敢拿给二爷看。

凌晨三点，住院区漆黑一片，肇之远等在急诊门口，一直盯着远处的老楼，一看就是一夜。

今晚云重，无星也无月，医院的地界里生死一线，一进一出，结局也许完全不一样。

肇之远习惯性地想翻出自己的打火机，却发现它不见了，不知道掉在什么地方。人的习惯突然被打破，总是伴随着不甘和挣扎，最后又被新的习惯所取代。

他习惯了悲剧，慢慢已经变得可以站在这家医院直面黑夜了。

每一次他都试图阻止惨案发生，可最终陆银桥还是被送来了这里。

马上就到九月了，又是这个九月。

程珂拿着化验单和报告出来找他，二爷显然比医院先知道结果，但他没能阻止，所以他才必须送她来。

肇之远并不意外，迅速和他吩咐细节，又说：“马上安排医生想办法，等银桥醒了之后，千万别告诉她，一切都按我说的做。”

“二爷，你能不能告诉我，这些事……你到底都是怎么知道的？”程珂实在忍不住，他觉得这一切都超出认知，不得不问。

急诊门口的出入口只有一盏灯，肇二爷人虽然在光下，目光却比夜色还要暗。他低声笑，把诊断报告折好塞进兜里，回头问程珂：“你带烟了吗？”

程珂愣了一下，只能摇头。

肇之远有点遗憾，吸了口气，掐了掐眉头好像才能打起精神来，又说：“你猜我是怎么戒的烟？”身边的人没有接话，让他自己说下去，“以前抽烟是心烦，打小看这丫头泡在苦水里，一看她遭罪，我就烦……后来好不容易等她大了，把人骗回家，想着烦就烦吧，一辈子就这几十年，我守着她，谁也别嫌谁，没想到登登没了，她也让人害死了。”

“二爷！”程珂示意他冷静，以为二爷被这医院勾出隐疾，要说胡话了，于是打算送他出去。

肇之远扫他一眼，反倒多了几分坦荡荡的笑，他示意程珂不用紧张，又说：“有时候一辈子太长了，长到我都戒了烟……一次又一次，如果这次不能救她，一切还会重来。”

这没头没脑的话说完，他就往楼里走，回去守着陆银桥。

时间太晚，谁也不知道肇之远这位爷深夜会到访医院，临时不好安排，他们只能先在急诊室外凑合。

走廊里有两排椅子给人暂坐，肇之远快步过去歇着，头一仰，盯着顶上白花花的天花板，看得久了，他又有点困，余光里发现程珂一直站着，于是喊他坐下：“别直不愣登杵在那儿，怪吓人的，你看那边的小护士，以为你是保镖头子呢。”

程珂紧绷的神经瞬间松弛，他实在佩服二爷的心理素质，天塌了他都能腾出工夫换睡衣，人堆里数他不着急。

他陪他坐下，刚想说点什么，回头发现二爷已经睡着了。

陆银桥的外衣还放在急诊室里，没人注意衣服口袋里的手机一直在振动。

孟泽来电，却始终无人接听。

眼看天又要亮了，院里的人终于赶过来，特意给他们安排好特殊病房，把陆银桥先推过去，也请肇之远进去休息。这里新的住院部都是高楼，十八层是最顶层，都是套间病房，为了显得舒适，全是软乎乎的大皮沙发。肇之远看不得这种东西，浑身难受，非搬来几把硬邦邦的木头椅子才踏实待住。

快到午饭的时候，陆银桥终于转醒。

她虽然头晕难受，但体感上没觉得自己发烧，于是这感觉就似病非病，不同以往。她一看自己竟然在医院，心里害怕，突然坐起来，只听见程珂在外间说话。

对方正准备安排人给二爷来送饭，问他吃什么，二爷一点没将就，报菜名似的一个人说出五六样，再加一个汤，临了还补一句："信吗？只要丰泽园的烤馒头一来，搁那丫头鼻子前边，她立马就得蹿起来抢。"

陆银桥手上还扎着输液针头，走也走不远，她在周围找了一圈，没找到能扔的东西，她干脆学肇之远，把刚穿上的拖鞋又甩出去，直接砸在通往外间的房门上，房门应声而开。

所有动静都停了，程珂尴尬地提醒一句："爷，人已经蹿起来了。"

肇之远没露头，他在外边伸胳膊把房门带上，完全不理人。

程珂诚惶诚恐，嘀咕了一句，就听见二爷理直气壮地解释："不行，现在进去，她剩下那只鞋非甩我脸上不可。"

他一边这么说着，一边敲了敲木头椅子的扶手，故意避开里边的人，压低声音问程珂："还记得我昨晚跟你说的话吗？"

程珂不动声色地点点头。

很快外间人都走了，二爷总算想起还有病人要照顾，慢悠悠地走进来看她。

陆银桥坐在床边上，她醒过来看见自己穿着病号服，大致心里有了底，如果不是情况不好，肇之远也不会着急把她送到这家医院，所以她尽量让自己表现得满脸无畏，干巴巴地问他："白血病、癌症，还是……我也中煤气了？"

肇二爷亲自捡起门口的拖鞋，抓着陆银桥冰凉凉的脚踝，低头给她穿好了，这才抬眼说话："美得你！演韩剧呢？你这就是昨晚太着急，起猛了血压低，把程珂那小子吓了一跳，死乞白赖非要给你抬医院来。"

他说起谎话来毫不心虚，一板一眼十分有理，多亏顶锅的人已经走了。

陆银桥仔细看他的神色，实在没看出什么花样，惹得肇之远对她脆弱不安的样子分外满意，痞里痞气地坐她身边，非要凑近去捏她的脸蛋，安慰道："你踏踏实实输两天液，观察没事了，咱就回去。"

"一禾呢？"陆银桥心里压着块大石头，脑子里只有这件事，找出手机看。

"找她不是着急的事，等等消息吧。"

她把未接电话给他看，孟泽可能知道陆一禾的下落，于是她马上就要回拨。肇之远再次拦下她，只提醒她看时间："先别管他是不是要和你说一禾，就算是，前后过去这么多个小时了，他只打过两个电话，明知道你最紧张小哑巴，他就不能先把人送回来？而且不再联系你了，这俩人肯定不对劲。”

陆银桥听着他的话浑身发虚，她攥着手机又放下，提醒他：“一禾是让你气走的。”

“所以你就听我的话，吃好喝好。这次是我对不住你，我帮你盯着，一定把叛逆少女给你抓回来，行了吧？”

她看向窗外明晃晃的日光，直看得眼睛生疼，想了想觉得渴，看了一圈，房间里只有凉白开，索然无味。她执拗起来，抓着他说：“医院东边是不是有个小超市……我想喝北冰洋。”

“不行，你手脚跟冰块没区别了，这两天只能喝热的。”他看看空调温度，又不放心，把自己换下来的靛蓝睡衣给她披上。

陆银桥这么多年早成了精，套上他的衣服歪头看他，她昨晚晕倒的时候把脑门都磕青了，这会儿又精神起来，非要冲他笑，一双眼睛睁大了，满脸央求，这撒娇的小模样明显没憋好屁。

肇二爷十分配合，长长叹了口气，拍着腿站起来：“行，你是祖宗，是姑奶奶，你说喝什么就喝什么。”他到外间一看，程珂和其他人都去张罗午饭了，一时没别人在，于是他干脆地说，“我亲自去给你买，好好输液，别乱动。”

二爷在医院里四处溜了一圈，住院区已经划出一片小花园，花草繁盛，比起当年来还多栽了一片灌木。偌大一个北新市，除了他，每个人的日子都过得飞快，光阴如水，眼瞧着没几年，连这家出过事的医院都扩建不少。

他闻不惯医院的味道，能出来透口气也算值了。

眼看日头越来越晒，肇之远把医院里都转遍了，偏偏就不去东边找小超市，因为那地方早改成共享车棚了。

他根本没打算买汽水，等他空着手再回到病房的时候，床边就剩下被人揪掉的针头，人已经跑了。

临近九月的北新市依旧很热，再过半个多月就是中秋，天气却没有转凉的迹象。

这年月一切都能流程化，买东西扫码就能送到家，想要找一个人也只分两个步骤，发发微信，急事打电话，但当这两样都行不通之后，无论对方是在干什么，都格外引人焦虑。

未知的等待，是最好也是最坏的事。

陆银桥在医院打不通孟泽的手机，问过学院，说他还在请假，于是她心急如焚，必须去找他。她半路逃跑，穿着明显的病号服和拖鞋上街，多亏还有一件肇之远的睡衣挡一下，趁着病房里没人，迅速叫车过去。

孟泽已经搬到学院附近了，她听陆一禾说起过孟老师住的小区名字，去了却不知道具体是哪一栋楼。

小区是新建的高层公寓，里外四个单元，一看就知道房价不便宜。附近都是大学，但学生租不起这种楼盘，于是住的人大多是教师，环境安静，门禁森严。陆银桥一身不伦不类的装扮十分惹眼，手背上还有没擦干净的血珠子，细看更吓人，惹得保安使劲盘问，正在尴尬的时候，突然有人叫她。

孟泽手里提着一个大袋子，刚好从外边回来，一看是她，他满脸意外，但迅速反应过来她被拦下了，赶紧示意她可以一起进去。

他看她周身的样子，比她还急，直接就问：“你昨晚怎么没接电话？这是……住院了？”

陆银桥离得近了，看他提的是一袋猫粮，大概刚从附近买回来。

孟泽穿着一件浅棕色休闲上衣，袖口依然工整，规矩地折起一半，连每道褶皱都压平。他一边走一边看她头上的瘀青，目光坦荡，还多了几分对她的担心，让她觉得自己冒冒失失像个疯子似的跑来堵他，实在丢脸。

陆银桥想问的话太多，没想到就这样毫无预兆地撞见孟泽了，反而不知道从何说起。

她只能跳过经过，干脆直接和他坦白：“我昨晚不舒服，没大事，就是着急，所以去输液了。可是一禾一直没回来，回拨也没找到你……”

这下孟泽明白了，有点抱歉，和她解释：“这两天我家里也忙，没看手机。这不，还得出来喂猫，这一片的流浪猫都喂熟了，每天等着我，家里猫粮没了，还得去买……”他又停了一下，看她一直想打断自己，于是笑了说，“别着急，一禾没事，就在我家呢。我昨天拿手机给她听歌，不知道放哪儿去了，付款才想起来没带出门，幸亏还有零钱。”

他一边说一边走，眉眼又带着宽慰，三言两语，这正午下火般的艳阳里，只有他人间清净。

陆银桥听见陆一禾平安的消息，比什么宽慰都有用，她悬在嗓子眼里的那口气总算缓过来了，甚至都顾不上想别的，跟着他一路回去接人。

孟泽就住在最里侧的单元，因为当时他选房的时候特意看中一层赠送地下室，面积还不小，别人都为了额外当储物间，于他正好能作为画室。

他带着她拐过楼道，开了自己家的房门说：“这个小区目前人少，一层也挺安静。”他把猫粮放在地上，喊了一声陆一禾，又让陆银桥进去，反手关上了门。

陆银桥没想过自己会突然到他家里来，过去孟泽还和父母在一起，如今这地方完全是他独居的生活空间。

人人都有个误会，以为有洁癖的人，一定要把家里装得纯白一片，没想到她今天一迈进去，就被孟泽家里满眼的黑色镇住了。

四下几乎没有浅色的墙壁，竟然在白天也开着灯。

一门之隔，陆银桥就像突然闯入了另外一个空间，房子里的日常光线显然特意调节过，柔和不刺眼。她打量四周，宽敞的客厅里唯一的调剂只有纯灰色的家具和桌椅，样式也都是极简风，搭配考究的暗色金属和石料拼接，完全不为舒适度妥协。

他的家里除了必需品，没有额外的任何装饰，巨大的油画直接摆放在墙边，显出主人对极致的追求，就连居家的香薰也十分特别，琥珀和松木里又夹杂着某种淡淡的特殊味道，渗透到了每一个角落里，让房子的整体氛围十分幽邃厚重。

她不敢再往里去了，只觉得自己和它格格不入，一回身，刚好对上狭长的穿衣镜。

镜子里的人头发乱糟糟地贴在脸上，病号服的裤脚在路上已经被踩脏了……陆银桥下意识抓紧肩膀上的睡衣，只觉得莫名紧张。

孟泽好像看出她局促不安，又按开壁灯，光线从墙壁上缓缓而出，分明照出一片天地，她不知道为什么再次想起那根红漆筷子，僵在门口站着，只觉得心惊肉跳。

孟泽似乎想让她进去转一转，可以看看房子，可她拖着踩脏的裤脚，不方便乱走，迅速喊陆一禾出来回家。

两个人不过说话的工夫，陆银桥一扭头，发现镜子里突兀地多了个人影，她冷不丁惊住了，整个人迅速向后退，差点撞在玄关的墙上。

孟泽伸手扶她，她的后背和冷硬的墙壁之间隔着他的手心，温柔而热切的触感，类似某种不动声色的引诱。

陆银桥手指更凉了，她几乎不敢动，只记得去叫眼前的人。

陆一禾已经从房间里出来了，光着脚踩在黑色的长绒地毯上，悄无声息地看着姐姐。

小姑娘已经不再生气，起码此刻脸上没有任何愤恨的神色，她披散着头发，长长的发丝全部梳好拢在肩后，光影明暗之间，长发如瀑。她依旧穿着昨天出门的薄线衣和短裤，人却能毫不突兀地融进孟泽的家，仿佛她本来就该在这里。

如同每一个和家人吵架的孩子一样，陆一禾确实是自己离家出走了，此刻平平安安地站在这里，眼睛却不看人，始终从镜子里打量她。

陆银桥觉得气氛不对，房间里的背景过于深重，让整个房子如同深渊，她半只脚都踩空了，眼看就要跌进去……她脑子里混乱的感觉又回来了，开始责怪陆一禾："来找孟老师为什么不和我说一声？"

陆一禾不说话，还是站在原地，听了这话忽然满脸无辜，抬手示意姐姐到她身边去。

孟泽适时开口："一禾，带你姐姐先去坐一会儿，都到中午了，一起吃个饭。"他推了推陆银桥，口气随意，手指却不动声色地捻着她外边的睡衣，手指之间的料子软糯，十分细腻，却在纹理之间埋着硌手的金线，一层又一层，细细密密地缠在她身上，就像这衣服的主人一样，永远没人猜得透二爷到底在想什么。

孟泽很清楚，这是肇之远的衣服。

陆银桥的心跳越来越快，她尽量让自己保持理智，转身避开他的手，径自去找陆一禾。

她隔着地毯的边界叫她："走吧，闹够了就和我回家，后天都开学了，你不能躲在这里打扰别人。"她已经加重语气，希望陆一禾能听明白，不要再胡闹。

陆一禾没动，还在原地等她，又和她打手语："姐姐留下吃个饭吧，孟老师不是别人。"她一边说一边示意她和自己去房间里，那目光却让陆银桥极其不舒服。

离家出走，一夜未归，陆一禾此刻完全没有表现出该有的反驳和挣扎，好像她本来就等着姐姐来找自己，好像陆银桥今天的喜怒哀乐……如她所料。

与此同时，人对于周遭的不适让所有感官都放大，陆银桥突然明白为什么这地方让人恐惧了，因为四下根本没有窗，窗帘和那些巨大的画作已经将所有玻璃和天光隔离，室内越发让人透不过气。

陆银桥已经开始装聋作哑，不敢再往下想。

她竭力掩饰自己的慌张，回头和孟泽说："你爱干净，我就不进去乱踩了，在外边等吧。"她说完在身后飞快地做手势给陆一禾看，示意她赶紧拿书包回家。

可是门口的男人没有让开。

玄关处的灯光渐渐被孟泽调暗，和他眼底的光一样，骤然之间完全变了颜色。

陆银桥被强行推进黑暗里，瞬间无所适从，她只能开口强辩：“一禾要开学了，我必须把她接回去。”

很快，屋子里的灯光全都熄灭了。

她这下真的怕了，只感觉到身前的人伸手，正顺着她睡衣的袖子一点一点拉扯。对面的人似乎对这件衣服格外不满，成了他的眼中钉，肉中刺，直到揉进手心里还不够，恨不能扯碎撕烂才解恨。

孟泽的声音很低，完全不同以往，一个字一个字地说出来，似乎是质问：“又是肇之远。”

陆银桥避开他，低声提醒：“孟泽，你把灯打开！”

孟泽的怒意突如其来，完全没有任何征兆。他浸在一片黑暗之中，突然抓住她的胳膊，声音瞬间失控：“你为什么穿他的衣服！”

她被他大力推搡着按在墙壁上，一切发生得太快，她连孟泽的轮廓都看不清，却觉得面前的人画了皮，此刻到了皮开肉绽的时候，撑不住要跳出来，一口咬住她的脖子……于是她疯了似的大喊求救，却意识到这是他家，瞬间绝望。

孟泽的手掐在她的脖颈之上，让她根本不敢再动。

她听见他的声音忽然又低了，好像喉咙被滚水烫过，声音嘶哑，口气冷硬，他问她：“你不是最疼一禾吗！那可是你的亲妹妹，她一夜没回家，你为什么不接电话？还有时间去找肇之远！”

陆银桥强逼自己面对他，她必须稳住他的情绪，因为陆一禾还在这里，她绝对不能在这么可怕的时候把孟泽气疯，于是她顺着他的话试图解释，可人在危急关头被迫激发出自保意识，所有被忽视的感官一一放大。

陆银桥一瞬间开了窍，她闻出这房子里隐隐散出来的味道……那些夹杂在香味之间的是腥气。

若有似无，淡淡的血腥味。

她真的怕了。

人心鬼蜮，这个夏日密谋的剧本无人知晓。

从陆银桥回到北新市开始，她完全没有意识到危险，而此时此刻，眼看就要坠入深渊，她唯一的念头只有妹妹，于是拼命挣扎起来，不断喊着陆一禾。

楼道里突然传来撞击声，孟泽的手骤然松开。

有人暴力拖拽踹开了楼道门，很快一阵脚步声，紧接着停在他们的门外，又如法炮制，继续开始砸门。

孟泽按开壁灯，荒唐的深渊巨口偃旗息鼓，光线凭空而来，一切都归于原位。

陆银桥抓紧机会，猛地扑到门上，慌乱地试图开门，而身后的人好像一切都没有发生，甚至连目光都没变，他还是一副礼貌和善的样子，微微一笑，示意她不要磕到手，替她过去询问门外是谁。

程珂的声音响起来的一瞬间，陆银桥觉得自己眼泪都要下来了，她听着对方一直在喊自己的名字，拼命回应。

很快孟泽拉开了门，人就站在门边，声音客气，还带着几分诧异："你是……哦，程珂吧？"

程珂看见门开了，好像稍稍放了心，从头到脚扫他一眼，直接往里找人："银桥，二爷让我来接你。"说着他一点没犹豫，直接撞开孟泽往里走。

陆银桥回身去拉陆一禾，小姑娘全程连站的位置都没变，这么半天直直地在黑色的地毯上注视一切，直到被姐姐突然拉走，她也再没有任何手语表达。

陆银桥死死攥着陆一禾的手腕，心里稍稍安定下来。她看向程珂，半天才挤出一句："我没事，就为了来找一禾，她果然在孟老师家里。"

程珂点头，挡在门口，示意她们先出去，然后他又十分礼貌地替孟泽关上门，开口说："二爷说了，一禾小，不懂事，必须有人看着才不走歪路。辛苦孟老师照顾，我们接人回家，您自己……多保重。"

说着他把门重重关上，一路护着陆银桥迅速离开。

程珂今天可真是及时雨，成了猴子派来的救兵，从天而降，而且做的一切早有准备，虽然他和雷三比起来不太擅长踹门，但今天这一出干得十分漂亮。陆银桥是第一次进这个小区，但程珂开车出去的路线丝毫没有犹豫，可见救兵不好当，背后做足了功课。

陆银桥心都快跳出胸口，半天缓不过来，直到看见陆一禾平静地坐在自己身边，只记得搂住妹妹，浑身僵硬，说不出话。

该问些什么呢？问她为什么信任孟泽？怪她出走？又或者……

无论哪个问题的答案，陆银桥都无法承受。

此时此刻，陆银桥除了抱紧陆一禾，竟然没有其他任何办法。一切都失控了，从头到尾，连回忆都是假的，只有她执迷不悟，陷在一场年少倾慕的梦里，迟迟不醒。

眼看车已经开出小区，外边是一条安静的林荫小道，陆银桥长出了一口气，问程珂："二爷让你追过来的？他还说什么了？"

程珂没时间回答，后方突然传来撞击声。

陆一禾不声不响地坐起来，玩命拉车门，可是车上的安全锁阻止了她的动作，于是她竟然不顾陆银桥的尖叫，疯了似的用头撞车窗。

程珂不得不踩一脚刹车，先把车停稳。

"一禾！"陆银桥吓坏了，手掌按在玻璃上挡着她的脸，"你干什么？"

小姑娘的激愤情绪突然被点燃，她一听见肇之远三个字就气得坐不住，眼看姐姐阻止自己，她干脆抬手在她眼前，清清楚楚比出一句话："我不坐肇之远的车。"

陆银桥大声吼她："不许胡闹！"

陆一禾的愤怒全都浮在脸上，扭头还想强行开门，她摆出一副豁出去要拼命的架势，和姐姐说："你不接受孟老师，那也别领肇之远的情！就是因为他才逼死了我妈！"

这话一喊出来，陆银桥十分震惊，远芳阿姨是因为无法接受陆兴平的罪行才被逼得精神失常，她竭力避免妹妹有关于仇恨的联想，姐妹之间对于那段恩怨很少提及，陆一禾不能再被那个案子毁了。

这大龄熊孩子简直哭天抢地要下车，陆银桥被气得血直往头上冲，大声斥责她："你给我听清楚！需要付出代价的人只有陆兴平，除了他，谁都不欠我们！你总问我肇之远，我明确告诉你……这个家还在，他是你姐夫，他有责任有义务照顾你！"

陆银桥早习惯了不期待来日，连天上的云都不知道自己下一刻变成什么形状，她更没本事盘算人生，但起码现在这一秒，胭脂厂还在，"半城金"还在，那他们这个家也还没散。

陆一禾听见这话脸色变了，她活像个小小的人偶，原本还在车窗上扑腾，突然让人扯了线。她背对姐姐，看向窗外，目光不知道落在了什么地方，过了一会儿才抬手和她说："你总算承认了，你根本没打算离婚。"

陆银桥不明白她纠结这些有什么意义，可陆一禾不依不饶，很快小姑娘攒足了力气，又去撞车窗，无论如何，就是不肯接受肇之远的恩惠。

这下车里热闹了。

小哑巴不认二爷，发疯耍赖，陆银桥又喊又叫，管不住妹妹，偏偏程珂的手机来添乱，跟着不懂事，微信一条接一条，屏幕一直亮着。

他不得不低头看，解锁屏幕，于缎的电话紧跟着追进来，他一时分神，身后的小哑巴又像中了蛊似的，死活闹着要下车自己走回家。

路过的人都听见动静了，不知道车里发生了什么事，渐渐有好心人停下来打量，担心有不法分子要当街作案。

陆银桥实在害怕，又怕陆一禾钻进牛角尖就出不来，半路再生事，于是她赶紧和程珂商量："算了，我自己带她回去吧，咱们在胭脂厂见。"

他已经把手机调成振动，听着它的动静心乱如麻，可又不得不先顾眼前，出声阻止陆银桥："不行，二爷吩咐过，必须把你们接回去。"

"光天化日，我们两个大活人丢不了。"她护着陆一禾的头，示意程珂开门，"我带她走一段，冷静冷静，正好说说话，然后打车回去。这事怪我，总想瞒着她……一禾说不出话，从小心重，必须把她的心结解开。"

小哑巴完美遗传到陆家人的牛脾气，对自己是真狠，程珂眼看她头上都要撞出血了，这动静他根本没法顺利开车，万一真伤着了，陆银桥还得跟他没完，越想越没地讲理，他只好打开安全锁。

后座上的女孩坐牢似的，牢门一开，逃命似的冲出去。

陆银桥急着去追陆一禾，瞥见程珂的手机还在振，屏幕上清清楚楚的一个字，缎。

她关车门的手停了一下，又抓紧时间和他说："你先忙，如果还能见到她，帮我带句话，告诉她……不值得。"

上过台的都知道，戏不由人。

她和于缎不打不相识，终归谈不上什么交情，所以她开口话到嘴边，又觉得只说三个字就够了。

从那深渊一样的房子里逃出来，陆银桥终于意识到，于缎的心机和手段实在算不上鬼怪，这人间万象，于缎已经爱憎分明，堪称磊落了。

车里只剩程珂一个人，他定了定神，拿起手机回复于缎。

他回拨过去，想过很多可能，毕竟于缎如今能和他说的都是琐事，每天除了让他跑腿就是送饭……没想到今天竟然是为了求救。

天晴无事，难得清闲的日子，于缎全副武装，打扮低调，一个人外出逛商场。她去的地方是个大型商超，离家不远，就在四环路边上，却被小报记者逮个正着，一路跟踪追拍。

她一开始没在意，拍就拍，反正脸都丢光了，再拍出什么也无所谓了。可等她进商场还没完没了，有人不断尾随，圈里人消息灵通，很快其余几家狗仔也闻风而至，拿着相机跟她来了一场持久战，明显来意不善，打算深挖她的日常隐私，大做文章。

于缎已经有一段时间没露面了，颁奖礼幕后的丢脸段子闹得尽人皆知，已经让她爆出太多黑料，话题还没完全过去，公司也没法安排她复工，身处敏感时期，事关前途，她绝不能再引发媒体关注了，于是情急之下想出个不是办法的办法，堂堂昔日影后，竟然被逼着躲进卫生间藏身。

但狗仔就是狗仔，专业素养，耐性卓越。半个多小时过去了，于缎听见外边越来越吵，议论纷纷，不断有被收买的路人进来拍门试探，她实在耗不下去了，只能让程珂来接自己。

他很快就赶过去，通知商场管理，叫齐保安队，一起过去驱赶围观人群。

程珂把四下清场，敲了敲女士卫生间的门，冲里边喊了一声："好了，出来吧。"

于缎帽子、墨镜加口罩一样不少，还死命低头挡脸，就差连汗毛都藏起来了。她贴着墙迅速往外跑，程珂一路帮她挡人，直到全都回到车里，他忙活大半天过去，终于有工夫喘口气了。

于缎把帽子摘了，四下看了看说："路上先绕两圈，再往我家开。"

程珂答应了，开出去上了四环，问她："怎么不叫你经纪人过来处理？"

"她知道我追的是二爷的车，明白我这次翻身难了，跑得比兔子都快，早早给自己放大假，出国玩去了。"这点世态炎凉太正常不过了，于缎只是随口一提，半点波澜都没露，她说完侧脸打量前方开车的人，又说，"而且我想见见你，不行吗？"

程珂没接话，表情四平八稳，就和没听见一样，又问："助理呢？"

"我也给她买了张机票，世界那么大，送她去看看。"她坐在后方又想点烟，摸了一下发现没带火机。程珂看见她的动作，替她在前排摸索，刚好翻出二爷随身玩的那个，递给她用。

那大概是肇之远偶然掉在车上的。

于缎一看就笑了，这么小的东西还非得套个纯金外壳，除了二爷没人喜欢。这火机也有些年头，被人拿得久了，仿佛连它都能多出些人情世故，棱角的光泽度都变得异常圆滑。

她拿在手里玩了一会儿，觉得底部不平，翻过来看，打火机下边果然有刻字，歪歪扭扭，一看就是原本手写瞎玩的，却被打火机的主人当了真，非要在金子上照着字迹一模一样刻出来。

程珂看见她在看打火机上的字，于是想起来，和她说："二爷说是银桥过去写的，她放学跑回来拿个圆珠笔，在他打火机下边乱写乱画，还拿胶条贴上，怕掉色。"这么一说，他也觉得逗，"姑奶奶不喜欢烟味，二爷一直不戒，她就骂二爷是烟鬼，后来大家逗她，她说嫁谁也不嫁烟鬼。"

于缎对着光线仔细辨认，没想到费这么大劲留下来的三个字还真是"大烟鬼"……她一边看一边笑，简直能想到写字人的嘴脸，十几岁的小银桥，脏兮兮地穿着校服，皱着鼻子瞪着眼，翻墙爬树，放眼十二条胡同儿，只有她敢指着二爷的鼻子骂。

她点上烟，慢慢吸一口，玩着打火机上的字轻声感叹："那个陆银桥啊，这辈子值了。"

程珂瞬间想起刚才那位姑奶奶的话，只觉得巧："她正好也让我带话给你。"

于缎摇头，她最近不开工，没心情化妆，难得素颜，再加上一副大黑超墨镜，整个人都显得更加寡淡了。她一点都不好奇，打断他说："帮我忘了吧，她说她的，我不想听。"

程珂没法再开口，绕着东北四环兜了好几圈才送她回家。

他看她直接进门头也不回，于是站在门口处问她："你本来想去买什么？我让人给你送来。"

她不接话，房门大开，程珂往里一看，发现她家这段时间完全没人管，垃圾堆出了垃圾桶，衣服扔了一地没人收拾。

于缎换了身衣服出来，发现他还在，一边绑头发一边和他说："我这里连鬼都不上门了，你还不走？"

他一看就知道她肯定连保姆阿姨都辞退了，于是进来帮她打扫。

全程于缎根本不理他，由他自己忙活，她一边看视频一边抽烟，直到程珂弯腰擦地，经过她，她动了动，把腿抬起来。

他拿着拖把，侧脸看她，终于忍无可忍，忽然停下动作和她说："跟我走吧。"

"走？跟你能去哪儿，回老家？"于缎盯着电视正在按摩自己的淋巴，声音轻轻柔柔，半点不走心。

程珂西装革履地给她干活儿，一直任劳任怨，这会儿却罢工了，非要挡在她面前，好像在仔细看她的脸色。

于缎动作优雅地给自己做面部提拉，笑着示意他："别这么看着我，我又不是那些小姑娘，比这惨的日子我都过来了，你不也劝我休息一段时间吗，正好能清静清静。"

他看她还顾及自己那张脸，总算放了心，直到房子里简单收拾过了，他打算走，到了门口没忍住，突然又退回来喊她："你觉得二爷是什么人？"

于缎没说话，回头看他一眼，显然不解，但很快轻笑着提醒他："我当年接不到通告，走投无路，求人引荐，就想找个靠山，那会儿我是真豁出去了，就算对方是个糟老头都能忍。没想到这辈子的运气都用在二爷身上了，他刚好需要女人挡是非，当个伴儿似的留着我，只有这点心眼，他都替我周全了这些年，他是个什么人，还用我说？"

只是肇之远深情的故事里没有她的戏份，事到如今，于缎心里通透，既然自己达成所愿，她也毫无怨悔。

程珂又说："二爷其实也没拿你当情人，如果我真和二爷开口，他一定会同意我带你离开北新市。"

于缎盯着他，突然有些烦躁，她起身进卧室翻找，很快从里边的房间拿出一个东西。程珂仔细看了看，好像是她过去破破烂烂的小记账本，塑料皮都裂了，里边的内页又黄又脏。

于缎不嫌弃，当着他的面，哗啦啦翻一遍，里边有张单子直接被甩出来，轻飘飘地又掉在地上。

那是一张十年前的孕检单。

她连捡都不想捡，只让他自己看，她指着它说："你跑了之后不到两个星期，我在老家自己查出来的。我偷偷怀着孕，追你追到北新市，不敢告诉你，照顾你的自尊心，陪你睡桥下，连口饱饭都没吃上，可你竟然还是扔下我跑了……程珂，连条狗都比你有情义。"

她永远记得当年的夜，那条河，还有那个随时都能把她吞噬的桥洞。那种所爱非人的绝望，让人没有勇气重阅，时至今日让她想一想，骨头里都发冷。

程珂弯腰拿起单子，震惊之余，他几乎不敢抬头再看她。

他过去完全不知道这件事，于缎是他最对不起的人，是他辜负过的女孩。程珂愧疚过，懊恼过，原本以为她被自己伤透，早就回老家去了。可十年前后，整座城市换了样貌，他们两个人也在这里改头换面，他却从没想过，竟然阴错阳差看她走到今天这一步。

后来的于缎同样靠自己留在了北新市，她不再找他，选择放弃孩子，在这陌生又庞大的城市里学会他的狠，不择手段，万众瞩目。

人世间的因缘际会，永远不会照顾观众的情绪，他们之间错过就是错过了，因为有的人永远不会重聚，有的路走过一次之后已经体悟到艰辛，于缎不愿执迷不悟，也不会再信他。

是爱也好，是恨也罢，毕竟不用演给外人看，谁都没有义务和谁从头来过。

所以于缎只觉得他说的话可笑，她提醒他："和二爷没关系，给你看，就是让你明白，你我之间，早玩完了。"

程珂颓然起身，终于轮到他以今时今日的心境，再尝旧年里的苦。

于缎从容送他出门，眼看他一贯冷静的眉眼都拧在一起，她满脸可惜："爱是相互的，千万别把自己感动哭了。"她伸手点了点他的唇，看着他的眼睛说，"过去我是，现在你也是。"

真正的放下，是再见时易。

这一次他没有再回头。

程珂失魂落魄，一个人开车去了新惠河桥下。

他躲在桥洞里坐到天黑，上车才发现手机都被二爷打爆了，于是只能调整情绪，迅速赶回胭脂厂，还没进胡同就看见远处"半城金"全院的灯都亮了。

过去的王府宅邸，昔日辉煌，百年之后，砖瓦凋敝却难掩荣光，它依旧能照亮长夜，森森气象。

程珂心里不安，一路跑进去，肇之远就在前院等他。

二爷只问一句："我让你接的人呢？"

程珂一愣，回头看东南角的小楼，上下漆黑一片。

陆银桥说好带她妹妹回胭脂厂，她亲自证实了孟泽图谋不轨，怎么还不回来？

程珂慌了神，汗都下来了，急着和他汇报当时的情况："二爷！她们已经安全出来了，可陆一禾半路突然发疯要跳车，我亲眼看着银桥带她走的，没有别人……"

"我在医院是怎么和你安排的？"肇之远沉着声音，一字一语，不带半点调侃，他就和这院子一样，所有大隐于市的嬉笑怒骂全都洗净了，今夜突然换了一番颜色，"陆一禾完全被孟泽洗脑了，我试过，如果我去接，她根本不让我靠近，她们肯定回不来！所以我才折中让你去……无论如何，你就是绑，也要给我把人绑回来！"

二爷说着说着动了真火，抬腿把他踹在地上。雷三一直在门槛边上守着，眼看二爷还要过去，他冲进穿廊里把人拦下来："爷，你现在打死程珂也没用！"

肇之远用上全力，一抬手差点把雷三都甩在廊柱上。他眼看又到九月，天天头上顶着一把刀，拼尽全力还是百密一疏，一腔急火点着了，收也收不住。

雷三不怕挨揍，只记得死命拉架，他护住二爷刚养好的胳膊，喊得嗓子都哑了："您听我说一句，这有的事逃不开……二爷！她的劫，咱们尽力了！"

这话说完，肇之远终于拗不过雷三一身蛮力，被他扯住慢慢松了劲。

他确实不该怪别人，所有的剧本已经写好了，哪怕他掐断开头，截断祸根，可其余的脉络还会继续蔓延生长，就像黑夜无力替代黎明，一个人的失眠与否，永远阻止不了天亮，而他所恐惧的九月二十五号，也一定会来。

整整一夜，"半城金"灯火通明。

陆银桥始终没有回来。

第十二章 艺术品

比起成年人的糟心事来说，做个学生单纯多了，周而复始，九月开学是条铁律。

这个夏天过得实在太快，那些做梦屠龙的少年歌没听够，题没刷完，连偶像都没追到，又要蔫头耷脑上学去了。

大的还好说，小的就麻烦了。从一号开始持续，一连几天下来，胭脂厂里一年一度的开学大戏正式开演，幼儿园的崽子抱着树大哭，小学的冤家抱着没写完的作业挨打，高中的小子骑着自行车发微信不看路……总之，暑假的好日子算是到头了。

“半城金”里的主子爷比他们可惨多了，毕竟肇之远又要经历这个九月了。

院门一开，二爷起来遛早，正赶上满胡同儿遍地都是小孩，让他看得直眼晕，赶紧躲到小楼旁边，把雷三喊来，问他：“会撬锁吗？”

“我又不是贼。”雷三穿着个大裤衩，肩膀上搭条毛巾，举个缸子正在刷牙，他对着陆家的小楼，又问，“这姐妹俩都让孟泽骗走了，您打算怎么办啊？”

肇之远想起这事就头疼，一连几天他竟然没盘算出什么好办法，因为这一局的玩法也是他头一次遇见，陆银桥开着手机，随打随接，态度毫无异样，只说一切都是她自己的主意，为了保证陆一禾的学业，她不愿意再打架，决定先搬出去，暂时不回胭脂厂。

除此之外，无论他问什么她都绕弯子，不肯透露人在什么地方。

这可奇了，谁都没想到事情会变成这样，大家已经做好要撕破脸的准备，可这一天又一天过去，风平浪静，什么都没发生，十二条里最顶天的动静竟然是满胡同儿的孩子都要开学了。

肇之远反复试探陆银桥是不是受人威胁，可她坚持否认，她既不失联，也不求救，一个有行为能力的成人主动离家，有理有据，看起来就是夫妻打架，让人根本找不到理由寻求警方介入。

再加上是个人都知道他们两家的恩怨，原本陆银桥回来就为离婚，如今人跑了，保不齐就是想满足她妹妹的愿望，这么一来，她倒确实离肇之远这灾星远了不少。

只有灾星本人知道这事情前后都不对，十分生气，茶不思，饭不想。

这就好比玩游戏，肇之远冒着被封号的风险开外挂，一次又一次，就想求个通关，没想到boss还学会自主进化了，一关比一关难，谁能想到人生竟然比游戏还缺德，简直是个无底洞。

毕竟外挂这事不光彩，虽然不是肇之远的本意，可他也没地方说理，还得藏着掖着，自己偷着愁。肇二爷这几天急得嘴角都起了火泡，啤酒也不喝，天天泡菊花茶往下灌，根本没用。

此时此刻，他绕着陆家的小楼四下打量，突然又喊雷三，指指她家厨房的窗户，拖着嗓门说："开不了门咱就爬窗，来，砸开。"

雷三一嘴泡沫没时间吐，得亏他还剩力气大，抡个牙缸子上去就把玻璃砸开了。

说来邪门，二爷专和人家的窗户过不去。

路过的几个"小黄帽"看傻了，小朋友从没见过这么凶残的叔叔，也没见过砸别人家玻璃还理直气壮的人，这下他们突然觉得上学也没那么可怕了，撒丫子就跑。

肇之远探头往里看，指挥雷三把碎玻璃弄干净，爬进去把门打开，很快两个人都进了屋，雷三替他忙活完，这才找到陆银桥家的水龙头，终于把脸洗干净，抬头问："您到底要干吗？"

"去小哑巴屋里，找这个药。"肇之远从兜里拿出那晚441医院的诊断结果，白纸黑字一堆术语，让他圈了一行出来：氯丙嗪药物中毒。

雷三一边擦手一边奇怪，不知道二爷怎么倒腾出医院的单子装神弄鬼，结果他一翻，正好对上患者姓名，想起这应该就是那天夜里陆银桥突然晕倒的原因，于是脸色严肃起来，说："我马上去找。"

陆一禾失语，从小就和同龄人不一样，她早熟克制，执着于画画，基本没有其他业余爱好，因此她房间里的东西也不多。女孩都爱美，可她从小到大的衣服加起来连衣柜都填不满，所以雷三根本没费劲，很快连床底下都摸遍了，根本没找到和药有关的东西。

雷三下楼复命，顺带还在客厅里翻了一圈。

肇之远忽然反应过来，陆一禾也许不会这么刻意："一瓶药而已，她姐的脑袋瓜子不好使，自己都管不了呢，没必要藏。"说完他去厨房搬出一个药箱，里边大多是些日常家居的常用药、创可贴等，外加好几个大瓶子，全是各种维生素。

雷三比对着查了一圈，提醒他："爷，银桥中毒的药是用来治疗精神病的，一般人吃了估计天天蒙圈，动不动头晕犯困。"他想起小哑巴打手语的样子，又有点不忍心，"如果真是一禾干的，她一小屁孩上哪儿弄来的这种药……银桥可是她亲姐姐。"

肇之远盯着几个瓶子不说话，突然笑了："她弄不来，孟泽可以，他诱骗一禾帮他，一旦银桥身体不舒服，一禾就可以找他求助，他顺理成章能把她们接走……所以我之前一直没弄明白，我尽量把可能的因素都排除掉了，孟泽连胭脂厂都进不来，怎么从她身边下手？"

他暗自怀疑过陆一禾，却知道这事太伤人，始终不愿证实，所以他故意去学院门口把她气走，让她去找孟泽露出马脚，直到陆银桥药物中毒的结果出来，一切都摆在了明面上。显然陆银桥的中毒并非突发，投药的人受人指使，小心谨慎，日积月累……佟姨离开，家里只剩下一个陆一禾，不可能再有别人。

无论她和孟泽私底下有什么来往，总之她恨肇之远是不争的事实，所以她绝不能让姐姐回来继续和他在一起。这个目的经年压抑，演变成仇恨，已经让十几岁的小女孩无法控制，偏偏她还落到孟泽手里，很容易被他煽动着走向极端。

肇二爷有点感慨，他每次改变了一些事，就会导致其他突发事件，可这一次的变故格外超乎想象，一步一步追到最后，事情竟然涉及陆一禾，他确实从没想过。

"不管是什么原因……那小哑巴真下得去手，够狠！"雷三越想越觉得陆一禾以往无辜的嘴脸都是装出来的，瞬间不寒而栗，"二爷，这熊孩子之前一直被你打乱计划，也就是没找到凶器，不然能和你玩命！"

雷三话糙理不糙。

肇之远心里一直拧着个死结，陆一禾的黑化确实是个突破，但如果只是这么简单，他不会再次经历这个九月。

起码他还没弄清楚，到底为什么陆一禾能对着自己的姐姐下狠手，这不是一朝一夕的不满，难道仅仅因为一个孟泽？人面兽心的玩意儿洗脑本事再大，他到底是靠什么控制了陆一禾？

肇之远安排程珂马上把瓶子里的药片都送去化验，很快有了回复，果然其中一瓶的内容物被人替换了，里边并不是普通的维生素，而是盐酸氯丙嗪片。

肇之远确认消息的时候正在前院里喝茶。

雷三拿把扇子不停地扇，烟也不抽了，问他："您觉得现在姑奶奶人在哪儿？"

"前两天我让程珂去救人，她那个好妹妹死活不肯回来，你连起来想，这还用问？她们肯定着了孟泽的道儿，还和他在一起。"

如果陆一禾和孟泽是合作关系，那她做这一切就是为了替他把姐姐引过去，眼看程珂捣乱，她开始发疯，摆明着掐准她姐姐不忍心。

雷三冷着脸寒碜他："您既然都知道孟泽表里不一，把银桥绑了扔屋里看着不就完了吗，还放她往外跑。"

肇之远点头，苦口婆心地给他指点："我跟你说过，我知道的都是还没发生的事，你一开始都不信我……我如果天天跟她说孟泽是变态，她能信吗？贼心不死必有后患啊，我必须亲眼让她看见那王八犊子的嘴脸。"说着他收到程珂的回复，实在没心情胡侃，叹了口气去换衣服。

这几天夜风凉了，二爷的睡衣也加厚带着薄绒，他难得不摆谱了，换上一件能见人的外衣，听见胡同儿里的动静消停下来，上学的孩子基本都走光了，他打算自己开车去新美学院。

雷三不知道他这么着急要干什么，证据都没搜集齐全，他现在去打草惊蛇和那小哑巴对峙，只会把人逼急，结果二爷拿着扇子拍拍他的大脑袋说："五号了，今天大学也开学了，银桥肯定要去送她妹妹。"

平常她都能躲起来，今天这日子一定会露面。

天不遂人愿，肇二爷的外挂也没那么灵，因为他在新美学院的门口等了半小时，看见孟泽的车就跟着混进了学校，一路跟到停车场，发现自己这次竟然猜错了，陆银桥没来送陆一禾。

车里只有孟泽带着那个小哑巴，两人前后下了车，正打算往教学楼的方向走。

新美学院里的建筑风格沉静大气，校园面积很大，四下绿树成荫，这处停车场离教学楼很近。肇之远微微眯眼打量，孟泽照旧是一丝不苟的儒雅范儿，身边的小哑巴散着长发，正低头攥紧书包的肩带往前走，怎么看都是个怯懦文静的少女。

此情此景，肇之远简直佩服，这二位不去领奥斯卡奖都浪费，活活给他展示了一出演戏的最高境界，一个为人师表，一个刻苦求学，谁能想到如今知人知面不知心，阴沟里的耗子都能爬出来登堂入室。

他把车直接横在两人面前，紧接着车门一开，他靠在座椅上问："银桥呢？"

明晃晃的日头就在头顶上。

孟泽不慌不乱，扫一眼四周，谨慎地挡在陆一禾身前，表情礼貌而有耐心，开口问他："有什么事吗？"

"别跟我装，你的怪癖我很清楚，现在收手还来得及。"

孟泽面色缓和，对他的暗示置若罔闻，而陆一禾的目光渐渐古怪起来，似笑非笑，同样没有任何表示。

肇之远又转向她说："还有你，年满十四岁了，必须承担刑事责任的犯罪一共八种，投毒可就是其中之一。"他说着说着加重口气，"她可是你亲姐姐，把你当命根子守着，你竟然下得去手！"

孟泽一脸隐忍，示意他不要大吼大叫吓唬孩子，对他说："这里是学校，不管你有什么事，今天开学，银桥这么辛苦就为了让一禾能安心完成学业，别再来学校胡闹了。"他让陆一禾先上楼进教室，小姑娘看了一眼肇之远，听话地扭头就走。

二爷气得差点背过气，这兔崽子认贼作父，没有半点悔意。

很快，停车场里陆续有其他教职工开车进来，肇之远的车就横在通路上，大家只能等他走，可他又不肯挪窝，早上时间金贵，人人都着急上楼，开始不耐烦地按喇叭催促。

肇之远索性下车，抬腿靠上车前盖，完全没有离开的意思："孟泽，你跟我这局赢不了……你的事我都清楚，我等到现在是看在你父母的面子上。过去的案子里你充其量算是个间接挑唆，过去就过去了，可你如果还想拿银桥开刀，我保证让你付出代价。"

远处的车上已经有人等不下去，过来问情况，大家一看这场面，全都不明所以，也不好插话，只能聚在旁边。陆续有人认出孟泽，轻声和他打招呼，一看诸位的表情就知道，大家都想知道这么大阵仗到底是出什么事了。

肇之远冷眼打量，眼看妖魔鬼怪画了皮，突然被扔到人堆里，同事缘竟然还不错。

孟泽笑得斯斯文文，表情透着无奈，眼看事情当众闹开，他干脆走得近了，推推眼镜，一副好商量的语气，问他："你的意思是我把银桥扣下了？你有什么证据吗？"他说着拿出手机，打给陆银桥，很快电话接通，里边的人一听见是他，开口就问："一禾到学院了？"

孟泽打开扩音，当下所有人都听得清清楚楚。

他当着肇之远的面和她通话："一禾进教室了……对了，我在学院碰见了肇之远，他误会是我不让你回家，所以闹到学校里来了，你……还是和他解释一下吧。"

这几句话内涵颇深，高校毕竟是高校，人才辈出，大家议论纷纷。开学第一天就能遇见孟老师被堵在停车场，围观群众表示十分惊讶。

肇之远强行压下愤怒，眼看孟泽坦荡荡的表情，他连名带姓喊了一声陆银桥，沉着声音问她："你人在什么地方，是不是在他家？孟泽威胁你了？"

"没有，我说过很多次了，和孟老师无关，你别再无理取闹了。"

人群鸦雀无声。

肇之远气得恨不得掐死她，他今天故意追到人来人往的公众场合，找到孟泽就职的地方，就为了逼他心虚，偏偏陆银桥继续装傻，明示暗示她都当听不见。

他气得干脆把话说开，毕竟这位孟老师可是宝藏男神，他一件一件替他数："你给我听清楚！五年前，孟泽故意唆使债主，威胁陆兴平，引发当年441医院惨案。今年，你妹妹满十四岁，孟泽滥用职权，更改招生计划，特意把她特招进入学院。六月，你刚回来，孟泽陆续找人跟踪你。八月，孟泽不断诱导一禾，让她使你药物中毒入院……"

"肇之远！"电话里的人声音颤抖，突然喊他，让他不要再说了，她几乎不敢听下去，"不可能！一禾是我妹妹，大夫说过我只是低血压……别再查下去了。"

"没有什么不可能！"他听出她的动摇，迅速压低声音说，"无论孟泽现在用什么理由威胁你留下，都是非法拘禁。"

孟泽笑了，走到肇之远的车前，刚好离他半步距离。这世界上有两句话，必须避开人才能说，他透出十分欣赏的神色，替他分析利弊："你为当年的案子费了不少时间，可惜没什么用。"他说话的样子波澜不惊，"银桥现在是出于自愿留在我身边，无论你说什么，她不会再回去了。你可以把事情翻出来，也可以报警，你口口声声说一禾投毒，如果你把她的罪名坐实了，就把银桥最后的亲人也毁了，你猜……银桥受不受得了？"

凡有光之处，必有暗影，只是世人只关心光之所在，从来不看光背后到底藏了什么古怪。

人心肉长，连着血脉多少情分，所谓的恶，无非就是专挑人心里最软的地方捅。

没人听见孟泽的话，他依旧站在阳光下，看起来光明磊落，时隔五年之后，再次亲手策划出一场人间悲剧，还要当着所有人的面，对着手机问："银桥，我限制你的人身自由了吗？"

陆银桥没有迟疑，清清楚楚地在电话里否认。

肇之远忽然大笑，他费尽心思护着她，到头来还是没逃过一样的结局。

他知道陆银桥没那么傻，她明明受到威胁，还是宁愿涉险。孟泽、陆一禾……无论是谁，这么多年过去了，谁的假话她都听进去了，她宁可靠自己，也不信他如今掏心掏肺来救她。

他忽然觉得没劲，每次重复到最后的时候，总觉得命运如同黑洞，他尽力在周全，可所有的情绪，所有的爱恨，所有的付出和挽回一砸进去就什么都没了。

只是没想到这一次的盛夏尽头，他败给了陆银桥。

当天晚上，二爷冲动了。

胡同儿里那么多大杂院，动不动开门就是十几口子人，街坊四邻围着墙根，也不管天凉招风，全竖着耳朵打听，远处梁疯子的号叫都不嫌吵了。

"半城金"突然成了香饽饽，谁都盯着瞧，里里外外来了一堆人，以程珂和雷三为首，拦住二爷往外冲，不知道那位祖宗死活想出去干什么，总之他的下人跟班突然就"起义"了。

一开始大家还是劝，眼看二爷劝不住，雷三仗着自己皮糙肉厚，反正踹不死，干脆让人把大门给堵了，就是不放二爷出门。

最后肇之远已经气过头，越想越烦，自己倒回后院的躺椅上，他看都懒得看这群白眼狼，磨着牙冷笑道："行，反了天了。"

他头上那棵大槐树还是老样子，根儿都圈在院外了，只有树梢好死不死地非要往回长，眼看已经过季了，但这地方养分不错，叶子还不少。

旁边的小楼黑漆漆的，姑奶奶不回来，也不见他，除了强行去找她，还有什么办法？总之肇之远这辈子让那活祖宗给克得死死的，急火一上头，他琢磨着必须把人抢回来，于是一时半刻都忍不了，如果这么耗下去，大不了把皮都挑破，一个都别活。

肇之远是真想你死我活，这年头做个好人不容易，善良也得有点棱角，一点初心所剩无几，不过都是靠一口气撑着。

可他之所以等到今天，是因为他和孟泽不一样，人活着玩归玩，界限在心里，胭脂厂里的爷们儿总得有点底线。

程珂打量他的脸色，觉得他好歹能听进去话了，这才过来和他说："二爷，您想想，一旦咱们去孟泽家动手，无论银桥在不在，如果找不到确凿的证据，就是非法入侵他人住宅……孟泽不会善罢甘休，罪名虽然没多大，可您总得顾及一下正事。今年咱们好不容易才拿到批文，项目还在推进，如果您在这时候出问题，让上边知道了，家里的态度先不说，集团那边肯定受调查，胭脂厂的拆迁进程一旦停下来，指不定又出什么幺蛾子……这片地八成落到别人手里，胭脂厂就留不住了。"

二爷身边的人都不是吃干饭的，这年月凡事依法，本来有理的事不能给闹成没理了。想想也明白，二爷的媳妇丢了，他肯定急，但他越急的时候，身边的人就越得稳住。

只不过道理谁都懂，他们忘了是人就会心灰意冷，二爷真扛不住的时候，也只想一了百了豁出去。

程珂该说的话说完了，他从兜里拿了个东西出来，是肇之远遗忘的那只打火机，他弯下腰递给他，余下的话没再开口。

肇之远已经闭上眼睛，顺势抬手接过去，慢慢地摩挲底部的刻字。

他想起过去的陆银桥，想她一向没半句软话，什么时候都有她自己的主意，谁也安排不了。

这人活一世啊，就像个没剥开壳的鸡蛋，心里柔软，其实胸前就那么半块铁板，软肋在背。

他想这道理真是俗透了，脸上笑，眉头又皱了。

肇之远这一天没白折腾，时间晚了，孟泽深夜才回到家。

学院之前已经收到过匿名举报信，白天他又公开在校区里被人围堵，于是学院留他谈话，只是还没有什么明确的说法，不过都是例行了解情况。

他带着陆一禾一起回来，进屋的时候表情还算平和，让小姑娘先去和姐姐打招呼。

厨房旁边有扇门，直接通往地下室。陆一禾过去敲了几下示意自己回来了，不声不响地去洗手。

很快门后有人顺着台阶往上走，贴着门喊她："一禾……"

陆一禾听见了，还在厨房继续洗手，看也不看身后。

佟姨腿脚恢复如常，这几天已经被请回来了。她刚洗完水果，好心端过来，示意陆一禾可以吃。小姑娘正在仔仔细细地洗自己的指缝，突然被她打断，回身目光如刀，极狠地瞪向身后的人，她抬手就把那一盆东西给掀了。

水果掉了一地，老阿姨慌得抱住头躲开，瑟缩在角落里，一动都不敢动，只记得拼命和她道歉。

陆一禾转过身不理她。

佟姨慢慢抬眼，看见水池里全是被水冲下来的暗红血色，她几乎不敢再看，赶紧把地上收拾好，跑回自己的保姆间。

孟泽已经换上一套舒服的居家服，给自己泡了一杯茶。他端着茶杯靠在厨房外，轻声和她说："佟姨年纪大了，别把人吓着。"

陆一禾把手冲干净，关上水，房子里忽然变得格外安静，于是孟泽的话也传到了地下室的门里。

陆银桥紧紧贴在门后，开口和他说："你开门，让我看看一禾。"

孟泽今晚很好说话，他把小门打开，却没让里边的人出来。他端着茶杯往下走，门后只有一条一人宽的台阶，笔直地通往地下室。台阶上没有灯，唯一的光源来自他身后，于是陆银桥只能被他逼得不断后退，扶着墙壁才能让自己保持冷静，直到被逼回地下，露出上边的门，她才看见陆一禾。

对方完全没有跟下来的意思，拿着一把水果刀，安静地站在门口削苹果，一圈又一圈，皮都掉在了地上，可陆一禾还是面无表情，只剩下眼睛看向姐姐。

"一禾！你到底怎么了？"陆银桥觉得她一进孟泽的房子里，就像变了一个人，对她的冷漠和疏离格外瘆人。楼上的光打在刀上，角度微妙，一阵一阵闪着光，让陆银桥心里恐惧到极点，她突然想要冲上去，被孟泽伸手阻止。

四周的灯是声控的，渐渐亮起来，地下室和楼上的风格迥异，落地白墙，堆满无数巨大的油画。

他对她照顾有加，动作不算太用力，却牢牢抓紧她，把人推了回去。

陆银桥胳膊上有针孔，被他一按酸痛，她几乎无路可退，只能坐在地下室唯一的沙发上。光线亮起来，陆银桥又看清了那些画，颜色早都干透了，全部是被放大的动物形体，颜料奇异，显出近乎暗褐色的氧化痕迹，格外深重可怖。

这几天她一直被困在这里，地下室完全没有窗，她渐渐分不清楚黑夜白天，只能靠佟姨按点送饭的机会来推测时间。这地方面积很大，但空旷，墙角里有一个柜子，上边的电话被人特意和她手机号进行绑定，做成转接的座机。她守着每一个来电，却拿不到手机，无法主动和外界进行任何联系。

四周弥漫着经久不散的血腥气，一阵一阵令人作呕，她知道那都是用血兑的颜料，所有的作品都是他用不同动物的血画出来的……孟泽就是个疯狂的变态。

但她不能走。

她竭力控制自己的情绪，问他："你答应过我，我留下，一切都按你说的做，你就放了一禾。"

他抿了一口茶，回头冲台阶上方的人点头，陆一禾刚好削完苹果，一口咬上去，清脆的声音传过来，她转身就把门关上了。

他站在她对面的画架旁边，温和地开口说："她随时可以走，如你所见。可她说自己早就没有家了，她是自愿留下来陪我的……和你一样，不是吗？"

她控制不住声音，几乎喊出来："你把她怎么了？她以前完全不是这样！"她恨不得扑上去撕破他这张虚伪的脸，却突然看见他摘下眼镜，放在画架旁，然后动作极认真地慢慢地卷起袖子。

她慌乱地看向四周，不知道还有什么办法阻止他，所有能够砸出去的东西这几天已经被她全都摔碎了。人也是动物，她被困在这里就和那些画上待宰的牲畜一样，并没有高级到哪里去，直到被他掐住脖子拖回沙发上，她连反抗都徒劳，一耳光抽在他脸上："你疯了！"

他被打却不生气，仍旧是好脾气的模样，只是一双眼睛里渐渐透出迷乱的光。

孟泽在欣赏她的挣扎，耐心地提醒："我的作品需要你，如果你不愿意，那我就只能让一禾代劳。你看见了，她很愿意和我在一起，帮我的忙。"他掐得她脸色泛红，骤然又松开手，看她剧烈地喘气，好像只是做个提醒，并不打算这么快就吓坏她。

他等着她听话了，又从柜子里拿出药瓶，轻声细语，在她耳边说："我不想用孩子的血……那太残忍了。"

陆银桥看见他手里的药，近乎绝望："肇之远知道你的事，他一定会……"

他的手指按在她唇上，点了一下让她闭嘴："嘘，别再让我听你提起他，当年他在竹园毁了我的计划，如果不是他，你早就是我的了。”他把今天见过那个人的事告诉她，“他去学院里威胁我又能怎么样？你必须亲自阻止他，就像你拒绝和我在一起一样……我得让他尝尝这种滋味。”

针头和压脉用的橡皮管就扔在沙发上，日日相伴，陆银桥余光里看见它们，几近崩溃。

孟泽查看东西完好，这才回身把药片直接倒进他自己刚喝过的茶杯里，晃了两下，就着残余的茶水递给她：“不要看，好好睡一觉。”

她的手已经被掐出血，浑身发冷，她硬逼着自己低下头接过那杯茶，眼看他凑得近了，正分神弯腰去拿橡皮管，她突然狠狠用膝盖撞开他的头，猛地抢过针筒，冲着他的脸上扎过去。

孟泽反应很快，躲闪后退的时候撞倒他们身前的画架。陆银桥用尽浑身力气，突然被架子绊住，手下不稳，被他反手推开。

半人高的油画框重重地砸在了她的身上，让她瞬间眼前发黑，惨叫出声。

他把她拖起来扔回沙发上，那杯茶水已经洒了一地，他格外可惜地看着它，在她身前慢慢地踱步。

她的头晕得厉害，半点力气也没有，耳边听见他还在说话：“你还是这个脾气，我当年在胭脂厂第一次见到你，就觉得……你很有意思。”他把地上的画反过来，画布上已经勾勒出一个女人后背的轮廓，同样渗出可怖的腥气，颜色干涸不断加重，他端详自己的画，像在端详举世无双的艺术品，连声音都没停，“你过去比现在可爱，张牙舞爪的小银桥，一和我说话就脸红，怪不得肇之远都把你当宝贝似的哄着，所以我得把你从他手里抢过来。我和他说，咱们已经在一起了，你喜欢竹园，让他把竹园给我，他同意了。你们那个好二爷……当年也伤心，还死要面子，为了成全你，他把这个秘密藏了这么多年。”

陆银桥眼前一阵一阵地冒星星，勉强从沙发上爬起来，十分惊愕，忽然想起上次去竹园，肇之远一直话里有话。他对那地方显然比他们还要熟悉，所以当年她被人围堵，他第一时间找到位置去救她……可肇之远信守承诺，这么多年了，无论是对她还是对孟泽，都留了最后一线情面，到底没当着她把实情说出来。

二爷知道强扭的瓜不甜，看她过去一副痴心嘴脸，他不屑于使手段争，如今看她自食其果摔得惨，又不能打女人的脸。

孟泽很是可惜，看她手脚都没力气了，弯下身看她的眼睛，和她说：“不如都告诉你，那些猫一开始也是他让人在园子里养的，说他儿子的猫就是你捡回去的。他知道你只是嘴硬，其实心里最喜欢猫了，他可真是对你用尽心思。”

她以为那地方是关于初恋的美好回忆，对孟泽戛然而止的心思全都藏在了竹园，此时此刻才突然明白，她简直蠢到家了。

肇二爷是什么人，表面是个四九城里几代人供出来的混世魔王，可如果他真是个浑蛋，凭什么他出门十二条胡同儿的人精个个都要低头问候，人人心里都是尊重他的，不只是祖上积德，其实大家都明白，二爷有他的坚守。

这世上有很多深情的人，他们看上去都漫不经心。

因为看得透了，所以越在乎才越洒脱。从头到尾这半生，陆银桥以为是二爷的纠缠才逼得她家破人亡，可到如今她才明白，他真把自己当成她的退路，连她的任性和决绝也照单全收。

陆银桥嘴里发苦，她困在这里忍下所有折磨，一声不吭，偏偏到了这时候，连滴眼泪都熬不住，她避开孟泽的目光，不想让他看见自己动容。

但变态终归是变态，孟泽说这些就想欣赏陆银桥的种种懊悔，他抬起她的脸不让她躲，陆银桥突然急了，一口咬上去要跟他玩命。他干脆用劲把她按在沙发背上，直接把安定药片塞进她嘴里逼她吃下去，口气渐渐狠厉："你必须睡，你睡了，一禾才能睡。"

她逃不过，如果不如他所愿，她无法想象眼前这个丧心病狂的恶鬼会上楼对陆一禾做什么。

那毕竟是她的妹妹，十四岁的女孩，毫无反抗能力。

地下室的光线冷白刺眼，陆银桥很快就涌起无法抵抗的疲惫困意，她被迫躺在沙发上，身体上接连遭受重创，让她间歇性地发冷，很快眼前模糊一片。她影影绰绰地看见孟泽擦干净他的手，仔仔细细，他的偏执和强迫症让他无法忍受眼下满地的茶杯碎片，几乎有些忍无可忍地冷下脸将它们通通碾碎踢开。

他又拿起抽血袋走向她，她无力阻止。

毫无预兆，陆银桥自食恶果，清醒着做一场噩梦，困顿之间忽然又想起了过去的日子。

那些在胡同儿里肆意奔跑的年月里，她还是那个张牙舞爪的活祖宗，而后四季转瞬即过，她长大了，隔壁的院子却还亮着灯，槐树下的人还在等。原来胭脂厂里的人心都写在脸上，痴憨是勇，嬉笑是爱，原来她的胸口早有温暖，她却宁愿抱紧自己，也不肯放手相拥。

她觉得自己眼角温热，眼泪仍旧止不住地往外涌，最难过的是，所有自以为是的遗憾，竟然都只是误会。

天快亮了，一层的房子总是能清楚地听见鸟叫，渐渐窗帘重叠之后漏出白日的光，很快有人走过去，严密地堵住仅存的缝隙。

房间里只开了一盏落地灯。

陆一禾背靠着窗帘坐下，脚下仍旧是厚厚的地毯，安静到完全不发出任何声响，直到地下室的门重新开启，孟泽走出来。

她这才抬眼，问他："今天为什么这么久？"

孟泽站在灯边，端详自己手上的血液残留。他迷恋地轻嗅，忽然侧过脸，冲她微笑着说："陪她多聊了一会儿，毕竟你姐姐不是你抓的小猫小狗，她真的很迷人。"

陆一禾起身把消毒纸巾递给他擦手，提醒他："你最好尽快画完，人不能留下，学院里已经有对你不利的传言了。"她看了一眼地下室那扇门，又补了一句，"你也不应该把这老东西找回来。"

孟泽笑了，他摇头，示意她不要那么恶狠狠地与人为敌："她不算外人，一直都跟着我。你还年轻，做事情太莽撞，弄出人命最不好收场，万一你不像上次那么幸运，大家都很麻烦。"

陆一禾听他提起上次，忽然有些得意，不再看他，转身回自己的房间去了。

孟泽没有用消毒纸巾擦手，他认真地闻着空气里血的味道，慢慢走动，贪恋这一点点难得的味道。

他只允许陆银桥的血留在自己手上。

此后三天，肇之远异常忙碌。

胭脂厂的改造计划推进顺利，这一次背后有庞大的资金支持，增加原址回迁的条款，家家户户都开始接受补偿协议，二爷虽然没有亲自出面，但一有正事也必须往返公司开会。

好在他能确定一件事，九月二十五日之前，陆银桥不会真的有生命危险。

他安排人严密监视孟泽的出入，还有新美学院，每天都和陆银桥通话，确认她的安全，却一直找不到突破口。

日期眨眼翻到九月八日，眼看已经入夜，程珂吃过晚饭来找肇之远。

这段时间对方天天汇报的内容都一样，今天也只是说："二爷，孟泽带那个小姑娘去上学，里外都没有异常，而且两个人的举止也没有过分亲密的举动。虽然学院里早早接到了咱们的举报信，但孟泽家里的关系都在，一时半会儿学院里的领导也为难，他们找不到一个实际的把柄，没法施压。何况银桥不能算失踪，是她自己不愿意回来，八成就是因为孟泽还控制着陆一禾，她接电话应该也都有监听。”

整件事已经很明显了，陆一禾成了关键。肇之远心里清楚，可是那孩子不同常人，和他过去早有积怨，不但是他，就连此刻他们这院子里的人挨个儿数一数，谁都没立场能把陆一禾劝动。

肇二爷自己也刚刚从外边赶回来，他衣服都没顾上换，刚走过月亮门，突然盯着小楼想起什么，和程珂说：“我们不能一直这么僵着，银桥被他扣下已经这么多天了……有件事，我一直没想通。”

关于那张裸照的事。

程珂点头说：“是，您让瞒着银桥查，但从于锻那边的邮箱追踪发件人，最后查到的地址来源是新美学院的机房，恐怕也和孟泽有关。”

“不，如果是他，这件事只能毁掉银桥的名誉，于他有什么实际好处？如果说他的计划都是为了让银桥离开我，但这件事发生在她自己家……他不能把事情扣在我身上，也不能确定因为这种事银桥就会离开胭脂厂，这完全像是一场泄愤似的报复。如果真是孟泽，他能想到的办法太多了，不会在自己工作的地方发出去。”

所以从一开始，肇之远就在怀疑佟姨，但现在想起来，既然最后的发件人在新美学院，和一个老保姆的关系不大，那就更有可能是陆一禾。

程珂有些困扰，道理他明白，可他更想不通了：“如果是小哑巴，那她的动机又是什么……她偷拍姐姐的裸照往外发，那这孩子太可怕了。”

这才多久，短短几天，所有的一切全然颠覆，黑夜白天的秩序，眨眼工夫就能混在一起。

肇之远没接话，走到卧室门口，看见招财过来蹭他，于是弯下腰摸猫，他拍拍招财的胖脑门，又说：“别忘了她投毒的事，也和裸照一样，都是只能对银桥直接造成伤害，却不能确保她一定会去找孟泽的行为，这些都说不通。”

说不通的古怪太多了，件件都和招财身上的猫毛一样，一碰就沾一手。

招财拿二爷的裤脚磨牙，肇二爷跟它抢了半天，心疼不已，惩罚似的把它抱起来。这胖肉团子沉甸甸的，他抱着猫也不着急进屋了，靠着廊下的柱子出神。

441惨案过去五年，整座院里人来人往，要说相依为命，只有他和招财算得上。

谁说猫不忠心呢，有时候真比人强。

程珂一直站在他门前守着，看二爷今天也累得够呛，于是问一句：“我让厨房热碗粥端过来吧？雷三说今天又做了海带五丝粥。”

肇之远伸个懒腰，时间晚了，他本来不饿，听人一说，肚子里的馋虫又被勾了起来。

九月的天，夜里一点不热了，老院子最接地气，有点微风过来，里外都舒坦。

程珂给二爷在后院里摆了桌，让他吃口东西。程珂自己今天也不着急回家，明天还要早起外出，看这时间，八成一会儿就随便找个屋子凑合睡了。

肇之远很快换好睡衣出来喝粥，二爷竟然难得安静地坐一会儿，一碗鲜香的海带粥好像把他满肚子的愁肠都给挑出来了，他一抬眼，看见还有半弯月亮，树影缭乱，还真是应景。

难怪过去的人动不动吟诗作赋，他肇二爷虽然没这情怀，但不缺故事。

有时候这人住惯老房子，真不习惯钢筋水泥的小笼子。

他看着粥碗，忽然开口和程珂说话：“我们过去都是远芳阿姨给做粥喝，胭脂厂里数她手艺好。”他有些感慨，又歪肩膀倚着躺椅，“你说这人心怪不怪，银桥不是她生的，可她这个妈当得没半点亏心，护着她，宁可天天挨那畜生的打。可能也就是她被陆兴平虐待落下病了，后来她生自己的闺女，糟了那么多罪，让一禾身体也弱，一盒药就给吃哑巴了。”

肇之远一直为远芳阿姨不平，因为这世上的报应不爽，好人没好报。如今一碗粥怎么学都学不出当年她做的味道，让他眼角都发热，一时话也说得多了：“你说如果登登没死……我们大家都还好好的，她们都能看到今天，看到胭脂厂这片地能有个好结果，我把家留住了，这棵老槐树也不用挪。”

如果惨案没有发生，登登已经上小学了，远芳阿姨不会自杀，而他和陆银桥……打也好，闹也罢，毕竟还有一辈子。

不存在的假设，总能让人热泪盈眶。

“登登刚没的时候，我连自己都恨，不人不鬼地躲在屋里，看见床垫子都不敢闭眼，脑子也不清楚，一想起来，总觉得自己不该勉强，是我非要哄着骗着娶银桥，把两家人都害了。必须有人站出来扛这个结果，我让银桥走，想让她恨我，也逼自己对过去做个了断。”他一边说一边又想喝酒了，不过大家都知道二爷最近忙，今天椅子下边空荡荡的什么都没给他放。

二爷没酒浇愁，让他没着没落地直叹气，自嘲地低语：“以前总觉得自己做错了很多事，后来才想明白，我也就这么大能耐，只要尽力，什么结果都得认，只有一件我是真后悔……明明这么舍不得，为什么非要把她赶走。”

程珂低下头，他今天带了烟，拿出来看着二爷，结果对方还是摇头没接。

肇之远把打火机翻出来给他倒着立在桌上，“大烟鬼”三个字冲外，歪歪扭扭，格外好笑。

程珂自己点上了，但他不怎么会抽，吸了一口烟不舒服，就随它点着慢慢烧。

肇之远扫他一眼，打算好好当回听众，把睡衣拉严实，逗这傻小子：“雷三给你的？他可都是自己卷的烟叶子，嘬一口能呛跑半条街。”

程珂不接话，盯着烟头明显也有心事，过了半天他突然开口：“爷，如果你知道之后发生的事，能不能告诉我……”

肇之远正仰躺着休息，一只胳膊挡住眼睛，他听见这话，姿势连变都没变，早知道他要问，张口就是一句：“于缎不会再见你了。”

程珂一直出神，烟头烫手才下意识地扔开。

“她活得比你明白。”肇之远起来替他把烟头踩灭，“你看这十二条里，众生百态，梁疯子、林半聋……人活着谁还没点故事，有的人头发都白了还藏着秘密，真正放下的人不多，但于缎算一个。”

那天夜里天晴，月亮特别亮，可惜不够圆满。

半城之隔，孟泽家里终日不见开窗，没人有这闲心赏月。房子里两个见不得光的人大半夜地发生争执，佟姨躲在保姆间里不露头，立着耳朵只能听见孟泽的声音，起因大概是因为他一直没能完成自己的作品。

“材料珍贵，不能着急，这几天要给她养身体。”

没过多久，客厅里最后一盏灯也熄了。

佟姨趴在床上逼自己赶紧睡觉，没一会儿，又觉得外边隐隐的还有动静，听起来怪怪的，间断有什么东西掉在地上。

她在这鬼地方已经住得神经衰弱了，越躺越睡不着，开始担心，最后还是爬起来出去查看。

陆一禾的房门半开着，里边黑漆漆的，但声音就是从她那里传出来的。

佟姨慢慢摸索着走过去，到了她屋外，轻声喊了一句：“一禾？”

她伸手把灯打开，正对着床边地上坐着的人，冷不丁吓了一跳。

陆一禾抱着膝盖坐在地上，手里拿着水果刀。

深更半夜，她不削水果，正拿着刀一下一下地砍她新买来的梳子，地上全是碎屑，数不清的锋利断面，尖利突兀，根根都像抻着脖子等着要扎人的刺，陆一禾自己光着脚，毫不在意。

佟姨只恨自己非要出来看，这下她站在原地进退两难，不敢开口问，半天才大着胆子轻声说：“这么晚了，睡吧，我来收拾。”

陆一禾好像聋了，根本不看她，就当屋里没有这么个人。

佟姨犹豫了一下，打量她的脸色还算正常，渐渐靠过去，刚弯下腰想替她捡地上的渣子，面前的人突然伸手抱住她。

佟姨慌得脚底发软，直接摔在地上，差点大叫出声，但陆一禾已经扔开梳子，拿刀的手直接按在她嘴上，让她闭了嘴。

日常用的水果刀不大，小巧精致，但此时此刻比什么凶器都可怕，因为冰凉凉的刀面正抵在她脸上。

佟姨恐惧到极点，眼泪往下流，鼻子都堵了。她拼命蜷缩着，从嗓子眼里咕噜着解释：“我错了……我真的错了。”

陆一禾的目光十分平静，忽然用力张开嘴，每个字都清晰地念出来，连带着浑身好像都在跟着动，她平视着佟姨说：“我在家的时候就告诉过你，不要打扰我。”

刀刃随着她的话越发不稳，佟姨眼泪都干了，闭上眼惨叫。

第十三章 九月香

陆银桥在地下室的这段日子里，几乎都是突然被人推醒的。

今天也不例外，她从巨大的头晕之中缓过来，一睁眼就看见是佟姨，总算松了一口气。

对方是来送饭的，陆银桥总算明白自己又活过了一天。

她手脚冰冷，已经快连说话的力气都没了，距离等死也没差多少。她故意不动，等着佟姨凑近了，才示意自己还活着。

陆银桥忽然看见对方嘴上全是伤口，端详她肿胀的一张脸，满肚子疑问，却最终什么都没问。

这几天佟姨拿来的全是各种营养品，看起来那畜生还知道细水长流，不能把她这么快害死，不然他就没法抽血兑颜料了……她坐起来觉得冷，这下实打实地说不出话。

佟姨给她递筷子，她低头的时候忽然拉住佟姨的手。

对方没有躲。

陆银桥喝了一口水，终于能出声，只求她一件事："手机……把我的手机拿下来。"

她这段时间看出端倪，房子里的监听只在转接的座机上，她只要能想办法向外打出电话，就能争取时间获救。

出乎意料，佟姨没有躲闪，反手扶住她，让她先吃饭，又轻声说一句："今天星期五，你妹妹有课，他们应该白天都不在。"

陆银桥心里一动，强撑着精神，却不知道她是什么意思，警惕地看了一眼她端来的东西，不敢再动。

佟姨催她赶紧吃饭才能恢复力气，又和她说："他是个疯子，用你的血画画，你还能坚持多久？再这样下去就完了。"她一说话，扯动嘴唇，干硬的伤口又都裂开，看上去格外吓人。

陆银桥没有时间犹豫，拿着筷子逼自己硬是往下咽。

佟姨看她很快吃完，没有收拾东西，拿来一件自己的毛线外套给她穿上，然后去台阶上把门打开，示意她说："快走。"

陆银桥已经不能一口气爬上去，半途中就觉得晕。佟姨过来拖着她，陆银桥抓住她的胳膊，问她："你为什么突然帮我？"

佟姨胆小怕事，受孟泽的威胁被迫留在这里助纣为虐，今天却突然转性。

对方抽噎着，已经哭不出来，嘴上的伤口随着呼吸一动一动地疼，最终只能含糊着说："陆一禾不会饶了我，如果你不走，我们都会死在这里！"说完她竟然发了狠，拉着陆银桥把她拖出了地下室。

这座恐怖的房子里一成不变，没有日光，只有灯。

陆银桥靠着墙站住喘气，不远处就是玄关那片穿衣镜，可她根本不敢在这时候看自己。她听见佟姨刚才的话，又问她怎么回事，她还要找陆一禾，她不可能自己逃走。

佟姨摇头，她好像已经想过无数个日夜，一双眼熬得血红。

她对着陆银桥说出来，只觉得如释重负："陆一禾不会和你走。"她接下来所说的一切，让陆银桥觉得自己简直出现了幻觉。

佟姨说她去胭脂厂的时候，确实没有别的心思。过去她一直做保姆，什么苦活儿都干过，也没见过市面，根本干不出什么坏事，何况当时的孟老师只是请她到胡同儿里帮忙。她一去就觉得陆银桥待她客气，把她当家里人，渐渐明白了他们这圈人的过往来历，才知道陆一禾那小姑娘从小可怜，真心实意地想要好好照顾她。

谁知道就是这份真心，让她犯了错。

佟姨问陆银桥，还记不记得北新市下了大暴雨的日子。她知道正好是自己不在家，在竹园住的那几天。

佟姨想起那天夜里，目光都暗了。那段日子夜里凉，她在楼下睡得不踏实，半夜被雨声吵醒了，听见楼上还有音乐声，小姑娘好像一直在听她最喜欢的那首小调《九月香》，于是佟姨好心热了牛奶，拿上楼去给陆一禾喝，想让她早点睡。没想到她刚走到房门外，竟然听见里边的人在跟着音乐哼唱。

她一时没反应过来，当场吓蒙，杯子都砸了。

陆银桥不在家，陆一禾戴着耳机躺在床上，显然十分放松，她以为那么晚不可能再有人上楼，情不自禁出了声。

佟姨告诉陆银桥，她妹妹没有失语，她一直在装，从小到大。

这怎么可能?

陆银桥不相信，她此刻的精神状态根本不足以支撑她再想下去，她盯着佟姨看，突然笑了，觉得佟姨也被关在这里逼疯了。她不能再听这些人胡说八道，于是跌跌撞撞地要往外走。

这么多天过去，佟姨知道陆银桥不会轻易信任自己了，告诉她另外一件事："还有，我中煤气那天……厨房里的那锅汤，根本不是我热的。"

她已经撞破陆一禾可以出声的事实，对方白天故意紧闭房门，布置好一切才去补习。如果不是陆银桥正好回家把佟姨救出来，她当天很可能就会因为煤气中毒而没命，就算侥幸没死，这也是个提醒，佟姨心里害怕，根本不敢再把秘密说出去。

佟姨的声音断断续续，却异常清晰地传过来："我离开医院后就被盯上了，我想跑，可没地方去啊。我知道了这些事，根本躲不掉，很快就被他们骗到这里来……昨晚……昨晚陆一禾又拿刀威胁我！所以我明白了，如果没人救你，我也会死！"她说着说着突然发了狂，冲过来按住陆银桥的肩膀让她清醒，"去找人！去找二爷，他一定会救你！"

陆银桥不肯再听，觉得眼前的佟姨只剩下不断放大的一张脸，连带着她嘴上可怖的伤口，某种强烈反胃的感觉越来越明显，让她彻底崩溃了。

所有的事都不是真的。

陆银桥推开佟姨转身冲出去，秋高气爽的日子，她从地狱回到人间，只觉得这天晴得不可思议。

同样的时间，胭脂厂里正是吃中午饭的时间。

远处的院子安安静静，梁疯子一饿肚子就哑了，蹲在院子里，只有大黄陪他。

肇之远拎着好酒好菜和一瓶二锅头，走到他家门口，跺跺脚一清嗓子，吓得大黄狗扭头就要吠，认出人来才消停。

二爷今天亲自来送饭，把唯一完好的椅子拖到廊下当桌面放碗筷。他先扶着梁疯子坐在廊下，打算一起喝两口。

梁疯子本来蹲在地上正玩粉笔，描描写写的，满院的地面都让他画花了，连大黄身上都蹭着粉笔灰。这下他突然看见饭，狼吞虎咽，迅速就吃完了，也没什么兴趣和二爷喝小酒，只想玩粉笔。

肇二爷一肚子的愁肠没人诉，找不到机会劝陆银桥说实话，人也救不了，他都打算让梁疯子试试了，于是拉着他那脏兮兮的水袖，喊他："回来，咱们聊聊。"他按他坐下，好言好语地哄，"我知道，银桥那丫头心里感激你，当年在她最难的时候，是你帮了她一把，如果你肯替我说句明白话，也许她就不那么固执了。你再救她一次，哪怕她能出个声，我们就有理由能去掀了孟泽他们家……"

他说完自己都笑了，病急乱投医，这都求上个傻子了，鬼知道梁疯子到底听不听得懂。

可无数次的循环走下来，他总有种奇怪的预感，有些事一直没查明白，而梁疯子……他日日夜夜都在这胡同儿里唱戏，和他们每个人都相关，就像这混乱的时间一样，像某种倒计时的提醒。

他不知道这一次孟泽的手段怎么解决，他竟然让陆银桥心甘情愿被扣下，他找不到任何能撬动她的人了，只剩下梁疯子这么一个念想。

可肇之远来了，才觉得自己也傻了，对方疯癫癫地念戏词，一松手就跑去院子里乱写乱画，梁疯子只是时间里的幸存者，无牵无挂。

肇之远自己闷了一口酒，盯着地上的东西看起来，问他："画什么呢？这是狗吧。"

这个话题梁疯子显然愿意聊，他指着地上尖耳朵四条腿的东西说："不是，猫。"

"哦，边上那个呢？"

梁疯子突然不唱戏了，他站起来，抬手比画了个动作，回答二爷："小人，砍。"

这就怪吓人的了，肇之远逗他说："小人还喊打喊杀的？你做什么梦呢。对了，说真的，你年轻那会儿，不会也是因为欠钱才让人打傻了吧？"

院子里满脸花的戏子还急了，嚷嚷着和他说："小人！砍猫！你看，就是这样，抓着一只猫……猫叫，小人说它叫得好，叫了才能掉下来……就这样，忽悠一下，掉下来了！”他越说越疯，抱着肩膀咧着嘴学动作，一会儿是往下砍，一会儿又是“喵喵”地学猫叫。

肇之远顶着青天白日的大太阳，一身痞气都没镇住，愣是被他说得心里直发毛。

他赶紧摆手让梁疯子闭嘴，一低头，眼睛对上院子里的那些粉笔画，对方画的东西个个头小身子大，尾巴长得像条蛇，难为梁疯子自己还能认出来那是猫。

可是仔细瞧瞧，梁疯子其实是个写实派，他没忘给猫身上画出五根手指头似的花纹。

肇二爷陡然一惊，猛地一下跳起来，活像让虫子蜇了，他脑子里卡着的结突然松开，想着想着扔开酒杯吼他：“梁疯子！”

对面的人愣了，呵呵憨笑。

“你再说一次，小人……是不是小孩和猫？你见过？”

梁疯子突然高兴起来，冲过来点头，仿佛这是生平头一次有人听懂他说话，追着要解释：“院子后边，我看见小孩掐着猫，说叫得好，猫一叫，人就掉下来了。”

这话断断续续，前后不搭，却又好像是个引子，只差拽一下，就能把所有的死结都给解开。

肇之远站起来拉着他往外跑，一路顺着他的胡话找到院后墙。

梁疯子的地界根本没人愿意来，墙上的耗子洞数不清有多少，再往东走几步盖了一个公共厕所，因此这地方头两年已经成了死角。

梁疯子指着自家后墙说：“小孩在这里和猫说话，后来猫在这里，不动了。”

“你认识那只猫对不对？否则你脑子里不可能有这么深的印象。”肇二爷突然有点明白了，反复说给他回忆，“进宝，那只猫叫进宝，前两年胡同儿里的人都认识，你想一想，是不是它？”

梁疯子看着他，一时有点混乱，突然重复了一句：“是，叫进宝。”他说完一下蹦起来，好像想起了什么了不得的大秘密，突然凑近肇之远，鬼鬼祟祟地说，“就是那只猫……我看见进宝和一个小孩。”

肇之远浑身一激灵，一共只喝了两口酒，全都上了头。他脑子里那些过去留下的影子又活了，惨案现场有无数乱七八糟的声音，经年累月压在他心里，已经如同幻听，此刻又要卷土重来。他掐着眉心喘不过气，尽量克制情绪，耐着性子诱导他："什么小孩，男孩还是女孩，长头发还是短头发？"

梁疯子歪头盯着后墙，好像很认真地在回忆，想了半天才和他说："哦，是个女孩，长头发。"

肇之远没再问下去，也不需要再问，他终于明白自己到底什么地方想错了。

两个人正说话的工夫，胡同儿里突然又乱了，有人大声喊着追过来找他。

二爷直觉又出事了，迅速回到前门。

雷三拿着手机冲过来递给他："二爷！银桥回来了！"

他一口气提上来，回身把梁疯子扶回去坐好，给他关上门，扔下一句话："您好好歇着，等我把丫头救回来，马上大修胭脂厂，给您换个好宅子。"

说起来，陆银桥前二十年真是命大，没让陆兴平给打死，也没让他给卖了，皮实得连医院都没进过几回，就一个发烧的老毛病，打小没人治，顶多开几盒退烧药拿回家囤着，发烧就吃，就这样她都稀里糊涂地靠自己活到了二十五岁。

但回到北新市这几个月，她把此前没进过的医院都补回来了。

白天的时候，陆银桥一头冲出孟泽家的公寓，统共连小区都没绕出去，人先撑不住了，直接晕在路上。幸亏肇之远一直安排人盯着孟泽家的动静，没几分钟她就让人发现了。程珂用最快的速度把她送到公寓旁边的武警总院，又通知二爷赶过去。

陆银桥长期失血，整个人状态极其虚弱，精神也熬到头了，她在病床上一路被人往里推，挣扎着睁眼，看见肇之远，突然又要坐起来。

二爷平时见她嘴皮子就没停过，两个人都是艮萝卜辣葱，说话一个比一个冲。今天他听见这事的时候人也还算冷静，没想到来医院之后，一看见陆银桥像个纸人似的，嘴上都没了血色，二爷的心态突然就崩了。

他这辈子就这么点执着了，在那胡同儿里弯弯绕绕地给自己找了个媳妇，他绞尽脑汁，小心翼翼，好不容易才伺候着给哄大的姑奶奶，怎么就让别人给折腾成这样了？

这种感觉无论重来多少次，他肇二爷都不能忍。人到情急的时候，真是忍着一口血气往上涌，偏偏这时候就靠他撑着了，于是他脸上不得不缓和下来，不敢再吓她。

他追过去把她抱住，陆银桥渐渐意识有点不清楚，眼睛发直，不知道还能不能看见人影，他揉她的脸，喊她："丫头？你别睡啊，看看我。"

陆银桥的声音倒是没停，一直喃喃地跟他说："别怪我，我知道你着急，可我不能走，一禾在他手里，明知道是火坑，可我必须替一禾跳，不然对不起远芳阿姨，如果没她……我早让人卖了！”她说着说着要哭，抱紧他抽噎，最后那点力气都用在挤眼泪上了，脑子里有点乱，好像又回到当年案子公审之后，“二爷，你……别担心我了，我打小在哪儿都能活，咱俩要是不能继续过，我就走……我离你远远的，不给你惹麻烦了，行吗？”

肇之远焐着她的手，觉得她冷，拿被子把她围住，低声和她说：“这次谁都不走，你听着，别睡那么踏实，脑子里记着点我说的话。”他亲吻她的额头，把人抱稳了放在病床上，“丫头，咱俩这辈子没完呢。”

陆银桥从没这么示弱过，抓着他的手，满脸都是湿的，别的话再也说不出来，体力用尽彻底晕了过去。

没过多久，检查的结果很快出来了，陆银桥因为慢性失血，导致严重的失血性贫血，但好在她除去一些磕碰外伤和被强制抽血留下的痕迹之外，没有再遭受别的虐待。这段时间她接连服用镇静类药品，又受了这么大的刺激，医生担心她后续的恢复情况，建议她留院，疗养休息一个月，担心她精神上会有后遗症。

很快又到了出月亮的时候，这一天简直步步惊心，说出去比故事还精彩，所有人跟着提心吊胆跑了一天，病床上的人还没醒。

肇之远守在陆银桥的床边，盯着她输液露出来的那只手，那胳膊上的针孔瘀青刺眼，于是他大半天一动不动，饭也不吃，就这么坐着，连句话也不说。

雷三知道二爷这时候没胃口，他也不强求，就在病房门口陪着。他隔一会儿进来看一眼，最后有点看不下去了，怕二爷心疼过头，万一想不开，再给他自己气出好歹就麻烦了，于是连雷三都开始动脑子想宽心的话，和他说：“爷，只要人没事就行，没缺胳膊没少腿，贫血可以补，那折磨人的孙子没好下场，警察已经去了……连带着看家的老保姆都给带走了。”

肇之远看都不看他，哑巴挨夹杠一样，疼死不吭声。

雷三的情商用尽了，咳了两声，又低声说：“孟泽这鳖下的王八蛋一个。他变态的毛病不是一天两天了，据说在他家地下室里发现不少用血兑的颜料，不知道是人的还是动物的，警方全部带回去鉴定了，不清楚会不会刨出别的案子来……还要对他做心理评估，这事很快就捅出去了，万一又变成大案，他爸也得接受调查。”

“都是猫猫狗狗的血，他这是第一次沾人血，因为抓了银桥。”肇之远已经知道他的结果了，总算动一动，抬手给床上的人压实被子，低声说，“其实孟家二老和这些事无关，到他这儿才烂了心。这事之后他家也要完了，只是现在他们还不知道孟泽被带走了，应该明天才能收到消息。”

“学院那边扛不了多久，马上要被上边彻查了。”

“早该从上到下好好查查，为什么这种有严重心理问题的人还能继续任教？而且孟泽随意改动招生计划，那个新美学院的窟窿大了去了。以前不出事，是因为没那么容易撕开它背后的关系网，这次各方都可以从他的案子往下挖了。”

雷三点头，想想叹了口气，念叨一句：“姑奶奶的血没白流，把孟泽一个人的疯病逼出来，他身后所有见不得人的事也都了结了。”

了结？那可未必。

病房里的灯已经调暗了，人影都不分明。肇二爷玩味地笑了，突然抬眼问他：“陆一禾呢？”

雷三一愣，这才反应过来，大家的注意力全都在孟泽身上，倒把那小哑巴给忘了。

他把今天所有的过程想了一遍，和二爷说：“警察紧急搜查地下室的时候，房子里就一个保姆，没有别人了，后来他们去学院把孟泽带走的时候，也没看见陆一禾。”

他出去和程珂问清楚，大家确认今天小哑巴从头到尾都没有出现过，她八成早跑了。

程珂进来和他解释：“二爷，佟姨一直强调还有帮凶，可现在看起来……没有其他证据能把银桥的事和她妹妹联系起来，陆一禾是未成年人，如果她咬死自己是被孟泽恐吓，顶多是个同样被控制的受害人。”

至于后续能不能再从孟泽嘴里撬出东西，这不是一天两天的事。

肇之远看向陆银桥，没接话。

程珂明白他的意思，又补了一句：“现在只有银桥能证明她妹妹到底是不是从犯了，可就算银桥醒了也不愿意做证，何况现在没人知道陆一禾跑哪儿去了。”

肇之远听见这话仿佛突然活过来了，总算起身动动。他让人去和医生打招呼，后续几天尽快确认陆银桥的身体状况，等她各方面相对稳定之后，立刻办理转院，他们要转去441医院后续疗养观察。

“二爷，那破医院有年头了，每次都是着急才去，何况您对那地方又有阴影……”雷三想不通这是为什么，明明武警总院这里条件更好。

肇之远不理他，只让按他吩咐的去办。程珂怕他着急，不让雷三再劝，替他先答应下来。肇之远又提醒他们说：“现在关于孟泽的整件事里，明面上陆一禾还是无辜的，那她还跑什么？”

对面的两个人全都没话了。

以现在的情况来看，陆一禾绝不是他们过去以为的可怜小哑巴，那孩子十分早熟，从小心思深沉，可能长期伪装，以至他们这些人过去从来没有关注过她。陆一禾显然很聪明，不会做没有意义的事，更清楚此刻的形势，无论她干过什么，姐姐不会立刻供出她，就算有纰漏，她还可以利用年龄继续隐藏自我，掩盖动机，所有的事一时半会儿查不到她头上，甚至以她这样的心智，她也绝不会因为恐惧警察而逃走。

那只剩下一个可能性了，陆一禾还有没做完的事。

肇之远走近窗边，他记得这几天天气都不错，北新市难得不刮风，秋日天凉。

程珂和雷三一起过来劝他吃点东西，眼看病床上的人不知道什么时候才能醒，二爷必须先保重自己。

他摇头，和他们聊起来：“说实话，我试过三次了，每次都以为害银桥的凶手就是孟泽，可她最后还是出事了，直到这回才明白。”

“您想通什么了？”

肇之远问雷三：“你还记不记得当年在441医院那天，当时对峙现场有没有什么奇怪的动静？”

没有正常人愿意回想当天的惨案，尤其是细节。

雷三跟在肇之远身边这么多年，就这事犯难，他瞥了一眼程珂，羡慕这小子来得晚，没遇见当年的事，于是小声嘀咕：“爷，你太难为人了……我记得是记得，可那天楼下围了那么多人，后来登登突然闹起来，大家吓得都往楼上喊，让陆兴平别松手，没什么奇怪的啊。”

医院里本来人就多，当天陆兴平爬上顶楼，一开始有人围观，大家只是以为他要跳楼，渐渐才看清他竟然绑架了一个小孩，谁都想不到那件事最后演变成震惊北新市的要案。那时候医院里的病患一时半会儿清不完，全都被迫堵在楼外，只拉了一条线隔开，所以登登几乎是在众人眼前摔下去的，舆论盖不住，在市里影响颇大，才有了后来的一切。

雷三提起这件事握紧拳头，闷声不言语了。

肇之远往外看，窗户反光，他自己的一道影子虚虚实实，还非要追着问：“你好好想想，当天现场，是不是有过猫叫声？”

二爷突然这么一提，让雷三脸都皱在一起了，他搓着手犯难，忽然福至心灵，猛然间想起什么似的猛点头，他脑子里的回忆突然让这话给勾出来了，赶紧回答他："等等……二爷！是有猫叫来着！我记得最后又换了谈判专家，正想办法上楼，为了不刺激陆兴平，警察特意让我们在楼底下保持安静，大家都紧张死了，我躲在楼后心怦怦直跳，不知道哪儿来的野猫，突然一叫，给我吓一激灵，差点撞墙上！您这么一说我想起来了！"

肇之远盯着自己那道影子，伸手在窗边慢慢轻点，低声说："那就不是我的错觉，现场确实曾经有过一只猫，但当天人太乱了，卷宗里没记录过关于声音的细节，大家的注意力都在楼顶。"

肇之远案发后受了刺激，有一阵躺在院子里不爱动弹，每天胡同儿里的猫也在叫，让他分不清到底是在什么地方留下的印象，原本不在意，直到忽然听见梁疯子的话，他突然有了某种可怕的猜想，必须再和雷三确认。

程珂已经完全听糊涂了，不敢插嘴，抬头看雷三，用眼神问对方什么意思，雷三更是一头雾水，只能又看向二爷。

肇之远背对他们，依旧关心同一个人："案发那天，陆一禾在哪里？"

没人回答，因为那年陆一禾才不到十岁，441医院里的悲剧毫无预警地降临，根本没人关心另一个小屁孩在做什么。

"二爷。"雷三都不敢往下问了，退了两步，才开口，"您是不是又知道什么了？"

肇之远勾了勾嘴角，可他此刻确实是笑不出来了。他微微倾身，头抵在玻璃上才觉得脑子里能静一静，告诉他："我们听见的猫叫不是偶然，登登也不是意外坠楼，有人故意等到陆兴平崩溃，吸引登登的注意力，他才……掉下去的。"

那么小的孩子，不死也伤，足够他肇之远一辈子懊悔了。

五年前有人设局，所有院子里的人都是棋。他们先把陆兴平逼到走投无路，再由身边的人出谋划策，给对方指了一条路，挑唆陆兴平绑架肇之远的儿子，索要赎金。陆兴平只是个没城府的恶棍，根本不懂法，想到骗走登登就能管女婿要到钱，当然欣然执行，没想到却在医院顶楼和警方对峙折腾了一天，他铁定到最后是扛不住压力的，他也根本想不到自己只是别人手中的刀。怀里的小孩子一看见猫，突然来了精神闹，陆兴平不可能有防备。

肇之远转过身，窗帘还开着半边，他一个人背对满城仓皇的夜色，终于把过往一点一点和着心头热血给悟明白了。他告诉雷三："那只猫是进宝，有人抱着进宝去过案发现场，回来之后进宝也不见了。梁疯子亲眼看见有个孩子砍死了进宝，就在他家后边。"

当天夜里谁都没睡。

雷三蹲在楼外的台阶上抽了一宿烟，偷偷拿衣领擦眼泪。程珂窝在车里一句话也不再问，都不好受。

肇二爷把事情想通，人反倒舒坦了，继续留在病房里陪床。

陆银桥十分虚弱，偶尔有点意识，就胡乱地在床边抓。他过去一根一根地把她的手指握紧，慢慢放在胸口上，她就踏踏实实地能在梦里咬牙死扛。

他早明白，这傻丫头口不对心，她打小是最贪图他这点情分的，心里当真，嘴上不承认。他乐得高兴，从不戳破她对自己的这点心思，等她摔了跟头，磕得哇哇大哭了，才回来一头撞他怀里。

千金难买爷高兴，都说姑奶奶牙尖嘴利，肇之远偏就喜欢，北新市留着最后的胭脂厂，他护着她这点最后的小脾气。

可惜任谁来这人间流水里滚一遭，都没有容易的事，哪怕是肇二爷。他想要狠狠扼住生活这条巨鱼，必须逼着自己找到回归的能力，他不得不背负着所有的秘密，拼命回到好不容易才挣扎出来的深潭里，再去面对这些幽暗的、未知的、艰险的石块，从头再来。

所幸这个九月还没到头，他已经把结解开了。

三天之后，一切按照肇二爷的安排，他送陆银桥转院，回到了441医院。

病房还是上一次的里外套间，陆银桥精神不济，醒过来的时间很短暂，这期间因为孟泽出事被带走，市里已经翻了天。

肇之远留在医院陪护，于是“半城金”那座院子里的人以医院为据点，人人都在找陆一禾，可那小哑巴就和蒸发了一样，一头扎进人海里，半点水花都没留下，谁都找不到。

一开始大家还能瞒着陆银桥，说她妹妹平安，也在医院接受心理干预，等好一点了就来看她。可到九月中旬的时候，陆银桥自己都能下地了，唯一的请求就是想见她妹妹，大家终于没办法了。

这几天又有小雨，市里开始降温。

肇之远午后给陆银桥披上衣服，端详她的脸色，觉得好多了，才让雷三他们都出去，一个人留在病房里和她说说话。

陆银桥自从醒过来之后，情绪十分稳定。她积极配合治疗，平静得有点过头了。医生过来检查，认为她被拘禁之后有抑郁倾向，但她本人除去情绪低落之外，没有其他症状。她在事发后不避讳任何残忍的经历，过程中警方来过，她有问必答，一直没有太多激烈的宣泄。

肇之远不愿逼她，她养了这段时间，贫血的情况有所缓解，精神也好多了，他这才坐在床边和她说实话："你出事之后，孟泽被抓，一禾跑了，我们还没有找到她。"

陆银桥这么久没能见到人，其实大致猜到了，她抬头看他，欲言又止。

他有点不习惯她这么乖顺的态度，逗她："也好，这回真成霜打的茄子了，没人要，咱也省得离婚了。"他给她把开衫的衣服扣子系上，又顺势捧住她的脸，轻声说，"丫头，都到这时候了，有我守着你，什么都不用怕，你有话就说。"

她开口又哽住，直到握紧他的手，脸上终于露出挣扎的神色，忽然和他开口："佟姨告诉我，一禾能说话。但我想了这么多天，还是不明白，她是什么时候好起来的？为什么一直装哑？"

其实陆银桥不信这个说法，因为孟泽的房子不是人待的地方，大家在里边都被折磨崩溃了，什么臆想和胡话都能诌出来。可等她喘过这口气，想清楚那个老阿姨当时的处境，对方受尽威胁，以为死路一条，所以才敢冒险放她离开，她再把前后的蛛丝马迹串起来，确实一切都和陆一禾有关。

人是一种格外脆弱的动物，因为人有回忆的能力，所以喜怒哀乐都长久。谁不愿豁达处世？都是不得已。真正经历过绝望的人，伤筋动骨，无论时间如何洗刷，终究犹如附骨之疽，一碰就疼。

陆银桥身上背着太多恩怨了，说是放下，其实只是因为已经无路可退，她必须争一口气，不信这人间的恶，她偏要证明给那些死去的人看，她还能好好地活，所以她必须放下。如今她再次回到北新市，早已无处可躲，可她自认从头到尾没有半分对不起陆一禾，只想知道为什么陆一禾连自己都骗。

"我想见她，无论如何，能不能把一禾找回来……其余的我都配合。"陆银桥低下头，声音越来越轻，用尽全力，"我宁愿自己不活也想保护她，可如果她真的犯罪了，无论什么原因，她必须承担后果，这是人活着最后的底线。"

肇之远有些意外，在他此前经历过的日子里，他所有的注意力都在孟泽那个变态身上，完全忽略了陆一禾这一环，所以他根本不知道对方竟然在装哑，但此刻让他更意外的是陆银桥的态度。

他以为陆银桥会咬死包庇她妹妹，把陆一禾从孟泽的计划里撇干净，所以不光是他，大家都做好准备她会逃避，最后被现实击垮，这毕竟是人之常情。可肇之远没想到病床上的人安安静静躺了这么多天，不哭不闹，已经把最坏的结果端出来，自己揉烂了往下吞。

这丫头比他想的还要坚强。

陆银桥终于克制不住了，一直在咬她自己的嘴角，肇之远扶着她，拿纸巾沾温水给她擦，低声说：“不想了，太难了。”

这一切对陆银桥而言才是真正的残忍，远比孟泽那间地下室可怕。从陆兴平开始，再到陆一禾，她前半生经历的所有苦厄，都是身边的至亲下手的。

陆银桥低头慢慢放松下来，她在失血休克之前，听见肇之远追过来和自己说的话，他怕她出事，不让她睡踏实，于是她在昏迷的时候也吊着一点意识，如今她好多了，也一直不吵不闹，直到突然听见他说“太难了”。

陆银桥肩膀微颤，感觉到唇角温热的水汽，又抬眼看向身前的人，看出肇之远眼睛里的心疼。她胸口疼，那地方让世事人情都掏空了，疼得她整个人再也承受不住，猛地扑过去抱住他，近乎号啕。

很快她就哭得喘不过气，脸都丢尽了，却真的痛快。她这辈子从没这么放肆地哭过，几乎声嘶力竭，嗓子都哑了，还在和他说：“陆兴平是个人渣，一禾也这么对我！我才应该报复，大不了全家一起下地狱！可我连报复的人都没有！她是我妹妹啊……她可以有一万个理由伤害我，但我……我不行。”

她被困在地下室那段时间里，曾经翻来覆去地琢磨肇之远在电话里告诉她的真相。

陆银桥承认，在她药物中毒入院之前，陆一禾每天煲汤，非要让她喝，现在看来，那些汤里一定有问题，可她即使已经知道了这些，又能怎么样？

她不是畜生，不是变态，也不可能设局报复。她心里有情，无论对故友还是对亲人，她和他们不一样，所以她的疼都是一刀一刀挨下来的。

陆银桥抬头，满脸都是泪痕，哽咽着和他说：“我连逃出去的时候还在想一禾怎么办，我可以走，可如果孟泽发现我跑了，会不会发疯直接杀了一禾……无论她怎么害我，我都必须救她啊！”

他擦她的眼泪，软话都在嘴边，又觉得说什么都没用，她总要发泄出来才好，于是由着她在自己身上又抓又拍，直到最后她太累了，哭得身体都跟不上了，眼泪出不来，憋着倒喘气。

她发了狠，窝在他怀里，把肇二爷里边金贵的绣线睡衣挠得一塌糊涂。

二爷心里愁，不敢动，啧啧直叹气，低头打量她上气不接下气的模样，笑她：“你说你，平日不该撒泼的时候，闹得满胡同儿围着瞧，这会儿真该轮到你哭了，嗓子先冒烟，跟个猫崽子似的。”他拍拍她肩膀，豁出去了，“今天黄道吉日，咱全都哭痛快了，这劫谁也不躲，我陪你一起迈过这个坎儿，往后的日子就不许哭了，胭脂厂的姑奶奶从不花脸。”

陆银桥肿着眼睛抬眼看窗外，今天这月亮倒是格外圆。

此后一星期，陆银桥在医院里被逼每天进补，各项指标都稳定了，贫血的情况很快好转。

程珂把胭脂厂未来改造的工程图纸都拿来给她看了，姑奶奶知道二爷多年用心良苦，破天荒地感激他，连带着感谢雷三和程珂，把这几个贱皮子都给臊成了大红脸。

雷三看他们夫妻俩终于能坦然相处了，心里常年压着的那口怨气散了不少，他下午还在“半城金”里做了海带粥，送来给姑奶奶尝尝。

他一进病房，里边二位正腻歪。肇二爷那闲散德行收不住，那么大个人，非挤他老婆病床上，陆银桥半跪在床上抓他不听话的一缕头发逗他，好像正打算给他梳一下。

雷三别过脑袋，把保温桶扔桌上，张嘴就是一句：“行了啊，老夫老妻多少年了，你们注意点行不行。”

二爷瞪他：“你敲门了吗？”

送粥的人气得直砸墙，拽过门板，咚咚几声给他补回来：“小三子给您二老请安了。”

陆银桥哈哈开始笑，雷三气不打一处来，看他们俩就添堵：“别人家都是男人给媳妇梳头，我这头一回见给爷们儿梳头的，您这缕头发该理理去了，别赶时髦了。”

肇之远最得意他这自创的发型了，头顶上的头发长了，在脑袋后边随手一抓一个小揪揪，谁也不能嫌。他立刻挑了眼角，抓过床头的苹果往他脸上砸：“粥放下，麻利给我滚出去。”

说完，他不等雷三反抗，对着玻璃的反光还打量了一下自己，扯出衣领上描金绣出的亭台水榭，评价道：“和我这黑睡衣多配。”

“我的天，姑奶奶还没出院呢，您就不要脸了。”雷三牙都酸倒了，一胳膊鸡皮疙瘩，“算我多余，我滚。”

说完他赶紧往外跑，在楼道里撞见程珂过来了，低声和他问了一句：“人找到了吗？”

“没，但孟泽被带走前取过一笔现金，他不承认去向，警察也没问出别的。

可我看他那装神弄鬼的嘴脸，肯定是给陆一禾了，那孩子不管去哪儿都暂时衣食无忧。这俩人根本不是之前想的那样，二爷推测得没错，从头到尾，连她过了十四岁回来考试也都是早就安排好的。”

雷三又摸出烟来，人以群分，物以类聚，天生万物，没防住还有数不清的鬼怪长出人面兽心，连变态都扎堆。他总算想明白了：“她才多大啊……孟泽还没忘把她放跑。”

两人在走廊里聊了一会儿，程珂看见病房里有人出来了，让雷三先回院子，他过去和二爷说了最近的动向。

陆银桥正在病房里穿外套，打算也下楼在院区里走走，眼看就要到九月底了，外边树梢都黄了。

外边就他们两个人，肇之远低声和程珂说：“无论如何，小心月底，这事还没完。”

程珂点头，又觉得奇怪：“可她还能去哪儿？没成年，不上学，没法工作，那点钱一花完怎么谋生？查下来，那孩子可一直都有残害小动物的行为，她这是明摆着反社会倾向，这时候跑了和她的性格不符，没有实际意义啊。”

肇二爷摇头，定定地看着他说：“不，她一定还要回到这家医院来，她有人格障碍很危险，这里是她第一次出手害人的地方，她不会跑远的。”

程珂这才明白，为什么二爷非要转院回到441医院来。他刚要再开口，突然看见陆银桥走出来，不再往下多问，提醒肇之远：“老医院环境有限，下午起风了，医生还让银桥注意休息，二爷别带人跑远了啊，转一圈上去躺会儿。”

肇之远嫌他啰唆，扯住人就去坐电梯下楼。

程珂说得没错，441医院这地方确实没什么可转的，因为怎么走都避不开远处那一栋扎眼的废楼。

陆银桥不想再揭彼此过去的伤心事，一路绕远，最后还是肇之远拉着她的手，给她指了指，直接说：“这么多年了，那楼还没拆呢，过去看看吧。”

她没接话，但也没拒绝。

两个人一路走过去，肇之远环顾四下，渐渐回忆起来：“大概就是这里，当时医院好多人，都给围在这个地方了。”

他们眼前是条过道空地，当年在左右拦上了警戒线，后来没人再往里边去了。人如果站在这个位置，刚好视线不受阻，所以当年围观的人才都往这里挤，同样，那栋废楼最高处也能看清楼下的一切。

如今门前的空地上已经满地荒草，眼瞧着快长出半人高了。

陆银桥大致往前扫了一眼，废楼门口的地方年久失修，如同一条幽暗的隧道，别说这是人来人往的医院了，给它挪到烂尾工地里都骇人。整个楼全部被爬山虎占领，一到秋天颜色没那么绿，下半截不容易见太阳，早早透出橙黄色了，这一对比更显得整个角落都阴森森的，格外怪异。

陆银桥握着肇之远的手，觉得他手心都凉了，抬头喊他："别去了。"

她紧张，身边的人却好像做足了心理准备，非要直面悲剧。

肇二爷知道出门天凉，外边是随性的风衣外套，结果里边的睡衣袖子先从手腕处掉出来，有的人看着步步潇洒，其实只爱穿睡衣。他正好挽袖口，和她笑，示意她放心："这大白天的，怕什么。"

陆银桥也不知道他怎么回事，不好在这时候刺激他，干脆横下心陪他走，心里惦记着别的事，也瞒不住，着急问他："我刚才看见程珂来了……他们找到一禾了吗？"

肇之远摇头，一路往前去。

她又说："我也不知道她还能去哪儿，陆家几代人都活在胭脂厂，远芳阿姨是从外边来的，可她老家离北新市远着呢，不知道一禾是不是自己打听到了……"

说话间，两个人已经走到楼前，一栋六层的老楼，如今看着实在不高，可当年活活能要了人命。它敞着入口，却再也没人进出，两扇玻璃门显然都碎过，再刮两年大风都能直接给掀了。

时隔五年，他们又回到了惨案现场。

肇之远突然停下，陆银桥不敢细看，更不敢回忆，生怕身边的人一步迈进阴影里再度崩溃，于是她拉着他的胳膊，阻止他往前去。

偏偏二爷起了执拗，死活不肯迈步掉头。

他直直地看着眼前的废楼，声音沉下去，和这满地扎人的野草一样，透着经年风雨："银桥，你知道人和鬼的区别吗？"

"二爷！"陆银桥害怕了，他这口气不对，她赶紧拦他的话，"你别乱想。"

"人遇见鬼，再也不敢故地重游，可鬼害人……一旦尝到甜头了，肯定还要回来重温。"

人性最深处的善恶区别，不过如此。

肇之远的话都没说完，一层的窗口后边突然有了动静，满墙爬山虎扑簌簌地乱动，这么一栋没人出入的医院废楼，除了他们没事闲逛，竟然还有人来寻根。

陆银桥的身体刚好一点，她的精神极度紧张，被这动静吓得猛地往后退。

肇之远把她搂住，撑住她的背，示意她别担心："你看看，满世界都找不到的小鬼，这不是自己回来了吗？"

找人自有人间路，找鬼就得下地狱。

废楼里边的人正挨着窗边，突然听见楼外有人来了，于是往外走。

陆一禾穿着长袖牛仔裙，腿上是奶白色的长袜，她把头发利落地梳成了两条麻花辫，就站在废楼的门口，停下拍手上的脏土。

"一禾！"

她听见姐姐叫自己才抬头，踩着满地的碎玻璃，一张脸上风轻云淡，仿佛只是个平常放学回家的午后。唯一的区别，她不再使用手语，而是对着陆银桥清清楚楚地喊："姐，是我。"她停了一下又笑，这样子好像她们还在小楼，和陆银桥突然在厕所摸黑撞到她的时候一样。

陆一禾问的话还是那句，带着疑惑和内疚，连表情都没变："你怕什么？"

时至今日，陆银桥真切地明白了，她怕的就是她。

第十四章 局中局

九月的最后一个星期来得太快，换季的北新市天气变化大，这星期开始连阴了好几天，却没下雨。市里又开始刮大风，白天扬尘，满大街都是戴口罩的人，连医院楼下的呼吸科都要提前预约才能抢到号，天黑之后风才转小，让人总算能出去遛遛。

眼看明天就是九月二十五号了，肇之远特意趁着晚饭之前去找院里的大夫，说后天早起就接陆银桥出院。

病房里的人自从陆一禾回来，几乎就没睡过安稳觉，姐妹俩曾经彻夜长谈，等他们早起去看，两个人都是肿眼泡。

太多的话要从头说起，心都掏空了，就剩下眼泪。

肇之远一直没催着问陆银桥打算怎么办，因为从陆一禾回来之后，陆银桥精神压力巨大，又要开始吃药，她只能依靠安眠类的药物才能休息一会儿，也根本睡不踏实。陆银桥每天睁开眼就找陆一禾，见到人才放心，却死活不提那些心机的过往。

陆一禾倒是每天战战兢兢，好像突然知道害怕了。她不常说话，仿佛知道自己走投无路，每天乖乖地守在姐姐身边，寸步不离。

外人不知道他们这一大家子到底怎么回事，护士看这不爱说话的小姑娘可怜，有事没事还和她聊两句，陆一禾也只是坐在椅子上睁着大眼睛，点头摇头，活像被吓破胆的娃娃。

可惜血流了能再养，针眼扎出来能长好，伤人的事情却瞒不住。警方听说人找到了，其间来找陆一禾，很多细节调查还需要她配合。她姐姐坐在病床上想了整整一天，最终才恳求肇之远，希望能再给陆一禾一次机会。

肇二爷就此闭嘴，他眼看着陆银桥面对这一切情绪已经到了极限，不再阻拦。毕竟陆银桥才是她妹妹的监护人，她自己愿意打碎牙和血吞，谁也不能再逼她，于是陆一禾身上查不出什么，又被送回来了，一直和他们一起留在医院做陪护。

眼看这个月底眨眼似的就要过完了，程珂在外边帮二爷忙正事，雷三守着院子就闲了，于是他心里犯堵，趁着来送晚饭，特意找二爷说话。

肇之远一个人正在楼下透气，看起来今天医院里没什么事，他心情不错，抬抬下巴，示意对方先把饭送上去。

雷三身上火力大，天凉也只穿一件磨白的棉衬衫当外套，大裤衩还在腿上咣当，他让做饭的婶子先上楼，自己过去问："二爷，这事就这么算了？律师那边回话，孟泽一听我们找到人，百般强调是他先威胁了陆一禾，逼她把她姐骗去，他才把两个人一起关了。他家里监听的录音里没有相关的信息，和小东西自己哭诉的内容都一样……佟姨是个老妈子，空口无凭，手里没留下陆一禾伤人的实质证据，里里外外那小浑蛋的罪名只是个内部矛盾，明面上，她身上可一滴血没沾啊。"

雷三一通话说得飞快，说完气得直咳嗽，偏偏二爷好像已经想开了。

两个人顺着医院楼下的步道一路往前走，肇之远替他盘算："这也没辙，登登的案子时间太久了，我能想通是因为前后经历过这么多次，实际上关于当年的蛛丝马迹早就没处找了，孩子……确实是死在陆兴平手上的，不算冤枉。"

"那只说如今，楼上那位姑奶奶心里很明白她妹妹不单纯，背后下刀子，怎么一见她，哭两天，又心软了？"

他们正好走到一片树下，肇之远停下抬头看，441医院这里的槐树长得不好，秋天一到就没什么叶子了。他有点可惜，叹了口气才重新接话说："她和我说了，那小兔崽子之所以从小就哑……也是她的错。"

陆一禾回来那夜，陆银桥就问过她为什么装哑，一开始对方不肯解释，后来才说出实情。

陆一禾小时候因为吃坏药才哑了，那药其实就是陆银桥的退烧药。陆银桥自己有发烧的毛病，可陆兴平翻出来图省事，天天给陆一禾照着喂。孩子小，剂量有误，直到陆一禾失语后远芳阿姨才发现，却不肯再提，从来没告诉过陆银桥，怕她自责，没想到最后连远芳阿姨也扔下陆一禾走了……那小姑娘心里的恨生根发芽，从小到大挣扎了这么多年，慢慢能说话，她也不肯告诉任何人。而且陆一禾多年来在心里仰慕孟泽，怪罪陆银桥不肯和对方在一起。

“一禾坦白，她是今年才慢慢学着能发出声音的，还没想好怎么办的时候，突然让佟姨撞见了，可她没胆子害人，情急之下才去抱孟老师这位前辈的大腿，听他信他。”肇之远盯着几棵萧条的槐树，脸上的样子似笑非笑，他又想起前两天那姐俩的样子，有点无奈，“她抱着银桥哭了一晚上，说老阿姨对她那么好，她干不出伤人的事。她还承认自己在佟姨中煤气那天早起是开过火，可她当天真的起晚了，一着急出去上课就完全忘了，她不是故意的。所以后来知道佟姨被送去医院时吓坏了，只想赶紧唬住老阿姨，不能把这事说出去。”

雷三那脑子虽然不好用，人情世故却明白，他越听越觉得这事不对：“二爷！陆一禾可是个成了精的小鬼！事到如今，连佟姨煤气中毒都没有第三个人证，她明知没有证据，所以才这么说，这是在逼银桥给她机会……您还信她的鬼话？”

肇之远拍拍树干，慢慢摇头说：“我信不信不重要，重要的是她姐姐，银桥愿意信她。”

他知道大家都着急，可这局中的每个人都是这样，只有旁观者清。人世间的悲欢并不相通，他们可以站在这里指指点点把好恶都看透，可在那姐妹两个人身上，这是熬了十几年的悲苦，那心里的滋味不是一朝一夕能说清的。

曾经的肇之远也像雷三这样冲动生气，甚至有过恨铁不成钢的埋怨，直到他重复走这一条路，好不容易看到尽头，再来多少风雨他都能看淡了。

他拍一下雷三的肩膀，笑着和他说：“行了，你跟在我身边这么久，都是看着银桥蹚过来的，你想想，她过的这叫什么日子？父母双亡，一个背着死刑犯的名声，一个受刺激自杀，得亏当年一禾还小，银桥才能逼着自己咬牙活过来，就为照顾一禾。现在距离真相只隔一层窗户纸，我们尽力把一切弄明白摆在她眼前，可你如果真让她亲手捅破，她……”

饶是肇二爷，这话都有点说不下去，雷三早懂了，恨得跺脚：“是，我知道，姑奶奶心里难，这事搁谁身上都不容易。她把一禾当命根子，如今逼她承认养大一只反社会的狼崽子，她做不到。”

雷三愁得也没话了，干巴巴地踹那几棵无辜的树，又低头嘟囔：“但该说的我还是得说，程珂这几天跟进案子让我带话，那个孟泽阴阳怪气，一直避重就轻，突然揽下所有罪过。”话正说着，身后有人过来，雷三回头看了一眼，自讨没趣地飞快说完，“您千万小心。”

远处是陆银桥，她这个时间下楼来，显然是来找二爷散步的。

肇之远随口和雷三聊了两句，让他先走：“你上去赶紧吃点东西再回院子……对了，我们过两天就回去，你把那些酒瓶子、烟缸子的赶紧收拾干净，这段时间没工夫理你，没人管了是吧？”

雷三眼看陆银桥过来，不好意思再斗嘴，蹦着就往楼里跑。

肇之远拉着陆银桥的手，带她围着楼转了一圈。

九月的天已经没有槐花了，只剩下几棵槐树光秃秃地站着。时间一晚，医院里高处的路灯开了，两个人都拖着影子，越走越慢。

陆银桥知道冷热，戴着帽子，穿好厚外套才出来，他看她不觉得冷，于是放下心，和她一起在楼后找个长椅坐下，问她：“一禾呢？”

陆银桥拉拉衣服，看向楼上亮光的地方说：“让她留在病房里吃饭……我喝粥了，不饿，让她吃吧。”她实在觉得别扭，“婶子放下饭就回去了，刚才病房里就我们两个人，一禾现在不声不响地跟着我，非要给我倒水拿药的。出了这么多事，我也不知道还能和她说点什么，还是出来走走吧。”

肇之远点头，又借着远处的灯光看她的嘴角，伸手给她擦：“哟，还喝粥呢……这不是刚啃完丰泽园的烤馒头吗，还挂着渣呢。”

她扭头擦嘴，结果对面的人端详她上上下下，非要动手动脚地过来抱她：“大馒头吃下去还这么瘦？就你这身板，过去放在胡同儿里，一看就是个不好生养的。”

陆银桥长期睡不好，今天已经憔悴到连头发都没心思梳了，她也就听二爷说话才有心思还嘴：“是，我浑身一百个不是，那也没后悔药了，谁让二爷就好我这口，您认栽走到底吧。”

她说完一头扎在他怀里，脸上总算有点笑意了。

肇之远把人圈住，陆银桥有了力气就犯坏，一边假装撒娇，一边磨着牙咬他的肩膀。他抬巴掌把她的帽子按下去，脸都挡住，捏着她的小脑袋瓜子一通乱揉才让她闭嘴。

陆银桥闷着声音叫唤起来，笑得直喘气，忽然想起什么似的，又抬头看着他问："竹园是你的，为什么不告诉我？"

他一提这事牙直酸，有点笑不动了，一脸不痛快地和她说："那会儿不是想着最差也得把你当个妹妹吗，你好不容易喜欢上一个人，孟泽跟我提出来了，那是你们恋爱的回忆，说得我牙都酸了……真不嫌恶心，我总得大气一回，给你们俩留点面子。"

如今他早不打算再提，他肇二爷还不至于为这么点事追讨，没想到陆银桥自己先知道了。

这下也好，他不用打肿脸充胖子了，于是掐住她的腰，抬手要揍她的屁股，说一句揍一下，哼哼着骂："活该！谁让你喜欢变态！早跟你说过他不是什么好人！"

闹归闹，这一夜的风突然就停了。

肇之远逗她逗出一胳膊牙印，心里却轻快不少，只有实实在在地抱着她，他才觉得自己这影子能定下来，那些卡在他脑子里乱麻似的线头都没了，只有眼前这一刻的温存。

有时候人就是这么奇怪，花花世界这么大，他偏偏谁也看不上，只盯着隔壁的丫头和她为难。肇之远过去把纨绔子弟能干的荒唐事全都做遍了，直到在鳌太线上冒险出事，那次他是真以为自己玩完了，眼看漫天暴风雪，他冻得就剩下脑子还能转，想了一圈，还是心疼这丫头没跟自己过上好日子……那时候的肇之远就琢磨明白了，如果老天爷能让他留口气，只要他还能活着回到胭脂厂，从此一定顺着陆银桥的心意，再也不和她掐架了，谁让他千山都翻得过，偏偏万水难解渴。

结果这宏愿不能乱发，肇之远确实捡回一条命，可隔壁的小祖宗也长大了。陆银桥春心萌动，少女情窦初开，转眼已经看上别人，追着孟泽没完没了。他只好顺着陆银桥的心思，没想到自从她和孟泽在一起，没完没了都是麻烦事，逼得二爷再也不装隐忍的大尾巴狼了，非得把她娶回家才踏实。

肇之远越想越觉得这小浑蛋气人，过来亲她，她还偷着笑，一会儿没气了，呜咽着皱鼻子，他立刻咬她的鼻尖，不让她躲，非要低声问："忘了告诉你了，其实我也是个变态，猜猜我有什么怪癖？"

陆银桥学会抢答了："床头放冰箱。"

"呸！"二爷蹭她的唇角，大晚上这地方虽然僻静，但终归是医院里的公共场所，二爷脑子里三十多年没用过的克制全都醒了，好不容易才把一腔邪火忍回去，压着嗓子跟她说，"我啊，一看你这小鼻子上的痣……就想把你给吃了。"

这下陆银桥真老实了，贫血也救不了她的脸色。

两个人总算闹累了，她抱着他的脖子，靠在他肩膀上看夜空。

小时候胭脂厂的四方天里还能见到星星，如今什么都没了，只剩下黑漆漆的一片夜，尤其今晚天气不好，月亮都不露头。

陆银桥看着天，看着看着觉得他们都像回到了过去。有时候她去找肇之远吃饭，吃完饭就在“半城金”的院子里乘凉，她就这样枕在二爷身上扇扇子，喝汽水，招猫逗狗。那时候年纪小就不知愁，她从不想以后，满脑子只有当下痛快，情愿在肇之远身边傻着过一辈子。

她不是没良心，她是太在乎了，不敢把他的心意当真。

二爷今天里边穿的睡衣带着几个小穗子，陆银桥伸手揪着玩，揉揉眼睛，忽然和他说：“其实我明白你对我的心思，可我打小连吃烧饼都记着偷偷藏一半，我觉得你早晚都要离开胭脂厂，到那时候我算什么玩意儿？等到你真不要我的时候，大概……大概我也活不下去了。”她抬眼看他，二爷一直都是这张玩世不恭的脸，让人看不出到底几分真假，到如今只有时间成了证明，她才说，“我遇见孟泽的时候，喜欢他画画，喜欢他脾气好，当老师的人总是特别儒雅……我在胭脂厂里从没见过他那种人。”

肇之远一双眼睛流水似的透着光，勾着嘴角不生气，由她敞开说话：“行，他这么好，我等着听你怎么夸我。”

陆银桥手指绕着他的小穗子，声音越说越小，她卡在心里这么多年的话，终于到了今天才能说出来：“我没觉得自己喜欢你……因为一切都是你。我爱的人、恨的人、藏在心里患得患失的人，连我最后嫁的人都是你。肇之远，无论人生有多少岔路能选，可重来一次，我都知道走到今天要付出多少代价了，我还会做同样的选择，就因为这条路有你啊，无论结果如何，我一定能熬过来。”

凡是能说出原因的喜欢，那都不是爱。

身边的人忽然不说话了。

陆银桥盘起腿，在长椅上找了个舒服的姿势，她仍旧盯着远处的夜，总是想起竹园，和他说：“这几天我睡不着，反反复复地想，竹园那一夜，我半夜听见房间里的动静惊醒了，什么也看不见，我心里慌的时候，总想着去找你……过去是，现在是，大概以后还是。我以前总不明白什么叫爱，总觉得说这些太矫情，其实到今天才真正想清楚。”

如果非要概括一下，所谓的深爱一个人，就像房间黑了，她不是先去找灯，而是先去找他。

肇之远以往没听她这样说过，直到这一次，他眼眶发热，半天都舍不得调侃，总算笑着点头："过完明天，咱们就出院回家，这些过去的陈芝麻烂谷子全都翻篇。"

陆银桥忽然抬眼，问他："那在明天之前，你应该把一切都告诉我。"

她只知道他的决定，却不知道他曾经为它反复了多少次。

肇之远把她的帽子重新给她戴好，又把她外套的拉锁拉严实，他怕她坐久了着凉，认真地看着她说："这可是个很长很长的故事了。"

肇之远已经是第四次经历这个夏天，他总是在六月二十五号的清晨惊醒，正好是陆银桥重回北新市的那一天。

他们当下这三个月的时间在反复循环，没有原因可以解释。

"一开始我以为自己困在梦魇里了，就像老话说的鬼打墙的梦，可直到我反复经历，事情规律地不断推进，我才发现这一切都是真的，可能有些现在无法解释的因素导致我们所处的时间线紊乱，我……"他停了一下才能说下去，"我之所以还在循环里，是因为前三次，你都被人害死了，你离开我的日期，永远都是九月二十五号，也就是明天。"

陆银桥从雷三那里大概知道了一些，可旁人也都是半信半疑，她此刻听肇之远亲口说出来，还是觉得匪夷所思，她试图回忆这三个月的所有古怪之处："所以你知道我回来，知道我会遇到的麻烦，知道自己的胳膊什么时候能拆线，还知道梁疯子家要着火，还有那场胡同儿口的车祸……其实你已经重复被困在这段时间里，久到连烟都戒了。"

"是，后来我才逐步推测出来，只有我一个人带着记忆不断循环，一定是因为我错过了关键的真相，才导致这场悲剧，如果我想要挽回，就必须阻止你被害。如果你不能平安活下去，那过去三个月的时间节点无法跨越，所有的一切还要从头再来。我此前只能查到孟泽身上，因为你三次被害都和他有关，可上一次我已经把他送到警察手里，你还是中毒了，没能救回来。这一切没有我想象得这么简单，不光是他一个人的问题。"

"不是他？那……"陆银桥十分震惊，整件事实在无法想象，她不敢再往下说。

肇之远把这过程中的一切都告诉她，他每一次因为阻止意外发生，都会造成当事人的反应出现变化，从而引起突发事件，所以肇之远并不能完全提前算好每一步。他知道陆银桥的照片会被于缎发出去，却一直以为佟姨就是幕后黑手。他知道佟姨那天早上会中煤气，此前仅仅认为是胭脂厂里偶然发生的变故，不清楚背后的原因。肇之远每次都查到孟泽用各种手段伤害陆银桥，却没想到这一次，他已经让她对孟泽生疑，对方还是利用陆一禾逼她主动就范。人心善变，所有危险都在一念之间，环环相扣。

所幸第四次，他最终把她救回来了，此时此刻，陆银桥就坐在他身边，这才真像一场梦。

时至今日，肇之远终于看穿这场循环的本质，并不是时间，而是人性的欺骗，谎言才是痛苦的循环。

“丫头，我一直认为这一局的起因，是因为你突然回到北新市，在这三个月里有人处心积虑地想要得到你，所以我阻止孟泽，阻止于锻，阻止这段时间一切有可能伤害到你的人和事，却都没能成功。这次我终于明白了，时间还在循环，你还在不断被害，是因为我们一直忽略了过去，对方的动机根本就不在这三个月的时间里，所以无论怎么提防，凶手始终都在我们身边。”

她这才觉得冷，从头到脚，连心里都发凉。

陆银桥一直都在听他说，肇之远的口气云淡风轻，仿佛只是在和她讲一个故事，可她明白这种平静是源自无数次的折磨。她以为坚持不放弃的人，应该保有持续的痛苦和愤怒，如今这一夜才发现不是。她无法揣测肇之远困在一次又一次通往悲剧的循环里，有没有过心灰意冷的时候……她连想一想，都觉得剜心蚀骨地疼。

偏偏肇之远眉眼如旧，他似乎还是过去的他，只是同一条路走多了，曾经多少不平的意气也都磨尽了。他已经见过最坏的结果，所以如今可以坦然坐在她身边，慢慢把这些藏在时间里的阴谋线索，一根一根替她扯出来。

陆银桥不敢想，如果换作她自己，一次又一次亲眼见到所爱之人离世，她能不能有这样的勇气从头再来，忍着不能告人的悲痛，在长夜之中为他摸索出一条生路。

肇之远看出陆银桥的情绪不对，似乎承受不住，她这段时间遭受了太多打击，精神状态十分勉强，她捂住嘴微微出神。

他缓下口气，揉她的肩，示意她放松，感叹地和她说：“因为我当年错过真相，才赶你走，做过太多错事，所以这场循环也必须由我亲自来弥补。仔细想想也不全是白费功夫，好歹让我明白了，一个人活着不能浑浑噩噩地过，哪怕就是过日子也不能含糊，人这肩膀上总得扛点东西，这样脚才能落到实地上，才能知道时间的尽头到底是什么。”

“认命”这两个字，成为太多人逃避的借口，不管有多少人选择麻木当哑巴，可还有人愿为一线晨光熬过慢慢长夜。不光是时间循环，其实人世间的生死往来，分分合合，永远都是个循环。逝者已矣，而生者当如斯，活就不能糊涂地活。

陆银桥忍不住辛酸，想起他明明在过去的惨案里受过刺激，留下不可磨灭的阴影，却还是为了救她而反复调查旧案，所有细节一一重新翻阅，肇之远所面对的一切，都是他曾经最想忘记的。

这样的夜色实在令人动容，陆银桥还能闻见他身上槐树的味道，突然想起于缎曾经说过的话，她总是不明白，有时候一个人活着，已经足以拯救某个人了。

陆银桥知道自己不该问，却还是没忍住突然询问对方的近况。肇之远没想过她还会提起于缎，说她离开北新市了，以后不知道打算去哪里发展，但于缎走也走得很洒脱，甚至没和任何人主动联系。

于缎真是看得最明白的那个人。

又是夜深人静的时候，新修的住院部楼高，十八层上上下下的窗后的灯都熄了，只留下顶层他们那间病房还亮着光。

陆银桥想要勇敢一些，可是这么一会儿的工夫，眼泪又把他衣服上的穗子都打湿了，她问他：“这一次……尽头究竟是什么？”

她想知道答案。

肇之远没有回答，握紧她的手站起来。灯光下的肇二爷满身金线绲边，红尘滚滚都在他一个人肩上，照样春风十里。如果人要是连名利声色都看到了头，经过生死，尝过别离，那大概走到最后，只求一个无悔。

他和她说：“丫头，你答应我，这一次，我只求你余生能痛快地活。”

其实有些爱无关轰轰烈烈的往事，只不过就是一座老院子，一棵大槐树，再加上走不出去的十二条胡同儿。家长里短，市井烟火，人间循环不过如是，一代又一代，一生又一生，其实谁也逃不过，而他从未放弃，这条路再难，他始终都在，一息尚存，也是她的光。

陆银桥擦干了眼泪，点头答应他。

肇之远笑着站起来，时间太晚了，陆银桥还是个休养期的病人，她要好好休息，于是他带她上楼回病房睡觉，都走到电梯里了，嘴里还不闲着，拖着长调数落她：“你真什么都听我的？那等咱们回家以后，你不许老喝冰汽水了。”

她默不作声，直到他拿出一直留着的打火机，把底下的刻字给她看：“我可都记着你的抱怨呢，把烟都戒了。”

陆银桥一愣，接过去对着电梯里的灯，还真是她自己过去写的几笔丑字，“大烟鬼”这称呼也就只有她敢扣在肇二爷头上，亏他平日里当个宝贝似的，还拿金给描了。

这下陆银桥笑出声，笑着笑着眼角发热。她把打火机好好地放回他口袋里，抬头凑近他，堵住他的嘴：“是，以后都听二爷的。”

人的心情一好，哪怕对着黑乎乎的坏天气，都觉得长夜透着光。

电梯门一开，楼道尽头，陆一禾在楼道里等他们。

自从这小怪物留在医院陪护之后，看起来老实多了。陆一禾每天默不作声地守着病房，跟她姐姐形影不离。难得今晚陆银桥自己出去散步，陆一禾也不肯先睡，还在这里等。

肇之远嫌小怪物碍眼，懒得和她说话，他送陆银桥先去病房里间躺下，扭头对着门口的小尾巴甩一句：“今晚我陪着你姐，你自己在外间凑合睡吧，过完明天，回家再算账。”

陆一禾点头，坐在外边的沙发上不说话，没一会儿陆银桥又喊她。

她姐姐一到夜里躺下就不踏实，神经衰弱，噩梦不断。

陆一禾把护士刚才留下的药拿进去，小声在床边说了一句：“大夫刚才来过，看你们不在，就和我说了，让姐姐再吃最后一天，后天出院就不开药了，家里的环境更有安全感，利于姐姐身心放松，她不能总靠吃药睡觉。”

她说着把药瓶打开，肇之远不适应听她说话，就像看见成精的小怪物突然张嘴说人话一样，浑身瘆得慌。他扫了她一眼，突然从床边站起来，先把药接过去看。陆银桥中过毒，已经不能再用含有氯丙嗪的药物。他确认药瓶，都是这段时间院里重新开来抗抑郁的药，陆银桥一直都在吃，他这才递给床上的人，又把陆一禾轰出去关上门。

很快，楼里最后一间晚睡的病房里，所有灯也都暗了。

陆一禾没有换睡衣，她和衣抱着毯子，坐在外间的沙发上，既不闭眼也不睡觉，整个人连呼吸声都静了。她就这样安安稳稳地藏在黑暗中，盯着正对面墙上的表，眼看秒针转动了一圈又一圈……整整一夜，她只是坐在那里看。

九月二十五号的凌晨已过，最后一天，该来的总要来。

441医院挨着南城，虽然名声不响，但因为年头久，附近的老住户来来往往看病的也不少，尤其在它扩建之后，虽然比不了各家三甲医院的规模，但条件比起过去还是强了不少。天亮之后没多久，门诊楼前陆续有人进出，都是早起挂号看病的人。

住院区的护士站八点交班，人都到齐了，很快去备药室里开早会，还没有开始查房。

程珂昨晚是在“半城金”的院子里睡的，早起和雷三一起赶到医院来送早饭。今天一行来了不少人，雷三难得心细一次，嚷嚷着带了三车人来守医院，生怕再出乱子。

一共没两条街的距离，程珂领头开到住院部楼下停车关门，扭头看见副驾驶上的雷三这么一会儿就睡着了，直打呼噜。

这位大爷平日里最繁重的工作就是给“半城金”看门了，一年十二个月都喝多，每天日上三竿才醒，可他最近十分辛苦，要为了院里的两位祖宗在胭脂厂和医院两头跑，今天一大早就让他出门，实在难为他了。

程珂伸手，毫不客气地过去啪啪拍他的脸，提高声音叫他：“快起来！二爷让你跟着来，就怕今天有意外。最后一天了……熬过去大家都能松口气，你想怎么睡都随你。”

雷三迷糊着睁眼，定定神才反应过来到医院了，于是他下车伸懒腰，随手摸出烟卷说：“我肚子着急，等我上个厕所散根烟，你先上楼，让二爷他们先吃。”

程珂骂他懒驴上磨，和他在楼门口推推搡搡打了半天，最后认命地自己拎着东西坐电梯。

他刚到顶层，门一开，正好听见护士站的呼叫铃响起来。

里边的早班护士站齐了，会刚开到一半，有人跑出来看，一见指示灯，迅速喊人往楼道尽头跑。

程珂抬头看显示屏上的房间号，蓦然间脸色变了，他把手里小心翼翼才提上来的保温盒往护士站一扔，跟着往里冲。

陆银桥的病房叫急救。

他所在的套间里瞬间挤满人，外间空荡荡的，沙发上还扔着给人睡觉披的毯子，但没有人在。

程珂进去的时候里间已经乱了，走廊里的响铃已经转为紧急呼叫医生的广播。他一凑过去正撞见肇之远被护士拦着往外推，他想问怎么回事，余光里看见护士围在床边，而陆银桥像是突发抽搐，从病床上直接摔在了地上。

二爷当场就疯了，于是程珂迅速反应过来，直接挡在肇之远面前，不让他再往里看，大声喊他："二爷！冷静一点，医生马上就来。"

肇之远完全没想到自己守在病床边上，一觉睡醒，陆银桥竟然还会在他眼前出事。

九月二十五号，又是今天……他此前已经经历过三次噩梦重演，这一切让他觉得脑子里像有什么东西炸开，根本无法保持理智，非要去看陆银桥。

程珂已经顾不上多问，和护士一起强行把肇之远推到楼道里，请他暂时冷静，很快医生也赶过来了。

病房内外如同一锅沸水，烧得人心里发慌，肇之远一语不发，盯着病房门一动不动。

程珂在他身边扶着他，低声问："二爷，到底怎么回事？"

"从昨晚到现在我一直都在，早起我看银桥睡得挺好，没醒也没叫她。刚才雷三给我发消息说到楼下了，你上来送饭，我才喊她起来，结果人没反应，我过去想把她抱起来，她突然整个人抽搐起来……"

"先别急，不管有什么问题发现得都算及时，大夫已经进去了。"

肇之远后背抵在墙上，微微垂下眼，和他说："不，她昨夜应该就是昏迷的状态了，可我这次太大意了，夜里竟然没发现。"他深深吸气，只觉得一切又绕回原点，他还是在医院里看见她出事了，还是这样濒临崩溃的早晨……他抓着程珂的手不断用力，强撑着站在楼道里，完全无法面对。

程珂想不通："昨天不还好好的吗？"

"她睡前吃过抗抑郁的佐匹克隆，但那是来医院之后开的药，她不吃实在睡不了觉。"肇之远好像猛地想起什么，抬眼问他，"陆一禾呢？她去哪里了？"

程珂刚刚才到医院，他过来一路上都没见到小怪物的人影，此刻被二爷突然一问，他满头冒汗，只能摇头，告诉他外间早就没人了。

很快病房里的护士急匆匆冲出去推仪器，他们过去抓着人问，医护人员已经顾不上细说，只有一句话："病人血压过低，心脏骤停，现在马上抢救。"

程珂听见三言两语彻底慌了，他愣在当场，眼看陆银桥真在九月二十五号病危，他不敢想二爷的心情，半个字都不敢乱说了。

医院里的生死不过眨眼工夫，眼看亲人接受抢救的过程才是真正的煎熬，很快里边已经决定用上电击除颤。

随着病房里传来一阵一阵电击的动静，连程珂的眼睛都红了。

一切都发生在片刻间，让人连反应的余地都没有。昨晚大家回院子时还高高兴兴的，厨房的婶子知道了，还说等二爷带人出院回去，她要好好做一桌菜，大家吃个高兴。雷三破天荒地主动去给招财买了个高级的猫窝放在后院，那家伙嘴上不承认，但心里是想让陆银桥高兴的，这样她回家之后就能常看见招财了。

大家都以为这次万无一失，孟泽被拘留，陆一禾被识破心机，只差最后一天而已。肇之远亲自留在医院，就是为了保证今天能是个大团圆的结局，才对得起他多年来的一往情深。

没人能想到早起转眼就变天，此时此刻，每秒都是煎熬。

病房里突然有护士出来，对方一见肇之远的脸色，立时口气都轻了，斟酌着用词，尽可能小心地告诉他们："病人此前已经有过氯丙嗪中毒的情况了，但按照现在的检查情况来看，她很可能又服用了同样成分的药物，剂量还不小，在身体里长期积累毒性大，导致现在情况非常严重。目前病人突发心肌梗死，心脏骤停，电击后还没有恢复窦性心律……我们还在继续抢救，但希望您能做好心理准备。"

肇之远听着对方的话突然静下来，没有任何表示。

程珂怕他承受不住，怕他也倒下，可二爷此刻看起来没有激烈的情绪，他脸色沉重，退到一侧椅子上坐着，眼睛看向远处的那栋废楼，突然和程珂说："去找陆一禾，她跑不远。"

"是。"程珂脑子里一团乱，惦记着二爷，又惦记着去找人，于是说，"我让雷三赶紧上来。"

"不用。"二爷示意他直接在楼里搜，"我早起和雷三安排过，让他多带点人，找个借口堵在楼下抽烟，陆一禾看见他们肯定不敢露头，人还在这栋楼里。"

肇之远说完，程珂顾不上细问，打算赶紧通知住院区各楼层的护士帮自己一起找人，他还没跑到护士站，突然手机响了。

真到着急的时候，雷三的声音震耳欲聋，喊得程珂差点摔了手机，隔着一条走廊都能听见他的喊声："快通知二爷！陆一禾跑到楼顶去了，她疯了！"

随着电话里的喊叫声，病房的门再一次开了。

里边的人陆续出来，个个面色凝重。医生摘了口罩，特意过来对着肇之远深深摇头，宣布抢救失败。

肇之远依旧冷着脸，他倚靠在窗边，站在那里看这场大戏，一个又一个，粉墨登场。

眼看一锅沸水快要烧干了，走廊里乱得让人心烦。

程珂举着手机往回跑，听筒里的雷三正在大喊人就在楼顶，而眼前的所有医护竭力地试图跟他解释，病人抗抑郁的药应该被人恶意替换了，陆银桥还在一直服用氯丙嗪片……他们在用各种说法来表达同样一个意思：她死了。

肇之远听得清清楚楚，可他没有任何回应。他插着兜一个人冷冷清清地靠在走廊尽头，眼看这出戏不断扩散，突然起身往楼梯间的方向走。

那是通往住院部楼顶的方向。

肇二爷今天作风不改，一件黑色的风衣里仍旧穿着他的睡衣，墨蓝的颜色深，随着动作角度变化，周身真丝衣料的色泽又隐隐透着光，竟然和昨晚的夜色一模一样。

他的举动出乎意料，坚持让程珂留下，不带任何人上楼，自己一个人去找陆一禾。

顶楼风大，人一上去一时有些睁不开眼。

肇之远挡着脸缓了一会儿，听见远处的动静，很快看见陆一禾就坐在边缘的安全护栏上，一边晃着腿一边哼歌。

所谓的歌还是那首小曲，关于九月，是她妈妈生前最爱听的调子。有时候黄昏傍晚，远芳阿姨在槐树下洗衣服，就会放来听，胡同儿左右的院子都能听见，人人都熟悉。

楼顶外围的护栏只有胳膊粗细，陆一禾背后一步之遥就是悬空，眼看十八层楼的高度，但她坐着动来动去好像毫不在意，头发都被吹乱了也不管。

肇之远双手插兜，摸到了手机，顺势塞进袖口里。他慢慢走过去，显然对方已经看见他追上来了，但并不意外。

陆一禾哼着歌，抽空还对肇之远笑，她今天只松松扎了马尾，露出一张白皙的小脸，迎着风显然心情大好，眼看他走过来，问他："我姐怎么样了？"

肇之远咬紧牙，硬是克制住想要掐死她的冲动，绕开两个巨大的管道设备，走到她身前不远的地方，和她保持刚刚好的距离。

这个十四岁的小姑娘，长着和陆银桥类似的轮廓，却又和她并不相像。陆一禾带着远芳阿姨的眉眼，性格却像她们的父亲，而且青出于蓝，比起陆兴平，她才是个真正的祸害毒瘤。

这风吹得人心大乱，肇之远忍了又忍，半天才能说出一句："你成功了。"

陆一禾笑得畅快，她拢着头发，歪着头问："她死了？"她看他隐忍的表情，似乎还不满意，又抬高声音追问他，"那你怎么还在这里，你这么喜欢她，你怎么不跟她一起去死！"

肇之远不动声色，仍旧站在原地，看她陡然变脸。

陆一禾那后半句话几乎从牙缝里挤出来，带着十成的恶毒。

他等着看她的得意，已经到最后一天了，没有什么结果是他不能面对的，于是他问她："是你换了药，你一直都留着氯丙嗪，从你姐姐回到北新市开始，你就着手准备投毒，这段时间你在医院里假装洗心革面，用你小时候的事加重她的愧疚。"他说着说着加重了声音，"我只想知道原因，你该恨陆兴平、恨我，可你姐为你什么苦都认了，从小到大，她哪里对不起你？"

九月二十五号，永远都是个晴天，八九点钟的太阳刺眼。陆一禾微微侧过脸，看向他的目光竟然露出怜悯，她开口过于用力，因而每个字都清楚："肇之远，肇二爷……我的好姐夫，那天你问我什么时候能叫你一声，行啊，我偏要等到如今她死了，我再叫你一声姐夫，看你高不高兴！"陆一禾说着有些病态地抬起手，比画给他看手语里"姐夫"的动作，又说，"你查得还不够清楚，活该你救不了她！"

陆一禾蹦下栏杆，一步一步往他面前走，她的头发迎风扬起来，脸色在极度激动之下微微泛红，她整个人身量纤细，看着像个漂亮的娃娃，可偏偏眼睛没有生气，凭空一眨一眨地瞪着人。

这魔鬼一般的漂亮娃娃开口说话，慢慢地告诉他说："小时候，我吃陆银桥的退烧药不能说话了，我妈以为我什么都不懂，瞒着我……可我早就知道了，都是因为我妈太傻，非要一心护着那个白眼狼！陆兴平天天打我妈，逼她去管陆银桥要钱，可我妈死活不肯，后来他就连我一起打，那个时候我的好姐姐在干什么？她仗着有你撑腰，在胡同儿里横着走……根本不管我们死活！"她说起这些的时候语气微微有了波澜，"后来陆银桥又看上孟泽了，想从胭脂厂那鬼地方逃出去。她想离开你，就拿孟泽当借口，都是因为她喜欢你又不敢承认……连我都看明白了。"

说着，陆一禾已经走到肇之远面前，她抬起头，认真打量他的脸，那表情完全不像个孩子："是啊，二爷你多威风，肇家的太子爷，满四九城的垃圾玩意儿见你都要弯腰问好，既然你有钱有势，为什么不替她还债？活该看她遭罪！"

这不稀奇，欠债不还的总是字字血泪，没有天理。

肇之远听不下去，不得不打断她，理这个字太难写，可他今天必须得给这小怪物论清楚："你给我记着，银桥没欠任何人。于情于理，陆兴平是陆兴平，她是她，她没有义务替陆兴平去填吃喝嫖赌的窟窿。至于我，无论我和银桥是什么关系，我都不会纵容她给吸血鬼擦屁股。一个男人对着老婆孩子都能下去手，根儿都烂透了！胭脂厂里早容不下腌臜东西了！"

陆一禾被他说得又笑了，仔细琢磨他的话，忽然点头：“你这一身正气演得真好，都是因为有你这种人，我才必须亲自动手。”她说着更加得意，开口停不下来，“你还不知道吧，陆兴平被人追着砍，都砍到家里去了，是我给他出的主意，让他去找你要钱，如果你不给，你还有个捡来的儿子……我让他把登登绑走，不给钱就撕票，把小孩从楼上扔下去。”

这话一出来，终于刺激到了肇之远。登登的案子是他心里的疤，无论重复多少次，孩子的死无法改变，谁也不能拿登登的惨案当话柄。肇之远瞬间火气上头，再也忍不住，他过去揪着陆一禾的领子，将她狠狠摔在地上：“别说了！”

地上的人向前爬着坐起来，顶楼四下都是管道设施，陆一禾后背撞在金属管子上，却一声不吭，竟然还在笑。

她仰脸冲着肇之远做了一个“嘘”的动作，提醒他：“姐夫，别生气啊，我的故事还没讲完呢。”

“你害死了登登。”他掐着她的肩膀不断用力，这一刻是真的恨，恨这世上的祸害总能活千年。所有人都被骗了，大家被陆一禾耍着过了这么久，就在自己身边，养出一个吃人的怪物。

陆一禾就想看他生气，否则她忙活这么久，岂不是没了乐趣？于是她撑着站起身，脸上又显出无辜的神色，连说带笑地讲给他听，一切都如肇之远在梁疯子那里想通的一样。

当年，陆一禾知道陆兴平是个没胆的㞞货，真跑到楼顶上，他也不敢把孩子往下推，于是她抓走登登最喜欢的猫，抱着进宝混在楼下的人群里，眼看时间一久，陆兴平快撑不住了，她故意掐猫，逼它不断惨叫，吸引小孩的注意力。事发之后她又躲起来，在死胡同儿里害死进宝，满足她自己疯狂嗜血的变态欲望。

陆一禾仔仔细细地回忆，告诉他：“说来也有运气的成分，那天时间太久了，楼下已经有防护垫，我知道登登看见猫一定会闹，但他掉下去不一定会死。在我的计划里，只想他摔个半残，让你终生后悔也好，谁知他掉下来又……”

“够了！”肇之远猛地扼紧她的脖子，“你简直丧心病狂！”

“孟泽一直不明白我为什么挑唆陆兴平，因为只有这样才能形成一个闭环，才能达成所有的目的。陆兴平会因为绑架被抓，他再也不能虐待我妈了。登登出事，你一定会怪我姐，你们俩不可能再一起过……当年那局棋必须这么下！可我没想到我妈太懦弱了，她竟然承受不了自杀了！都怪陆银桥！都是你们的错！”说着说着陆一禾想起自己当年设局唯一的纰漏，那声音陡然尖了，像从嗓子眼里用力地扯出来，她眼睛里突兀地显出泪光，完全没有任何情绪转折，说哭就哭，眼泪瞬间往下砸。

肇之远渐渐开始头疼，他实在受不了这种怪物扭曲的嘴脸，陆一禾明显已经是个严重的精神病人，他不该被她的情绪牵着走，于是他很快松手放开她，任由她一个人踢打着坐起来。突然提起远芳阿姨，她一直在掉眼泪。

谁能想到在441医院发生的惨案里，陆一禾虽然达成所有的目的，却最终逼死了自己的亲生母亲。

陆一禾陷入极端的情绪，她盯着自己的影子不说话，这风总算又得了势，吹得楼顶的设备管道空洞地传来回音。

肇之远弯下腰，好心提醒她："那孟泽呢？你这么聪明，应该能看出他的目的和你不同，他只想得到银桥，并不想害死她，你这么听他的话，于你没什么好处吧。"

她瘫在地上，脸上的眼泪都没干，突然抬头，眼神变得玩味起来，重复他的说法："听他的话？"

肇之远一看她的反应，脑子里那些悬而未决的线头突然解开了，他彻底明白过来，一瞬间几乎不敢相信自己想通的事实："你……"

真相永远出乎意料。

陆一禾有点烦躁，不愿意纠结这些细节："孟泽算什么，我需要一个成年人替我出头，利用他帮我处理麻烦。谁让他一心痴迷我姐，只要孟泽按我说的做，我就能帮他把人带回来，他没有选择。"

陆一禾根本就不是帮凶，她才是那个从头到尾的主谋。

她从小有犯罪倾向，随着年龄增长不断加剧，她开始对小动物下手，而后不断催生心里罪恶的种子……直到害死登登，她看见所有人悲痛欲绝，那些残忍的过往对常人而言无法承受，可于她如同充满诱惑力的蜜糖，让她一发不可收拾，开始报复所有人。

日光仍旧昭彰，北新市的秋天持续干燥，降雨没能如期而至，天气从不为人左右，只有风刮得无休无止，吹得人眼角生疼。无论多么可怕的过往，都能被它一一扑灭。

时间循环，无人幸免，每个人都在这场循环里不断重复悲剧，直到有人带着重复的记忆勘破真相。

这一次，肇之远已经找到了答案。

陆一禾从地上爬起来，她拢好自己的长发，又开始哼歌。她走到楼边往远处看，目光尽头只有那栋废楼，就是当年441惨案发生的地方。

鬼吃人心，人间地狱里永远不会安静太久。

陆一禾背靠着栏杆，转眼又变成一个乐于助人的好孩子。

她今天高兴，动了心思要给肇之远答疑解惑：“你还有什么疑问？后来那些事你应该早想明白了。我的计划已经完成，余下的只有你了……我的好姐夫，听说你在登登死的那天受了很严重的刺激，连家都不能回，那个案子把你毁了。那今天呢？陆银桥也死在你面前了……我倒真想看看，你还能撑多久？”

明晃晃的日头刺得人眼花，肇之远确实应该伤心欲绝，可他已经听烦了。

他耸肩示意自己演不下去了，心里琢磨着他们也不容易，这种人前瞬间变脸的本事，大概只有变态才能精通。他认输，表情略带歉意，松开袖口，手机滑在手心里。

肇之远刚才一直都开着录音，所有的对话都被录下来，清清楚楚。

陆一禾一脸天真的神色，摇头只觉得他可笑：“我既然都承认了，就不怕后果。你留下证据能怎么样？你们这些人满嘴善良正义，不可能杀人报复，所以连你肇二爷都只能在这里可怜巴巴地收集证据。你想套我的话把我交给警察？可无论我被判多少年都无所谓，只要你痛苦地活下去就够了，你会牢牢记住我今天的话，日日夜夜梦见我姐姐！梦见陆银桥和登登到底是怎么死在你面前的！”

她的恶毒显而易见，说着说着大声笑了起来，一脸无谓。

可惜好景不长，前后不过几分钟，她盯着远处的楼梯口目光一滞，恍然变了脸色。

第十五章 再从头

谁都没有留心，那扇通往顶楼的门一直都没关，有人已经走上来，虽然她的脚步很慢，却一直都没有停。

陆银桥已经换下了住院服，她在这段时间里瘦了太多，此刻穿着一件浅米色的长裙，风一吹，几乎要把她整个人都打透了。

她为陆一禾软弱过太多次，可她心里清楚，人活着不能靠逃避和内疚度日，这最后一局，她拖着自己所剩无几的希望，选择亲自参与，就是为了弄清真相。

但她还是没想到真相会是这样，残酷得令人齿寒。一个人的路走歪了，还可以将她拉回正道，可如果一个人的心长歪了，开膛破肚也缝不上。

陆银桥亲耳听到一切，她用尽全力才能走出来，逼着自己面对陆一禾。

那个坐在栏杆上面无表情的人才是她的妹妹，过去十多年，曾经天真怯懦、胆小可怜的陆一禾，都是假的。

她真正的妹妹一直在靠仇恨度日，内心压抑的罪恶如同黑洞，利用自己的年龄和弱势策划绑架案，间接杀人，不惜一步一步害死她。

陆银桥这一刻是真的恐惧，她不知道在陆一禾眼里，他们这些人……到底都算什么。

她跌跌撞撞地走过去，想要开口叫陆一禾，可是连声音都发不出来，最终她成了那个说不出话的哑巴，千头万绪，一切只能哽在喉咙里。

肇之远握住她的手，示意她不要勉强。

陆银桥手指冰凉，她克制不住地发抖，却仍旧向着陆一禾的方向，试图和她说：“我都听见了。”

陆一禾脸上的表情从震惊到绝望，最终讽刺地盯着陆银桥，问她：“你竟然帮他骗我？你们故意回到这家医院，一唱一和演了这么多天，不惜装死来诈我，就是为了留下证据，你们想让我亲口承认。”她低声笑，这笑压抑着激愤，声嘶力竭，“好啊，姐，你口口声声说对不起我妈，愿意为我牺牲一切，如今呢！我想你死，你怎么不去死啊！”

她情急之下发狂，冲陆银桥扑过来。肇之远把这疯狗似的小怪物一把扯开，同样做了一个噤声的动作送给她，示意她冷静一点，他也有故事要讲。

从肇之远知道陆一禾的阴谋开始，他就怀疑对方还要回到这家441医院。果然，陆一禾回来追忆案发现场，留守在姐姐身边，博取陆银桥的同情。与此同时，孟泽得知陆一禾出现，突然松口认罪，因为他必须放她留在外边，完成这一切。

孟泽无路可退，宁可让陆银桥化成灰去陪着自己，也不允许她和别人共度余生，而这些余下的事，只有一个人能替他完成。

九月二十五日是最终局，两个疯子的目标终于达成一致。可惜他们并不知道，肇之远已经提前知道结局，无论凶手是谁，他们都只有一个目的——害死陆银桥，这就足够让他提前逆转结局了。

于是肇之远为了安全起见，和陆银桥两个人商量好，他出面私下在医院内外做了安排，必须演出今天这一局，于是特意请医生诊断出陆银桥已经有抑郁倾向，让她装作每晚必须服用抗抑郁的药，故意给凶手留好下手的机会。他知道陆一禾心思缜密，为了能够骗过她，让她在最后关头得意忘形，说出她的犯罪过程，肇之远连身边的人都没有告诉，以至就在片刻之前，楼下的程珂和雷三都不知道这段时间以来的隐情。

此时此刻，肇之远抬手挡住刺眼的日光，一双眼睛里的光格外笃定，他低声开口：“你记着，凡是秘密，必有人知，早晚而已。”肇二爷难得亲自出马，在这顶楼上顶风说了大半天，很快就觉得嗓子都冒烟了，他咳嗽两声，示意陆一禾听清楚，“因为秘密都见不得光，有一个，就有一百个，早晚连你自己都藏不住。”

对面的小姑娘许久没有说话，她脸上的神色淡漠，目光虚无，一如既往直直地看向他们。

她仿佛突然释然了，又转向她姐姐，开口问："你想怎么处理我？和陆兴平一样，送我去接受审判，让我也赶紧伏法了事，从此你身后再也没有累赘了。"

陆银桥摇头，所有难熬的真相她都听见了，事到如今，她完全豁出去，让自己心平气和地和陆一禾开口说："走过的路已经不能回头，但你才十四岁，跟我回去，无论什么结果，我都是你姐姐，我陪你去自首。"

小姑娘不为所动，很快又坐回栏杆上，好像那地方格外舒服。她一语不发，只是晃着腿瞪她。

这场攻心的博弈几乎谈到了僵局，再这样下去无解，肇之远看一眼陆银桥，低声和她说："我在楼梯旁边等你。"说完他想要让开，给她们一点空间说话，但陆银桥握紧他的手不放。

陆一禾看着他们低头耳语的样子更加愤怒，她双手用力攥紧栏杆，咬牙切齿地喊："你们没有资格指责我，尤其是你，陆银桥！是你害我当了这么多年哑巴，是你不肯替陆兴平还债，如果没有你，我妈也不会挣扎熬了那么多年……凭什么你还能站在这里如愿以偿！"

"一禾，我们不能选择父母，陆兴平为他做过的恶付出代价了，正因为有他在，我们才更能明白这辈子不能像他一样趴在阴沟里。你的委屈和痛苦不能成为犯罪的理由，这世界上受苦受难的人太多了，活着从来不是易事。有人遭遇过比你更难的折磨，但他们没有报复，不是因为懦弱，是因为他们知道有多疼。"她冲着陆一禾说，"远芳阿姨让我照顾你，不是为了让我包庇你犯罪伤人的，你做错了事……必须要承担后果。"

人生百年，难免遇鬼，但只要头顶上这轮耀目的太阳还在，人心深处总会有光。

这才是时间的意义，它永远在给真相留余地。

毕竟这世上的人，终究比鬼多。

陆一禾怨毒地盯着她，胸腔不断起伏，几乎忍无可忍，她听着姐姐这几句话再也维持不了平静，冲口而出："别在这儿装好人了！什么叫承担后果？我害死了登登，害你们两个彼此怨恨了这么多年，你们既然都知道了……为什么不杀了我，给他偿命！"她越说越大声，近乎吼叫，"还有你，陆银桥，你不敢做的事我替你做！陆兴平已经死了，再也没人逼你了！"

她说着说着情绪格外激动，身体一动，整个人都在栏杆上坐不稳了，眼看她的身体后仰，险些就要摔下去。

陆银桥周身的神经都绷紧了，吓了一跳，惊恐地追过去，想把对面的人拉住："一禾！你下来！"

陆一禾拉着栏杆扶稳了，缓过一口气，她对姐姐恐惧的反应格外满意，于是如同每一个叛逆的少女一样，偏要和亲人作对，她松开安全围栏，一步迈出去，整个人就站在楼顶最外侧，猎猎迎风，距离悬空之处仅仅一步之遥。

陆银桥完全慌了，在她眼里，哪怕得知真相，她对陆一禾的认知也完全停留在过去。她根本没有心理准备看到她这么疯狂的举动，瞬间不敢再走，大声喊她不要乱来，无论如何，她们可以回家再说。

陆银桥竭力想要和她说清楚："仇恨不能解决问题，没人有权利擅自决定他人的生死，无论发生任何事，只有法律途径这一条路，一禾，你不要冲动！"

肇之远拉着她不让她过去，关键时刻他牢牢记得让她和陆一禾保持安全距离，谁都不知道那怪物的脑子里在想什么，以防万一。

楼边的女孩仿佛什么都没有听见，她抬眼看向那栋灰黄的废楼。眼看就该到中秋了，那地方上上下下遮天蔽日的爬山虎都换了颜色，这一季终归会过去。

陆一禾的神色有些可惜，她可惜自己今天没来得及跑回去，不然她就能亲自爬上那栋楼的顶层，好好看看当年那个孩子，到底是怎么跌落深渊的……

生或死，其实也就脚下这一步。

陆一禾实在想不通，为什么这么多人能为这区区一步而折腰，他们太怕死，所以轻易就可以被人利用。只为不迈出这一步，他们就可以毒打妻女，他们就可以松开手，把别人的孩子扔下去。

其实现在看一看，她觉得这一步根本没什么可怕的。

陆一禾听见姐姐还在身后喊自己，她回身笑，这一刻的表情完全成了过去的那个小哑巴。她就在原地转身，背对着十八层的高空，抬手和自己的姐姐做手语，和她说："我想听《九月香》。"

陆银桥看出她情绪不对，慌乱地拿出自己的手机，她找出那首难得保存下来的小曲，把声音调到最大，放给她听。

她压抑着慌乱的声音试图劝她："一禾，你过来，你想想你妈，她肯定不希望看见你这样，你……"她一时甚至不知道还能说点什么，于是抓紧肇之远的手，示意她不要怕，让她看看其实她还有家人，"他们不在了没关系，可你还有我，你不是只有父母，你有姐姐，还有姐夫，我们都是你的亲人，不管今后有多难，我们陪你一起面对，好不好？"

四下的风声太大了，那首哼唱的小曲是地方调子，歌词辗转，仍旧是些老话：

我听秋风瑟，
我对月当歌，
半天云彩当云都，
九月槐树采槐花。
同在乡里读书郎，同张桌子儿女忙，同床金被共还乡。
重阳酿酒千里香，酿酒人家烛影光，同年亡人树下霜。

陆银桥不知道自己哭了，她什么也顾不上想，哽咽着一直在说："一禾，那些药我没吃，我也没事。虽然你做错了，可只要你肯回头认罪，你就和陆兴平不一样，不管发生过什么，还有机会从头来过。"

认罪和报复永远不是目的，真心悔改本身才有意义。

一首歌很快就唱完了，陆一禾听完心满意足地摇头，她开口，一个字一个字地告诉自己的姐姐："我不会回头。"

说着陆一禾向后慢慢地退，脚后已经蹭到墙体边缘。她眼看陆银桥震惊失声，告诉姐姐："你知道我给你吃的药是哪里来的吗？那就是我妈当年被陆兴平虐待发疯之后吃的药，氯丙嗪，她一直在吃，这么多年了，我一直想让你也试试。"

说完，陆一禾带着笑，一步退回到过去，她整个人踩空，从高楼之上坠下。

日光灿白一片，天旋地转，这世界突然就静了。

风声太大了，大到陆银桥根本不知道自己喊了什么，她只觉得耳边有无数凄厉的叫声，于事无补。她挣脱开肇之远的怀抱，向着陆一禾扑过去，可是一切都晚了。

楼下很快就乱了，无数的人影冲出去，441医院再度突发坠楼事件，有人砸在水泥地上，蔓延而开一片暗红。

陆银桥再也维持不了清醒，她眼看陆一禾像断线的风筝似的直接从高空跌落，脑子里所有的画面都没了，生生卡在陆一禾跳下去的那一刻。

一瞬间她歇斯底里地崩溃了，满地随风扬起的碎石渣把她的手全扎破了，可她不管不顾，一心想要爬到楼边去看，却被身后的人拦住。

肇之远完全没想到今天会变成这样，他从来没有经历过真正的最终章，然而真相揭晓之后的残局，别说是陆银桥，连他自己都无法承受。

他心里全乱了，刹那间的变故让人无法招架，此刻唯一的念头就是不能再让陆银桥也出事，于是他用尽全力把她按在自己怀里，挡住她的眼睛，不让她往楼下看。

怀里的人胸腔不断起伏，陆银桥整个人痉挛地喘息，脸上全是泪，却一点声音都发不出来。

很快楼下的人不断给他打电话，程珂和雷三已然吓傻了。

肇之远甩手按开屏幕，雷三那炮仗嗓门都带着哭腔："爷，这……这小怪物应该没救了……"他只是听二爷的话，早起带人在楼下守门抽烟，完全想不到早上真会出事，陆一禾竟然从楼上跳下来了。

肇之远只扔下一句话，让他们谁也不要上楼，不能再刺激陆银桥。

他强行把她拉走，两个人终于退回到安全区域。

他松开手，面前的人浑身冰凉，眼泪已经被风吹干了，一双眼睛完全失了神，目光还在楼边。

陆银桥抓着他的衣服，声音轻到几乎快要听不见，不知道是在和谁说，只是一直不停地开口："不，一禾不能死。救救她……一禾是我妹妹，无论如何，我不能看她死啊……"

他低声叫她，捧着她的脸，试图让她找回清醒的意识，可面前的人已经完全被现实击垮了，连站也站不住。她靠在一旁的管道上，腿都在发颤，直接摔在地上，很快踉跄着不顾自己的安危，还要往楼边上去，嘴里不停地说着"救救一禾"。

肇之远抱着她的腰，想把她带走。

陆银桥突然哭出声，声音就从胸口之下闷闷地喊出来，夹杂着无法言喻的悲恸。她捂着自己的脸不断摇头："我知道一禾做过残忍的事，可她对于我，是我这么多年仅存的希望了！陆兴平死了，远芳阿姨死了，一禾不能再离开我！我受不了了，二爷……我真的熬不过去了。"

如果陆一禾死了，那他们此前为寻找真相所做的努力，到底还有什么意义？也只是为了报复吗？

她抬头看向肇之远，她的头发早就被风吹乱，带着眼泪一起黏在脸上。陆银桥手足无措，无法相信刚才发生的一切，只记得哭着和他说："这条路太难了……我受不了了，让我放弃吧。"

万里无云的日子，突然就变了天。

没人知道已经刮了多久的风，巨大的云层倏忽而至，眼看顶上阴沉一片。

九月二十五日，这第四次循环，肇之远终于揭晓真相，却换来陆银桥痛不欲生的结局。

他能理解她此刻的心境，因为登登离世那一天，他亲眼见到孩子坠楼，那之后的无数个日夜，他眼前不断重复同样的悲剧，他亲身经历过这样痛苦的折磨，不愿再让陆银桥和自己一样。

陆银桥刚刚才说过，很多人经历过悲剧，为什么选择不复仇，不是因为怯懦，而是因为知道那有多疼。

肇之远也知道。

渐渐有雨点落下来，这场雨拖延了半个月，硬是耗到了最后时刻，悄然而至。

这大起大落的日子要把人心都伤透了，肇之远松开手，他就坐在陆银桥身边，竟然还有力气恍神。他在想人生如戏，永远猜不透结局，他突然羡慕起梁疯子，那人只有一出戏了，唱来唱去，再没有生死离别的悲苦。

可他遇见的这一出，反反复复，第四次，竟然还没到头。

肇之远盯着那栋废楼，解开风衣扣子，眼看地上的人影再次潇洒地摊开手，他就还是那个纨绔的肇二爷。胭脂厂人人都知道，在二爷这里从来没有难事，过去那十二条的人情世故他都能保全，今天他也可以。

他下定决心，看向身边的人和她说："丫头，你放心，一禾不会死。"

陆银桥的目光完全失焦，她挣扎着回身，慢慢看向他，人都已经木了，就连声音也透着绝望："你……"她下意识地向他靠过来，虽然不懂他是什么意思，却本能地摇头，"不，你要做什么……"

她摸索着抓紧他的手，就像深海之中唯一的浮木，感受到他掌心的温度，她才有了一口气，能看清这周遭的一切。

肇之远撩起前额的头发，抬手挽起自己的袖口，也不管这睡衣是他平日里的最爱，如今直接就拿着袖子擦她脸上的眼泪。他那双眼睛格外好看，透出笑意的时候，活脱脱是个勾人的祸害。这一时片刻的肇二爷，还是那个能在后院躺椅上喝瓶儿啤，跟她一打就是小半生的冤家。

风雨转瞬而至，雨点很快砸在人的脸上，肇之远擦也擦不净，于是干脆松手，示意她平静地听，然后一脸神秘，凑近她耳边说："还有个秘密，我忘了告诉你。"

陆银桥的头发已经长了一些，湿透之后贴在颈后，显得脸又瘦了一圈。她几近绝望地掐着自己的手，不断用力，用尽所有的理智，才能听下去。

肇二爷抬了唇角认真回忆，好像十分为难，总算调整出一个好心态，才把这事和她坦白："就这种没完没了的破日子，铁人也受不了啊，所以我其实在第二次的时候破罐破摔了，打算一了百了跟你一起死，我就想看看，如果我认输，我也不活了，能不能逃出这场混乱的循环。没想到我一睁眼，还是你回家的那天早上，也就是三个月之前。"

她没有听明白，迷茫地看着他。

"所以我和你，都是这场循环的起因，也是关键，如果今天过完我们都能平安，也许时间就会恢复正常了，但这一次发生的所有事，都会成真。"

陆银桥看看远处楼边的位置，又看向他，突然坐起来抓着他问："你要干什么？"

一场大雨快把两个人都淋透了，风倒是突然停了。

很快楼下来来往往的声音越来越大，虽然这一次结局悲惨，但总归让肇之远找到了真相。苦海之中只有唯一的救赎，恰恰是他自己来时用尽心血才换来的通路，如果重来一次，他已经有明确的目标，下次循环，他可以提前阻止陆一禾自尽，他可以救陆银桥，也可以保护她从此毫无遗憾地活下去。

他想通了，陆银桥也明白了。

她睁大双眼看着他，拼命地摇头阻止："不行！肇之远！你不能这么做，你已经尽力了……"

她知道重复一场循环对他而言有多折磨，以肇二爷的心性，如果不是他实在承受不了结局，他绝不会在第二次的时候就选择放弃。时间重启对肇之远而言太难了，重来一次，他还要面对所有旧案，甚至还有她的伤害和误解，他已经耗尽所有心力，才能走到今天。

可惜肇二爷一点都不为难。

他抬头看天，想这雨点还真是不留情面，于是他拉着陆银桥站起来，把风衣脱了给她披上，强行制止她挣扎说话的举动，还不忘睚眦必报地提醒她："丫头，你昨晚刚答应过我，以后什么都听我的。"

二爷玩笑开多了，认真的时候也一副举重若轻的姿态，可如果谁让他动了真心，这辈子都别想逃出去。何况他昨晚说过，余生只求一件事，愿陆银桥平安痛快地活，如今面对死别的难处，他情愿替她受。

他吻她的眼角，脸上表情认真，示意她听清楚："丫头，这是唯一的办法。

同样三个月，我再来一次无所谓，只要我出事，时间循环一样会重启，否则一旦今天过完，陆一禾的死无法逆转。”他停了一下，想起刚才陆银桥和她妹妹说的话，“你说得对，不管这条路有多难走，我们还有机会从头来过。”

他自我解嘲，老天爷也不全是瞎了眼，起码施舍给他一个技能，也不都是坏事。他们不能眼睁睁地看着陆一禾就这样一死了之，人性的底线，绝不是善恶相报这么简单。

肇之远说着起身往楼边走，陆银桥歇斯底里地过去追他，可她自己浑身脱力，拉也拉不住。

漫天瓢泼大雨，云层密布，终于挡住了世间所有的光。

肇之远竟然还有心情笑，他的睡衣做工精细，此时此刻，大雨之下湿淋淋的却又显出一层浅浅的青，真丝的底子上云雾环山，那上边的金线绣出“半城金”，都是他心里的日月。这男人平日里永远挂着一副玩世不恭的嘴脸，却放着游戏人间的日子不过，穷途末路的时候，偏偏要拿自己当英雄。

陆银桥回来的时候，他一早就说过，这辈子没完。

原来这最后一日并不是终点。

眼前一片模糊，陆银桥已经分不清脸上的到底是眼泪还是雨，她甚至都看不清他的表情，只记得自己一直在说：“我和你一起走，求你了，肇之远……不要一意孤行。”

肇之远直叹气，他手上用力，用自己那件宽敞的风衣袖子把她整个人捆在了衣服里。他似乎有点无奈，在这雨声里开口，竟然还能是调侃的口气：“千万别，我好不容易救了你，总得看你平平安安的，这样我下次醒过来，你再气我的时候，我心里还能痛快点。”

他说完似乎有点不舍得，又低头亲陆银桥鼻尖上的痣，他这么喜欢这丫头，半点罪都不想让她受了。

她的眼睛都要哭坏，抱着他死都不肯松手。肇之远拧她的鼻子逗她，凶巴巴地吼她：“行了，不许再哭，打小就这样，我乐意替你死，你在这儿哭什么。”说完他推她转身，背对自己，他的手掌盖在她的眼睛上，只让她什么都别想，安心地等，一切再从头。

陆银桥已经什么都听不见了，天地之间，只有肇之远的声音在她耳后。

他明知道她什么都不会记得，可他还是和她说：“丫头，你可给我记着点，要不是为了你，我才不干这么折腾人的事。”

她终于哭不出来了，时间的绝情之处是，它让你熬到真相，却不给你任何补偿。原来肇之远在她不知道的时候，早已倾尽所有，她恨自己明白得太晚了。

最后的最后，他放开她，在她身后跳了下去。

人间的善恶循环走到最后一步，陆银桥眼前的手陡然松开，最后那一刻，她听见肇之远说："我愿意为你回头。"

九月二十五日的北新市，天气预报晴，谁也没想到，一场暴雨意外而至，瞬间扑灭了一切。

第五次的夏天，最后的胭脂厂。

肇之远再一次睁开眼的时候，窗外刚刚有了晨光。

他这一夜没睡多久就被吵醒了，他抬眼看见一切都没变，手机上显示的还是六月二十五日。北新市的夏天就算清晨也透着闷热，里里外外，只能听见远处洒水车的声音。

紧接着，隔壁楼的花盆不长眼地往他院里砸。

姑奶奶还是他的姑奶奶，惹不起，躲不掉。

肇二爷认命地从床上爬起来，腰疼脖子酸，哪里都不痛快。他不着急，懒洋洋地过去靠在窗边上打哈欠，眼瞧着东南角的那栋小楼里有光透出来，二楼窗上的人影还是晃来晃去。

半天过去，对方连个头也不露，直到最后，一道细细窄窄的人影终于站住了。

他知道，是陆银桥回来了。

肇之远揉着肩膀笑了，这一次，人间这出戏还有一生那么长，容得下他慢慢和她讲。

【全文终】

图书在版编目（CIP）数据

你来自时间之外 / 玄默著 . — 南京 : 江苏凤凰文艺出版社，2020.3
ISBN 978-7-5594-3924-6

Ⅰ . ①你… Ⅱ . ①玄… Ⅲ . ①长篇小说 – 中国 – 当代
Ⅳ . ① I247.5

中国版本图书馆 CIP 数据核字 (2019) 第 151699 号

你来自时间之外

玄默 著

选题策划	北京记忆坊文化
特约策划	莫桃桃
特约编辑	莫桃桃
责任编辑	白　涵 刘洲原
营销编辑	杨　迎
封面绘图	Lxm- 梅子
封面设计	80 零 · 小贾
版式设计	天　缈
出版发行	江苏凤凰文艺出版社 南京市中央路 165 号，邮编：210009
网　　址	http://www.jswenyi.com
印　　刷	三河市国新印装有限公司
开　　本	670 毫米 ×970 毫米 1/16
印　　张	16
字　　数	291 千字
版　　次	2020 年 3 月第 1 版　2020 年 3 月第 1 次印刷
书　　号	ISBN 978-7-5594-3924-6
定　　价	42.00 元

MEMORY
HOUSE